**MOEWIG**

# EIN PLAYBOY TASCHENBUCH
# IM MOEWIG VERLAG

# PLAYBOY
## SCIENCE FICTION

# Die besten Stories von
# L. Sprague de Camp

**MOEWIG**

PLAYBOY, Häschenmarke, Playmate und Femlin sind registered trade marks von PLAYBOY Enterprises Inc., Chicago, USA

Titel der Originalausgabe: The Best of Sprague de Camp
Aus dem Amerikanischen von Rosemarie Hundertmark
Copyright © 1978 by L. Sprague de Camp
Copyright © der deutschen Übersetzung 1981
by Moewig Verlag, München
*HYPERPILOSITY* © 1938 by Street & Smith Publications, Inc.
für *Astounding Science Fiction,* April 1938
*THE COMMAND* © 1938 by Street & Smith Publications, Inc.
für *Astounding Science Fiction,* Oktober 1938
*THE MERMAN* © 1938 by Street & Smith Publications, Inc.
für *Astounding Science Fiction,* Dezember 1938
*EMPLOYMENT* © 1939 by Street & Smith Publications, Inc.
für *Astounding Science Fiction,* Mai 1939
*THE GNARLY MAN* © 1939 by Street & Smith Publications, Inc.
für *Unknown,* Juni 1939
*NOTHING IN THE RULES* © 1939 by Street & Smith Publications, Inc.
für *Unknown,* Juli 1939
*THE HARDWOOD PILE* © 1940 by Street & Smith Publications, Inc.
für *Unknown,* September 1940
*THE INSPECTOR'S TEETH* © 1950 by Street & Smith Publications, Inc.
für *Astounding Science Fiction,* April 1950
*REWARD OF VIRTUE* © 1970 by Mercury Press, Inc. für
*The Magazine of Fantasy and Science Fiction,* September 1970
*THE EMPEROR'S FAN* © 1973 by Random House, Inc. für *Astounding*
*TWO YARDS OF DRAGON* © 1976 by Lin Carter für *Flashing Swords No. 3*
*GIT ALONG* © 1950 by Street & Smith Publications, Inc.
*THE RUG AND THE BULL* © 1974 by Lin Carter
*A SENDING OF SERPENTS* © 1979 by Mercury Press, Inc.
Umschlagillustration: Norma/Azpiri
Umschlagentwurf und -gestaltung: Franz Wöllzenmüller, München
Verkaufspreis inkl. gesetzl. Mehrwertsteuer
Auslieferung in Österreich:
Pressegroßvertrieb Salzburg, Niederalm 300, A-5081 Anif
Printed in Germany 1981
Gesamtherstellung: Ebner Ulm
ISBN 3-8118-6714-8

# Inhalt

| | |
|---|---|
| Vorwort | 7 |
| Hyperpilosität<br>*HYPERPILOSITY* | 17 |
| Der Befehl<br>*THE COMMAND* | 31 |
| Der Meermann<br>*THE MERMAN* | 47 |
| Die neue Stellung<br>*EMPLOYMENT* | 67 |
| Der Urmensch<br>*THE GNARLY MAN* | 89 |
| Davon steht nichts in den Regeln<br>*NOTHING IN RULES* | 115 |
| Der Bretterstapel<br>*THE HARDWOOD PILE* | 149 |
| Die Zähne des Inspektors<br>*THE INSPEKTOR'S TEETH* | 181 |
| Glückliche Reise<br>*GIT ALONG* | 199 |
| Lohn ritterlicher Tugend<br>*„REWARD OF VIRTUE"* | 223 |

Des Kaisers Fächer .......................... 225
*THE EMPEROR'S FAN*

Der Teppich und der Stier ..................... 245
*THE RUG AND THE BULL*

Drei Ellen Drachenhaut ....................... 285
*TWO YARDS OF DRAGON*

Nichts als Schlangen .......................... 317
*A SENDING OF SERPENTS*

## *Vorwort*

Als Erforscher der Myriaden Wege des Menschen hat L. Sprague de Camp von Zeit zu Zeit mit dem gleichen objektiven Auge auf seine eigene Gesellschaft geblickt, das er für Leute benutzt, die die Geographie oder die Geschichte den meisten von uns fremd macht. Er selbst scheint sie gar nicht sehr fremdartig zu finden – und er hat viele selbst kennengelernt.

Obwohl er über kulturelle Unterschiede mehr weiß als die meisten professionellen Anthropologen, scheint seine Grundeinstellung zu sein, daß menschliche Wesen an allen Orten und zu allen Zeiten im Herzen identisch sind: beschränkt, fehlbar, tragikomisch und doch unendlich interessant. So findet er in den Zivilisationen des Altertums oder unter neueren „Primitiven" Techniker und Politiker, die den unsrigen gar nicht unähnlich sind, während er unter uns Tabus und Stammesriten entdeckt, die den ihren gleichen. Diese Einsicht hat mindestens eine Geschichte inspiriert und den meisten anderen philosophische Tiefe ebenso wie eine gelegentliche pikante Ironie verliehen.

Deshalb frage ich mich, was er von dieser merkwürdigen Sitte hält, einer Sammlung von Arbeiten des einen Autors Bemerkungen eines Kollegen voranzustellen. Als besonders eigenartig empfinde ich das, wenn dieser Autor letzterem in viel mehr als nur den Jahren voransteht. Ich war noch ein Junge, als L. Sprague de Camps erste Geschichten veröffentlicht wurden; ein Jahrzehnt lang hat mich seine Gelehrsamkeit mit ehrfürchtigem Staunen erfüllt und sein Geschick, eine Story zu erzählen, gefangengenommen, und nichts hat sich seither geändert. Als ich selbst beruflich zu schreiben begann, wurde es, sobald ich Fuß gefaßt hatte, klar, daß de Camp beträchtlichen Einfluß auf mich gehabt hat, obwohl ich ihm auf den Gebieten, die er zu seinen ureigenen gemacht hat, niemals gleichkommen werde. Kurz: Wie, zum Kuckuck, komme *ich* dazu, eine Einführung für *ihn* zu schreiben?

Die einzige Begründung, die sich dafür denken läßt, ist folgende. De Camp gehört zu der Generation von Schriftstellern, die, inspiriert von John Campbell, das *Goldene Zeitalter* der Sciencefiction und der Fantasy schufen. Es begann um 1937, als Campbell das Steuer dessen übernahm, was man damals *Astounding Stories* nannte. Verdammt seien die Kritiker, es war in Wahrheit das *Goldene Zeitalter,* als Leute wie Isaac Asimov, Lester del Rey, Robert A. Heinlein, L. Ron Hubbard, Malcolm Jameson, Henry Kuttner (besonders als „Lewis Padgett"), Fritz Leiber, C. L. Moore, Ross Rocklynne, Clifford D. Simak, George O. Smith, Theodore Sturgeon, A. E. van Vogt, Jack Williamson und viele, viele andere entweder zum ersten Mal erschienen oder zum ersten Mal richtig zeigten, was sie konnten. Unter dieser Rasse von Giganten ragt de Camp hoch empor. In den darauffolgenden Jahren haben begabte neue Autoren auf diesem Gebiet Beträchtliches geleistet, aber die Erregung – das Gefühl, daß sich plötzlich weite grüne Wiesen vor einem öffneten – wird niemals mehr wiederkommen. Ein Vergleich mit dem Perikleischen und dem Elisabethanischen Zeitalter mag Ihnen übertrieben erscheinen, aber vielleicht denken Sie an den Jazz in seiner Blütezeit oder an die Quantenphysik in den zwanziger und dreißiger Jahren oder an die Kosmologie und Molekularbiologie heute.

Die Ära war kurz; sie wurde – wenn auch nicht über Nacht – durch den Eintritt Amerikas in den Zweiten Weltkrieg abgewürgt. Eine Reihe von Schlüsselpersonen fand, sie habe Dringenderes zu tun als Geschichten zu schreiben. De Camp gehörte zu ihnen.

Als die Kampfhandlungen vorerst beendet waren, kehrte er zu seinem eigentlichen Beruf zurück und hatte viel Arbeit damit, die Science-fiction aus dem traurigen Zustand zu befreien, in den sie geraten war. Wie eh und je schrieb er für *Astounding,* doch außerdem lieferte er wichtige Beiträge zu zahlreichen anderen Magazinen dieses Genres. Bis dahin waren Science-fiction-Bücher seltene Einzelfälle gewesen; jetzt wurde die Pionierarbeit für eine breitere Basis geleistet, und de Camps Bücher wurden zu Landmarken. Ich werde gleich darauf zurückkommen.

Er begann jedoch ebenfalls, in zunehmendem Umfang anderes zu schreiben, auch einige großartige historische Romane, aber hauptsächlich Sachbücher, die sich mit Wissenschaft und Technik und ihrer Geschichte befaßten. Die genaue und lebendige Darstellung von Tatsachenmaterial war für ihn nichts Neues – das hatte er seit dem Beginn seiner Karriere getan –, aber bald nahm dies den Großteil seines Schaffens ein. Ich weiß nicht, ob ich es bedauern soll oder nicht. Einerseits haben wir zweifellos eine Anzahl wundervoller phantastischer Geschichten verloren, doch andererseits besitzen wir nun diese wirklich herrlichen Bücher über Elefanten und antike Ingenieure und H. P. Lovecraft und Dinosaurier und ...

Zum Glück für uns hat sich L. Sprague de Camp in den letzten Jahren von Zeit zu Zeit wieder dem Geschichtenerzählen zugewandt, besonders der Fantasy. (Er erfreut seine Fans außerdem mit leichten Versen und zwanglosen Aufsätzen, aber für ein Lesepublikum, das nach handfesten Erzählungen hungert, in denen Personen, an denen man Anteil nimmt, in eine richtige Handlung verwickelt werden, sind sie von geringerem Interesse.) Und so kommen wir jetzt zu einer Rechtfertigung für dies Vorwort: Viele jüngere Leute mögen mit seinen Science-fiction-Romanen und -Erzählungen nicht vertraut sein und erst recht nicht wissen, welch eine überragende Gestalt er auf diesem Gebiet der Literatur war und noch ist. Das vorliegende Buch, das fast die gesamte Zeitspanne seiner Karriere erfaßt, soll hier Abhilfe schaffen. Wenn Sie bis heute noch keine Geschichte von de Camp gelesen haben, werden Sie ein neues Vergnügen entdecken, und meine Aufgabe ist es, Ihnen das zu sagen.

Zweitens erlauben Sie mir bitte, Sie auch auf andere Dinge hinzusteuern, denn eine Anthologie kann ja nur einen begrenzten Teil der Arbeiten eines Autors aufnehmen. Das folgende soll keine Bibliographie und keine gelehrte Studie sein, sondern nur ein Umherstreifen in besonders schönen Erinnerungen, die ich literarisch und persönlich an Sprague habe. Eine Menge muß ausgelassen werden; ich möchte in diesem Buch keinen Platz wegnehmen, der für eine zusätzliche Geschichte benützt werden könnte. Aber vielleicht erhalten Sie dadurch eher eine Vorstellung von seinem Schaffen sowie Hinweise darauf, wonach Sie in Buchhandlungen und Bibliotheken Ausschau halten sollen, als von einer streng wissenschaftlichen Aufzählung.

Wie ich schon erwähnte, begann er früh mit dem Schreiben von Sachbüchern. Tatsächlich war seine erste veröffentlichte Arbeit ein bedeutendes Buch, das immer noch im Druck ist und einmal in einer Entscheidung des Obersten Gerichtshofes zitiert wurde. Sein sich selbst erklärender Titel ist *Inventions, Patens, and Their Management*. Da ich selbst kein Erfinder von irgend etwas – mit der Ausnahme gelegentlicher Rezepte – bin, muß ich gestehen, daß ich es nie gelesen habe. Doch als Teenager entzückten und belehrten mich die Artikel, die er für *Astounding* schrieb, Sachen wie „The Long-Tailed Huns" (über städtisches Wildleben), „The Sea King's Armored Divison" (über hellenistische Wissenschaft und Technik) und „Get Out and Get Under" (über die Geschichte militärischer Fahrzeuge). Die Themen zeigen Umfang und Tiefe seiner Interessen; die Titel verraten den Humor, mit dem er nüchterne Tatsachen funkeln ließ.

Dieser Humor wurde in der Science-fiction zu seinem Markenzeichen, was besonders zu begrüßen ist, als daran auf diesem Gebiet immer Mangel geherrscht hat, und in der Fantasy kam er dem Komischsten gleich, was es auf diesem an munteren Einfällen reichen Feld je gegeben hat. Sein Humor ist oft exzentrisch genannt worden, aber ich halte dies für den falschen Begriff. De Camp hat seine Geschichten in jeder Einzelheit ebenso sorgfältig und mit der gleichen Achtung vor Faktum und Logik aufgebaut (und natürlich tut er es weiterhin) wie seine Sachbücher. Das Komische erwächst sehr oft aus der sorgfältigen Ausarbeitung der Konsequenzen einer bizarren Annahme.

Zum Beispiel haben extraterrestrische Eroberer in dem Kurzroman *Divide and Rule* der Erde eine neo-mittelalterliche Kultur aufgezwungen, um die menschliche Rasse daran zu hindern, sich zu vereinigen und die Feinde niederzuwerfen. Die Geschichte beginnt damit, daß Sir Howard van Slyck, zweiter Sohn des Herzogs von Poughkeepsie, in einer Chrom-Nickel-Rüstung, seine Pfeife rauchend, neben den Gleisen des von Elefantenkraft betriebenen New Yorker Zentralbahnhofs herreitet. Auf seinem Brustharnisch trägt er das Familienwappen – das er eine Handelsmarke nennt –, bestehend aus einem roten Ahornblatt in einem weißen Kreis mit dem Motto: „Gib's ihnen".

In *Solomon's Stone*, einem weiteren Kurzroman, gibt es ein Parallel-Universum, in dem die Erde von solchen Leuten bewohnt ist, als die wir uns in unsern Tagträumen selbst sehen. Der Geist des schüchternen Bücherwurms wird in den Körper des *alter ego* übertragen, den er immer für reine Erfindung gehalten hat, einen französischen Kavalier ähnlich d'Artagnan. Praktisch jeder Mann ist groß, muskulös und gut aussehend; jede Frau ist hinreißend schön. New York ist ein wildes Durcheinander ethnischer Typen, angefangen von den Siegfrieds in Yorkville bis zu einem mittelöstlichen Sultan, komplett mit Harem (der in unserer Welt Junggeselle und Angestellter im Verein christlicher junger Männer ist). Bei einer Ansammlung von so vielen aggressiven, zähen Burschen geht es in der Gesellschaft ziemlich chaotisch zu, obwohl eine Art von Regierung existiert und sogar eine kleine Armee unterhält. Diese besteht fast ausschließlich aus Generalen und wird von dem einzigen Gemeinen, den sie hat, kommandiert.

In den klassischen Harold-Shea-Geschichten, in Zusammenarbeit mit dem verstorbenen Fletcher Pratt geschrieben, werden wir in eine ganze Serie von Universen geführt, wo aus verschiedenen Mythen oder literarischen Erfindungen Wahrheit geworden ist. Zum Beispiel findet sich Shea in „The Mathematics of Magic" in einer Welt von Spensers *The Faerie Queen* wieder. An einer Stelle trifft Shea, als er mit der jungfräulichen Belphebe durch einen Wald reitet, die „Verleumdung", ein Ungeheuer, das sie verschlingen will, wenn ihm nicht ein Gedicht vorgetragen wird, das es noch nie gehört hat – und in dieser Notlage ist das einzige Gedicht, das Shea einfällt, die unanständige Ballade von der Eskimo-Nell. Die Magie funktioniert hier streng nach den eigenen Gesetzen. An einer anderen Stelle versucht Shea, ein Einhorn als Reittier heraufzubeschwören – aber er spricht die Zauberformel nicht ganz richtig aus und erhält statt dessen ein Nashorn. Ich brauche nicht weiterzugehen, denn glücklicherweise sind die ersten drei dieser Geschichten wieder erhältlich, zusammengefaßt als *The Compleat Enchanter*.

Auch erlaubt es mir der zur Verfügung stehende Raum nicht, weitere Beispiele dieser besonderen Quelle de Camps Humor anzuführen. Es ist auch nicht nötig; Sie finden eine Menge davon in den hier zusammengestellten Geschichten, an denen Ihnen eine ebenso wichtige Quelle des Humors auffallen wird: die Charakterzeichnung.

De Camps Personen sind niemals Stereotype. Sie sind einzigartig und denken und handeln oft auf komische Weise. Wie Molière oder Holberg beobachtet de Camp sie mit einer ein wenig ironischen, im Grunde aber teilnehmenden Losgelöstheit, und dann erzählt er uns, was er gesehen hat. Wir lachen, aber allzuoft erkennen wir uns in ihnen selbst.

Der Humor und oft auch die uns rührenden Eigenschaften der Charaktere treten besonders in den nach dem Krieg – ebenfalls in Partnerschaft mit Pratt – geschriebenen „Gavagn's Bar"-Geschichten hervor. Gavagan's Bar ist ein Ort freundlicher Nachbarschaft, wo die Stammkunden einander alle kennen und Mr. Cohan (Co*han*, bitte), der muntere Bartender, sein Bestes tut, damit es so bleibt. Aber es kommen Leute herein, die die seltsamsten Geschichten zu erzählen haben, und manchmal weht ein Hauch dieser Seltsamkeit durch das Lokal selbst. „Diese kleinen Whisky-Phantasien", wie der Kritiker Groff Conklin sie genannt hat, rufen für gewöhnlich ein sehr leises Lachen hervor.

Tatsächlich scheinen sich die vor dem Krieg geschriebenen Erzählungen de Camps auf den ersten Blick ziemlich stark von den nach dem Krieg geschriebenen zu unterscheiden: Sie sind ernster, häufig geradezu düster. Doch das stimmt eben nur auf den ersten Blick. Es hat eine Verlagerung der Betonung stattgefunden, wie man es bei einem Schriftsteller erwartet, der sich nicht damit zufriedengibt, sich selbst endlos zu wiederholen, sondern statt dessen ständig experimentiert und sich entwickelt. Aber die neuen Geschichten enthalten ebenfalls Witz, und die frühen hatten ebenso Ernst.

Sein erster größerer Roman mit dem Titel *Genus Homo,* in Zusammenarbeit mit dem verstorbenen P. Schuyler Miller geschrieben, enthält komische Momente, ist aber im wesentlichen der Bericht über eine Busladung von Reisenden – von der glaubwürdigen, normalen Art, wie man sie in einem *Greyhound* antrifft –, die in der fernen Zukunft enden, wenn die Menschheit, abgesehen von ihnen selbst, längst ausgestorben ist und die Affen Intelligenz entwickelt haben. Obwohl der Schluß hoffnungsvoll ist, tut die Erzählung nicht so, als sei die Anfangssituation etwas anderes als katastrophal, und es kommen Tragödien ebenso wie Triumphe vor.

Ein anderer früher Roman, *Lest Darkness Fall,* illustriert diese Kombination noch besser. Es ist in gewisser Weise de Camps Antwort auf Mark Twain, dessen Connecticut-Yankee im Britannien König Arthurs mit größter Leichtigkeit eine moderne Technologie einführt. Martin Padway ist ein Schreibtischtyp, sogar ein bißchen schüchtern, aber ein Mann von ungeheurem Wissen. Von dieser Voraussetzung mußte der Autor ausgehen, denn andernfalls wäre sein Held, nachdem er ins Italien der Ostgoten im sechsten Jahrhundert A.D. versetzt worden ist, bald eines scheußlichen Todes gestorben. Nichtsdestotrotz macht Padway Schlimmes durch, während er darum kämpft, ein paar Erfindungen wie den Buchdruck einzuführen, womit er das dunkle Zeitalter, das zu erwarten steht, abwehren will. Es gelingt ihm nie, Schießpulver zu fabrizieren, das *peng!* statt *ss-st* macht. Seine erfolgreichsten Neuerungen sind die einfachsten, wie die doppelte Buchführung oder die Nachrichtenübermittlung durch eine Reihe von Semaphoren. Hier zeigt de Camp seine strengste Logik.

Das Buch ist voll von vergnüglichen Szenen. Zum Beispiel, als Padway sich einen Schnupfen holt, besteht sein Hauptproblem darin, den scheußlichen Heilmitteln zu entgehen, die wohlmeinende Freunde bei ihm anwenden wollen. Doch wenn der Krieg ausbricht, werden seine Schrecken unbeschönigt beschrieben; wir werden nicht verschont.

Deshalb stellen die Geschichten der späteren Jahre keine Mutation, sondern eine stetige Evolution dar.

Die Erzählungen über die *Viagens Interplanetarias* sehen in der Tat ihren Vorgängerinnen sehr ähnlich. Sie sind strenge Sciencefiction – so sehr, daß de Camp seinen handelnden Personen nicht erlaubt, die Lichtgeschwindigkeit durch Einführung des „Hyperraums" oder eines ähnlichen Zaubers zu überschreiten, sondern sie auf die Gesetze der relativistischen Physik und die näheren Sterne beschränkt. Das gibt ihm jedoch ebensoviel Raum für exotische Umgebungen und Abenteuer, wie Haggard sie in den seinerzeit noch nicht auf Karten verzeichneten Teilen Afrikas fand. Die Möglichkeiten der humoristischen Darstellung werden voll ausgeschöpft; ein Beispiel in der vorliegenden Sammlung sind „Die Zähne des Inspektors". Ebenso ist es mit den Gelegenheiten zu kühnen Taten – und, ab und zu, zu Schmerz und Bitterkeit.

Die historischen Romane zeigen die gleiche, bis in alle Einzelheiten gehende Sorgfalt und die gleiche allgemeine Linie der Entwicklung, angefangen bei den vergleichsweise heiteren Büchern *An Elephant for Aristotle* und *The Dragon of the Ishtar Gate* (mein Lieblingsbuch) bis zu *The Golden Wind,* das eine beißende

Beschreibung dessen enthält, was das Alter einem Menschen antun und wie sich der Geist darüber erheben kann.

Wie ich sagte, spezialisierte de Camp sich mehr und mehr auf Sachbücher, gute und sehr zu empfehlende Arbeiten, die aber außerhalb der Thematik dieses Vorworts liegen. Es mag Conan der Kimmerier gewesen sein, der ihn endlich dazu verlockte, wieder eine größere Anzahl von Geschichten zu schreiben. Wenn dem so ist, haben wir Robert E. Howard außer für das Vergnügen, das er uns durch seine eigenen Werke bereitete, noch für vieles zu danken.

Als der ursprüngliche Schöpfer des gewaltigen Barbaren starb, hinterließ er einen Haufen unbeendigter Manuskripte, die teils von Conan handelten und teils leicht in die Serie eingefügt werden konnten. Vielleicht hauptsächlich aus Freude an der Arbeit unternahm de Camp es zusammen mit Björn Nyberg und Lin Carter, das Werk zu vollenden. Die begeisterte Wiederentdeckung Conans durch das Lesepublikum mag ihn überrascht haben. Ich weiß es nicht. Doch was ich weiß und worauf es ankommt, ist, daß er seitdem in zunehmendem Maße selbst Fantasy geschrieben hat. Sie finden ein paar der kürzeren Geschichten in diesem Buch. *The Goblin Tower* und *The Clocks of Iraz* sind zwei ziemlich neue Romane. Hoffen wir auf viele weitere.

Ich habe bereits eingestanden, daß dies Vorwort alles andere als eine vollständige Übersicht des Werks de Camps ist. Doch ich möchte nicht versäumen, auf seine nebenbei verfaßten Arbeiten hinzuweisen – Essays, Besprechungen und Kritiken, Verse und Aphorismen –, die im Laufe der Jahre zum Beispiel in der Zeitschrift *Amra* oder seiner Anthologie *Scribblings* erschienen sind und einen kleineren Kreis von Lesern, als sie es verdienten, erfreut haben. Falls nicht ein größerer Verlag soviel Verstand hat, sie zu sammeln, werden Sie sie vielleicht nie zu sehen bekommen, aber sie sollten erwähnt werden, weil sie eine weitere Dimension von de Camps Vielseitigkeit zeigen.

In Person ist L. (für Lyon) Sprague de Camp ein großer, schlanker Mann von aristokratischer Erscheinung und Haltung – aristokratisch im besten Sinne des Wortes, würdevoll und freundlich ebenso wie eindrucksvoll. Mehr als eine Frau hat mir anvertraut, daß ihr bei seinem Anblick die Sinne vergehen möchten, aber er gibt sich mit seiner entzückenden Frau Catherine zufrieden, mit der er in vieljähriger Ehe an Büchern wie an Kindern zusammengearbeitet hat.

Er wurde 1907 in New York geboren, studierte am Caldwell Commercial College and Technical Institute, dem Massachusetts Institute for Technology und dem Stevens Institute of Technology und hatte verschiedene Stellungen inne, bevor er sich hauptberuflich dem Schreiben zuwandte. Als Reservist der Navy wurde er im Zweiten Weltkrieg eingezogen und arbeitete (zusammen mit Isaac Asimov und Robert Heinlein) auf dem Gebiet der Forschung und Entwicklung, was ein wesentlicher Beitrag zur Sache der Alliierten war.

Sein riesiger Fundus an Informationen rührt nicht nur aus allesverschlingendem Lesen her, sondern auch von vielen Reisen. Sie führten ihn nicht nur durch die Touristengebiete, sondern auch in unbekannte, schwer zu erreichende Gegenden. Er prahlt nicht damit, aber wenn man ihn dazu bringen kann, davon zu erzählen, ist das Lesen oder Zuhören ein großes Vergnügen.

Bis dies Buch gedruckt ist, wird er seinen siebzigsten Geburtstag hinter sich haben, aber das merkt man weder an seinem Aussehen noch an seinem Benehmen. Und, zum Teufel, Goethe hat schließlich den zweiten Teil des *Faust* in seinen Achtzigern geschrieben. Lange lebe L. Sprague de Camp, zur Freude von uns allen.

Poul Anderson
Orinda, Kalifornien
Juni 1977

## *Hyperpilosität*

„Wir alle wissen, welche brillanten Erfolge in den Künsten und Wissenschaften erzielt worden sind, aber wer alle Einzelfälle kennt, könnte zu dem Urteil gelangen, daß einige der Fehlschläge besonders interessant sind."

So sprach Pat Weiss. Das Bier war alle, und Carl Vandercook war hinausgegangen, um neues zu holen. Pat, der alle vorhandenen Chips an sich gebracht hatte, lehnte sich zurück und stieß gewaltige Rauchwolken aus.

„Das heißt", bemerkte ich, „daß du eine Geschichte auf Lager hast. Okay, laß hören. Das Pokern kann warten."

„Nur erzähle sie von Anfang bis Ende", warf Hannibal Snyder ein. „Du unterbrichst dich mittendrin immer mit der Bemerkung: ‚Dabei fällt mir ein ...', und dann bist du in einer anderen Geschichte, und von der springst du mittendrin wieder auf eine andere über, und so weiter."

Pat spießte Hannibal mit einem Blick auf. „Hör zu, Quatschkopf, ich habe bei den letzten drei Geschichten, die ich erzählt habe, nicht ein einziges Mal den Faden verloren. Wenn du eine Geschichte besser erzählen kannst als ich, fang an. Habt ihr jemals von J. Roman Oliveira gehört?" sprach er ohne Pause weiter, und ich merkte, daß er Hannibal gar keine Chance geben wollte, zu Wort zu kommen. Er fuhr fort:

„Carl redet eine Menge über seine neue Erfindung, und zweifellos wird sie ihn berühmt machen, wenn er jemals damit fertig wird. Und Carl macht das, was er anfängt, für gewöhnlich fertig. Auch mein Freund Oliveira machte fertig, was er angefangen hatte, und es hätte ihn ebenfalls berühmt machen sollen, aber das tat es nicht. Vom wissenschaftlichen Standpunkt aus war seine Arbeit ein Erfolg und verdiente das höchste Lob, aber vom menschlichen Standpunkt aus war sie ein Fehlschlag. Deshalb leitet er jetzt unten in Texas ein kleines College. Er leistet immer noch gute Arbeit und schreibt Artikel für Fachzeitschriften, aber es ist nicht das, was er – mit gutem Grund – zu verdienen meinte. Neulich erst habe ich einen Brief von ihm bekommen, er ist stolzer Großvater geworden. Dabei fällt mir ein, wie mein Großvater –"

„He!" brüllte Hannibal.

„Was?" fragte Pat. „Ach ja. Entschuldigt. Ich will es nicht wieder tun." Er fing wieder an:

„Ich lernte J. Roman kennen, als ich noch Student im Medical Center und er Professor der Virologie war. Das J in seinem Namen bedeutet Jesus, und das geht in Mexiko ganz in Ordnung. Aber in den Staaten war er soviel damit aufgezogen worden, daß er dem Namen ‚Roman' den Vorzug gab.

Ihr werdet euch erinnern, daß die große Änderung, und mit ihr hat diese Geschichte zu tun, im Winter 1971 zusammen mit dieser schrecklichen Grippe-Epidemie begann. Auch Oliveira erwischte es. Ich suchte ihn einer Arbeit wegen auf, und da lag er auf einem Kissenstapel und trug einen Pyjama im scheußlichsten Pink und Grün. Seine Frau las ihm auf Spanisch vor.

‚Hör zu, Pat', sagte er, als ich eintrat, ‚ich weiß, Sie sind ein fleißiger Student, aber ich wünschte, Sie und die ganze verdammte Virologie-Klasse würden auf dem heißesten Rost der Hölle braten. Sagen Sie mir, was Sie wollen, und dann gehen Sie und lassen mich in Frieden sterben.'

Ich erhielt meine Information und wollte gerade gehen, als sein Arzt hereinkam, der über Anatomie las. Er hatte seine Praxis schon lange aufgegeben, aber er hatte so Angst, einen guten Virologen zu verlieren, daß er Oliveira selbst behandelte.

‚Bleiben Sie hier, mein Sohn', sagte er, als ich Mrs. Oliveira nach draußen folgen wollte, ‚und lernen Sie ein bißchen praktische Medizin. Ich habe es immer für einen Mangel gehalten, daß Medizinstudenten nicht im richtigen Benehmen am Krankenbett ausgebildet werden. Nun passen Sie auf, wie ich es mache. Ich lächle Oliveira an, aber ich führe mich nicht so verdammt fröhlich auf, daß er den Tod als willkommene Erlösung von meiner Gesellschaft ansieht. Das ist ein Fehler, den einige junge Ärzte machen. Achten Sie darauf, daß ich fest auftrete und nicht schleiche, als fürchte ich, mein Patient könne beim leisesten Geräusch in Stücke fallen ...' und so weiter.

Der Spaß ging los, als er das Ende seines Stethoskops auf Oliveiras Brust setzte.

‚Kann nichts hören, verdammt', schnaubte er. ‚Vielmehr, Sie haben soviel Haar, daß alles, was ich höre, ihr Rascheln an der Membran ist. Muß sie vielleicht abrasieren. Aber sagen Sie, ist das nicht ziemlich ungewöhnlich für einen Mexikaner?'

‚Sie haben vollkommen recht', erwiderte der Leidende. ‚Wie die meisten Eingeborenen meines schönen Heimatlandes Mexiko bin ich hauptsächlich indianischer Abstammung, und die Indianer gehören der mongoloiden Rasse an und haben deshalb wenig Körperhaare. Sie sind alle in der letzten Woche gewachsen.'

‚Das ist komisch ...' sagte Fogarty. Ich meldete mich: ‚Mehr als komisch, Dr. Fogarty. Ich hatte meine Grippe vor einem Monat, und bei mir ist dasselbe passiert. Ich bin mir immer etwas unmännlich vorgekommen, weil ich keine nennenswerten Haare auf der Brust hatte, und jetzt ist mir ein Urwald gewachsen, den ich beinahe einflechten kann. Ich hatte mir nichts Besonderes dabei gedacht ...'

Ich erinnere mich nicht mehr, was als Nächstes gesagt wurde, weil wir alle gleichzeitig sprachen. Aber als wir uns wieder beruhigt hatten, kamen wir zu dem Schluß, ohne systematische Forschung könnten wir gar nichts machen, und ich versprach Fogarty, in seine Wohnung zu kommen, damit er mich untersuchen könne.

Das tat ich am nächsten Tag, aber er fand nichts außer einer Menge Haar. Natürlich nahm er von allem, was ihm nur einfiel, Proben. Ich hatte es aufgegeben, Unterwäsche zu tragen, weil es juckte, und das Haar hielt sowieso warm genug, um sie überflüssig zu machen, selbst in einem New Yorker Januar.

Das nächste, was ich hörte, kam eine Woche später, als Oliveira seine Vorlesungen wieder aufnahm und mir mitteilte, Fogarty habe sich die Grippe eingefangen. Oliveira hatte den Thorax des alten Knaben beobachtet und festgestellt, daß auch bei Fogarty das Körperhaar in überraschendem Ausmaß zu wachsen begann.

Dann fragte mich meine Freundin – nicht meine gegenwärtige Frau, die hatte ich noch nicht kennengelernt – in höchster Verlegenheit, ob ich es erklären könne, wieso *sie* haarig werde. Das arme Mädchen war ganz durcheinander, denn offensichtlich schwanden ihre Chancen dahin, einen guten Mann zu erwischen, wenn ihr ein Pelz wie einem Bären oder Gorilla wuchs. Ich war nicht imstande, ihr Auskunft zu geben, aber ich sagte, falls das ein Trost sei, könne ich ihr versichern, es litten noch eine Menge anderer Leute unter der gleichen Sache.

Dann hörten wir, Fogarty sei gestorben. Er war ein feiner Kerl gewesen, und es tat uns leid, aber er hatte ein erfülltes Leben gehabt, und man konnte nicht sagen, er sei in der Blüte seiner Jahre dahingerafft worden.

Oliveira ließ mich in sein Büro rufen. ‚Pat', sagte er, ‚Sie haben doch im Herbst einen Job gesucht, nicht wahr? Nun, ich brauche einen Assistenten. Wir werden diese Haar-Geschichte aufklären. Sind Sie dabei?' Ich war dabei.

Wir fingen an, indem wir alle klinischen Fälle untersuchten. Jedem, der die Grippe hatte oder gehabt hatte, wuchs Haar. Und es war ein strenger Winter, und es sah so aus, als werde früher oder später jeder die Grippe bekommen.

Ungefähr um diese Zeit hatte ich eine glänzende Idee. Ich schlug alle Kosmetikfirmen nach, die Enthaarungsmittel herstellten, und steckte von dem bißchen Geld, das ich hatte, alles in ihre Aktien. Später sollte ich es bereuen, aber darauf komme ich noch.

Roman Oliveira war ein Arbeitstier, und er beschäftigte mich so viele Stunden, daß ich das mulmige Gefühl bekam, beim Examen durchzufallen. Aber ein bißchen Zeit gewann ich dadurch, daß meine Freundin nicht mehr ausgehen wollte, weil sie so unter ihrem Haarwuchs litt.

Wir arbeiteten und arbeiteten mit unseren Meerschweinchen und Ratten, doch das führte zu nichts. Oliveira besorgte sich ein paar haarlose Chihuahua-Hunde und probierte verschiedene Mixturen an ihnen aus. Nichts geschah. Er ließ sogar zwei ostafrikanische Sandratten – *Heterocephalus* – kommen, gräßlich aussehende Viecher, aber auch das war eine Niete.

Dann geriet die Geschichte in die Zeitungen. Mir fiel ein kurzer Artikel auf einer Innenseite der *New York Times* auf. Eine Woche später erschien eine ganze Spalte auf Seite 1 des zweiten Teils. Dann kam es auf die Titelseite. Hauptsächlich hieß es: ‚Dr. Soundso erklärte, das im ganzen Land beobachtete Auftreten von Hyperpilosität' (tolles Wort, nicht wahr? Wünschte, ich könnte mich an den Namen des Arztes erinnern, der es erfunden hat) ‚sei auf dies, das oder noch was zurückzuführen.'

Unsere übliche Februar-Tanzveranstaltung mußte abgesagt werden, weil keiner der Studenten sein Mädchen überreden konnte hinzugehen. Der Besuch der Kinos hatte aus dem gleichen Grund ebenfalls stark nachgelassen. Es war eine Kleinigkeit, einen guten Platz zu bekommen, selbst wenn man erst um acht Uhr abends kam. Ich las eine ulkige Geschichte in der Zeitung, die Dreharbeiten zu dem Film ‚Tarzan und die Oktopus-Männer' seien eingestellt worden. Die Schauspieler sollten nämlich mit G-Saiten bekleidet herumlaufen, und nun stellte die Produktion fest, daß sie den ganzen Haufen alle paar Tage scheren und rasieren mußte, wenn man den Pelz nicht sehen sollte.

Es war ein Spaß, etwa um zehn Uhr mit dem Bus zu fahren und die Leute zu beobachten, die schön warm angezogen waren. Die meisten von ihn kratzten sich, und die zu wohlerzogen waren, um sich zu kratzen, zappelten und blickten unglücklich drein.

Als nächstes las ich, die Anträge auf Heiratslizenzen seien so zurückgegangen, daß drei Beamte den ganzen Betrieb für Groß-New York einschließlich Yonkers, das gerade in die Bronx eingemeindet worden war, bewältigen konnten.

Mit Freude stellte ich fest, daß meine Kosmetik-Aktien hübsch nach oben kletterten. Ich redete Bert Kafket, meinem Zimmergefährten, zu, auch welche zu kaufen. Aber er lächelte nur geheimnisvoll und meinte, er habe andere Pläne. Bert war so eine Art berufsmäßiger Pessimist. ‚Pat', sagte er, ‚vielleicht werdet ihr, du und Oliveira, das Rätsel lösen, vielleicht auch nicht. Ich wette, ihr werdet es nicht lösen. Wenn ich gewinne, werden die Aktien, die ich gekauft habe, noch lange Zeit blühen und gedeihen, wenn eure Haarentfernungsmittel längst vergessen sind.'

Wie ihr wißt, regten sich die Menschen über diese Plage ziemlich auf. Aber als das Wetter warm wurde, ging es erst richtig los. Erst stellten die vier großen Unterwäsche-Firmen die Produktion ein, eine nach der anderen. Zwei davon erhielten einen Konkursverwalter, eine löste sich vollständig auf, und der vierten gelang es, über die Runden zu kommen, indem sie auf die Herstellung von Tischtüchern und amerikanischen Flaggen umstellte. Mittlerweile hatte sich diese Haarwuchsgrippe über die ganze Welt verbreitet, und der Baumwollmarkt wurde vollständig ruiniert. Der Kongreß hatte geplant, früh nach Hause zu gehen, und wurde von den konservativen Zeitungen wie üblich gedrängt, das auch zu tun. Aber jetzt war Washington gerammelt voll von Baumwollpflanzern, die verlangten, die Regierung solle *etwas unternehmen,* und so wurde nichts daraus. Die Regierung war gern bereit, etwas zu unternehmen, nur hatte unglücklicherweise niemand auch nur die nebelhafteste Idee, was.

In der ganzen Zeit arbeitete Oliveira, mehr oder weniger mit meiner Assistenz, Tag und Nacht an dem Problem, aber uns ging es nicht besser als der Regierung.

In dem Gebäude, wo ich wohnte, konnte man im Radio wegen der Störungen nichts mehr hören. Sie wurden von den großen, leistungsstarken elektrischen Haarschneidemaschinen verursacht, die sich jeder angeschafft und die ganze Zeit in Betrieb hatte.

Jeder böse Wind bringt auch etwas Gutes mit sich, wie der Prophet sagt, und das Gute war für Bert Kafket. Sein Mädchen, dem er schon seit einigen Jahren den Hof machte, hatte als Mannequin in Josephine Lyons exklusivem Modesalon auf der Fifth Avenue gut verdient und Bert an der Nase herumgeführt. Aber jetzt ging der Modesalon ganz plötzlich pleite, da niemand mehr Kleider zu kaufen schien, und das Mädchen war nur zu froh, Bert zum rechtmäßigen Ehemann zu nehmen. Auf den Gesichtern der Frauen wuchs nicht viel Haar, was ein Glück für sie war, oder Gott weiß, was aus der menschlichen Rasse geworden wäre. Bert und ich warfen eine Münze, um zu entscheiden, wer von uns beiden ausziehen solle, und ich gewann.

Der Kongreß verabschiedete eine Entschließung, in der eine Belohnung von einer Million Dollar für denjenigen ausgesetzt wurde, der ein dauerhaft wirkendes Mittel gegen die Hyperpilosität fand. Dann vertagte er sich und ließ einen Haufen wichtiger Gesetzesentwürfe zurück, nach denen sich niemand richtete.

Als das Wetter im Juni richtig heiß wurde, hörten alle Männer auf, Hemden zu tragen, denn ihre Pelze bedeckten sie ebensogut. Die Polizisten wehrten sich so heftig dagegen, ihre regulären Uniformen zu tragen, daß ihnen erlaubt wurde, in dunkelblauen Polohemden und Shorts herumzulaufen. Aber schon recht bald rollten sie ihre Hemden zusammen und steckten sie in die Taschen ihrer Shorts. Es dauerte nicht lange, bis der Rest der männlichen Bevölkerung der Vereinigten Staaten desgleichen tat.

Trotz des Haarwuchses hatte die menschliche Rasse nichts von der Fähigkeit zu schwitzen verloren, und man konnte vor Hitze ohnmächtig werden, wenn man an einem heißen Tag voll bekleidet irgendwohin zu gehen versuchte. Ich erinnere mich immer noch daran, wie ich mich an der Ecke Dritter Avenue und 60. Straße an einem Hydranten festhielt und versuchte, nicht das Bewußtsein zu verlieren, während mir der Schweiß aus den Hosenbeinen lief und die Gebäude sich um mich im Kreis drehten. Danach wurde ich vernünftig und trug wie alle anderen nur noch Shorts.

Im Juli entkam Natascha, das Gorilla-Weibchen im Bronx-Zoo, aus ihrem Käfig und spazierte stundenlang im Park umher, ohne daß jemand auf sie aufmerksam wurde. Die Zoobesucher hielten sie lediglich für ein ungewöhnlich häßliches Mitglied ihrer eigenen Rasse.

Wenn das Haar der Textil- und Bekleidungsindustrie im allgemeinen schon übel mitspielte, so vernichtete es den Markt für Seide vollständig. Strümpfe wurden zu altmodischen Dingen wie dreispitzige Hüte und Perücken, die unsere Vorfahren einmal getragen hatten.

Weder Oliveira noch ich nahmen in diesem Sommer einen Tag Urlaub, weil wir wütend an dem Haar-Problem arbeiteten. Roman versprach mir einen Anteil an der Belohnung, falls und sobald er sie erhalten würde.

Aber wir kamen den ganzen Sommer lang zu keinem Ziel. Als die Vorlesungen wieder begannen, ging es mit den Forschungsarbeiten ein bißchen langsamer, denn ich war in meinem letzten Jahr, und Oliveira hatte zu unterrichten. Aber wir machten weiter, so gut wir konnten.

Über die Leitartikel der Zeitungen mußte ich lachen. Die *Chicago Tribune* äußerte sogar den Verdacht, es sei ein Anschlag der Roten. Ihr könnt euch sicher vorstellen, daß es für die Karikaturisten des *New Yorker* und des *Esquire* herrliche Zeiten waren.

Bei dem Preisverfall für Baumwolle lag der Süden diesmal richtig flach auf dem Rücken. Ich weiß noch, wie dem Kongreß die Harwick-Bill vorgelegt wurde. Es sollte zum Gesetz gemacht werden, daß sich jeder Bürger, der älter war als fünf, mindestens einmal pro Woche scheren lassen müsse. Natürlich steckte eine

Gruppe von Südstaatlern dahinter. Als der Gesetzentwurf durchfiel, hauptsächlich weil er nicht der Verfassung entsprach, brachte die Lobby einen neuen ein. Danach sollte jede Person geschoren werden, bevor sie eine Staatsgrenze überschreiten durfte. Die Theorie ging dahin, menschliches Haar sei eine Ware, was ja manchmal zutrifft, und die Überquerung einer Staatsgrenze mit einem Mantel aus diesem Stoff, ob nun vom Träger oder einem anderen stammend, stelle zwischenstaatlichen Handel dar und bedürfe der Kontrolle durch die Bundesregierung. Eine Weile sah es so aus, als käme das Gesetz durch, aber schließlich gaben sich die Südstaatler mit einer Ersatz-Bill zufrieden, laut der alle Bundesangestellten und die Kadetten der Militär- und Marine-Akademien geschoren werden mußten.

Etwa um diese Zeit – im Herbst 1971 – begann die Baumwoll- und Textil-Industrie mit einer Werbekampagne für das Scheren. Sie brachten Slogans wie: ‚Seien Sie kein haariger Affe!' und Bilder wie das von zwei Schwimmern, der eine mit, der andere ohne Haar, und einem hübschen Mädchen, das sich angewidert von dem zottigen ab- und dem glattgeschorenen zuwendet.

Ich weiß nicht, was sie mit ihrer Kampagne erreicht hätten, aber sie überreizten ihr Blatt. Sie und sämtliche Bekleidungsfirmen bestanden auf gekochten Hemden, und das nicht nur zum Abendanzug, sondern auch für den Tag. Ich hätte nie geglaubt, ein Volk, das schon so viel erlitten hatte, würde gegen den Tyrannen Mode revoltieren, aber wir taten es. Das auslösende Moment dabei war die Amtseinführung von Präsident Passayear. In dem Jahr gab es im Januar ungewöhnlich warmes Tauwetter, und der Präsident, der Vizepräsident und sämtliche Richter des Obersten Gerichtshofes erschienen ohne einen Faden oberhalb der Taille und mit verdammt wenig darunter.

Wir wurden zu einer Nation überzeugter Fast-Nudisten, und früher oder später tat es uns jeder nach. Ein Grund, warum es nicht zum völligen Nudismus kam, war die Tatsache, daß der Mensch, ungleich den Beuteltieren, keine natürlichen Taschen hat. Deshalb schlossen wir einen Kompromiß zwischen dem Haar und der Notwendigkeit, Füllfederhalter, Geld und so weiter am Körper verwahren zu können, sowie unsern traditionellen Vorstellungen von Anstand durch Einführung einer modernen Version der schottischen Umhängetasche.

Der Winter war der Verbreitung von Grippe förderlich, und jeder, der sie im vorigen Jahr nicht gehabt hatte, bekam sie jetzt. Bald wurde eine haarlose Person zu einer solchen Seltenheit, daß man sich fragte, ob der arme Kerl die Räude habe.

Im Mai 1972 erzielten wir endlich Resultate. Oliveira hatte den glänzenden Einfall – irgendwann hätte er ihm oder mir auf jeden Fall kommen müssen –, exogene Babys zu untersuchen. Bis dahin hatte noch niemand gemerkt, daß sie ein wenig später als die normal geborenen Babys begannen, einen Pelz zu entwickeln. Ihr erinnert euch, daß es mit der menschlichen Exogenese ungefähr um diese Zeit richtig anfing; Reagenz-Babys können zwar immer noch nicht in großem Umfang hergestellt werden, aber eines Tages werden wir auch das geschafft haben.

Also, Oliveira stellte fest, daß die exogenen Kinder, wenn sie einer ganz strengen Quarantäne unterworfen wurden, überhaupt kein Haar bekamen, das heißt, nicht mehr als in den normalen Mengen. Auf ihrer Isolierstation wurde die Luft, die sie atmeten, auf 800°C erhitzt, dann verflüssigt, durch eine Batterie von Reinigungsanlagen geleitet und mit einem Dutzend Desinfektionsmitteln gewaschen. Ihre Nahrung wurde auf vergleichbare Weise behandelt. Ich verstehe nicht ganz, wie die armen kleinen Kerlchen unter so unmenschlichen Hygiene-Maßnahmen überleben konnten, aber sie taten es, und es wuchs ihnen kein Haar – bis sie in Kontakt mit anderen menschlichen Wesen gebracht oder mit Serum aus dem Blut haariger Babys geimpft wurden.

Oliveira leitete daraus ab, der Grund der Hyperpilosität sei, was er schon lange vermutet habe: wieder eins dieser verdammten, sich selbst erhaltenden Protein-Moleküle. Wir kennen ihre Struktur jetzt recht gut, aber das war ein langsamer Prozeß, oft aufgehalten durch unzulängliche Daten, und manchmal waren die festgestellten Abweichungen richtig, und manchmal waren sie es nicht.

Aber wenn man irgendwelche Dinge auf dem Wege einer detaillierten Analyse untersuchen will, braucht man eine beträchtliche Menge davon, und die, hinter denen wir her waren, existierten nicht einmal in einer unbeträchtlichen Menge. Dann arbeitete Oliveira seine Methode aus, sie zu zählen. Der Ruhm, den er sich mit dieser Methode erwarb, ist ungefähr das einzige, was ihm auf die Dauer von all seiner Arbeit geblieben ist.

Als wir diese Methode anwandten, fanden wir etwas entschieden Verrücktes: Ein exogenes Baby besaß, nachdem es sich die Hyperpilosität eingefangen hatte, die gleiche Anzahl von Viren wie zuvor. Das schien nicht richtig zu sein. Wir wußten, es war mit Hyperpilositätsmolekülen geimpft worden, und als Folge davon hatte es eine schöne Matratze entwickelt.

Dann fand ich Oliveira eines Morgens an seinem Schreibtisch, und er sah aus wie ein Mönch des Mittelalters, der soeben nach vierzig Tagen Fasten eine Vision gehabt hat. (Übrigens, versucht einmal, solange zu fasten, und ihr werdet ebenfalls Visionen haben, und zwar eine ganze Menge.) Er sagte: ‚Pat, kaufen Sie sich von Ihrem Anteil an der Million keine Jacht. Die Unterhaltskosten sind zu hoch.'

‚Hä?' war die intelligenteste Antwort, die mir einfiel.

‚Passen Sie auf.' Er ging an die Tafel. Sie war bedeckt mit Diagrammen von Protein-Molekülen. ‚Wir haben drei Moleküle, Alpha, Beta und Gamma. Alphas hat es seit Tausenden von Jahren nicht mehr gegeben. Nun werden Sie bemerken, daß der einzige Unterschied zwischen Alpha und Beta folgender ist: Diese Nitrogene –' er zeigte darauf ‚– sind in *diese* Kette eingehängt statt in jene. Auch werden Ihnen an den Energie-Gleichungen, die hier unten angeschrieben sind, auffallen, daß, wenn ein einziges Beta einer Reihe von Alphas hinzugefügt wird, sich alle Alphas sofort in Betas verwandeln.

Wir wissen nun, daß sich in unsern Körpern immerzu alle möglichen Protein-Moleküle bilden. Die meisten davon sind unstabil und brechen wieder zusammen oder träge und harmlos oder es fehlt ihnen die Fähigkeit der Selbstreproduktion – jedenfalls bewirken sie nichts. Aber weil sie so groß und kompliziert sind, gibt es sehr viele mögliche Formen, die sie annehmen können, und deshalb kann innerhalb einer langen Zeit einmal eine neue Art von Protein entstehen, das sich selbst reproduzieren kann – mit anderen Worten, ein Virus. Wahrscheinlich fängt es so mit all den verschiedenen Krankheitsviren an, nur weil irgend etwas ein gewöhnliches Protein-Molekül, das eben fertig war, durcheinanderbrachte und die Nitrogene an die falschen Ketten anhängte.

Mein Gedanke ist: Die Alpha-Proteine, die ich aus den Betas und Gammas, ihren Nachkommen rekonstruiert habe, existierten einmal als harmlose und träge Protein-Moleküle im menschlichen

Körper. Dann hatte eines Tages irgendwer, als sie sich gerade bildeten, den Schluckauf, und presto! Wir haben ein Beta. Aber das Beta ist nicht harmlos. Es reproduziert sich schnell, und es verhindert den Haarwuchs auf den meisten menschlichen Körpern. Mit der Zeit wird unsere ganze Spezies, die seinerzeit dem Affen ziemlich nahestand, von dem Virus infiziert und verliert ihr Fell. Zudem ist das eines der Viren, die an ein Embryo weitergegeben werden, und so sind die Neugeborenen ebenfalls haarlos.

Nun, unsere Vorfahren haben eine Weile vor Kälte gezittert und dann gelernt, sich in Tierhäute zu hüllen, um sich warmzuhalten, und Feuer zu machen. Und nun beginnt der Siegeszug der Zivilisation. Stellen Sie sich nur vor – wäre dies eine ursprüngliche Beta-Protein-Molekül nicht gewesen, wären wir heute wahrscheinlich nichts als eine Art Gorilla oder Schimpanse, jedenfalls gewöhnliche Menschenaffen.

Ich denke es mir nun so, daß eine weitere Änderung in der Form des Moleküls stattgefunden hat, die es von einem Beta in ein Gamma verwandelte – und Gamma ist ein harmloser und träger kleiner Bursche wie Alpha. So stehen wir wieder da, wo wir angefangen haben.

Unser Problem, Ihrs und meins, ist, einen Weg zu finden, wie wir die Gammas, von denen wir alle voll sind, wieder in Betas verwandeln können. Mit anderen Worten: Jetzt, wo wir plötzlich von der Krankheit geheilt worden sind, an der die gesamte Rasse Tausende von Jahren gelitten hat, wollen wir sie zurück haben. Und ich glaube, ich sehe schon, wie es bewerkstelligt werden kann.'

Viel mehr konnte ich nicht aus ihm herausbekommen; er machte sich eifriger denn je an die Arbeit. Nach mehreren Wochen kündigte er an, er sei jetzt so weit, daß er einen Selbstversuch unternehmen könne. Seine Methode bestand aus einer Kombination mehrerer Drogen – eine davon war, wie ich mich erinnere, das Standard-Heilmittel gegen die Druse bei Pferden – und einem elektromagnetischen Hochfrequenz-Fieber.

Ich war gar nicht dafür, denn ich mochte Oliveira gern, und diese schreckliche Dosis, die er sich verpassen wollte, sah aus, als könne sie ein Regiment umbringen. Aber er nahm sie.

Nun, es brachte ihn wirklich beinahe um. Aber nach drei Tagen war er mehr oder weniger wieder in seinem normalen Zustand und stieß Freudenschreie über die Entdeckung aus, daß das Fell an seinen Gliedern und seinem Körper rapide ausging. Vierzehn Tage später hatte er nicht mehr Haar, als man an einem mexikanischen Professor der Virologie erwartet.

Aber dann kam für uns die wirkliche Überraschung, und es war keine angenehme!

Wir rechneten damit, von Reportern mehr oder weniger überrannt zu werden, und hatten entsprechende Vorbereitungen getroffen. Ich weiß noch, daß ich Oliveira eine volle Minute lang ins Gesicht starrte und ihm dann versicherte, sein Schnurrbart sei exakt symmetrisch geschnitten, und mir dann von ihm eine neue Krawatte geradeziehen ließ.

Unsere epochemachende Ankündigung hatte den Besuch von zwei gelangweilten Reportern, ein paar telefonische Interviews von Redakteuren wissenschaftlicher Fachzeitschriften und nicht einen einzigen Fotografen zur Folge! Ja, wir wurden in der wissenschaftlichen Sparte der *New York Times* erwähnt, aber nur mit zwölf Zeilen Kleingedrucktem. Die Zeitung stellte fest, Professor Oliveira und sein Assistent – nicht genannt – hätten die Ursache der Hyperpilosität und ein Heilmittel dagegen gefunden. Nicht ein Wort wurde über die möglichen Folgen der Entdeckung verloren.

Unsere Verträge mit dem Medical Center verboten uns, unsere Entdeckung wirtschaftlich auszuwerten, aber wir nahmen an, eine Menge anderer Leute werde sich schleunigst daranmachen, sobald die Methode veröffentlicht worden war. Doch das geschah nicht. Was das Aufsehen betraf, das wir erregten, hätten wir ebensogut einen Zusammenhang zwischen der Temperatur eines Ochsenfrosches und der Höhe seiner Quaklaute entdeckt haben können.

Eine Woche später sprachen Oliveira und ich mit Wheelock, dem Fachbereichsleiter, über die Entdeckung. Oliveira wollte ihn überreden, seinen Einfluß zur Gründung einer Enthaarungsklinik geltend zu machen. Aber Wheelock sah darin keinen Sinn.

‚Wir haben ein paar Anfragen bekommen', gab er zu, ‚aber nichts, was einen in Erregung versetzen könnte. Erinnern Sie sich an den Ansturm, als Zimmermann mit seiner Krebsbehandlung herauskam? Also, etwas Vergleichbares hat es nicht gegeben. Tatsächlich – äh – bezweifle ich, ob ich persönlich Wert darauf legen würde, mich Ihrer Behandlung zu unterziehen, Dr. Oliveira, so wirkungsvoll sie sein mag. Ich will die bemerkenswerte Arbeit, die Sie geleistet haben, nicht im geringsten herabsetzen. Aber – äh – hier fuhr er sich mit den Fingern durch die Haare auf seiner Brust, die über sechs Zoll lang, dicht und von einem wunderschönen seidigen Weiß waren,– verstehen Sie, ich habe mich an den alten Pelz gewöhnt, und mit nackter Haut käme ich mir ein wenig unanständig vor. Auch kommt er viel billiger als ein Anzug. Und – äh – wenn ich das sagen darf, ohne die Regeln der Bescheidenheit zu verletzen – ich finde auch, daß er gar nicht schlecht aussieht. Meine Familie hat mich immer wegen meiner saloppen Kleidung gehänselt, aber jetzt kann ich über sie lachen. Nicht einer von ihnen kann einen Pelz wie meinen aufweisen!'

Als Oliveira und ich gingen, waren uns die Knie ein wenig weich. Wir stellten die Anschriften von Leuten fest, die wir kannten, und schrieben einer Reihe von ihnen Briefe, in denen wir fragten, was sie davon hielten, sich der Oliveira-Behandlung zu unterziehen. Ein paar antworteten, sie würden es vielleicht tun, wenn es genug andere auch täten, aber die meisten äußerten sich beinahe genauso wie Dr. Wheelock. Sie hatten sich an ihr Fell gewöhnt und sahen keinen triftigen Grund, warum sie in den früheren haarlosen Zustand zurückkehren sollten.

‚Es sieht ganz so aus, Pat', sagte Oliveira zu mir, ‚als trage uns unsere Entdeckung nicht viel Ruhm ein. Aber sie kann uns immer noch ein kleines Vermögen eintragen. Sie erinnern sich doch an die Belohnung von einer Million Dollar? Ich habe meine Bewerbung eingeschickt, sobald ich mich von der Behandlung erholt hatte, und wir können jetzt jeden Tag von der Regierung hören.'

So war es auch. Ich war in seiner Wohnung, und wir redeten über nichts im besonderen, als Mrs. O. mit dem Brief hereinstürzte und quietschte: *‚Abre la!* Mach den Brief auf, Roman!'

Er öffnete ihn ohne Eile, entfaltete das Blatt Papier und las es. Dann runzelte er die Stirn und las es noch einmal. Dann legte er es hin, zog ganz bedächtig eine Zigarette mit Filtermundstück hervor, zündete sie am falschen Ende an und erklärte mit völlig ausdrucksloser Stimme: ‚Ich bin schon wieder ein Dummkopf gewesen, Pat. Ich habe mir nie einfallen lassen, daß die Aussetzung einer Belohnung zeitlich begrenzt sein könnte. Nun sieht es so aus, als habe irgendein hinterhältiger Hurensohn im Kongreß dafür gesorgt, so daß das Angebot am ersten Mai erloschen ist. Sie wissen, ich gab den Brief am neunzehnten zur Post, und sie erhielten ihn am einundzwanzigsten, drei Wochen zu spät!'

Ich sah Oliveira und er sah mich und dann seine Frau an, und sie sah ihn an und ging dann ohne ein Wort an den Schrank und nahm zwei große Flaschen *Tequila* und drei Gläser heraus.

Oliveira stellte drei Stühle um einen kleinen Tisch und ließ sich mit einem Seufzer auf einem davon nieder. ‚Pat‘, sagte er, ‚ich mag keine Million Dollar haben, aber dafür habe ich etwas viel Wertvolleres – eine Frau, die weiß, was in einem Augenblick wie diesem vonnöten ist!‘

Und das ist die Hintergrund-Geschichte der großen Änderung oder zumindest eines Aspekts davon. So ist es gekommen, daß wir heute, wenn wir von einem platinblonden Filmstar sprechen, damit nicht nur auf ihr Kopfhaar anspielen, sondern auf den wunderschönen silbernen Pelz, der sie vom Scheitel bis zu den Knöcheln bedeckt.

Nur noch eins ist zu erwähnen. Bert Kafket lud mich ein paar Tage später zum Dinner in seiner Wohnung ein. Nachdem ich ihm und seiner Frau von Oliveiras und meinen Schwierigkeiten erzählt hatte, erkundigte er sich, wie es mir mit den Aktien der Enthaarungsmittelhersteller ergangen sei, die ich gekauft hatte. ‚Ich habe festgestellt, daß der Kurs dieser Aktien wieder da ist, wo er vor der Änderung stand‘, setzte er hinzu.

‚Sie haben mir kaum etwas eingebracht‘, antwortete ich. ‚Um die Zeit, als der Kurs vom höchsten Stand zu stürzen begann, arbeitete ich zu eifrig für Roman, um viel darauf zu achten. Als ich es merkte, konnte ich die Aktien gerade noch mit ein paar Cents Gewinn pro Stück verkaufen. Und was ist mit deinen Aktien, wegen der du im letzten Jahr so geheimnisvoll getan hast?‘

‚Hast du meinen neuen Wagen bemerkt, als du hereinkamst?‘ fragte Bert grinsend. ‚Das sind sie. Ich habe nur Aktien einer Firma gekauft, der Jones und Galloway Company.‘

‚Was stellen Jones und Galloway her?‘

‚Sie stellen –‘ hier wurde Berts Grinsen so breit, daß zu befürchten war, seine Mundwinkel würden sich am Hinterkopf treffen – ‚Striegel her!‘

Und das war's. Da kommt Carl mit dem Bier. Du gibst, Hannibal, nicht wahr?"

## *Der Befehl*

Johnny Black nahm Band 5 der *Encyclopaedia Britannica* vom Regal der Bibliothek und blätterte bis zum Stichwort „Chemie". Er schob das Gummiband zurecht, das seine Brille festhielt, und fand die Stelle, wo er beim letzten Mal zu lesen aufgehört hatte. Er arbeitete sich durch ein paar Sätze und dachte dann traurig, daß es keinen Zweck habe; er mußte zu Professor Methuen gehen und sich noch mehr erklären lassen, bevor er weitermachen konnte. Und er wünschte sich so sehr, alles über die Chemie zu erfahren, die ihn dazu gemacht hatte, was er war – die es ihm ermöglicht hatte, überhaupt in einer Enzyklopädie zu lesen. Denn Johnny Black war nicht menschlich.

Er war ein prächtiges Exemplar von einem schwarzen Bären, *Euarctos americanos,* in dessen Gehirn Methuen eine Chemikalie injiziert hatte, die den Widerstand der Synapsen zwischen den Gehirnzellen herabsetzte und den komplizierten elektrischen Prozeß, „Denken" genannt, für Johnnys kleines Gehirn fast ebenso leicht machte wie für das große eines Menschen. Und Johnny, dessen vorherrschende Leidenschaft die Neugier war, war entschlossen, alles über den Vorgang herauszufinden.

Er wandte die Seiten vorsichtig mit seiner Tatze um – er hatte einmal versucht, seine Zunge zu benutzen, hatte sich aber an der Kante des Papiers geschnitten, und dann war Methuen hereingekommen und hatte geschimpft, weil er die Seiten naßgemacht hatte. Um so aufgebrachter war der Professor gewesen, weil Johnny gleichzeitig seinem geheimen Laster frönte und der Professor schon sah, wie Johnny Tabaksaft über seine teuren Bücher kleckerte.

Johnny las die Absätze über Cheviot und Chicago. Da sein Wissensdurst für den Augenblick gestillt war, stellte er das Buch weg, verstaute seine Brille in dem Etui, das an seinem Halsband befestigt war, und trottete hinaus.

Draußen schmorte die Insel St. Croix unter der karibischen Sonne. Die Bläue des Himmels und das Grün der Berge waren an Johnny, der wie alle Bären farbenblind war, verschwendet. Aber er wünschte sich, sein Bären-Sehvermögen sei gut genug, um die Boote im Hafen von Frederiksted zu erkennen. Professor Methuen konnte sie leicht von der biologischen Station aus sehen, sogar ohne seine Gläser. Seine Kurzsichtigkeit zusammen mit dem Mangel an beweglichen Fingern und an Stimmorganen, mit denen sich artikulieren ließ, waren Johnnys hauptsächliche Einwände gegen die Dinge im allgemeinen. Manchmal wünschte er, wenn er schon ein Tier mit einem hominiden Gehirn sein mußte, daß er dann wenigstens ein Affe wäre – wie McGinty, der Schimpanse dort drüben im Käfig.

Johnny machte sich Gedanken um McGinty. Den ganzen Vormittag hatte er noch keinen Pieps von ihm gehört, wo es doch die Gewohnheit des alten Affen war, zu kreischen und jeden, der vorbeikam, mit Dingen zu bewerfen. Neugierig schlurfte der Bär zu den Käfigen hinüber. Die Halbaffen schnatterten ihm zu wie gewöhnlich, aber aus McGintys Käfig kam kein Laut. Johnny richtete sich auf und sah, daß der Schimpanse mit dem Rücken an der Wand saß und ausdruckslos ins Weite starrte. Schon glaubte Johnny, er sei tot, doch dann merkte er, daß McGinty atmete. Johnny knurrte ein bißchen. Die Augen des Affen wandten sich dem Geräusch zu, und seine Glieder zuckten, aber er stand nicht auf. Er muß ziemlich krank sein, dachte Johnny und überlegte, ob er versuchen solle, einen der Wissenschaftler hierher zu zerren. Aber dann tröstete sich seine ziemlich ichbezogene kleine Seele mit dem Gedanken, daß Pablo in Kürze mit dem Dinner des Affen kommen und McGintys Verhalten melden werde.

Der Gedanke an das Dinner erinnerte Johnny an etwas. Es war höchste Zeit, daß er Honorias Glocke hörte, die die Biologen der Station zum Lunch rief. Aber keine Glocke ertönte. Auf dem ganzen Gelände war es unnatürlich still. Die einzigen Geräusche waren die Stimmen aus den Vogel- und Affenkäfigen und das *Tuck-tuck-tuck* einer feststehenden Maschine aus der Richtung von Bemis' Haus am Rand des Stationsgeländes. Johnny hätte gern gewußt, was der exzentrische Botaniker vorhatte. Ihm war bekannt, daß die anderen Biologen Bemis nicht mochten. Er hatte von Methuen Bemerkungen über dicke kleine Männer gehört, die in Reitstiefeln einherstolzierten, obwohl in der Nähe der Station kein Pferd zu finden sei. Bemis gehörte eigentlich nicht zur Station, aber seine finanziellen Zuschüsse hatten den Schatzmeister bewogen, ihm zur Errichtung eines Hauses und Laboratoriums die Erlaubnis zu erteilen. Eine Frage zu stellen, bedeutete für Johnny, sie zu untersuchen, und er wollte sich schon zu Bemis' Haus in Bewegung setzen, als ihm einfiel, welchen Zirkus Bemis das letzte Mal gemacht hatte.

Nun, er konnte immer noch den Grund für Honorias Saumseligkeit untersuchen. Er trottete zur Küche hinüber und steckte seine gelbliche Schnauze durch die Tür. Weiter ging er nicht, denn er kannte die unvernünftige Einstellung der Köchin zu Bären in ihrer Küche. Es roch nach angebranntem Essen, und auf einem Stuhl am Fenster saß Honoria, schwarz und massig wie immer, mit leerem Blick. Ein leises „Wuff!" von Johnny rief bei ihr nicht mehr Reaktion hervor als bei McGinty.

Das war entschieden beunruhigend. Johnny machte sich auf die Suche nach Methuen. Der Professor war nicht im Gemeinschaftsraum, aber andere waren da. Dr. Breuker, weltberühmte Autorität für die Psychologie der Sprache, saß in einem Lehnsessel, eine Zeitung auf dem Schoß. Er rührte sich nicht, als Johnny an seinem Bein schnüffelte, und als der Bär ihn in den Knöchel zwickte, zog er das Bein nur ein bißchen zurück. Er hatte eine brennende Zigarette auf den Teppich fallengelassen, in den sie, bevor sie ausging, ein großes Loch gebrannt hatte. Auch die Doktoren Markush und Ryerson und Ryersons Frau waren da – und sie alle saßen herum wie Statuen. Mrs. Ryerson hielt eine Schallplatte in der Hand, wahrscheinlich eine dieser Tanzweisen, die sie liebte.

Johnny suchte weiter nach seinem Herrn, und schließlich fand er den mageren Methuen in Unterwäsche auf dem Bett liegen und an die Decke starren. Er sah nicht krank aus, sein Atem ging regelmäßig, aber er bewegte sich nicht, außer wenn man ihn stupste oder zwickte. Johnnys Anstrengungen, ihn zu wecken, hatten schließlich den Erfolg, daß er sich vom Bett erhob und wie im Traum auf die andere Seite des Zimmers ging, wo er sich hinsetzte und in die Weite blickte.

Eine Stunde später gab Johnny es auf, aus den verschiedenen Wissenschaftlern der biologischen Station eine vernünftige Handlung herauszuholen, und ging nach draußen, um nachzudenken. Für gewöhnlich dachte er gern nach, aber diesmal hatte er nicht genug Tatsachen, aus denen er Schlüsse ziehen konnte. Was sollte er tun? Er konnte den Telefonhörer abnehmen, aber er konnte nicht hineinsprechen und einen Arzt rufen. Wenn er nach Frederiksted hinunterging, um einen mit Gewalt herbeizuzerren, würde er für seine Mühen wahrscheinlich nur erschossen werden.

Als er zufällig zu Bemis' Haus hinüberblickte, sah er zu seiner Überraschung etwas Rundes in den Himmel steigen, langsam kleiner werden und verschwinden. Er hatte genug gelesen, um zu erkennen, daß es ein kleiner Ballon war; er hatte auch gehört, Bemis führe ein bestimmtes botanisches Experiment durch, bei dem er Ballons einsetze. Eine zweite Kugel folgte der ersten, dann noch eine, bis eine ganze Reihe von ihnen hintereinander im Nichts verschwanden.

Das war zuviel für Johnny; er *mußte* herausfinden, warum jemand den Himmel mit Ballons von einem Meter Durchmesser füllen wollte. Außerdem konnte er Bemis vielleicht dazu bewegen, zur Station herüberzukommen und sich des in Trance gesunkenen Mitarbeiterstabs anzunehmen.

Auf einer Seite des Bemis-Hauses fand Johnny einen Lastwagen, eine Maschine und zwei fremde Männer. Da lag ein großer Haufen ungefüllter Ballons, und die Männer nahmen einen nach dem anderen, füllten sie an einem Stutzen, der aus der Maschine hervorragte, und ließen sie los. An jedem Ballon war ein Kästchen befestigt.

Der eine Mann sah Johnny, sagte: „Jesus!" und langte nach seinem Pistolenhalfter. Johnny richtete sich auf und streckte ihm würdevoll die rechte Vorderpfote entgegen. Er hatte festgestellt, daß das ein gutes Mittel war, Leute zu beruhigen, die über sein plötzliches Auftauchen erschraken – nicht daß es Johnny kümmerte, ob er sie erschreckt hatte, aber sie trugen manchmal Waffen bei sich und waren gefährlich, wenn man ihnen den Weg abschnitt oder sie überraschte.

Der Mann brüllte: „Mach, daß du wegkommst!"

Der verwirrte Johnny öffnete den Mund und fragte: „Wok?" Seine Freunde wußten, das hieß: „Was hast du gesagt?" oder „Was geht hier vor?" Aber statt daß der Mann ihm die Dinge vernünftig erklärt hätte, zog er seine Pistole und feuerte.

Johnny spürte einen betäubenden Schlag und sah Funken, als die 0,38er Kugel an seinem dicken Schädel abprallte. Im nächsten Augenblick raste er auf das Tor zu, daß der Kies auf der Zufahrt nach allen Seiten spritzte. Johnny schaffte bei einem Sprint 35 Meilen pro Stunde und 30 bei vielen Meilen hintereinander, und jetzt rannte er, was er konnte.

Zurück auf der Station stellte er sich vor einen Badezimmerspiegel und untersuchte die zwei Zoll lange Wunde an seiner Stirn. Sie war nicht ernsthaft, obwohl er von dem Aufprall leichte Kopfschmerzen hatte. Er konnte sich nicht verbinden. Aber er konnte den Wasserhahn aufdrehen und seinen Kopf darunterhalten, und das tat er auch. Er tupfte den Riß mit einem Handtuch ab, nahm die Jodflasche herab, zog den Stöpsel mit den Zähnen heraus und goß, die Flasche mit den Pfoten haltend, ein paar Tropfen auf die Wunde. Die Flüssigkeit brannte. Johnny zuckte zusammen und verschüttete etwas auf den Fußboden, wo, wie er überlegte, Methuen es sehen und ihn dann schimpfen würde.

Nun ging er hinaus und dachte weiter nach, hielt aber ein wachsames Auge auf die ungehobelten Individuen bei Bemis. Er hatte den Verdacht, daß diese Männer, die Ballons und der tranceähnliche Zustand der Leute in der Station irgendwie zusammenhingen. War Bemis auch in Trance versunken? Oder hatte er diese Entwicklung verursacht? Johnny hätte gern ein paar weitere Nachforschungen angestellt, aber er hatte eine starke Aversion dagegen, beschossen zu werden.

Ihm fiel ein, daß er, wenn er aus der Krankheit der Wissenschaftler einen Vorteil ziehen wollte, ihn besser gleich wahrnehme, und darum wandte er sich der Küche zu. Dort ließ er es sich wohl sein, denn er hatte fünf wirksame natürliche Büchsenöffner an jedem Fuß. Als er sich gerade den Inhalt einer Dose mit Pfirsichen die Kehle hinuntergoß, lockte ihn ein Lärm von draußen ans Fenster. Er sah den Lastwagen, der hinter Bemis' Haus gestanden hatte, vorfahren und die beiden Individuen aussteigen. Geräuschlos glitt Johnny ins Speisezimmer und horchte an der Tür, bereit, sofort wegzulaufen, sollten die Eindringlinge diesen Weg nehmen.

Er hörte, wie die äußere Küchentür zugeknallt wurde, und die Stimme des Mannes, der auf ihn geschossen hatte: „Wie heißt du, he?"

Honoria, die immer noch regungslos auf ihrem Stuhl saß, antwortete tonlos: „Honoria Velez."

„Okay, Honoria, du hilfst uns, diese Lebensmittel hinaus zum Lastwagen zu tragen. Jesus, Smoke, sieh dir die Schweinerei an. Der Bär ist hier gewesen. Wenn du ihn siehst, schieß ihn tot. Bärensteak ist lecker, wie ich gehört habe."

Der andere Mann murmelte etwas. Johnny hörte das Klatschen von Honorias Pantoffeln, als sie umherging, und dann öffnete sich die äußere Küchentür. Immer noch schaudernd bei dem Gedanken, ein Steak zu werden, schob Johnny seine Tür einen Spalt auf. Durch den Fliegenschirm der äußeren Tür konnte er Honoria sehen, die Arme voller Lebensmittel. Gehorsam folgte sie den Befehlen der Männer und stapelte Büchsen und Tüten in den Lastwagen. Die Männer saßen auf dem Trittbrett und rauchten, während Honoria, als sei sie hypnotisiert worden, mehrmals in die Küche zurückkehrte. Dann sagten die Männer: „Das ist alles", und sie sank auf die Stufen vor der Küche und fiel in ihren früheren Zustand zurück. Der Lastwagen fuhr davon.

Johnny eilte hinaus und lief zu einer Baumgruppe am Ende des Sationsgeländes, gleich gegenüber von Bemis' Haus. Die Baumgruppe krönte einen kleinen Hügel und machte ihn gleichzeitig zu einem guten Versteck wie zu einem Aussichtspunkt. Johnnys Meinung nach war die Station offensichtlich nicht groß genug für ihn und die fremden Männer, wenn sie die Essensvorräte an sich brachten und ihn ohne Warnung niederschießen wollten. Dann dachte er darüber nach, wie sich Honoria verhalten hatte. Die Negerin, normalerweise eine willensstarke Person von granitener Sturheit, hatte jeden Befehl ausgeführt, ohne Piep zu sagen. Offensichtlich griff diese Krankheit – oder was es war – einen Menschen nicht geistig oder körperlich an, außer daß sie das Opfer aller Initiative und Willenskraft beraubte. Honoria hatte sich an ihren eigenen Namen erinnert und die Befehle genau verstanden. Johnny wunderte sich, warum er selbst keine Wirkung verspürte. Dann fiel ihm der Schimpanse ein, und er schloß, daß die Krankheit wahrscheinlich nur die höheren Anthropoiden befiel.

Er sah weitere Ballons aufsteigen und zwei Männer aus dem Bungalow kommen und mit denen, die sie aufbliesen, reden. Johnny war sicher, daß der eine mit der untersetzten Figur Bemis war. Wenn das stimmte, war der Botaniker der Kopf der Bande, und Johnny mußte sich mit mindestens vier Feinden befassen. Wie? Er wußte es nicht. Nun, zumindest konnte er das restliche Essen in der Stationsküche an sich bringen, bevor die Schlägertypen es sich holten.

Er ging hinunter und machte sich einen großen Topf Kaffee, was er leicht konnte, weil die Kontrollflamme am Gasherd noch brannte. Er goß ihn zum Abkühlen in eine Bratpfanne. Dann schlappte er ihn aus und verputzte gleichzeitig einen ganzen Laib Brot.

Zurück in seinem Versteck, konnte er nicht schlafen. Der Kaffee regte seinen Geist an, und Pläne, den Bungalow anzugreifen, segelten wie Wolken hindurch, bis ihm beinahe danach war, das sofort zu tun. Aber er ließ es sein, denn er wußte, daß sein Sehvermögen besonders nachts schlecht war, und er nahm an, daß alle vier Feinde sich im Haus aufhielten.

Er erwachte bei Sonnenaufgang und beobachtete das Haus, bis er die beiden ungehobelten Burschen herauskommen und mit der Arbeit an den Ballons anfangen sah und wieder die kleine Maschine mit ihrem *Tuck-tuck-tuck* hörte. Auf einem großen Umweg schlich sich Johnny von der entgegengesetzten Seite an und kroch unter das Haus, das, wie die meisten Bungalows auf den Jungfern-Inseln, keinen Keller hatte. Er suchte sich eine Stelle, wo ihm das Scharren von Füßen auf dem dünnen Boden über ihm verriet, daß er sich genau unter den Männern befand. Er hörte Bemis' Stimme: „... Al und Shorty, und jetzt sitzen die Idioten in Havanna fest und haben keine Möglichkeit, hier herunterzukommen, weil mittlerweile der ganze Verkehr in der Karibik lahmgelegt sein wird."

Eine andere Stimme, eine britische, antwortete: „Ich vermute, irgendwann werden sie auf die Idee kommen, zu dem Besitzer eines Bootes oder eines Flugzeugs zu gehen und dem Kerl einfach zu befehlen, sie herzubringen. Das ist das einzige, was sie machen können, wo jeder in Kuba jetzt unter dem Einfluß des Schimmels steht. Wie viele Ballons sollen wir noch hochschicken?"

„Alle, die wir haben", erwiderte Bemis.

„Aber sollten wir nicht ein paar als Reserve zurückbehalten? Es wäre unangenehm, wenn wir für den Rest unseres Lebens Sporen in die Stratosphäre schicken müßten in der Hoffnung, die kosmischen Kräfte würden uns noch einmal eine Mutation wie diese bescheren."

„Ich habe gesagt, alle Ballons, nicht alle Sporen, Forney. Von den Sporen habe ich eine Menge in Reserve, und von meinen Schimmelkulturen kann ich immerzu neue ernten. Stell dir nur mal vor, uns ginge der Vorrat aus, bevor die ganze Welt unter diesem Einfluß steht, was in ein paar Wochen der Fall sein wird. Für diese erste Mutation bestand nicht einmal eine Chance von eins zu einer Million – und doch hat sie stattgefunden. Deshalb weiß ich ja, daß es ein Zeichen von oben war und daß ich auserwählt bin, die Welt aus ihren Fehlern und Irrtümern zu führen. Und das werde ich tun! Gott hat mir diese Macht über die Welt gegeben, und Er wird mich nicht im Stich lassen!"

Johnnys Gehirn arbeitete fieberhaft. Also das war es. Er wußte, daß Bemis Fachmann für Schimmelpilze war. Der Botaniker mußte eine Ladung davon in die Stratosphäre geschickt haben, wo sie den kosmischen Strahlen ausgesetzt waren, und eine der so entstandenen Mutationen hatte die Fähigkeit, im menschlichen Gehirn, wenn die Sporen eingeatmet wurden und an die Enden der Geruchsnerven gerieten, die Willenskraft völlig abzubauen. Und nun schickte Bemis diese Sporen über die ganze Welt, und danach würde er das Kommando ergreifen und den Bewohnern der Erde befehlen, das zu tun, was er wünschte. Da er und seine Helfer von der Wirkung der Sporen frei waren, mußte es irgendein Gegengift oder vorbeugendes Mittel geben. Wahrscheinlich hatte Bemis einen Vorrat zur Hand. Wenn es eine Möglichkeit gäbe, Bemis zu zwingen, ihm zu sagen, wo es war – wenn er ihn zum Beispiel fesseln und die Frage niederschreiben könnte ... Aber das ließ sich nicht durchführen. Er mußte zuerst die Bande erledigen und auf sein Glück vertrauen, daß er das Gegengift fand.

Einer der Männer, die an den Ballons arbeiteten, sagte: „Zehn Uhr, Bert. Zeit, die Post abzuholen."

„Es gibt keine Post, du Idiot. Jeder in Frederiksted sitzt herum wie narkotisiert."

„Ja, das stimmt. Aber wir sollten anfangen, sie zu ogranisieren, bevor sie alle verhungern. Wir müssen doch Leute haben, die für uns arbeiten."

„Richtig, du Schlaukopf, geh du und organisiere. Ich nehme

mir eine Minute für eine Zigarette. Vermutlich wirst du versuchen, die Telefonvermittlung wieder in Gang zu bringen."

Johnny sah ein Paar bestiefelte Beine in dem Lastwagen verschwinden, der dann die Zufahrt hinunterrollte. Das zweite Paar Beine kam an die Stufen vor der Eingangstür, und ihr Besitzer setzte sich. Johnny erinnerte sich an einen Baum auf der anderen Seite des Hauses, dessen Stamm bis an die Dachbalken hinaufreichte.

Vier Minuten später schlich er geräuschlos über das Dach und sah auf den Raucher hinunter. Bert warf seinen Zigarettenstummel weg und stand auf. Sofort landeten Johnnys fünfhundert Pfund stählerner Muskeln auf seinem Rücken und warfen ihn zu Boden. Ehe der Mann seine Lungen füllen konnte, um zu schreien, landete die Bärentatze klatschend an seinem Kopf. Bert erzitterte und lag still. Sein Schädel hatte ein merkwürdig schiefes Aussehen angenommen.

Johnny lauschte. Im Haus war es ruhig. Aber der Smoke genannte Mann würde mit dem Lastwagen zurückkommen... Schnell zog Johnny die Leiche unter das Haus. Dann öffnete er vorsichtig mit seinen Vorderpfoten den Fliegenschirm der Eingangstür und stahl sich hinein, die Klauen aufgerichtet, damit sie nicht gegen den Fußboden klickten. Er machte den Raum aus, wo sich Bemis aufhalten mußte. Seine Stimme mit ihrer übertriebenen oratorischen Resonanz dröhnte durch die Tür.

Langsam schob Johnny die Tür auf. Das Zimmer war das Laboratorium des Botanikers und voll von Blumentöpfen, Glaskästen mit Pflanzen und chemischen Apparaten. Bemis und ein junger Mann, offenbar der Engländer, saßen am hinteren Ende des Raums und unterhielten sich lebhaft.

Johnny hatte schon die Hälfte des Weges zurückgelegt, bevor sie ihn sahen. Sie sprangen hoch; Forney schrie: „Guter Gott!" Bemis gab einen einzigen schrecklichen Schrei von sich, als ihm Johnnys rechte Vordertatze mit einer fließenden Bewegung in den Unterleib fuhr, ganz so wie ein Patent-Eislöffel in dem Medium arbeitet, für das er bestimmt ist. Bemis, jetzt grauenhaft anzusehen, versuchte zu gehen, dann zu kriechen, und dann sank er langsam in einer Pfütze seines eigenen Blutes zusammen.

Forney starrte auf Bemis' heraushängende Gedärme. Er griff nach einem Stuhl, um Johnny abzuwehren, wie er es Zirkusleute bei Löwen hatte tun sehen. Johnny war jedoch kein Löwe. Er erhob sich auf die Hinterbeine und schleuderte den Stuhl quer durch den Raum. Glas klirrte, wo er landete. Forney stürzte auf die Tür zu, aber Johnny sprang ihm auf den Rücken, noch ehe er drei Schritte gemacht hatte ...

Nun überlegte sich Johnny, wie er Smoke erledigen sollte, wenn dieser zurückkehrte. Vielleicht, wenn er sich hinter der Tür versteckte und ihn ansprang, sowie er eintrat, konnte er ihn töten, bevor der Mann seine Pistole zu ziehen vermochte. Johnny hatte eine gesunde Angst davor, eine weitere Kugel in ihrem Lauf aufzuhalten. Dann bemerkte er vier automatische Gewehre in dem Schirmständer auf dem Flur. Johnny konnte gut mit einem Gewehr schießen – oder zumindest so gut, wie es ihm sein Sehvermögen erlaubte. Er öffnete die Schwanzschraube des einen Gewehres teilweise, um sich zu vergewissern, daß es geladen war, und suchte sich ein Fenster, das die Zufahrt beherrschte. Als Smoke ankam und aus dem Lastwagen stieg, erfuhr er nicht mehr, was ihn getroffen hatte.

Johnny machte sich daran, das Gegengift zu finden. Bemis mußte etwas davon in seiner Nähe aufbewahrt haben, vielleicht in seinem Schreibtisch. Der Schreibtisch war verschlossen, aber wenn er auch aus Stahlplatten bestand, war er nicht dazu bestimmt, einem entschlossenen und mit besten Hilfsmitteln ausgestatteten Bären Widerstand zu leisten. Johnny hakte seine Klauen unter die unterste Schublade, holte Luft und hob an. Der Stahl wölbte sich, und die Schublade schoß mit einem kreischenden Laut heraus. Den anderen erging es ebenso. In der letzten fand Johnny eine ziemlich große, viereckige Flasche, auf deren Etikett er mit Hilfe seiner Brille „Jodkalium" entzifferte. In der Schublade waren auch zwei Spritzen.

Wahrscheinlich war dies das Gegengift, und es mußte injiziert werden. Aber wie sollte er das machen? Vorsichtig zog er mit seinen Zähnen den Flaschenkorken heraus und versuchte, eine der Spritzen aufzuziehen. Indem er den Apparat mit den Pfoten festhielt und den Kolben mit dem Maul bediente, gelang es ihm endlich.

Johnny nahm die Spritze ins Maul und trabte zur Station zurück. Er fand den in Unterwäsche gekleideten Methuen in der Küche, wo er wie im Traum die Reste aß, die nach den Überfällen

Johnnys und der Schlägertypen noch übrig waren. Breuker, der Psychologe, und Dr. Bouvet, der schwarze haitianische Bakteriologe, betätigten sich in gleicher Weise. Offensichtlich hatte der Hunger sie so lange gequält, bis sie auf der Suche nach etwas Eßbarem herumzuwandern begannen, und ihre schwachen Instinkte befähigten sie, das Essen zu verzehren, ohne einen Befehl dazu erhalten zu haben. Darüber hinaus waren sie ohne Befehl völlig hilflos und würden wie Gemüse herumsitzen, bis sie tot waren.

Johnny versuchte, Methuen die Lösung in die Wade zu injizieren, indem er die Spritze quer ins Maul nahm und mit einer Pfote auf den Kolben drückte. Aber beim Stich der Nadel zuckte der Mann instinktiv zurück. Johnny versuchte es wieder und wieder. Schließlich packte er Methuen und hielt ihn auf dem Boden fest, während er die Nadel ansetzte, aber der Mann zappelte so, daß die Spritze zerbrach.

Ein entmutigter schwarzer Bär räumte die Glasscherben weg. Mit Ausnahme vielleicht der beiden Vermißten Al und Shorty würde er bald das einzige denkende Wesen auf der Erde sein, dem Initiative geblieben war. Er hoffte sehr, daß Al und Shorty noch in Kuba waren – am besten sechs Fuß unter der Erde. Johnny kümmerte es nicht besonders, was aus der menschlichen Rasse wurde, zu der so viele bösartige Exemplare gehörten. Aber er hatte eine gewisse Zuneigung zu seinem dürren, launischen Chef Methuen. Und, was von seinem Standpunkt aus wichtiger war, ihm gefiel der Gedanke gar nicht, für den Rest seines Lebens seine eigene Nahrung beschaffen zu müssen wie ein wilder Bär. Ein solches Leben war für einen Bären von seiner Intelligenz viel zu stupide. Natürlich hätte er Zugang zu der Stationsbibliothek, aber niemand würde da sein, der ihm die schwierigen Stellen in der Chemie und den anderen Wissenschaften erklären konnte, wenn er nicht mehr weiterkam.

Johnny kehrte zu Bemis' Haus zurück und brachte sowohl die Flasche als auch die zweite Spritze mit, die er wie die erste füllte. Er bemühte sich, die Nadel ganz sachte in Professor Methuens Körper zu stechen, aber der Biologe zuckte immer wieder zurück. Johnny versuchte die gleiche Taktik bei Breuker und Bouvet, ohne bessere Resultate. Er versuchte es bei Honoria, die auf den Stufen vor der Küche döste. Aber sie erwachte sofort, zog sich von ihm zurück und rieb die Stelle, wo sie gestochen worden war.

Johnny überlegte, was er nun tun solle. Er zog in Betracht, einen der Männer k. o. zu schlagen und ihn dann zu impfen. Aber nein, er wußte nicht, wie hart er zuschlagen mußte, um zu betäuben, ohne zu töten. Er konnte bei voller Kraftanwendung jeden menschlichen Kopf wie eine Eierschale zerbrechen.

Johnny wackelte in die Garage und holte ein zusammengerolltes Seil. Damit wollte er die schon wieder schlafende Honoria fesseln. Da er jedoch nur Pfoten und Zähne hatte, mit denen er arbeiten konnte, verwickelte er sich mehr in das Seil als die Köchin, die aufwachte und sich ohne Mühe von den Schlingen befreite.

Johnny setzte sich hin, um nachzudenken. Es schien keine Möglichkeit zu geben, wie er die Lösung injizieren konnte. Aber die menschlichen Wesen würden in ihrem augenblicklichen Zustand alles tun, was man ihnen befahl. Wenn jemand einem von ihnen sagte, er solle die Spritze nehmen und sich selbst impfen, würde er es tun.

Johnny legte die Spritze vor Methuen hin und versuchte ihm mitzuteilen, was er zu tun habe. Aber er konnte nicht sprechen. Seine Versuche, ihm zu sagen: „Nimm die Spritze" kamen als „Iii – iii – iii" heraus. Der Professor starrte ihn ausdruckslos an und wandte den Blick ab. Mit der Zeichensprache hatte Johnny ebensowenig Erfolg.

Johnny gab es auf und stellte Flasche und Spritze auf ein hohes Regalbrett, wo die Männer sie nicht erreichen konnten. Er wanderte umher und hoffte, irgend etwas werde ihn auf einen Einfall bringen. In Ryersons Zimmer sah er eine Schreibmaschine, und er meinte, jetzt habe er es. Er konnte einen Bleistift nicht handhaben, aber mit einer dieser Maschinen verstand er in gewisser Weise umzugehen. Der Stuhl knarrte beängstigend unter seinem Gewicht, blieb aber ganz. Johnny nahm ein Blatt Maschinenpapier zwischen seine Lippen, ließ es über der Maschine baumeln und drehte die Walze mit beiden Pfoten, bis sie das Papier eingefangen hatte. Das Papier bekam Falten, aber das ließ sich nicht ändern. Johnny hätte es vorgezogen, in Spanisch zu schreiben, weil die spanische Rechtschreibung einfach war. Aber keiner der Männer in der Station hatte Spanisch als Muttersprache. Mit einer Klaue tippend, brachte er langsam zustande: „NIMM SCHPRITZE UND IMPFE LÖSUNG IN DEINEN OBERARM." Das Wort „Schpritze" sah nicht ganz richtig aus, aber damit konnte er sich jetzt nicht aufhalten.

Mit dem Blatt im Maul trottete er zurück in die Küche. Diesmal legte er die Spritze vor Methuen hin, brummte, um seine Aufmerksamkeit zu erregen, und hielt ihm das Blatt vor die Augen. Aber der Biologe warf nur einen flüchtigen Blick darauf und wandte die Augen wieder ab. Mit verärgertem Knurren legte Johnny die Spritze zurück an ihren sicheren Ort und versuchte, Methuen zu zwingen, daß er den Befehl las. Doch der Wissenschafter wehrte sich nur gegen seinen Griff und achtete nicht auf das Papier. Je länger Johnny ihn festhielt, desto mehr bemühte er sich freizukommen. Als der Bär ihn losließ, ging Methuen auf die andere Seite der Küche und verfiel wieder in Trance.

Fürs erste gab Johnny auf und kochte sich noch einmal einen Topf Kaffee. Er geriet dünn, weil nicht mehr viel von dem Rohmaterial da war. Aber vielleicht brachte er ihn auf eine Idee. Dann ging Johnny hinaus, wanderte im Dämmerlicht umher und dachte heftig nach. Es war absurd – das fiel selbst ihm mit seinem nur schwach entwickelten Sinn für Humor auf –, daß der Zauber durch einen einfachen Befehl gebrochen werden konnte, daß er allein in der ganzen Welt den Befehl kannte und daß er keine Möglichkeit hatte, ihn zu geben. Er fragte sich, was geschehen werde, wenn er nie einen Ausweg fand. Würde die ganze menschliche Rasse einfach sterben und ihn als das einzige intelligente Geschöpf auf der Erde zurücklassen? Natürlich hätte dies Ereignis seine Vorteile, aber Johnny fürchtete, es werde ein langweiliges Leben sein. Er konnte eins der im Hafen liegenden Boote nehmen und aufs Festland fahren und dann nordwärts nach Mexiko wandern, wo er andere seiner Spezies finden mochte. Aber er war sich nicht sicher, ob sie eine kongeniale Gesellschaft abgeben würden; vielleicht töteten sie ihn sogar, wenn sie ihm seine Fremdartigkeit übelnahmen. Nein, der Gedanke taugte nichts.

Die Stationstiere, die zwei Tage lang nicht gefüttert worden waren, machten in ihren Käfigen Lärm. Johnny schlief schlecht und wachte vor der Morgendämmerung auf. Er meinte, einen Einfall gehabt zu haben, aber er konnte sich nicht erinnern ...

Halt. Es hatte etwas mit Breuker zu tun. War er nicht Spezialist für die Psychologie der Sprache? Er arbeitete mit einem tragbaren phonographischen Aufnahmegerät. Johnny hatte ihm zugesehen, wenn er McGintys Kreischen aufnahm. Er ging in Breukers Zimmer. Und da stand die Maschine. Johnny öffnete sie und verbrachte die nächsten beiden Stunden damit, herauszufinden, wie sie funktionierte. Es gelang ihm leicht, den Motor aufzuziehen, und mit einiger Geduld lernte er es auch, die Schalter zu bedienen. Schließlich stellte er das Ding auf Aufnahme ein, setzte es in Gang und brüllte „Wa-a-a-a-a-a-ah!" hinein. Er hielt die Maschine an, drehte den Rücklaufschalter, setzte die Nadel in die äußerste Rille der Aluminiumscheibe und ließ sie laufen. Ein paar Sekunden lang kratzte sie leise, dann schrie ihn der Apparat mit „Wa-a-a-a-a-a-ah!" an. Johnny quiekte vor Vergnügen.

Er war irgend etwas auf der Spur, aber er wußte nicht genau, was es war. Eine phonographische Aufnahme seines Schreis würde als Befehl an die Menschen keine größere Wirkung haben als das Original dieses Schreis. Nun, Breuker mußte eine Sammlung von Aufnahmen haben. Nach einigem Suchen fand Johnny sie in einer Reihe von Kästen, die wie Briefordner aussahen. Er blätterte sie durch und las die Etiketten. „Vogelrufe: Rot-und-grüner Arara, Cockatoo, Mayana." Das half ihm nicht weiter. „Kindergebrabbel: 6–9 Monate." Auch nichts. „Lancashire-Dialekt." Johnny probierte es mit dieser Schallplatte und hörte einem Monolog über einen kleinen Jungen zu, der von einem Löwen verschluckt wurde. Nach seiner Erfahrung mit kleinen Jungen hielt Johnny das für eine gute Idee, aber an der Aufnahme war nichts, das ihm nützen konnte.

Auf der nächsten stand: „Amerikanische Aussprache-Serie, Nr. 72-B, Lincoln County, Missouri." Sie fing an: „Es war einmal eine kleine Ratte, die sich nicht entscheiden konnte. Immer, wenn die anderen Ratten sie fragten, ob sie nicht mit ihnen nach draußen kommen wolle, antwortete sie: ‚Ich weiß es nicht.' Und wenn sie sagten: ‚Möchtest du lieber zu Hause bleiben?', antwortete sie niemals mit ja oder nein. Sie drückte sich immer davor, eine Entscheidung zu treffen. Eines Tages sagte ihre Tante zu ihr: ‚Nun sieh mal! Niemand wird dich jemals gernhaben, wenn du so weitermachst ...'"

Die Geschichte ging noch weiter, aber Johnny hatte seine

Entscheidung getroffen. Wenn er den Apparat dazu bringen konnte, zu Methuen zu sagen: „Nun sieh mal!", dann war sein Problem gelöst. Es hatte keinen Sinn, die ganze Aufnahme abzuspielen, weil sich diese drei Wörter aus der übrigen Erzählung nicht abhoben. Wenn er eine eigene Aufnahme von gerade diesen drei Wörtern machen könnte ...

Aber wie konnte er das, wenn er nur diese eine Maschine hatte? Er brauchte zwei – eine, um die Aufnahme abzuspielen, und eine, die die gewünschten Wörter aufnahm. Johnny knurrte vor Verzweiflung. Sich festgefahren zu haben, nachdem er schon so weit gekommen war! Am liebsten hätte er die Maschine aus dem Fenster geworfen. Dann hätte es wenigstens einen feinen Krach gegeben.

Blitzartig fiel ihm die Lösung des Problems ein. Er schloß den Apparat und trug ihn in den Aufenthaltsraum, wo ein kleines Grammophon stand, das die Wissenschaftler zu ihrer Unterhaltung benutzten. Johnny legte die amerikanische Aussprachplatte in diesem Grammophon auf, versah das Aufnahmegerät mit einer leeren Platte, setzte das Grammophon in Gang und hielt eine Klaue um den Schalter des Aufnahmegeräts gehakt, damit er ihn im richtigen Augenblick drehen konnte.

Zwei Stunden und mehrere verdorbene Platten später hatte er, was er wollte. Er trug das Aufnahmegerät in die Küche, stellte es ab, legte die Spritze vor Methuen hin und ließ die Platte laufen. Sie schnurrte und kratzte zehn Sekunden lang, und dann sagte sie scharf: „Nun sieh mal! Nun sieh mal! Nun sieh mal!" und begann wieder zu kratzen. Methuens Augen verloren den starren Blick und richteten sich auf das, was ihm vorgehalten wurde – das Blatt Papier mit der einen Zeile Maschinenschrift. Methuen las den Befehl, und ohne die geringste Gefühlsregung ergriff er die Spritze und stach sich die Nadel in den Bizeps.

Johnny stellte die Maschine ab. Jetzt mußte er abwarten, ob die Lösung wirkte. Minuten vergingen, und ihn beschlich das schreckliche Gefühl, vielleicht sei es doch nicht das Gegengift gewesen. Eine halbe Stunde später fuhr sich Methuen mit der Hand über die Stirn. Seine ersten Worte waren kaum hörbar, aber dann wurden sie lauter wie bei einem Radio, das warmläuft. „Himmel, was ist mit uns passiert, Johnny? Ich erinnere mich an alles, was in den letzten drei Tagen geschehen ist. Aber in dieser ganzen Zeit scheine ich keinen eigenen Wunsch gehabt zu haben – nicht einmal genug eigenen Willen, um zu sprechen."

Johnny winkte ihm und ging in Ryersons Zimmer voran. Er zeigte auf die Schreibmaschine. Methuen, der seinen Johnny kannte, zog ein Blatt Papier für ihn ein. Nach einiger Zeit sagte Methuen: „Jetzt verstehe ich. Welch phantastische Vorbedingung für einen Möchtegern-Diktator! Die ganze Welt leistet seinen Befehlen unbedingten Gehorsam; er braucht nichts anderes zu tun, als Untergebene auszusuchen und ihnen zu sagen, welche Befehle sie den anderen erteilen sollen. Natürlich war das Gegengift Jodkalium, das ist das Standardmittel gegen Pilze, und es hat den Schimmel schnellstens aus meinem Kopf vertrieben. Komm, alter Junge, wir haben zu tun. Als erstes müssen wir die anderen Männer hier veranlassen, daß sie sich eine Injektion machen. Man stelle sich vor, Johnny, ein Bär rettet die Welt! Ab heute darfst du soviel Tabak kauen, wie du willst. Ich werde sogar versuchen, dir eine Bärin zu besorgen und ihr Gehirn ebenso zu behandeln wie deins, damit du Gesellschaft hast, die deiner würdig ist."

Eine Woche später war jeder auf St. Croix behandelt, und Männer waren aufs Festland und auf die anderen karibischen Inseln geschickt worden, um die Arbeit fortzusetzen.

Johnny Black, der in der beinahe verlassenen biologischen Station wenig fand, was seine Neugier erregte, schlurfte in die Bibliothek. Er nahm sich Band 5 der *Britannica,* schlug ihn bei „Chemie" auf und machte sich wieder an die Arbeit. Er hoffte, Methuen werde in etwa einem Monat zurückkommen und Zeit finden, ihm die schwierigen Stellen zu erklären, aber in der Zwischenzeit mußte er sich durchquälen, so gut er eben konnte.

## *Der Meermann*

Zuweilen schläft auch Homer, und so vergaß Vernon Brock, seinen Wecker aufzuziehen. Die Folge davon war, daß er mit dem leicht schwindeligen Gefühl im Büro eintraf, das man hat, wenn man zum Frühstück nichts ißt, aber schnell eine Tasse Kaffee hinunterstürzt.

Er warf einen Blick auf den Apparat, der die Hälfte des knappen Raums im Zimmer einnahm, dachte bei sich, Junge, wenn das funktioniert, bist du berühmt, und setzte sich an seinen Schreibtisch. Er dachte, es ist gar kein so schlechter Job, Aquariumsassistent zu sein. Natürlich ist nie genug Geld oder genug Platz oder genug Zeit vorhanden, aber wahrscheinlich ist das in den meisten anderen Branchen ebenso. Und das Büro war schön ruhig. Das Schnattern und Schlurfen der Leute, die das New York City Aquarium besuchten, drang nie bis hierher vor; die einzigen Geräusche waren die von laufendem Wasser, das Summen der Pumpenmotoren und das schwache Klappern von Schreibmaschinen. Und Vernon Brock liebte seine Arbeit. Es gab nur eins, was er möglicherweise mehr liebte als seine Fische, und das war Miss Engholm. Doch aus strategischen Gründen sagte er das vorerst niemandem – am wenigsten der Dame selbst.

Auch hätte nichts erhebender sein können als das gestrige Gespräch mit dem Chef. Clyde Sugden hatte gesagt, er wolle sich bald zurückziehen und seinen Einfluß verwenden, daß Brock auf seinen Platz befördert werde. Brock hatte ohne besonderen Nachdruck eingewandt, schließlich sei Hempl länger da als er, und folglich stehe die Stelle ihm zu.

„Nein", hatte der Aquariumsdirektor gesagt. „Diese Einstellung ehrt Sie, Vernon, aber Hempl wäre nicht der richtige Mann. Er ist ein guter Untergebener, aber er hat nicht mehr Initiative als eine Lamellibranchia. Und er würde niemals die ganze Nacht aufbleiben und einen kranken Oktopus pflegen, wie Sie es getan haben." Und so fort. Nun, Brock hoffte, er sei wirklich so gut und daß ihm die Sache nicht zu Kopf stieg. Aber da er wußte, wie selten ein direktes Lob von einem Vorgesetzten ist, war er entschlossen, das Erlebnis bis zum letzten auszukosten.

Er warf einen Blick auf seinen Kalenderblock. „Etikettieren": Das bedeutete, die Schilder an den Tanks waren schon wieder überholt. Dieser Zustand war chronisch, denn in Aquarien geht es nun einmal so zu, daß ständig Exemplare sterben und neue erworben werden. Heute abend wollte er sich daranmachen, Schilder auszuwechseln. „Alligator": Ein Mann hatte angerufen und gesagt, er werde kommen und dem Institut einen schenken. Brock konnte sich denken, was dahintersteckte. Irgendein blöder Tourist hatte in Florida einen kleinen Alligator gekauft, ohne auch nur die leiseste Ahnung zu haben, wie er ihn versorgen sollte, und jetzt wollte er das ausgehungerte Kerlchen dem Aquarium aufhalsen, bevor es an Unterernährung und den Folgen gutgemeinter Unwissenheit starb. So etwas geschah andauernd. „Legislatur": Was, zum Teufel, war das? Ach ja, er wollte in einem Brief an die Gesetzgebende Versammlung des Staates Florida die Gesetzesvorlage unterstützen, nach der der Export lebender Alligatoren durch weitere blöde Touristen verboten wurde, solange immer noch einige der unglücklichen Reptilien in Florida am Leben waren.

Nun die Post. Irgendwer wollte wissen, warum ihre Guppys weiße Flecken bekamen und starben. Irgendwer wollte wissen, welche Arten von Wasserpflanzen man in einem Zimmeraquarium halten solle und dazu den Namen eines vertrauenswürdigen Verkäufers solcher Pflanzen in Pocatello, Idaho. Irgendwer wollte wissen, wie man einen männlichen von einem weiblichen Hummer unterscheiden könne. Irgendwer – er hatte eine fast unleserliche Handschrift, über die Brock ein wenig gereizt fluchte – schrieb: „Sehr geehrter Mr. Brock, ich habe Ihren Vortrag vom 18. Juni gehört, daß wir von den Fischen abstammen. Sie haben wirklich gut gesprochen, aber wenn Sie meine Offenheit entschuldigen wollen, möchte ich Ihnen mitteilen, daß Sie meiner Meinung nach völlig im Irrtum sind. Ich habe eine Theorie entwickelt, daß die Fische in Wirklichkeit von uns abstammen ..."

Brock nahm den Telefonhörer ab und sagte: „Bitte, schicken Sie Miss Engholm herein." Sie kam herein; sie tauschten ein förmliches „Guten Morgen", und er diktierte eine Stunde lang Briefe. Dann fragte er, ohne den Ton zu ändern: „Was ist mit einem Dinner heute abend?" (Es hätte jemand hereinkommen können, und er hatte eine leichte Phobie davor, das Büropersonal könne in sein Privatleben eindringen.)

„Fein", antwortet das Mädchen. „Am üblichen Ort?"

„Okay. Nur werde ich spät kommen; neue Beschilderung, Sie wissen ..." Er glaubte, der dumme Mann, daß sie überrascht sein werde, wenn er sie bat, ihn zu heiraten. Er wollte es nach seiner Beförderung tun.

Brock entschloß sich, vor dem Lunch noch zwei Stunden seiner Forschungsarbeit zu widmen. Er band seine alte Gummischürze um und zündete die Bunsenbrenner an, die bald lustig flackerten. Bei dem wenigen Platz, den er zur Verfügung hatte, wurde jede Bewegung zur Akrobatik. Aber damit mußte er sich abfinden, bis der berühmte Anbau fertig war. Und in ein paar Jahren würden sie wieder ebenso beengt sein wie je zuvor.

Sugden steckte seinen weißmähnigen Kopf durch die Tür. „Dürfen wir hereinkommen?" Er stellte einen Herrn als Dr. Dumville vom Cornell Medical Center vor. Brock kannte den Ruf des Physiologen und tat nichts lieber, als seine Arbeit zu erklären.

„Selbstverständlich ist Ihnen, Doktor, der Unterschied zwischen Lungengewebe und Kiemengewebe bekannt", sagte er. „Zunächst einmal hat Kiemengewebe keine schleimabsondernden Zellen, die die Oberflächen außerhalb des Wassers feucht halten. Dann werden die Kiemen hart und trocken und stellen ihre Funktion ein, Sauerstoff in der einen Richtung und Karbondioxyd in der anderen durchzulassen. Aber bei vielen im Wasser lebenden Organismen können die Kiemen dazu gebracht werden, außerhalb des Wassers zu funktionieren, indem man sie künstlich feucht hält. Einige Lebensformen, zum Beispiel die Winkerkrabben und die Sandhüpfer, kommen regelmäßig für beträchtliche Zeitspannen aus dem Wasser. Das schadet ihnen nichts, solange sie gelegentlich zurückkehren und ihre Kiemen anfeuchten können.

Aber in gar keinem Fall können Lungen als Kiemen benutzt werden, um im Wasser gelösten Sauerstoff zu extrahieren, statt ihn der Luft zu entnehmen. Ich habe die Gründe dafür seit einigen Jahren studiert. Sie sind zum Teil mechanischer Art – es ist schwierig, ein Medium, das so dicht ist wie Wasser, schnell genug in die schwammige Lungenstruktur hinein- und wieder hinauszubefördern – und zum Teil eine Sache der unterschiedlichen osmotischen Eigenschaften der Atemzellen, von denen jede einzelne darauf angepaßt ist, mit Sauerstoff einer bestimmten Konzentration in einem Medium einer bestimmten Dichte zu arbeiten.

Ich habe jedoch festgestellt, daß die Atmungszellen des Lungengewebes durch gewisse Stimuli zu einer Reaktion veranlaßt werden können, die sie die osmotischen Eigenschaften des Kiemengewebes annehmen läßt. Das wird hauptsächlich durch eine Mischung halogenhaltiger organischer Verbindungen bewirkt. Wenn meine Theorie stimmt, müßten die jungen Alligatoren in diesem Tank, wenn sie eine ausreichende Dosis des Stoffs in verdampfter Form in die Lungen bekommen, imstande sein, unter Wasser zu atmen."

„Da habe ich eine Frage", sagte Dumville, der bisher nur ein gelegentliches höfliches, aber durchaus interessiertes „Aha" von sich gegeben hatte. „Wenn Sie einen Ihrer Alligatoren unter Wasser halten, wird er dann nicht aus dem Grund ersticken, weil seine glottalen Muskeln sich automatisch zusammenziehen und seine Lungen gegen das Eindringen von Wasser verschließen?"

„Daran habe ich gedacht, und ich werde vorher die Nerven betäuben, die diese Muskeln kontrollieren. Deshalb wird er unter Wasser atmen müssen, ob er will oder nicht."

„Ja, so läßt es sich durchführen. Sagen Sie, ich würde gern dabei sein. Wann werden Sie den ersten Versuch machen?"

Sie sprachen weiter miteinander, bis Sugden begann, sich bedeutungsvoll zu räuspern. Er erklärte: „Es gibt noch eine Menge mehr zu sehen, Dr. Dumville. Sie müssen unbedingt einen Blick auf unsern neuen Anbau werfen. Wir haben Blut geschwitzt, bis wir die Stadt soweit hatten, daß sie das Geld dafür genehmigte." Er führte Dumville hinaus, und Brock hörte seine sich entfernende Stimme: „... vor allem für die neuen Pump- und Filtriermaschinen; wir haben im Augenblick nicht die Hälfte des Raums, den wir brauchen. Dann kommen zwei Tanks hinein, die groß genug für die kleineren Cetacea sind, und wir werden endlich ein bißchen direktes Sonnenlicht haben. Ohne das kann man die meisten Amphibien nicht halten. Wir mußten das verdammte alte

Gebäude halb auseinandernehmen, um ..." Brock lächelte. Der Anbau war Sugdens Denkmal, und der alte Knabe würde sich erst dann zurückziehen, wenn er offiziell eröffnet worden war.

Brock wandte sich wieder seinen Apparaten zu. Er wurde aus der tiefsten Konzentration gerissen, als Sam Baritz sein Wasserspeiergesicht ins Zimmer steckte. „Sag mal, Vernon, wo willst du den Flösselhecht unterbringen? Er kommt morgen an."

„Hm – entferne die Drückerfische aus 43, und wir werden heute nachmittag eine Partie Nilwasser für ihn fertigmachen. Er ist zu wertvoll, als daß wir es riskieren könnten, ihn mit anderen Spezies zusammenzusetzen, bevor wir mehr über ihn wissen. Und – ach, zum Teufel, setze die Drückerfische für den Augenblick in einen Reservetank."

Das bedeutet ein weiteres neues Schild, dachte Brock und wandte sich wieder seinen Chemikalien zu. Wie konnte er den Text formulieren? „Geschätzt als Nahrungsmittel ..." Ja. „Nahe verwandt mit fossilen Formen"? Zu ungenau. „Verwandt mit fossilen Formen, von denen die meisten heutigen Fische und alle höheren Vertebraten abstammen." Das war schon besser. Vielleicht konnte er irgendwie den Ausdruck „lebendes Fossil" einflechten ...

In seiner Versunkenheit hatte Brock nicht bemerkt, daß die Flasche, in die die ölige Flüssigkeit tropfte, zu nahe an der Tischkante aufgestellt war. Im Anbau, wo die Bauarbeiten noch im Gang waren, wurde ein Brett hingeworfen. Der Krach ließ ihn nervös zusammenzucken. Er stieß an die Flasche, und sie fiel herab und zerschellte. Brock schrie auf vor Ärger und Enttäuschung. Die Arbeit von drei Wochen rann über den Fußboden. Er zerriß seine Morgenzeitung, kniete vor dem Malheur nieder und wischte Glasscherben und Lösung auf. Die Dämpfe ließen seine Augen tränen. In seiner Aufregung kam ihm der Gedanke überhaupt nicht, daß sich die Lungen eines Menschen gar nicht so sehr von denen eines Alligators unterscheiden.

Das Telefon läutete. Es war Halperin, der Goldfischmann. „Ich mache eine kleine Reise in den Süden hinunter; soll ich euch ein paar Schlammfische oder Nadelfische mitbringen?" Brock sagte, er müsse erst Sugden fragen und werde dann zurückrufen. „Warten Sie nicht zu lange, Vernon, ich fahre heute nachmittag ab. Bis dann."

Brock machte sich auf den Weg. Er schritt über den langen, halbkreisförmigen Laufsteg, der oberhalb der Bodentanks zur Rückseite des Gebäudes und dem Eingang des Anbaus führte. Als alter Aquariumsmann ging er ohne Schwanken; er konnte sich vorstellen, wie Dumville balanciert und sich an Rohren und den Kanten der Reservetanks festgehalten hatte, wobei er furchtsam nach unten in das Wasser schielte.

Brock taten die Lungen ganz seltsam weh. Muß einen Atemzug von meinem Gebräu mitbekommen haben, dachte er; wie konnte mir nur etwas so Dummes passieren! Aber es konnte nicht genug gewesen sein, um wirklichen Schaden anzurichten. Er ging weiter. Der Schmerz wurde stärker; Brock hatte ein merkwürdiges Erstickungsgefühl. Es ist doch ernst, dachte er. Ich sollte lieber einen Arzt aufsuchen, sobald ich Sugden die Botschaft des Goldfischmanns ausgerichtet habe. Er ging weiter.

Seine Lungen schienen in Flammen zu stehen. Schnell – schnell – Dumville ist Mediziner, vielleicht kann er mir helfen. Brock konnte nicht mehr atmen. Er brauchte Wasser – doch nicht in seiner Kehle, sondern in seinen Lungen. Die kühlen Tiefen des großen Tanks und das Ende des Halbkreises waren unter ihm. In diesem Tank befanden sich die Haie; der andere große Tank für die Serranidae und andere Riesen aus dem Stamm der Barsche lag ihm gegenüber.

Das Brennen seiner Lungen wurde zur Todespein. Er versuchte zu rufen, brachte aber nur schwache Krächzlaute hervor. Der Wirrwarr von Rohren schien um ihn zu kreisen. Das Geräusch laufenden Wassers wurde zum Brüllen. Er schwankte, wollte sich an dem nächsten Reservetank festhalten, griff daneben und plumpste in den Haitank.

Wasser war in seinen Augen, seinen Ohren, war überall. Das Brennen in seinen Lungen ließ nach und wurde von einem kalten Gefühl ersetzt, das seine Brust durchzog. Der Grund kam nach oben und stieß ihn leicht an. Er richtete sich auf. Das war verkehrt, er hätte im Wasser treiben sollen. Dann erkannte er die Ursache: Seine Lungen waren voller Wasser, so daß sein spezifisches Gewicht bei null Komma etwas lag. Eine Minute lang fragte er sich verwirrt, ob er bereits ertrunken sei. Er kam sich nicht ertrunken vor, nur von innen sehr naß und sehr kalt. Wie dem auch sei, er sollte lieber machen, daß er hier so schnell wie möglich herauskam. Er stieß sich ab, kam an die Oberfläche, faßte den Laufsteg und bemühte sich, das Wasser aus seinen Lungen zu blasen. Langsam sprudelte es ihm aus Mund und Nase. Er versuchte, Luft einzuatmen. Schon meinte er, es geschafft zu haben, als das Brennen zurückkehrte. Unwillkürlich tauchte er unter und inhalierte Wasser. Nun fühlte er sich besser.

Brock verstand überhaupt nichts mehr. Dann erinnerte er sich an die Flüssigkeit, die er für den Alligator hergestellt hatte. Sie mußte bei ihm funktioniert haben! Seine Lungen arbeiteten als Kiemen. Er konnte es immer noch nicht glauben. Einen Versuch an einem Alligator durchzuführen, ist eine Sache, sich selbst in einen Fisch zu verwandeln, eine ganz andere – ein Thema für die Comics. Aber trotzdem war es so. Wenn er hätte ertrinken können, wäre das mittlerweile längst geschehen. Versuchsweise holte er ein paarmal unter Wasser Atem. Es erwies sich als erstaunlich schwere Arbeit. Man drückte, und die Lungen zogen sich langsam zusammen – wie ein Autoreifen mit einem Loch. In etwa einer halben Minute war es dann soweit, daß man wieder einatmen konnte. Der Grund war natürlich, daß Wasser im Vergleich zur Luft dichter ist. Aber es ging. Brock ließ den Laufsteg los und sank wieder auf den Grund. Er sah sich um. Der Tank kam ihm kleiner vor, als er hätte sein sollen. Das war zweifellos eine Wirkung der lichtbrechenden Eigenschaften des Wassers. Brock ging auf eine Seite zu, die vor ihm zurückzuweichen schien. Ein fetter Ammenhai, der auf dem Boden lag, wedelte mit dem Schwanz und glitt vorwärts, Brock aus dem Weg.

Die übrigen beiden Ammenhaie lagen gleichgültig auf der anderen Seite des Tanks. Diese Tiere waren träge und völlig harmlos. Die beiden Sandhaie, einer vier, der andere fünf Fuß lang, hatten ihr unausgesetztes Kreuzen eingestellt und sich in die Ecken gedrückt. Ihre Mäuler öffneten und schlossen sich langsam und zeigten ihre fürchterlichen Zähne. Ihre kleinen gelben Augen schienen Brock zu sagen: „Fang nur nichts an, was du nicht zu Ende führen kannst, Sportsfreund!" Brock hatte nicht die Absicht, irgend etwas anzufangen. Er hatte einen gesunden Respekt vor der Spezies, seit ihn einmal einer davon in den Glutäus maximus gebissen hatte, als er ihn in ein Boot ziehen wollte.

Brock blickte nach oben. Es war, als sehe er in einen gekräuselten Spiegel mit einem großen, kreisrunden Loch direkt über seinem Kopf. Durch das Loch konnte er die Reservetanks und die Rohre erkennen und überhaupt alles, was er hätte sehen können, wenn er den Kopf aus dem Wasser gesteckt hätte. Aber das Bild war verzerrt und zum Rand hin zusammengequetscht wie ein Foto, das mit einem Weitwinkel-Objektiv aufgenommen ist. Eine der Aquariumskatzen betrachtete ihn vom Laufsteg aus mit unergründlichem Blick. Die Wasseroberfläche rings um den Sichtkreis war wie ein Spiegel, der zitterte und sich wellte. Über den beiden Sandhaien schwebten ihre auf dem Kopf stehenden Spiegelbilder.

Brock wandte seine Aufmerksamkeit der Glasscheibe auf der Vorderseite des Tanks zu. Auch diese reflektierte die Dinge, weil die über dem Wasser hängenden Lampen die Innenseite heller machten als die Außenseite. Wenn Brock den Kopf nahe an die Scheibe hielt, konnte er den ganzen Rundgang des Aquariums sehen. Vielmehr, er hätte ihn sehen können, wenn vor dem Tank keine Menschenmenge gestanden hätte. Die Leute starrten ihn an; in dem trüben Licht schienen sie nur aus Augenbällen zu bestehen. Hin und wieder bewegten sich ihre Köpfe und ihre Münder, aber Brock konnte nur ein schwaches Gemurmel hören.

Das war ja alles sehr interessant, dachte Brock, aber was sollte er jetzt tun? Er konnte nicht für alle Zeit in dem Tank bleiben. Vor allem das Kältegefühl in seiner Brust war unbehaglich. Und Gott allein wußte, welch schreckliche physiologische Wirkung das Gas auf ihn gehabt haben mochte. Und das Wasseratmen war schwere Arbeit, kompliziert durch die Tatsache, daß seine Stimmritze, wenn er nicht sehr aufpaßte, sich schließen und das Atmen überhaupt unmöglich machen würde. Es war ähnlich, wie wenn man lernen mußte, die Augen unter Wasser offenzuhalten. Brock hatte noch Glück gehabt, daß er in einen Tank mit Salzwasser gefallen war; Süßwasser war entschieden schädlicher für das Lungengewebe, möglicherweise auch für das modifizierte Gewebe seiner Lungen.

Er setzte sich mit gekreuzten Beinen auf den Boden. Hinter ihm hatte der größere Sandhai sein Hin- und Herschwimmen wiederaufgenommen. Dabei hielt er sich ein gutes Stück von Brock entfernt und machte jedes Mal argwöhnisch halt, wenn dieser sich bewegte. Zwei Schiffshalter, die sich mit den Saugscheiben auf ihrem Kopf an dem Hai festhielten, schleppten schlaff nach. Sechs von diesen ersten Anhaltern der Weltgeschichte waren im Tank. Brock richtete den Blick auf die Glasscheibe vorn. Er nahm versuchsweise seine Brille ab und stellte fest, daß er ohne sie besser sehen konnte – eine Folge der unterschiedlichen optischen Eigenschaften von Wasser und Luft. Die meisten der Aquariumsbesucher hatten sich jetzt vor diesem Tank zusammengedrängt, um einen noch jungen Mann mit einer schwarzen Gummischürze, einem gestreiften Hemd und der Hose eines grauen Flanellanzugs zu beobachten, der auf dem Boden eines mit Haien gefüllten Tanks saß und sich den Kopf zerbrach, wie, zum Teufel, er sich aus dieser Lage befreien sollte.

Oben war kein Mensch zu sehen. Offenbar hatte niemand gehört, wie er ins Wasser fiel. Aber bald würde irgendwer aus dem kleinen Mitarbeiterstab die Menschenmenge vor dem Tank bemerken und nachsehen kommen. Inzwischen probierte er am besten aus, was er in dieser bizarren Umgebung tun konnte. Er versuchte zu sprechen. Aber seine Stimmbänder, dazu bestimmt, in einem Medium von nicht nennenswerter Dichte zu funktionieren, weigerten sich, schnell genug zu flattern, daß ein hörbarer Laut entstand. Nun, vielleicht konnte er lange genug an die Oberfläche kommen, um zu sprechen, und dann wieder untertauchen. Er stieg nach oben und versuchte es. Aber er hatte Schwierigkeiten, seinen wassergefüllten Atmungs- und Sprechapparat zu diesem Zweck trocken genug zu bekommen. Alles, was er hervorbrachte, waren gurgelnde Geräusche. Und auch wenn die Luft seine Lungen nicht mehr beim ersten Kontakt verbrannte, überkam ihn doch ein schwindeliges, erstickendes Gefühl, wenn er den Kopf aus dem Wasser hinausstreckte. Schließlich gab er es auf und ließ sich wieder auf den Grund sinken.

Brock zitterte vor Kälte, obwohl das Wasser eine Temperatur von 65° Fahrenheit hatte. Er sollte sich lieber bewegen, um sich aufzuwärmen. Die Schürze behinderte ihn, und er bemühte sich, den Knoten auf seinem Rücken zu lösen. Aber das Wasser hatte die Schnüre aufquellen lassen, und der Knoten saß fest. Schließlich wand sich Brock aus der Schürze hinaus, rollte sie zusammen, streckte seinen Arm aus dem Wasser und warf sie auf den Laufsteg. Er dachte daran, sich auch seiner Schuhe zu entledigen, doch dann fielen ihm die Zähne des Sandhais ein.

Danach schwamm er gemächlich ein bißchen, immer rund

herum, wie die Sandhaie. Auch sie schwammen immer rund herum und achteten darauf, daß sich die ganze Breite des Tanks ständig zwischen ihnen und ihm befand. Die Bewegung machte ihm warm, ermüdete ihn aber auch sehr schnell. Offenbar verbrauchte der schnelle Stoffwechsel eines Säugetiers so gut wie allen Sauerstoff, den seine improvisierten Kiemen liefern konnten, und viel an Überlastung ertrugen sie nicht. Brock reduzierte seine Schwimmbewegungen auf die Imitation eines Seehunds – er ließ die Beine nachschleppen und paddelte mit den an den Seiten gehaltenen Händen. Als er an der vorderen Scheibe des Tanks vorbeikam, sah er, daß die Zuschauer noch dichter gedrängt standen. Ein kleiner Mann mit einer nach Steuerbord gerichteten Nase beobachtete ihn mit eigentümlicher Gespanntheit.

Ein scharrendes Geräusch kam durch das Wasser, und gleich darauf erschienen grotesk verkürzte Gestalten am Rand des transparenten Kreises oben. Schnell wurden sie größer, und Brock erkannte Sugden, Dumville, Sam Baritz und ein paar andere Mitglieder des Stabes. Sie scharten sich auf dem Laufsteg zusammen, und ihre aufgeregten Stimmen drangen gedämpft, aber verständlich bis zu ihm. Nun wußten sie also, was ihm zugestoßen war. Brock versuchte, ihnen seine unangenehme Situation durch Zeichensprache zu erklären. Sie jedoch meinten, er habe Zuckungen, und Sugden brüllte: „Holt ihn heraus!" Baritz' dicker Unterarm schoß in das Wasser, um Brocks Handgelenke zu packen. Aber Brock riß sich los, ehe sie ihn ganz aus dem Wasser gezogen hatten, und tauchte hinunter.

„Tut so, als will er nicht raus", meinte Baritz und rieb sich das Schienbein, gegen das er einen Tritt erhalten hatte.

Sugden beugte sich vor. „Können Sie mich hören?" rief er.

Brock nickte heftig.

„Können Sie zu uns sprechen?"

Brock schüttelte den Kopf.

„Haben Sie das absichtlich gemacht?"

Energisches Kopfschütteln.

„Unfall?"

Brock nickte.

„Wollen Sie herausgeholt werden?"

Brock antwortete mit abwechselndem Nicken und Kopfschütteln.

Sugden runzelte perplex die Stirn. Dann fragte er: „Meinen Sie, Sie würden gern herauskommen, können es aber Ihres Zustands wegen nicht?"
Brock nickte.
Sugden setzte seine Fragen fort. Brock, der bei dieser mühseligen Kommunikationsmethode ungeduldig wurde, machte die Bewegung des Schreibens. Sugden reichte ihm einen Bleistift und ein Taschennotizbuch hinunter. Aber das Wasser weichte das Papier sofort auf, so daß der Bleistift nur Löcher hineinriß. Brock gab beides zurück.
Sugden sagte: „Was er braucht, ist eine Wachstafel und ein Griffel. Können Sie uns das besorgen, Sam?"
Baritz blickte verlegen drein. „Jesus, Chef, welches Geschäft in New York verkauft denn so etwas?"
„Sie haben recht; ich vermute, wir müssen selbst eine Wachstafel herstellen. Wenn wir eine Kerze auf ein Stück Sperrholz schmelzen könnten –"
„Ich würde den ganzen Tag brauchen, um die Kerze und das Zeug zu besorgen und das zu tun, und wir müssen doch etwas für den armen Vernon unternehmen ..."
Brock stellte fest, daß sich jetzt der gesamte Stab auf dem Laufsteg eingefunden hatte. Seine Angebetete befand sich ziemlich am Ende der Reihe, beinahe schon hinter der Krümmung außer Sicht. In diesem Winkel machte die Lichtbrechung sie fast ebenso breit wie hoch. Brock fragte sich, ob sie dies Aussehen auf natürliche Weise annehmen werde, wenn sie eine Weile verheiratet waren. So etwas war schon vorgekommen. Aber die Frage war, ob sie heiraten würden. Man konnte einem Mädchen nicht zumuten, einen Mann zu ehelichen, der unter Wasser lebte.
Während Sugden und Baritz sich weiter herumstritten, hatte Brock eine Idee. Aber wie sollte er sie ihnen mitteilen? Dann sah er einen Schiffshalter unter sich liegen. Brock spritzte, um die Aufmerksamkeit der Leute oben auf sich zu lenken, und ließ sich langsam sinken. Er faßte den Fisch mit beiden Händen und stieß sich in Richtung der Glasscheibe ab. Die Nase – oder, um genau zu sein, der vorstehende Unterkiefer – des Schiffshalters hinterließ einen sichtbaren Strich auf dem Glas. Brock rollte sich auf den Rücken und sah, daß man ihn verstanden hatte; Sugden rief jemandem zu, er solle hinuntergehen und die Botschaft lesen.

Brocks Bemühungen zu schreiben wurden von den heftigen Fluchtversuchen des Fisches behindert. Aber schließlich brachte er in wackeligen Großbuchstaben die Botschaft zustande: „2 BESCHWERTE TRITTLEITERN – 1 BESCHWERTES HOLZBRETT – 1 TROCKENES HANDTUCH."

Während diese Dinge geholt wurden, erinnerte sein Magen ihn daran, daß er seit achtzehn Stunden oder so keine feste Nahrung mehr zu sich genommen hatte. Er sah auf seine Armbanduhr, die nicht wasserfest und deshalb stehengeblieben war. Er reichte sie nach oben und hoffte, irgendwer werde soviel Verstand haben, daß er sie austrocknete und zu einem Uhrmacher brachte.

Die Trittleitern wurden in den Tank gesenkt. Brock stellte sie ein paar Fuß voneinander entfernt auf und legte das Brett darüber. Dann legte er sich rücklings auf das Brett, das Gesicht ein paar Zoll unter der Wasseroberfläche. Er trocknete seine Hände an dem Handtuch, und indem er ein Bein anwinkelte, konnte er einen Notizblock außerhalb des Wassers halten und darauf schreiben.

Kurz und bündig berichtete er über den Unfall und die für ihn daraus entstandenen Folgen sowie die chemischen Auswirkungen auf sein Lungengewebe. Dann schrieb er: „Da dies das erste Experiment an einem lebenden Organismus ist, weiß ich nicht, wenn der Effekt, falls überhaupt, nachlassen wird. Möchte Lunch."

Baritz rief ihm zu: „Sollen wir zuerst die Haie herausholen?" Brock schüttelte den Kopf. Sein Magen meldete gebieterisch seinen Anspruch an, und Brock hatte die vage Hoffnung, sein Problem lösen zu können, ohne die Fische zu stören. Dann wußte er auch, obwohl er es nur ungern eingestanden hätte, daß alle wußten, die Haie waren keine Menschenfresser, und er wollte nicht den Eindruck erwecken, sich vor ihnen zu fürchten. Sogar ein vernünftiger Mann wie Vernon Brock unterliegt in Anwesenheit seiner tatsächlichen oder potentiellen Frau der Versuchung, sich als Held aufzuspielen.

Er entspannte sich und dachte nach. Sugden befahl dem Stab, an die Arbeit zurückzukehren. Dumville mußte gehen, versprach aber, zurückzukommen. Schließlich brachte der treue Baritz etwas an, wovon Brock hoffte, es sei der Lunch. Da er sich zum Essen in einer unbequemen Position befand, rollte Brock sich von dem Brett und stellte sich auf den Boden des Tanks. Nun konnte er aber die Oberfläche nicht mehr mit den Händen erreichen. Baritz ließ am Ende eines Stricks ein Lammkotelett zu ihm hinunter. Brock langte danach – und wurde von einem schweren Körper, dessen Haut sich wie Sandpapier anfühlte, zur Seite geschleudert. Das Lammkotelett war verschwunden – oder vielmehr nicht verschwunden; der größere Hai dort in seiner Ecke hatte es. Die Kiefer des Hais arbeiteten, und der Knochen, seines Fleisches beraubt, sank auf den Grund.

Baritz sah Sugden hilflos an. „Mit Fleisch versuchen wir es besser nicht wieder – die Haie riechen es, und sie könnten gefährlich werden, wenn wir ihnen Appetit machen."

„Wir werden sie wohl mit dem Netz herausholen müssen", meinte Sugden. „Ich kann mir nicht vorstellen, wie er unter Wasser Kartoffelpüree essen soll."

Brock schwamm nach oben und stellte pantomimisch das Schälen und Essen einer Banane dar. Als Baritz Bananen besorgt hatte, stillte Brock seinen Hunger, auch wenn er feststellen mußte, daß es einer gewissen Praxis bedurfte, das Essen zu schlucken, ohne den Magen voll Salzwasser zu bekommen.

Die Menschenmenge vor dem Tank war noch größer geworden. Der kleine Mann mit der schiefen Nase war immer noch da. Seine Aufmerksamkeit beunruhigte Brock ein wenig. Er hatte sich immer gefragt, wie einem ausgestellten Fisch zumute sein mochte, und jetzt, bei Gott, wußte er es.

Wenn er aus dem Wasser steigen und ein paar Monate lang Forschungsarbeit tun könnte, würde er vielleicht herausfinden, wie dem Effekt des Lungengases entgegenzuwirken war. Aber wie konnte er von da, wo er sich befand, Experimente durchführen? Vielleicht konnte er Anweisungen geben und sie von einem anderen ausführen lassen. Das wäre umständlich, doch auch wenn seine ganze Loyalität dem Aquarium gehörte, wollte er nicht den Rest seines Lebens als Ausstellungsstück verbringen. Eine bessere Idee mochte es sein, eine Art von Taucherhelm zu konstruieren, den er, mit Wasser gefüllt, außerhalb des Wassers tragen konnte – falls ihm eine Möglichkeit einfiel, in dem Wasser den Sauerstoff zu erneuern.

Baritz erschien von neuem und hielt seinen Kopf dicht über das Wasser. „He, Vernon! Gott kommt hier herunter!"

Das interessierte Brock, doch nicht wegen der theologischen Aspekte dieser Feststellung. Gott, besser bekannt als J. Roosevelt Whitney, war der Präsident der New Yorker Zoologischen Gesellschaft und der Vorgesetzte Minnegerodes, des Direktors des Aquariums (im Augenblick auf den Bermudas). Minnegerode wiederum war Sugdens Vorgesetzter. Gott, der Oberste dieser Hierarchie, besaß unter anderem eineinhalb Banken, 51% einer Eisenbahn und den schönsten Walroß-Schnurrbart in Groß-New-York.

Baritz setzte sein Kinderschreck-Grinsen auf. „Mir ist gerade etwas eingefallen, Vernon. Wir können dich als die einzige Meerjungfrau in Gefangenschaft ankündigen!"

Brock würgte den Impuls hinunter, seinen Helfer in den Tank hineinzuziehen, und winkte nach seinem Notizblock. Er schrieb: „Die männliche Form von ‚Meerjungfrau' ist ‚Meermann', du Affe!"

„Okay, ein Meermann, wenn das Gas nicht mehr als deine Lungen verändert hat. Oh, guten Tag, Mr. Whitney. Hier ist er, in diesem Tank. Kann ich etwas für Sie tun, Mr. Whitney?"

Der berühmte Walroß-Schnurrbart schwebte über dem Wasser wie eine herabtauchende Seemöwe. „Wie geht es Ihnen, mein lieber Junge? Kommen Sie zurecht? Glauben Sie nicht, wir sollten die Haie sofort entfernen? Natürlich, natürlich, sie sind völlig harmlos, aber Sie könnten zufällig einen anrempeln und gezwickt werden, haha."

Brock, den es mit seinen zweiunddreißig Jahren eher erfreute als ärgerte, wenn er „mein Junge" genannt wurde, nickte. J.R. bemühte sich, wieder auf die Füße zu kommen, und merkte dabei nicht, daß er einen Fuß auf Brocks zusammengerollte Schürze setzte, während sich die Spitze des anderen darin verfing. Es gab einen lauten Klatsch und eine heftige Strömung, und Brock sah durch eine plötzlich entstandene Wolke aus Blasen J.R.'s massiges Hinterteil auf sich herabsinken. Er faßte den Mann und stemmte ihn nach oben. Als sich der glänzend rosafarbene Kopf über die Oberfläche erhob, hörte Brock Entsetzensschreie: „Gluck – blubb – o Gott, holt mich heraus! Die Haie! Holt mich heraus, habe ich gesagt!" Brock schob, Baritz und Sugden zogen. Die tropfende Gottheit zog sich über den Laufsteg zurück und wurde in Brocks verzerrter Sicht immer kürzer und breiter. Brock wünschte, er wüßte, ob J.R. auf ihn wütend oder ihm dankbar sein werde, weil er ihn von hinten geschoben hatte. Sollte J.R. Fragen wegen der Schürze stellen, könnte es für ihn peinlich werden.

Die Kälte biß in Brocks Innereien, und die Bananen schienen sich in seinem Magen in Billardkugeln verwandelt zu haben. Der kleine Mann mit der Nase war immer noch da, obwohl es fast schon Schließungszeit war. Brock kletterte auf sein Brett und schrieb die Anweisungen nieder: „Temperatur des zulaufenden Wassers langsam erhöhen. Werde Zeichen geben, wenn sie richtig ist. Sollte bei etwa 90°F liegen. Als Ausgleich für Senkung des Sauerstoff-Sättigungspunktes muß mehr Luft in den Tank. Haie für den Augenblick in den Reservetank; Wärme könnte ihnen schaden, und ich brauche allen Sauerstoff hier."

Um neun Uhr abends war alles erledigt. Die in Tränen aufgelöste Miss Engholm war weggescheucht worden. Baritz erbot sich freiwillig, während der Nacht dazubleiben. Diese Nacht erwies sich als die ungemütlichste in Brocks ganzem Leben. Er konnte wegen der ständigen Muskelanstrengung, seine Lungen am Arbeiten zu halten, nicht schlafen. Er versuchte, auf einen Ausweg zu kommen, aber seine Gedanken verwirrten sich immer mehr. Er begann, sich Dinge einzubilden, zum Beispiel, daß der kleine Mann mit der Nase böse Absichten verfolgt habe. Um was es sich dabei handelte, konnte er sich nicht vorstellen, aber er war überzeugt, irgend etwas müsse es gewesen sein. Immer wieder fragte er sich, wie spät es wohl sei. Anfangs ließ er sich in Abständen von Baritz sagen, aber gegen zwei Uhr morgens legte Sam sich auf dem Laufsteg zum Schlafen nieder, und Brock brachte es nicht übers Herz, ihn zu wecken.

Gott, würde die Nacht niemals enden? Und wenn sie endete? War er dann besser dran? Er bezweifelte es. Er betrachtete seine Hände. Die Haut der Finger war vom Wasser geschwollen und verrunzelt. Ein verrückter Gedanke nahm allmählich die Form einer Besessenheit an. Seine Hände würden sich in Flossen verwandeln. Ihm würden Schuppen wachsen...

Es wurde Licht. Nun würden all diese Leute zurückkommen, um ihn zu quälen. Ja, und der kleine Mann mit der Nase, der würde einen Wurm an einen Haken stecken und ihn fangen und zum Abendessen verspeisen...

Wenn die Umstände seltsam genug sind, wird der menschliche Geist oft aus der Bahn geworfen und kreist sinnlos um Dinge, die mit den äußeren Gegebenheiten in keinem Zusammenhang stehen. Vielleicht liegt das an einer schwachen Stelle in der Struktur des Geistes, oder vielleicht ist es eine Vorsichtsmaßnahme der Natur, wenn die Belastung zu stark wird.

Besucher strömten herein; es mußte nach neun Uhr sein. Leute auf dem Laufsteg oben sprachen miteinander, aber Brock konnte sie nicht verstehen. Seine Lungen arbeiteten nicht richtig. Oder vielmehr seine Kiemen. Aber das stimmte nicht. Er war doch ein Fisch! Was konnte also mit seinen Kiemen nicht stimmen? Alle diese Leute, die es auf ihn abgesehen hatten, mußten den Sauerstoff abgestellt haben. Nein, die Luftleitungen schossen immer noch Ströme von winzigen Bläschen in den Tank. Wieso hatte er dann das Gefühl zu ersticken? Er wußte es. Es war keine Luft in den Leitungen, das war reiner Stickstoff oder Helium oder so etwas. Sie versuchten, ihn hereinzulegen. O Gott, wenn er nur atmen könnte! Vielleicht hatte er das fischige Äquivalent zu Asthma. Fische kamen manchmal an die Oberfläche und schnappten; das wollte er versuchen. Aber er konnte es nicht; die Erfahrungen des gestrigen Tages hatten in ihm den bedingten Reflex erzeugt, seinen Kopf davor zu bewahren, an die Luft zu kommen, und mit seinem zerrütteten Verstand gelang es ihm nicht, diesen Reflex zu überwinden.

Würde er sterben? Zu traurig, wo er doch hatte Miss Engholm heiraten wollen und all das. Aber er hätte sie ja sowieso nicht heiraten können. Er war ein Fisch. Der weibliche Fisch legte seine Eier ab, und dann kam der männliche Fisch und ... Der groteske Gedanke verzerrte sein Gesicht zu einem irrsinnigen Grinsen.

Er starb. Er mußte Sauerstoff bekommen. Warum sollte er nicht durch das Glas gehen? Aber nein, jeder intelligente Fisch wußte, daß man keine Löcher in Glasscheiben machte. Dann sah Brock den kleinen Mann mit der Nase. Wie gestern stand er da und starrte ihn an. Brock dachte: Du wirst mich niemals auf einen Haken spießen und zum Abendessen verspeisen, du Fischmörder; ich kriege dich zuerst. Er zog sein Taschenmesser und griff die Glasscheibe an. Ein langer Kratzer erschien darauf, dann noch einer und noch einer. Das Glas sang leise. Die Leute hinter dem kleinen Mann wichen nervös zurück, aber der kleine Mann blieb stehen. Das Singen des Glases wurde höher – höher – höher ...

Mit einem endgültigen *Ping* gab die Scheibe nach, und mehrere Tonnen grünen Wassers stürzten auf den Rundgang. Eine flüchtige Sekunde lang flog Brock, das Messer in der Hand, auf den kleinen Mann zu. Dann raste das eiserne Geländer vor dem Tank nach oben und schlug ihm gegen den Kopf.

Brock hatte den vagen Eindruck, auf einem nassen Boden zu liegen, während ein gestrandeter Schiffshalter einen Fuß von seinem brummenden Kopf entfernt hilflos zappelte ...

Er lag im Bett, und Sugden saß rauchend neben ihm. Der alte Mann sagte: „Sie haben Glück gehabt, daß Sie keinen Schädelbruch haben. Aber vielleicht war es gut so. Dadurch waren Sie während der kritischen Periode, als Ihre Lungen sich wieder auf den Normalzustand umstellten, ohne Bewußtsein. Man hätte Sie ohnedies betäuben müssen, so kopflos, wie Sie waren."

„Und ob ich kopflos war! Warten Sie nur, bis ich Ihren Freund Dumville wiedersehe; ich werde ihm eine brandneue Psychose beschreiben können."

„Er ist Physiologe", entgegnete Sugden, „kein Psychologe. Aber trotzdem möchte er Sie sehen.

Der Arzt sagt mir, Sie können morgen wieder aufstehen, deshalb geht es Ihnen, wie ich annehme, wohl gut genug, daß ich Klartext reden kann. J. R. trägt Ihnen sein kühles Bad nicht nach, auch wenn er sich dabei ganz hübsch lächerlich gemacht hat. Aber da ist etwas Ernsteres. Vielleicht haben Sie, als Sie im Tank waren, einen kleinen Mann mit einer schiefen Nase, der davor stand, bemerkt?"

„Und ob ich ihn bemerkt habe!"

„Nun, Sie haben ihn beinahe ertränkt, als Sie das Wasser aus dem Tank ließen. Und er will uns auf Schadenersatz verklagen – auf eine fünf- oder sechsstellige Zahl. Sie können sich denken, was das bedeutet."

Brock nickte düster. „Ich glaube wohl. Es bedeutet, daß ich Ihren Posten nicht bekomme, wenn Sie im nächsten Winter in Pension gehen. Und dann kann ich auch nicht hei ... Lassen wir das. Wer ist dieser kleine Kerl? Einer, der berufsmäßig Unfälle vortäuscht?"

„Nein, wir haben Nachforschungen über ihn angestellt. Er war bis vor kurzem Trapezkünstler in einem Zirkus; er sagt, er sei für diese Arbeit allmählich zu alt geworden, habe aber sonst nichts gekonnt. Dann verletzte er sich den Kopf bei einem Sturz, und davon erholt er sich immer noch. Er war nur da und sah zu, weil er nichts anderes zu tun hatte."

„Ich verstehe." Brock dachte nach. „Hören Sie, ich habe eine Idee. Schwester! He, SCHWESTER! Meine Sachen! Ich will weg!"

„Nein, Sie werden nicht gehen", widersprach Sugden fest.

„Erst wenn der Arzt sagt, Sie dürften. Das wird schon morgen sein, und dann können Sie Ihre Idee ausführen. Und ich hoffe", setzte er streng hinzu, „daß es sich um eine bessere handelt als die letzte."

Zwei Tage später klopfte Brock an Sugdens Tür. Er wußte, daß Sugden und J. R. im Zimmer waren, und er konnte sich vorstellen, über was sie sprachen. Aber er hatte keine Angst.

„Morgen, Mr. Whitney", grüßte er.

„Oh – ah – ja, mein lieber Junge. Wir sprachen soeben über diese höchst unglückliche – äh –"

„Wenn Sie die Klage auf Schadenersatz meinen, die ist aus der Welt."

*„Was?"*

„Klar, das habe ich erledigt. Mr. Oscar Daly, der Kläger, und ich gehen eine Art Partnerschaft ein."

*„Partnerschaft?"*

„Ja, um meine Entdeckung der Lungenumstellung auszuwerten. Ich liefere die Technik, damit er sich in Zirkussen als Oscar der Meermann zur Schau stellen kann. Er atmet mein Gas ein und läßt sich in einem Tank nieder. Unser einziges Problem ist die Zeitspanne, wenn die Wirkung des Gases nachläßt und die Lungen wieder normal werden. Doch ich denke, es kann durch die Anwendung verschiedener betäubender Drogen gelöst werden, die den Metabolismus verlangsamen. Wenn der menschliche Fisch anfängt, sich komisch zu fühlen, macht er sich eine Injektion und legt sich friedlich schlafen, während seine Assistenten ihn herausholen und das Wasser aus seinen Lungen wringen. Ich muß noch ein paar technische Einzelheiten mit meinen Alligatoren ausarbeiten, aber dabei wird nichts mehr passieren. Ich werde eine Gasmaske tragen. Natürlich", setzte Brock tugendhaft hinzu, „wird die als Schadenersatz festgelegte Summe an die Zoologische Gesellschaft gehen. Oscar sagt, Sie könnten ihm jederzeit Ihren Rechtsanwalt herüberschicken, dann wird er eine Verzichterklärung unterschreiben."

„Das ist gut", rief Whitney, „das ist großartig, mein Junge! Damit sieht ja alles ganz anders aus." Er sandte Sugden einen bedeutungsvollen Blick zu.

„Danke", sagte Brock. „Und wenn Sie mich jetzt bitte entschuldigen wollen, Sam und ich müssen noch Fische umsetzen. Bis später, Cheerio, und ich hoffe, Sie kommen öfter einmal vorbei, Mr. Whitney." Pfeifend schlendert er hinaus.

„Oh, Vernon!" rief der Aquariumsdirektor hinter ihm her. „Morgen ist Sonntag, und ich fahre mit meiner Familie nach Jones Beach hinaus. Hätten Sie Lust, mit uns schwimmen zu gehen?"

Brock streckte sein grinsendes Gesicht wieder durch die Tür. „Vielen Dank, Clyde, aber ich fürchte, ich könnte versehentlich unter Wasser tief Atem holen. Um ehrlich zu sein, der bloße Gedanke daran entsetzt mich. Vom Schwimmen habe ich für den Rest meines Lebens genug!"

## *Die neue Stellung*

R.F.D. Nr. 1
Carriesville, Indiana
28. August 1960

*Lieber George,*
*vielen Dank für Deine Information über das Staatliche Geologische Forschungsinstitut und die Bewerbungsformulare für den Staatsdienst. Ich habe sie bereits eingeschickt. Wenn ich die Stellung bekomme, wirst Du wahrscheinlich mein Vorgesetzter sein, und deshalb bin ich Dir eine Erklärung schuldig, warum ich einen gutbezahlten privaten Job aufgeben und in den Staatsdienst eintreten will.*

*Wie Du weißt, arbeitete ich 1957, als die Depression begann, für Lucifer Oil, und da stand ich plötzlich ohne Arbeit da und hatte eine Familie zu ernähren. Durch eine der Fachzeitschriften kam ich in Kontakt mit Gil Platt, meinen augenblicklichen Arbeitgeber, der einen erfahrenen Geologen suchte. Du hast wahrscheinlich von ihm gehört – er fing als Paläontologe an, brachte es auf diesem Gebiet aber nie sehr weit, weil sein Temperament es ihm unmöglich machte, unter einem anderen zu arbeiten. Dann warf er sich auf das Erfinden von Prospektierungsgeräten, und zwanzig Jahre lang ist er dabei so emsig gewesen wie eine Katze auf Fliegenpapier. Er hat seine Apparate entwickelt und patentieren lassen und nebenbei immer noch paläontologische Forschung betrieben. Alles Geld, was er an Lizenzgebühren einnahm, steckte er in die paläontologische Forschung und in Prozesse. Mit der Zeit legte er sich eine bemerkenswerte Sammlung von Patenten, daraus herrührenden Rechtsstreiten und Fossilien an.*

*Um 1956 entschied der Linvald-Fonds, er habe so gute Arbeit geleistet, daß er ein wenig finanzielle Ellbogenfreiheit verdiene, und setzte ihn auf seine Liste. Platt hatte ein neues Gerät entworfen, das ganz wundervoll aussah, aber bis er es soweit hatte, daß Prospektoren es in der Praxis einsetzen konnten, brauchte er noch Zeit und Geld. Deshalb waren ihm diese monatlichen Schecks aus Oslo höchst willkommen.*

*Mrs. Staples und mir tat es leid, Kalifornien zu verlassen und nach Indiana zu ziehen, weil wir beide in San Franzisko geboren sind, aber in unserm Beruf darf man wegen des Ortes, an dem man tätig ist, nicht wählerisch sein.*

*Ich arbeitete ungefähr sechs Monate mit Platt, bis wir bereit waren, die Erfindung auszuprobieren. Ich verrate keine Geheimnisse, wenn ich Dir mitteile, daß sie auf der Basis der Vermessung durch Ultraschall funktioniert wie der alte McCann-Prospektor. Das Entscheidende daran ist, daß Platt durch Anwendung von zwei sich kreuzenden Strahlen einen stereoskopischen Effekt erzielt und die wesentlichen Unregelmäßigkeiten in jeder beliebigen Bodentiefe feststellen kann.*

*Zuerst machten wir Versuche, bei denen wir das Gerät auf einem Lastwagen montiert hatten. Wir stellten es auf, sagen wir, zwei Yards unterhalb der Oberfläche ein und brummten die Straße nach Fort Wayne hinunter –*

Der Lastwagen tuckerte mit stetigen fünfzehn Meilen pro Stunde auf der Außenspur dahin. Wagen nach Wagen schwenkte auf die Innenspur ein und zischte hupend vorbei. Kenneth Staples, der am Steuer saß, lehnte sich zurück und rief durch die Öffnung in der Rückwand der Kabine: „He, Gil! Haben wir das Ende dieses Streifens bald erreicht?"

Etwas in der Art einer Bestätigung drang bis in die Kabine vor. Staples fuhr den Lastwagen von der Straße hinunter, hielt an, stieg aus und ging nach hinten. Er war ein großer, hart aussehender, ziemlich häßlicher Mann, und die Elemente hatten ihm einen Stempel aufgeprägt, der ihn älter als seine fünfunddreißig Jahre erscheinen ließ. Unter seinem steifrandigen Ingenieurshut war er ziemlich kahl. Er trug immer einen Hut, wenn es die Schicklichkeit nur eben erlaubte. Männer, die vorzeitig kahl werden, neigen vielleicht ein wenig mehr als andere dazu, sich einen im Freien auszuübenden Beruf zu wählen oder der Armee beizutreten, wo die Kopfbedeckung aufbehalten wird.

Innerhalb des Lastwagens beugte sich ein kleinerer, grauhaariger Mann über eine Maschine. Der obere Teil dieser Maschine enthielt einen langen, über Spulen geführten Papierstreifen. Oberhalb des Streifens war eine Reihe kleiner senkrechter Schreibstifte angebracht. Wenn der Lastwagen dahinfuhr, bewegten sich diese Schreibstifte in Abständen nach unten und machten Punkte auf das Papier, das sich unter ihnen weiterspulte. Die Punkte bildeten unregelmäßige Umrisse und Muster.

Gilmore Platt sagte: „Komm mal her, Ken, und sag mir, was du davon hältst. Ich weiß, was es ist, aber ich kann nicht denken."

Staples betrachtete die Punkte. „Für mich sieht das aus wie der Umriß eines Puzzle-Teils."

„Nein. Nein. Es ist – ich weiß, was es ist! Es ist ein Stück von einem Schädel! Von einem der Felidae, wahrscheinlich *Felis atrox,* der Größe nach. Wir müssen es ausgraben!"

„Das Gekrakel da? Nun, mag sein. Du bist der Paläontologe. Aber du kannst in eine Staatsstraße nicht einfach Löcher buddeln, nur weil darunter ein fossiler Löwe begraben ist."

„Aber, Ken, ein so schönes Stück wie das –"

„Immer mit der Ruhe, Gil. Diese kleine pleistozäne Schicht verläuft bis zu deinem Haus. Wenn wir ein paar Stunden lang mit dem Lastwagen um dein Grundstück fahren, sollten wir imstande sein, ein paar Fossilien zu finden."

So war es auch, und auf Platts eigenem Grund und Boden konnten sie ungestört graben.

Platt examinierte seinen Mitarbeiter. „Was ist das?"

„Es ist ein Nagetier. Nach der Größe des Schädels habe ich erst geglaubt, es sei ein Bär, doch jetzt sehe ich diese Vorderzähne", antwortete Staples.

„Soweit richtig. Aber was für ein Nagetier?"

Stirnrunzelnd betrachtete Staples den kleinen Knochenhaufen neben der Grube. „Mir scheint, das einzige nordamerikanische Nagetier von dieser Größe war der Riesenbiber *Castoroides.*"

„Sehr gut! Sehr gut! Ich mache noch einen Paläontologen aus dir. Was ist dieser Knochen?"

„Ein Schulterblatt."

„Richtig. Aber das war leicht. Und dieser?"

„Äh ... ein Oberarmknochen."

„Nein, eine Elle. Aber du machst dich recht gut. Zu schade, daß von diesem einen nicht mehr da ist. Ich glaube, wir haben alles herausgeholt. Ist dir klar, was das bedeutet? Bisher waren wir auf Anzeichen an der Oberfläche im freien Gelände beschränkt. Jetzt können wir die Oberfläche ignorieren und innerhalb eines bestimmten Gebiets bis zu fünfzehn oder zwanzig Fuß Tiefe alle Fossilien bestimmen! Nur der Lastwagen genügt nicht. Wir brauchen etwas, womit wir den Prospektor über Land befördern können. Ein Flugzeug würde zu hoch und zu schnell fliegen. Ich habe es, ein kleines Luftschiff!"

„Ja?" Staples blickte ein wenig verdutzt drein. „Das scheint mir reichlich viel Aufwand für das Ausprobieren eines neuen Geräts zu sein. Aber es ist das Geld des Fonds, nicht meins."

*Nach angemessener Zeit wurde Platt das gute Schiff Darwin der Goodyear Company geliefert. Als wir gelernt hatten, es zu fliegen, suchten wir den größten Teil Indianas in zwei Monaten ab und bestimmten die Lage von mehr Fossilien, als wir in fünfzig Jahren hätten ausgraben können. Wir legten eine Liste der Orte an und schickten Kopien an alle Museen und Universitäten des Landes. Für den Rest des Sommers war ganz Indiana ein einziger Treffpunkt der Großknochenjäger. Wenn man aufs Land hinausfuhr, sah man bestimmt irgendwo auf einem Feld eine Gruppe entschlossen wirkender Leute, die sich mit einem Farmer herumstritten, und dann wußte man, daß sie wahrscheinlich Paläontologen vom Field Museum oder der Universität von Kalifornien waren, die mit dem Eigentümer des Feldes um die Erlaubnis zum Graben feilschten. Doch Indiana ist kein sehr reiches Land, was fossile Vertebraten betrifft. Das meiste ist Paläozoikum, und darüber ist ein bißchen Pleistozän verstreut.*

Ein Freund Platts – ein Dr. Wilhelmi aus Zürich – kam für ein Wochenende zu Besuch. Er war Archäologe und ein würdevoller Herr. Staples fühlte eine gewisse Sympathie für ihn, weil er noch weniger Haare hatte als er selbst.

Dieser Wilhelmi hatte in Anatolien gearbeitet, wo er eine Wagenladung von Relikten fand, die auf Tiridates den Großen zurückdatiert wurden.

„Sehen Sie, meine Freunde", erklärte er, „es waren zumeist Gefäße und derlei Dinge aus Bronze. Hier ist ein Bild von einem, wie wir es gefunden haben. Es ist so korrodiert, daß es nichts anderes mehr ist als ein Klumpen Oxyd. Und hier ist ein Bild davon, nachdem wir es durch den Anoden-Prozeß restauriert hatten."

„Sind Sie sicher, daß das der gleiche Pott ist?" fragte Staples. „Auf dem zweiten Bild sieht er wie neu aus dem Laden aus."

„Haha, sehr witzig. Ja, es ist dasselbe Stück. Wir legen es, verbunden mit einem der Pole, in ein elektrolytisches Bad, und schicken Strom hindurch. Dann kriechen alle Kupfer- und Zinnatome in dem Oxyd zurück an ihre angestammten Plätze. Es ist wirklich wundervoll anzusehen."

Als der Schweizer Herr abgereist war, fuhr Platt wegen einer Beratung mit seinem Patentanwalt nach Chicago. Er kehrte mit sehr nachdenklichem Gesicht zurück.

„Ken", schlug er vor, „schwänzen wir mal ein paar Tage."

Staples betrachtete ihn argwöhnisch. „Ich nehme an, du meinst, wir lassen den Prospektor eine Weile ruhen und arbeiten statt dessen an deinen Fossilien?"

„Genau."

So geschah es, daß der folgende Tag sie in der Werkstatt fand, wo sie ein junges *Hyracodon* – ein kleines hornloses Rhinozeros – aus seiner Matrix brachen. Staples machte eine Bemerkung darüber, wie langweilig die Arbeit vom zoologischen Standpunkt verglichen mit früheren Zeiten doch sei.

„In gewissem Ausmaß hast du recht", erwiderte Platt. „Gib mir bitte mal den Schellack. Es mag wohl noch ein paar Wale geben, die nicht in Margarine und Waffenöl umgewandelt worden sind. Wir leben am Ende einer der vielen Perioden, in denen die großen Lebensformen aussterben. Die einzigen Gebiete, wo man noch eine Fauna findet, die mit der des Pleistozäns vergleichbar ist, sind ein paar Reservate in Afrika. Und da unsere eigene blutdurstige Spezies die Erde überschwemmt, wird es immerzu schlimmer. Hm-m-m. Das linke Schlüsselbein und die linke Speiche scheinen zu fehlen." Vorsichtig kratzte er Bröckchen von Sandstein mit seiner Nadel ab. Er war ein viel gesprächigerer Mensch als sein Assistent, und so fuhr er fort: „Ich habe eine Idee, die, wenn sie funktioniert, viel dazu beitragen mag, die Eintönigkeit unserer gegenwärtigen Fauna zu beleben. Du hast doch gehört, wie Wilhelmi davon erzählte, daß sie oxydiertes

Metall durch den Anoden-Prozeß restaurieren. Nun, warum können wir nicht etwas Ähnliches mit Fossilien machen?"

„Du meinst, man könnte ein vollständiges Tier mit Fell und allem aus einem Skelett wachsen lassen?"

„Warum nicht? Du weißt, welch außergewöhnliche Dinge heutzutage in der Medizin bewerkstelligt werden. Man läßt Arme und Beine an Leuten wachsen, die ihre eigenen verloren haben."

„Mit allem schuldigen Respekt, mein lieber Arbeitgeber, ich glaube, bei dir ist eine Schraube los."

„Du wirst schon sehen. Auf jeden Fall mache ich ein paar Experimente. Natürlich werden wir sie für uns behalten. Wenn nichts dabei herauskommt, könnte dir eine Reihe unserer Kollegen in deinem Urteil über mich beipflichten."

Platt begann seine Arbeit mit Kaninchen – das heißt, mit rezenten Kaninchen. Er tötete sie, entfernte verschiedene Teile und verband sie innerhalb einer Ringer-Lösung mit einer Stromquelle. Für den Aufbau der fehlenden Teile benutzte er Aminosäuren, die Proteine und, bei Anwesenheit von anderen Zellen, ganze neue Zellen bilden.

Nach vielen Fehlschlägen beobachtete er eines Tages, daß sich bei einem der Kaninchen Gewebe bildete. Er zeigte Staples das Phänomen.

Der Geologe protestierte: „Aber das kann nicht sein, nicht bei diesem Kaninchen! In diesem Tank habe ich den Strom abgestellt."

„Sehen wir einmal nach", meinte Platt. „Aha! Du hast *gemeint*, du hättest ihn abgestellt, aber sieh dir diesen Schalter an!"

Staples sah, daß er zufällig gegen den offenen Messerschalter gestoßen war, so daß die Stangen die Kontakte gerade eben berührten.

Platt stellte fest: „Jetzt weiß ich es; wir haben eine zu hohe Spannung benutzt. Wir brauchen etwas in der Größenordnung von null Komma null eins Volt." Und fort war der kleine Mann wie ein Erdhörnchen mit einer Handvoll Nüsse und wechselte die Rheostate gegen solche aus, die auf höheren Widerstand kalibriert waren.

Sie perfektionierten ihre Methode, rezente Tiere wiederherzustellen, und das erwies sich später als sehr wertvoll für die Chirurgie. Die Ergebnisse waren jedoch gar nicht einmal so unglaublich, wenn man in Betracht zieht, daß jede Zelle im Körper eines Tiers einen vollständigen Chromosomensatz mit allen Genen enthält, die das Aussehen des Tiers bestimmen. Es ist, als enthalte jede Zelle einen kompletten Satz Blaupausen für das ganze Tier.

Ihr erster Versuch mit einem Fossil – den bruchstückhaften Überbleibseln der *Castoroides* – schlug fehl. Staples war darüber nicht traurig. Er machte sich nämlich Sorgen, welche Wirkung das Bekanntwerden dieses bizarren Experiments auf seinen Ruf als Wissenschaftler haben werde.

Eines Abends beim Dinner sprang Platt plötzlich auf und hielt eine leidenschaftliche Ansprache. Er schwenkte Messer und Gabel und spießte beinahe den Freund seiner Tochter auf, der unter die Tischkante rutschte, bis der Sturm vorüber war. „Ken!" rief der Paläontologe. „Ich weiß, was wir jetzt tun! Man muß eine Menge von der ursprünglichen organischen Materie haben, aus der der Organismus bestand, und sie zusammen mit den Knochen in die Lösung tun. Der Strom sorgt dafür, daß die Atome ihre alten Plätze wieder einnehmen, und sie dienen als Rahmen für die Aminosäuren-Moleküle bei ihrer Aufbauarbeit. Wir brauchen ein ziemlich vollständiges Skelett mit viel organischer Materie im umgebenden Gestein – wenn möglich mit Abdrücken der weichen Teile. Wir werden das Gestein analysieren müssen, denn wenn das Fossil überhaupt ein nennenswertes Alter hat, werden die ursprünglichen Atome so in der Umgebung verstreut sein, daß es keine sichtbaren Spuren mehr gibt."

Den nächsten Tag verbrachten sie im Lagerraum damit, Fossilien aus Sackleinen auszuwickeln und ihre Matrizen auf organisches Material hin zu prüfen. Sie suchten ein Exemplar von *Canis dirus* aus, das in einen großen Sandsteinblock eingebettet lag, zogen den Block mit einer Haspelwinde hoch und senkten ihn in einen der Tanks hinab.

Lange Zeit passierte gar nichts. Dann löste sich der Sandstein zu Schlamm auf, und an seiner Stelle entstand ein Klumpen Gelee, durch das sie das Skelett sehen konnten. Das Gelee wurde immer undurchsichtiger. Man konnte zusehen, wie die Organe sich bildeten, als die Atome an ihre ursprünglichen Plätze zurückkehrten und sich ihnen weitere – von den Aminosäuren, den Polypeptiden und sonstigen Substanzen, die in den Tank geleitet wurden – anschlossen. Es war unheimlich, als hätten die Atome eine genaue Erinnerung daran, wohin sie damals im Pleistozän im Körper des Tiers gehört hatten.

Als die Masse im Tank aufhörte, sich zu verändern, hatte sie die Form eines riesigen Wolfs, etwa so groß wie eine große Dänische Dogge, aber zweimal so muskulös und zehnmal so gemein aussehend.

Sie fischten das Untier aus dem Tank, entleerten es von der Lösung und setzten einen elektrischen Starter an sein Herz. Drei Stunden später erzitterte der Wolf und hustete den Rest der Ringer-Lösung aus seinen Lungen. Jetzt fiel den Experimentatoren ein, daß sie keinen Platz hatten, wo sie den Wolf, der ein ziemlich überwältigendes Haustier abgeben würde, unterbringen konnten. Sie banden ihn an einen Baum, während sie einen Pferch bauten. Aber ein paar Tage lang bewegte der Wolf sich kaum. Wenn er es tat, dann war er wie ein Mensch, der ein Jahr lang im Krankenhaus gelegen hat und erst wieder lernen muß zu gehen.

Aber gegen Ende der zweiten Woche begann er aus eigener Initiative zu fressen. Sein Fell, das anfangs nur wie ein Flaum gewesen war – denn durch den Prozeß wurden nur die Haarwurzeln wiederhergestellt, nicht die Haare selbst, die tote Strukturen sind –, wuchs schnell zu normaler Länge. Nach drei Wochen war er schon wieder soweit sein altes Selbst, daß er Staples anknurrte, wenn der Geologe den Käfig betrat. Es war ein sehr eindrucksvolles Knurren, und es hörte sich beinahe so an, als werde ein Stück Eisenblech entzweigerissen.

*Danach gab ich gut acht, ihm nicht zu nahe zu kommen und ihm nicht den Rücken zuzukehren. Aber er machte uns nicht viel Schwierigkeiten, obwohl er nie das wurde, was man freundlich nennen könnte. Ich mochte ihn immer gern, und das aus einem bestimmten Grund: Platts Tochter hatte einen wolligen Hund, der den Leuten gern in die Knöchel biß – eine Provokation war nicht notwendig. Nachdem eins meiner Kinder gebissen worden war, hatten das Mädchen und ich einen richtigen Streit über den Köter. Ehe es zu einem zweiten kam, ging er eines Tages hin und schnappte nach dem fürchterlichen Wolf. Mr. Wolf sprang gegen die Käfigstangen und knurrte – einmal. Das war das letzte, was wir von diesem verfluchten Hund sahen.*

Sechs Monate später wuchteten Platt und Staples ein Exemplar des *Arctotherium,* des gewaltigen Bären aus dem kalifornischen Pleistozän, aus dem Tank. Staples hatte die arbeitsreichsten sechs Monate seines Lebens hinter sich, in denen er sowohl bei den Vorbereitungen der Patentanträge mitgeholfen als auch die Wiederbelebung neuer Fossilien in Gang gebracht hatte. Es hatte verschiedene Fehlschläge gegeben – teils hatten wichtige Stücke des Skeletts gefehlt, teils hatte sich im umgebenden Gestein nicht genügend organische Materie gefunden, teils war der Grund unbekannt. Dieser Versuch erwies sich als der letzteren Gruppe zugehörig: Der Bär sah ganz normal aus, weigerte sich aber, zum Leben zu erwachen. Staples gestand, daß er, wenn er sich die Ausmaße des Dings besah, mehr Angst vor einem Erfolg als vor einem Mißerfolg gehabt hatte. Der Bär wurde später im American Museum of Natural History in New York aufgestellt.

Sie hatten es sich so leicht wie möglich gemacht, indem sie mit *Canis,* einer Spezies von bescheidener Größe und neuerem Datums, begannen. Von da aus arbeiteten sie in zwei Richtungen weiter: Rückwärts in der Zeit und aufwärts in der Größe. Platt besaß eine Anzahl Fossilien aus dem Miozän von Nebraska. Mit Erfolg wurde ein *Stenomylushitchcocki* wiederbelebt, ein kleiner, guanakoähnlicher Vorfahre des Kamels. In dem Wunsch nach einem aufregenderen Tier nahmen sie sich Pratts Stolz und Freude vor, eine neue Spezies des *Trilophodon,* der kleinste und älteste Rüsseltier-Fund in Amerika. Wahrscheinlich war es das erste Mitglied der Elefantengruppe, die aus Asien eintraf. Es stellte sich heraus, daß es ein Weibchen war und ziemlich wie ein großer, zottiger Tapir aussah, mit langen, spitz zulaufenden Kiefern und vier Stoßzähnen.

Nach ihrem teilweisen Mißerfolg mit dem *Arctotherium* gelang ihnen die Wiederherstellung eines Bärenhundes, des *Dinocyon gidleyi.* Als Staples sich das Resultat ansah, fühlte sich seine Kehle ein bißchen trocken an. Das Ding war in den Grundzügen wie ein Eisbär gebaut, nur noch größer als der Kodiak-Grizzly. Die großen Ohren gaben seinem Kopf ein wölfisches Aussehen, und es hatte einen langen, buschigen Schwanz. Es wog 1978 Pfund, und es mochte niemanden. Platt war begeistert. „Wenn ich jetzt nur ein *Andrewsarchus* bekommen könnte!" strahlte er. „Das ist ein noch größerer Fleischfresser, ein Creodontier aus dem asiatischen Oligozän. Einmal ist ein Schädel von vierunddreißig Zoll gefunden worden."

„Ja?" Staples betrachtete immer noch den Bärenhund. „Du kannst ihn haben. Ich habe ihn nicht verloren. Das Ding hier ist für mich groß genug."

Sie hatten einen alten Zirkusmann namens Elias dafür angestellt, ihnen mit ihrem wachsenden Zoo zu helfen. Sie hatten für die Tiere einen Betonschuppen mit einer Reihe von Käfigen an der einen Seite gebaut. Er sah stark genug aus, bis Staples eines Nachmittags nachsehen ging, was der Aufruhr in den Käfigen zu bedeuten habe. Er entdeckte, daß die Stangen an dem Käfig des Bärenhundes verbogen waren. Die unteren Enden waren mühelos aus dem grünen Beton gerissen, und von einem *Dinocyon* war nichts mehr zu sehen. Staples hatte eine grauenhafte Vision, wie der Bärenhund durch das Kosciusko-County wanderte und alles fraß, was er kriegen konnte.

Das Biest war jedoch nicht weit weg. Tatsächlich war es gleich hinter der nächsten Ecke und suchte nach einer Möglichkeit, in den *Stenomylus*-Käfig zu gelangen. In wenigen Sekunden tauchte der Bärenhund wieder auf. Er sah Staples an. Der Geologe hätte geschworen, daß der Ausdruck in den großen gelben Augen sagte: „Ah, Dinner!" Der Bärenhund knurrte wie ein fernes Gewitter und kam auf Staples zu.

Staples wußte, daß das Tier auf ebenem Boden in Kreisen um ihn herumrennen konnte und sich, wenn es ihn fing, nicht damit zufriedengeben würde, in Kreisen um ihn herumzurennen. Staples bester Einfall war, an den Stangen um die Einzäunung des *Trilophodons* hochzuklettern. Normalerweise hätte er das nicht geschafft, aber jetzt schaffte er es.

Oben angekommen, konnte er jedoch nicht bleiben, wenn er nicht wollte, daß der Bärenhund sich auf die Hinterbeine stellte und ihn von seiner Stange herunterholte. Andererseits sah das Innere des Käfigs nicht gerade einladend aus. Die „kleine" Mastodon-Dame – fünf Fuß Schulterhöhe, Gewicht etwas über eine Tonne – war halb verrückt vor Angst. Sie galoppierte in ihrem Gehege herum und machte einen Lärm wie ein Schwein unter einem Tor. Die Furcht eines Elefanten vor einem Hund ist nicht unvernünftig, wenn der Elefant und der Hund ungefähr von der gleichen Größe sind.

Kurz bevor der Bärenhund da war, sprang Staples herab und landete rittlings auf dem Nacken des *Trilophodon*. Er fühlte sich gar nicht wie ein Filmheld, der von seinem Balkon auf den Rücken seines Pferdes springt. Er fürchtete sich zu Tode. Verzweifelt klammerte er sich an das Kopfhaar seines Reittiers, denn er wußte, er würde sofort zu Brei zertrampelt werden, wenn es ihn abwarf.

Staples hörte mehrere Gewehrschüsse und erkannte aus dem Augenwinkel Gil Platt, der vom Eingang der Werkstatt her feuerte. Der *Dinocyon* gab ein hustendes Gebrüll von sich und begab sich hinüber, um sich der Sache anzunehmen. Staples hatte selbst zuviel zu tun, als daß er genau hätte zusehen können, aber er erhaschte ein paar Blicke auf den Bärenhund, wie er um die Werkstatt rannte und versuchte, in die Fenster zu klettern – die zu klein waren. Endlich kam er zu dem Schluß, das beste sei, sich unter das Haus zu graben. Die ganze Zeit flitzte Platt an Türen und Fenster, feuerte und zog sich sofort wieder zurück. Staples blieb Zeit für den Gedanken, die Innereien des Bärenhundes müßten von den weichnasigen Kugeln ganz schön erschüttert werden, doch seine Vitalität war so groß, daß man den ganzen Tag Löcher in ihn schießen konnte, bevor er aufgab.

Er machte wundervolle Fortschritte mit seinem Graben; er förderte die Erde hinaus wie eine ganze Eimerkette. Staples fiel ein, daß die Werkstatt einen dünnen Holzboden hatte, der nicht viel Widerstand leisten würde, wenn das Tier einmal unter das Gebäude gelangt war. Sie brauchten ein Maschinengewehr vom Kaliber 0,50, das sie nicht hatten.

Ehe es soweit kam, kletterte Elias auf das Dach hinaus und ließ eine Dynamitstange neben dem Bärenhund fallen. Damit war es geschafft. Die Wirkung glich dem Schlag eines Holzhammers auf eine Wassermelone. Staples war es gerade gelungen, die Mastodon-Dame zu beruhigen, und die Explosion ließ sie wieder lostoben. Die Frage war, wer zuerst vor Erschöpfung zusammenbrechen werde. Der Geologe gewann um Haaresbreite.

Als er die Überreste des *Dinocyon* untersuchte, fragte er Platt: „Warum hast du ihm nicht in den Kopf geschossen?"

„Aber wenn ich das getan hätte, wäre doch der Schädel zerschmettert worden, und es wäre uns vielleicht nicht gelungen, ihn wiederherzustellen!"

„Du meinst ... du hast vor –" Staples beendete den Satz nicht. Er wußte die Antwort bereits. Sie sammelten den Bärenhund ein, fügten die Teile mehr oder weniger so zusammen, wie sie gewesen waren, und praktizierten ihn wieder in den größten Tank. Einige Tage später mußte Staples zu seinem Bedauern feststellen, daß das Tier sich in Rekordzeit erholte. Aber Platt ließ einen neuen Käfig bauen, aus dem nicht einmal dies Ungeheuer ausbrechen konnte.

Doch wegen der Größe und des enormen Appetits des Bärenhundes entschied Platt, es sei zu teuer und zu gefährlich, ihn zu behalten. Er verkaufte ihn an den Zoo von Philadelphia. Nachdem die Zooleute ihn kennengelernt hatten, bereuten sie den Handel wahrscheinlich.

Der Verkauf zog einige Aufmerksamkeit auf sich, und der Philadelphia-Zoo hatte für eine Weile Besuch von Kapazitäten. Platt erforschte den Markt für weitere seiner wiederbelebten Tiere.

Zwei Wochen nach dem Verkauf sprach ein sonnenverbrannter Mann bei Platt vor. Er sagte, sein Name sei Nively, und er vertrete die Marco Polo Co. Diese, führte er aus, umfasse sämtliche Importeure von und Händler mit wilden Tieren im Land. Es war eine aus Mitgliedern bestehende Korporation statt einer Aktiengesellschaft, um die Antitrust-Gesetze zu umgehen.

Platt und Staples waren der Meinung, jetzt könnten sie sich ein wenig Publicity leisten, und zeigten ihm ihren Zoo. Nively war gebührend beeindruckt, besonders über ihr neues *Dinohyus*, einem Elotherium aus dem unteren Miozän. Es war ein schweineähnliches Tier von der Größe eines Büffels mit einem Maul voller Zähne wie die eines Bären. Es fraß praktisch alles.

Elias war dabei, den größten Tank zusammenzusetzen. Platt erklärte: „Der ist für Rüsseltiere. Wir haben im Augenblick keinen, der für sie groß genug wäre. Und draußen im Lagerschuppen habe ich ein herrliches *Parelephas jeffersonii* liegen. Sie wissen schon, das Jeffersonsche Mammut. Es ist viel größer als das gewöhnliche oder wollige Mammut, von dem die Höhlenmenschen so hübsche Bilder gezeichnet haben. Das wollige Mammut war ein ziemlich kleines Tier, nicht über neun Fuß hoch."

„Ach ja?" sagte Nively. Sie waren auf dem Rückweg ins Büro. „Auf mein Wort! Ich dachte, alle Mammuts wären große Tiere gewesen. Hören Sie, Dr. Platt, ich habe eine kleine Angelegenheit, die ich mit Ihnen unter vier Augen besprechen möchte."

„Sprechen Sie frei heraus, Mr. Nively. Ich habe vor Staples keine Geheimnisse."

„Nun gut. Um gleich damit zu beginnen: Ist ihr Verfahren geschützt?"

„Natürlich. Zumindest so, wie man eine Erfindung durch Patentanträge schützen kann. Worauf wollen Sie hinaus, Mr. Nively?"

„Ich glaube, die Marco Polo Co. hat Ihnen einen Vorschlag zu machen, der Sie interessieren könnte, Dr. Platt."

„Und?"

„Wir möchten Ihr Patent mit allen damit verbundenen Rechten aufkaufen."

„Wozu brauchen Sie es?"

„Sehen Sie, unser Geschäft erfordert beträchtliches Kapital, und es ist eine Menge an Risiko damit verbunden. Man lädt sechs Giraffen in Tschibuti ein, und bis man in New York ankommt, ist nur noch eine von ihnen am Leben – wenn man Glück hat. Mit Ihrem Prozeß könnten wir die Tiere am jeweiligen Verschiffungsort in den Tiefgefrierraum stecken und sie, hier angekommen, wiederherstellen."

„Das klingt interessant. Würden Sie eine nicht exklusive Lizenz in Betracht ziehen?"

„Nein, wir wünschen die vollständige Kontrolle. Um ... äh ... die ethischen Grundsätze des Geschäfts aufrechtzuerhalten."

„Tut mir leid, aber ich verkaufe nicht."

„Oh, kommen Sie, Dr. Platt –"

Sie stritten noch eine Weile, aber als Nively ging, hatte er nichts erreicht. Eine Woche später, gerade als der Felsbrocken, der das Mammut enthielt, in den Tank gehievt worden war, kam er zurück.

„Dr. Platt", begann er, „wir sind Geschäftsleute, und wir sind bereit, Ihnen einen anständigen Preis zu bezahlen –" Sie fingen also von vorne an – wieder ohne Resultat.

Als Nively gegangen war, sagte Platt zu Staples: „Er muß mich für ziemlich dumm halten. Der Grund, warum sie hinter meinem Verfahren her sind, ist ihre Angst, es werde ihr Monopol brechen. Es gibt keinen Zirkus oder Zoo im Land, der nicht gern ein oder zwei prähistorische Tiere hätte."

Der wortkarge Staples meinte: „Ich könnte mir vorstellen, daß sie erst richtig in Fahrt kommen, wenn wir ein Paar der gleichen Spezies erhalten und damit züchten."

„Bei Gott, daran habe ich noch gar nicht gedacht! Heutzutage kauft niemand mehr wilde Löwen. Es ist zu leicht, eigene heranzuziehen. Dabei kommt mir noch eine Idee. Stell dir vor, wir erwecken eine Rasse wie zum Beispiel unsern großen Schweinefreund da drüben wieder zum Leben. Und wenn dann die Zivilisation zusammenbricht und die Aufzeichnungen unserer Arbeit hier verlorengehen – was werden sich die Paläontologen in ein paar tausend Jahren den Kopf zerbrechen, warum das Elotherium im Miozän vollständig verschwunden und dann zwanzig Millionen Jahre später mit Warzen und allem wieder aufgetaucht ist!"

„Die Frage ist leicht zu lösen", gab Staples zurück. „Sie werden einen versunkenen Kontinent im Pazifik erfinden, wo die Elotheria während des Pliozäns und Pleistozäns überdauert haben. Und dann bildete sich eine Landbrücke und ermöglichte es ihnen, sich über den Norden zu verbreiten – He, wirf nicht mit Sachen! Ich will ja brav sein!"

Nivelys dritter Besuch erfolgte einige Zeit später, als das Mammut beinahe soweit war, daß man es aus dem Tank heben konnte. Der sonnenverbrannte Mann kam sofort zur Sache.

„Dr. Platt", sagte er, „wir haben ein großes Geschäft, das mit viel Fleiß und Mühe aufgebaut ist, und wir werden nicht herumsitzen und zusehen, wie es ruiniert wird, nur weil irgendein Wissenschaftler einen glänzenden Einfall gehabt hat. Wir machen Ihnen ein durch und durch faires Angebot: Wir kaufen Ihr Patent und schließen einen Vertrag, nach dem Sie Ihr Verfahren weiterhin anwenden dürfen, vorausgesetzt, daß Sie uns zu Ihren Alleinvertretern für den Verkauf Ihrer Tiere ernennen. Auf diese Weise können Sie ihre wissenschaftliche Arbeit fortführen; wir behalten die Kontrolle der geschäftlichen Seite; alle sind glücklich. Was sagen Sie dazu, alter Junge?"

„Es tut mir leid, Mr. Nively, aber ein solcher Vertrag kommt für mich nicht in Frage. Wenn Sie über eine nicht exklusive Lizenz sprechen wollen, wäre ich bereit, Ihnen zuzuhören."

„Nun sehen Sie, Dr. Platt, Sie sollten lieber noch einmal

darüber nachdenken, ehe Sie uns abweisen. Sie müssen wissen, daß wir eine mächtige Organisation sind, und wir können Ihnen das Leben sehr unangenehm machen."

„Das Risiko gehe ich ein."

„Eine Kollektion wilder Tiere ist ein sehr verwundbares Stück Eigentum, wissen Sie. Unfälle –"

„Mr. Nively –" hier wanderte Platts Gesichtsfarbe das Spektrum bis zum roten Ende hinunter „– wollen Sie bitte zum Teufel gehen?"

Nively ging.

Platt sah ihm nach und sann: „Da ist mein Temperament wieder einmal mit mir durchgegangen. Vielleicht hätte ich ihn hinhalten sollen."

„Vielleicht", stimmte Staples zu. „Er hat zwar keine Drohungen vor sich hingemurmelt, als er hinausging, aber er sah aus, als denke er sie."

„Wahrscheinlich ist das ein Bluff", sagte Platt. „Aber ich glaube, ich werde noch einen Mann einstellen. Wir brauchen ständig eine Wache."

Zum richtigen Zeitpunkt hoben sie das Mammut aus seinem Bad und setzten sein Herz in Gang. Sie waren nervös, denn das war bei weitem das größte Tier, auf das sie das Verfahren angewendet hatten. Platt jauchzte und warf seinen Hut in die Luft, als *Parelephas* Zeichen von Leben verriet. Staples jauchzte auch, aber seinen Hut warf er nicht in die Luft.

Sie nannten das Mammut Tecumtha nach dem berühmten Shawnee-Häuptling. Tecumtha hatte eine Höhe von elf Fuß sechs Zoll, was ungefähr der Größe des größten heutigen afrikanischen Elefanten entspricht. Er hatte spiralförmige Stoßzähne, die sich an den Spitzen beinahe überschnitten. Als er zu vollem Bewußtsein erwachte, sorgte er für einigen Krawall, aber nach einer Weile beruhigte er sich wie ein rezenter Elefant. In der Zeit, die er sich erholte, wuchs ihm ein dicker Pelz aus kurzem, grobem braunem Haar.

Platt hatte seine Absicht ausgeführt und einen weiteren Mann zu Elias' Hilfe eingestellt. Eines Morgens hatte Tecumtha in aller Frühe leichte Magenschmerzen. Jake, der neue Mann, sah nach, warum er so quiekte. Dann löste Jake Tecumthas Medizin in einem Elefanten-Highball auf – einen Eimer zu gleichen Teilen mit Gin und Ingwer-Extrakt gefüllt – und brachte ihn ihm. Tecumtha saugte die Flüssigkeit mit seinem Rüssel auf und gurgelte glücklich und Jake war wieder gegangen, als Nively materialisierte. Er trat an die Einzäunung heran und schoß Tecumtha mit einer Birmingham 0,303 durch den oberen Teil seines Kopfes.

Das war ein Fehler. Die Birmingham 0,303 ist ein viel zu leichtes Gewehr, um Elefanten zu erschießen. Und der obere Teil eines Elefantenkopfes besteht nur aus einer zellularen Knochenstruktur, um die gewaltigen Nackenmuskeln zu verankern. Das Gehirn sitzt viel weiter unten. Nively hatte nur in Südamerika praktische Erfahrungen gesammelt und wußte nicht, wie ein Elefant gebaut ist. Die Kugel ging durch Tecumthas Kopf, aber sie machte ihn bloß sehr, sehr böse. Er trompetete. Das ist ein höchst erschreckendes Geräusch, wenn man es das erste Mal hört, als ob zwanzig Männer in Fanfaren voller Spucke blasen.

Jake hörte den Lärm und rannte hinaus. Er warf einen Blick auf Tecumtha und raste zum Tor. In seiner Eile ließ er es offenstehen. Nively feuerte noch einen Schuß ab, der danebenging. Dann rannte er auch, und Tecumtha rannte hinter ihm her. Er hatte keine Chance, seinen Wagen zu erreichen. Das Mammut hätte ihn vorher erwischt, wenn Nively sich nicht Elias' Fahrrad geschnappt hätte, das gegen einen Baum lehnte.

Der Lärm holte Kenneth Staples aus dem Bett. Er trat noch rechtzeitig ans Fenster, um zu sehen, wie Nively und das Fahrrad die Zufahrt hinunterwirbelten, Tecumtha dicht hinter sich, und auf der nach Carriesville führenden Autostraße verschwanden.

Staples hielt sich nicht mit Anziehen auf. Er lief nach unten und hinaus zur Garage. Er hielt nur inne, um einen Hut von der Flurgarderobe zu reißen. Er sprang in den Lastwagen, den Platt zum Transport großer Tiere gekauft hatte, und fuhr Nively und Tecumtha nach.

Er war noch keine Meile weit gekommen, als er von Popenoe, dem lokalen Staatsstraßen-Polizisten, angehalten wurde.

„Oh", sagte Popenoe, „Sie sind es, Mr. Staples. Aber, zum Teufel, warum –"

„Ich suche nach meinem Mammut", teilte Staples ihm mit.

„Ihrem *was*?"

„Meinem Mammut – Sie wissen schon, ein großer Elefant mit Fell."

„Also, ich habe wirklich schon die komischsten Ausreden gehört, aber das schlägt alles. Und noch dazu im Pyjama! Ich gebe auf. Fahren Sie weiter und jagen Sie Ihren Elefanten. Aber ich werde Ihnen folgen, und es wäre gut für Sie, wenn er sich als wirklicher Elefant erweisen würde. Sind Sie sicher, daß er nicht rosa mit grünen Flecken war?"

Der Geologe sagte, er sei sicher, und fuhr weiter nach Carriesville. Dort fand er einen großen Teil der Einwohnerschaft rings um den Platz stehen, obwohl keiner Lust zu haben schien, näher heranzutreten.

Städte wie Carriesville haben fast immer in ihrem Mittelpunkt einen Rasenplatz und auf dem Rasenplatz entweder ein Denkmal oder eine Kanone und einen Haufen Kanonenkugeln. Eine typische Kombination ist die einer Fünfzehn-Zentimeter-Krupp-Kanone, Modell 1916, und einem Stapel vierzölliger Rundkugeln des Jahrgangs 1845. Carriesville hatte eine Reiterstatue von General Philip Sheridan auf einem hohen granitenen Piedestal vor dem Gerichtsgebäude. Die Sonne ging eben auf, und ihre rosenfarbenen Strahlen beschienen Mr. Nively, der auf General Sheridans Hut hockte. Tecumtha trampelte um die Basis der Statue und versuchte, Nively mit seinem Rüssel zu erreichen.

Staples erfuhr später, daß einer der Bürger seine Pistole auf Tecumtha entleert hatte, was das Mammut nicht einmal bemerkte. Dann beschoß ihn irgendwer mit Rehposten, und das ärgerte ihn. Er lief hinter dem Schützen her, und dieser lief davon. Niemand versuchte mehr zu schießen. Während Tecumthas Aufmerksamkeit abgelenkt war, begann Nively hinabzuklettern, aber das Mammut kehrte zurück, bevor es ihm gelungen war.

Staples stellte den Lastwagen vor dem Gerichtsgebäude ab und stieg aus. Tecumtha machte ein paar Schritte auf ihn zu. Staples bereitete sich auf einen Rückzug vor, aber das Mammut erkannte ihn und kehrte zu Nively zurück. Es schenkte Staples' Rufen keine Beachtung. Dafür probierte es aus, wie es seinen Kopf gegen das Piedestal stemmen konnte, ohne daß ihm die Stoßzähne im Weg waren, und nach dem ersten kräftigen Ruck fiel der kleine Phil Sheridan um. Als die Statue kippte, faßte Nively nach dem Ast einer in der Nähe stehenden großen Eiche und baumelte daran wie das Nest eines Baltimorevogels. Tecumtha walzte unter ihm herum und gab feindselige Geräusche von sich.

Staples fuhr den Lastwagen längsseits des Mammuts. Er ließ die Rampe herab und rief Nively zu, er solle sich so herüberschwingen, daß er auf dem Dach der Kabine landete, und dort bleiben. Nively tat es. Tecumtha versuchte, ihn zu erreichen, aber er schaffte es nicht ganz. Er wanderte um den Lastwagen. Als er die Rampe sah, lief er hinauf und ins Innere, um näher an Nively heranzukommen. Staples zog die Rampe hoch und verriegelte sie. Dann ging er nach vorn und stieg auf die Kühlerhaube.

Nively saß auf dem Dach der Kabine und wirkte für einen so sonnenverbrannten Mann bemerkenswert blaß. Staples sah Schwierigkeiten für die Rückfahrt voraus, und so, wie er war, konnte er nicht herumlaufen. Er dachte, es ist eine Schande, die Notlage eines Mannes auszunützen, aber er hat es sich selbst zuzuschreiben. Laut sagte er: „Leihen Sie mir Ihre Hose und Ihr Geld."

Nively protestierte. Staples ließ sich nicht auf eine Diskussion ein. Er kletterte zu Nively hinauf und packte seinen Arm. „Soll ich Sie zu Ihrem Spielgefährten hinunterwerfen?" knurrte er.

Nively war ein kräftiger Mann, aber er zuckte unter dem Griff des Geologen zusammen. „Sie ... Sie Erpresser!" fauchte er. „Ich könnte Sie festnehmen lassen!"

„Ach ja? Dann könnte ich Sie auch festnehmen lassen – wegen Hausfriedensbruch und Vandalismus, ganz zu schweigen vom Diebstahl eines Fahrrads. Los, geben Sie mir die Hose und das Geld. Ich sorge dafür, daß Sie alles zurückbekommen, und Ihren Wagen auch."

Nively schielte auf Tecumthas Rüssel, der über die Vorderwand des Innenraums gekrochen war und hoffnungsvoll umherfühlte, und gab nach. Staples ließ ihm genug Geld, daß er nach Chicago zurückkehren konnte, und er zog ab.

Mittlerweile hatten Popenoe, der Staatspolizist, und zwei von den roten Polizisten der Stadt soviel Mut gefaßt, daß sie sich dem Lastwagen näherten. Einer der letzteren trug eine Maschinenpistole.

„Sie gehen besser aus dem Weg, Mr. Staples", sagte er. „Das da ist ein gefährliches wildes Tier, und wir werden es töten."

„O nein, das werden Sie nicht", widersprach Staples. „Es ist außerdem ein wertvolles Stück Eigentum und ein wichtiges wissenschaftliches Exemplar."

„Das ist egal. Stadtverordnung Nummer 486 –" Er lugte unter der seitlichen Segeltuchplane durch, stellte fest, wo sich das Mammut befand, und hob seine Maschinenpistole.

Staples hielt es nicht für sinnvoll, ruhig in der Kabine zu sitzen, während sein Schutzbefohlener mit Blei vollgepumpt wurde. Er fuhr im Rückwärtsgang von dem Rasen vor dem Gerichtsgebäude hinunter und dann weiter. Alle drei Polizisten brüllten. Staples konnte nicht auf dem gleichen Weg zurückfahren, den er gekommen war, weil Wagen und Menschen die Straße blockierten. So schlug er die entgegengesetzte Richtung nach Warsaw und Chicago ein. Nach zwei Blocks bog er ab und brachte den Lastwagen in eine Garage, wo er bekannt war. Eine halbe Minute später wurde ihm die Befriedigung zuteil, daß er zwei Polizeiwagen mit heulenden Sirenen über die Kreuzung rasen sah. In ein paar Minuten kamen sie zurück. Offenbar glaubten sie, Staples habe sich ringsherum geschlichen und sei auf dem Weg nach Hause.

Staples rief Platt an und berichtete ihm, was geschehen war. Platt sagte: „Um Gottes willen, komm jetzt nicht zurück, Ken. Draußen vor der Tür wartet ein Staatspolizist auf dich – oder vielmehr auf Tecumtha."

„Und was soll ich tun? Ich muß mich irgendwie um ihn kümmern können. Er wird bald Hunger bekommen, und er hat ein paar Schußwunden, die behandelt werden müssen."

Platt schwieg erst eine Weile, und dann schlug er vor: „Ich will dir was sagen. Fahre ihn nach Chicago hinauf und verkaufe ihn an den Zoo. Der Name des Direktors ist Traphagen. Die Polizisten werden nicht auf den Gedanken kommen, daß du dorthin fährst, und wenn du Tecumtha nach hier zurückbringst, gibt es nur noch mehr Ärger."

Staples hing auf, und der Garagenmann fragte: „Wer ist dieser Tecumtha, über den Sie gesprochen haben, Mr. Staples?" Er stand gegen den Lastwagen gelehnt. In diesem Augenblick gab das Mammut sein nervenzerfetzendes Trompeten von sich. Kennedy, der Garagenmann, sprang einen Fuß in die Höhe.

„*Das* ist Tecumtha", erklärte Staples liebenswürdig. Er stieg in den Lastwagen und fuhr davon.

Er erreichte Chicago um zehn Uhr, und um elf bat er um eine Unterredung mit Dr. Traphagen. Die Sekretärin des Direktors maß Staples mit seltsamen Blicken, aber schließlich sah er mit seiner Pyjama-Jacke, Nivelys Hosen – sechs Zoll zu kurz – und Pantoffeln auch seltsam aus.

Das Mädchen fragte Staples, ob er eine Visitenkarte habe. Er holte seine Brieftasche hervor und gab ihr eine. Als sie im Chefbüro verschwunden war, fiel Staples ein, daß es Nivelys Brieftasche und Nivelys Visitenkarte waren.

Bald darauf kam die Sekretärin zurück und ließ ihn ein. Staples sagte: „Guten Morgen, Dr. Traphagen."

„Mr. Staples ... äh ... Nively ... äh ... immer mit der Ruhe, es wird alles wieder in Ordnung kommen."

„Es war die falsche Visitenkarte; ich kann es Ihnen erklären. Aber mein richtiger Name ist Staples, und ich –"

„Sagen Sie nur, was Sie wünschen, Mr... äh ... Staples."

„Wären Sie daran interessiert, ein Mammut zu kaufen?"

„Nun, mein bester Sir, wir sind nur an lebenden Tieren interessiert. Wenn Sie ein Fossil besitzen, ist das Field Museum die Stelle, an die Sie sich wenden müssen."

„Ich habe nicht von einem Fossil gesprochen. Es ist sehr lebendig, ein schönes, erwachsenes männliches Exemplar des *Parelephas jeffersonii*. Möchten Sie nicht einmal einen Blick darauf werfen?"

„Gewiß, gewiß, mein bester Sir. Es wird mir ein Vergnügen sein." Traphagen ging hinaus. Als Staples ihm folgte, packten ihn an der Tür zwei Wärter. Traphagen brüllte dem Mädchen zu: „Jetzt schnell, rufen Sie die Irrenanstalt an oder das Krankenhaus oder sonst etwas!"

Staples wehrte sich, aber die Wärter waren schon mit schwierigerem Wild als bloß mit einem menschlichen Wesen fertig geworden. „Hören Sie, Dr. Traphagen", flehte er, „Sie können mich gern für verrückt erklären, wenn Sie wollen. Aber bitte, werfen Sie zuerst einen Blick auf das Mammut. Haben Sie schon einmal von Dr. Gilmore Platt gehört?"

„*Ts, ts*, mein bester Sir, erst sagen Sie, Ihr Name sei Staples, dann geben Sie eine Visitenkarte ab, auf der ‚Nively' steht, und jetzt behaupten Sie, Sie seien Dr. Platt. Nur ruhig, nur ruhig! Sie werden an einen schönen Ort gebracht, wo Sie mit allen Mammuts spielen können, die Sie sich wünschen."

Staples protestierte noch eine Weile weiter, aber es half ihm nichts. Er war kein sehr beredter Mann, vor allem dann nicht, wenn er keinen Hut aufhatte, und er kam gegen Traphagens wiederholte Aufforderung, nur ruhig zu sein, nicht an.

Der Krankenwagen traf ein, und die Männer in weißen Kitteln führten Staples aus dem Verwaltungsgebäude und den Weg hinunter. Traphagen trottete hinterher. Der Lastwagen stand genau vor dem Krankenwagen. Staples brüllte: *„Tecumtha!"* Das Mammut hob seinen Rüssel und trompetete. Das entsetzliche metallische Geräusch erschreckte die Krankenpfleger so, daß sie Staples losließen, aber zu ihrem Ruhm läßt sich berichten, daß sie ihren Patienten wieder packten, bevor er etwas unternehmen konnte.

Traphagen lief hin und spähte unter der Segeltuchplane durch. Er kam zurück und rief: „Ach du meine Güte! Ach du meine Güte! Bitte, entschuldigen Sie, entschuldigen Sie! Jetzt fällt mir ein, daß ich von Platt und seinem Verfahren schon gehört habe. Aber ich hätte nie geglaubt, daß Sie wirklich Dr. Platt sein könnten – ich meine, daß Sie von ihm kämen. Es ist alles ein Mißverständnis, Jungs, alles ein Mißverständnis. Er ist doch nicht verrückt."

Die Krankenpfleger ließen Staples los. Dieser erklärte im Ton verletzter Würde: „Seit fünfzehn Minuten versuche ich, Ihnen zu erklären, wer ich bin, Dr. Traphagen, aber Sie haben mich ja nicht gelassen."

Traphagen entschuldigte sich noch einmal und sagte: „Ich weiß nicht, ob Sie jetzt immer noch über den Verkauf dieses Tiers sprechen wollen, mein bester Sir, aber ich täte es gern. Ich muß mir zuerst unser Budget ansehen, ob wir für dies Quartal noch einen Betrag übrig haben –"

*Ich war wirklich eher belustigt als verärgert, obwohl ich Traphagen das nicht merken ließ, bis wir uns über den Preis einig geworden waren. Er war so verlegen, daß er mir ein gutes Angebot machte. Ein paar Dollars davon mußten an den Wohltätigkeitsfonds der Polizei von Carriesville gehen, um die Sache wieder ins reine zu bringen.*

*Platt hat ein paar Wachen angeheuert und ließ das Gelände ordentlich einzäunen. Ich glaube nicht, daß die Marco-Polo-Leute noch irgend etwas unternehmen werden. Nach all dem Aufsehen würde ein Unfall sehr verdächtig wirken. Platt hat auch einen weiteren Assistenten angestellt, einen begeisterten jungen Paläonto-*

*logen namens Roubideaux. Beide sind jetzt in Wyoming und graben Dinosaurier aus den Kreidezeitbetten von Laramie.*

*Wir haben ein paar prächtige Exemplare in den Käfigen, und weitere entstehen in den Tanks. Unter den letzteren ist ein* Mastodon americanus, *das bereits dem Bronx-Zoo in New York versprochen ist.*

*Aber ich wollte Dir ja erzählen, warum ich Platt verlassen möchte. Erstens einmal bin ich Geologe, kein Wildtierwärter. Obige Schilderung gibt Dir eine Vorstellung davon, was es bedeutet, für Platt zu arbeiten. Zweitens habe ich, wie bereits erwähnt, eine Familie zu ernähren, und ich möchte mir meine Gesundheit erhalten. Letzte Woche erhielt ich ein Telegramm von Platt, sie hätten das vollständige Skelett eines* Tyrannosaurus rex *gefunden, fünfzig Fuß lang und das ganze Maul voller sechszölliger Zähne. Ich weiß, was das heißt, und ich verschwinde hier lieber, solange ich noch aus einem Stück bestehe.*

*Beste Grüße für Dich und Georgia. Ich hoffe, wir sehen uns bald. Ken.*

## *Der Urmensch*

Dr. Matilda Saddler sah den Urmenschen das erste Mal am Abend des 14. Juni 1956 auf Coney Island. Die Frühjahrstagung der Amerikanischen Anthropologischen Gesellschaft, Gruppe Ost, war beendet, und Dr. Saddler hatte das Dinner mit zwei ihrer Fachkollegen genommen, mit Blue von der Columbia- und Jeffcott von der Yale-Universität. Sie erwähnte, daß sie Coney noch nie besucht habe und heute abend hingehen wolle. Sie drängte Blue und Jeffcott mitzukommen, aber die Herren entschuldigten sich.

Mit dem Blick auf Dr. Saddlers sich entfernenden Rücken zischelte Blue von Columbia: „Das wilde Weib aus Wichita. Ob sie auf der Jagd nach einem neuen Ehemann ist?" Er war ein dünner Mann mit einem grauen Bärtchen und einem Ausdruck, der besagte: Wer, zum Teufel, sind denn Sie, Sir?

„Wie viele hat sie schon gehabt?" erkundigte sich Jeffcott von Yale.

„Drei bis heute. Ich weiß nicht, warum Anthropologen das ungeordnetste Privatleben unter allen Wissenschaftlern führen. Es muß daher kommen, daß sie die Sitten und Moralvorstellungen all dieser verschiedenen Völker studieren und sich dann fragen: ‚Wenn die Eskimos es dürfen, warum wir nicht auch?' Ich bin alt genug, um sicher zu sein, Gott sei Dank."

„Ich habe keine Angst vor ihr", meinte Jeffcott. Er war Anfang Vierzig und sah wie ein Farmer aus, der sich in den im Laden gekauften Kleidern unbehaglich fühlt. „Ich bin ganz und gar verheiratet."

„Ach ja? Sie hätten vor ein paar Jahren in Stanford sein sollen, als sie dort war. Es war nicht sicher, über den Campus zu gehen, denn alles, was weiblich war, wurde von Tuthill und alles, was männlich war, von Saddler gejagt."

Als Dr. Saddler aus der Untergrundbahn ausstieg, mußte sie sich ihren Weg über den Bahnsteig der Station Stillwell Avenue erkämpfen, denn die Halbwüchsigen, die ihn besetzt hielten, haben wahrscheinlich die schlechtesten Manieren von allen Völkern der Erde, ausgenommen vielleicht die Einwohner der Dobu-Inseln im westlichen Pazifik. Dr. Saddler machte das nicht viel aus. Sie war eine große, kräftig gebaute Frau Ende Dreißig, die durch die körperlich anstrengende Arbeit im Freien, wie sie ihr Beruf mit sich brachte, in Form geblieben war. Außerdem hatten einige der geistlosen Bemerkungen in Swifts Referat über den Austausch bestimmter Kulturelemente unter den Arapaho-Indianern ihre Kampflust erweckt.

Sie spazierte die Surf Avenue Richtung Brighton Beach hinunter und ließ ihren Blick über all die Buden und Stände gleiten, ohne näher heranzutreten. Für sie war es interessanter, die menschlichen Typen zu beobachten, die ihr Geld ausgaben, und die anderen menschlichen Typen, die es einkassierten. Einmal versuchte sie sich an einem Schießstand, fand es jedoch zu einfach, Blecheulen mit einem 0,22er von ihrer Stange zu holen, als daß es ihr besonderen Spaß gemacht hätte. Was sie sich unter Schießen vorstellte, war eine größere Entfernung und ein Armeegewehr.

Der Betrieb neben der Schießbude wäre eine Nebenschau genannt worden, wenn es eine Hauptschau gegeben hätte, die sie zur Nebenschau machte. Das übliche schmutzige Aushängeschild pries die Einmaligkeit des Kalbs mit den zwei Köpfen, der bärtigen Dame, des Spinnenmädchens Arachne und anderer Wunder an. Die *pièce de résistance* war Ungo-Bungo, der fürchterliche Affenmensch, dessen Gefangennahme im Kongo siebenundzwanzig Menschenleben gekostet hatte. Das Bild zeigte einen ungeheuerlichen Ungo-Bungo, der mit jeder Hand einen unglücklichen Neger zerquetschte, während andere versuchten, ein Netz über ihn zu werfen.

Obwohl Dr. Saddler genau wußte, der fürchterliche Affenmensch werde sich als gewöhnlicher Kaukasier mit falschem Haar auf der Brust erweisen, gab sie der Laune nach, sich die Schau anzusehen. Vielleicht, dachte sie, war es etwas, worüber sie mit ihren Kollegen lachen konnte.

Der Ausrufer begann mit seinen aus einer ledernen Lunge

dröhnenden Erläuterungen. Dr. Saddler schloß aus seinem Gesichtsausdruck, daß ihm die Füße wehtaten. Die tätowierte Dame interessierte sie nicht, da ihre Dekorationen im Gegensatz zu denen, die man zum Beispiel unter den Polynesiern findet, keinerlei kulturelle Bedeutung hatten. Was den antiken Maya betraf, zeugte es nach Meinung Dr. Saddlers von fragwürdigem Geschmack, einen armen mikrozephalischen Idioten auf diese Weise auszustellen. Professor Yogis Taschenspielerei und sein Feuerfressen waren nicht schlecht.

Ein Vorhang hing vor Ungo-Bungos Käfig. Im richtig abgepaßten Augenblick erklangen Knurrlaute und das Klirren einer Kette gegen eine Metallplatte daraus hervor. Die Stimme des Ausrufers stieg in die Höhe: „... Ladies und Gentlemen, der einzige und einmalige Ungo-Bungo!" Der Vorhang fiel.

Der Affenmensch hockte im Hintergrund seines Käfigs. Er ließ seine Kette fallen, stand auf und schlurfte nach vorn. Er packte zwei der Stangen und schüttelte sie. Zu diesem Zweck saßen sie lose, und sie rasselten beunruhigend. Ungo-Bungo fletschte den Besuchern seine gleichmäßigen gelben Zähne entgegen.

Dr. Saddler betrachtete ihn genau. Das war etwas Neues im Affenmenschengeschäft. Ungo-Bungo war etwa fünf Fuß drei Zoll groß, aber sehr massig mit gewaltigen, gebückten Schultern. Über und unter seiner blauen Schwimmhose bedeckte ihn dickes, gräuliches Haar vom Scheitel bis zu den Knöcheln. Seine kurzen, muskulösen Arme endeten in großen Händen mit dicken, knotigen Fingern. Den Kopf stieß er nach vorn, so daß er, frontal gesehen, so gut wie gar keinen Hals zu haben schien.

Sein Gesicht – Dr. Saddler hatte geglaubt, alle lebenden menschlichen Rassen und zudem alle Arten von Abweichungen zu kennen, wie sie durch Drüsenstörungen hervorgerufen werden, aber ein Gesicht wie das da war ihr noch nicht vorgekommen. Es war tief gefurcht. Die Stirn zwischen dem kurzen Kopfhaar und den auf dicken Wülsten sitzenden Brauen wich scharf zurück. Die Nase war zwar breit, aber nicht affenähnlich; es war eine kürzere Version der dicken, im unteren Drittel gekrümmten armenischen oder „Juden"-Nase. Das Gesicht endete in einer langen Oberlippe und einem fliehenden Kinn. Und die gelbliche Haut gehörte offensichtlich Ungo-Bungo selbst.

Der Vorhang wurde wieder hinaufgezogen.

Dr. Saddler ging mit den anderen hinaus, zahlte jedoch nochmals zehn Cent und war bald wieder drinnen. Sie achtete nicht auf den Ausrufer, sondern besorgte sich einen guten Platz vor Ungo-Bungos Käfig, ehe die übrigen Zuschauer da waren.

Ungo-Bungo wiederholte seine Vorstellung mit mechanischer Präzision. Dr. Saddler bemerkte, daß er ein wenig hinkte, als er nach vorn kam, um an den Stangen zu rütteln, und daß die Haut unter seinem Haarpelz mehrere große, weißliche Narben trug. Das letzte Glied seines linken Ringfingers fehlte. Sie notierte sich Einzelheiten über die Proportionen von Schienbein und Oberschenkel, von Unter- und Oberarm und über seine großen Spreizfüße.

Dr. Saddler bezahlte ein drittes Mal. Irgendwo klopfte ein Gedanke in ihrem Kopf an und versuchte, sich Einlaß zu verschaffen. Entweder war sie verrückt, oder die naturwissenschaftliche Anthropologie war Blödsinn oder – etwas Drittes. Ihr war klar, wenn sie jetzt das tat, was das Vernünftigste war, nämlich nach Hause zu gehen, würde der Gedanke sie immerfort quälen.

Nach der dritten Vorstellung sprach sie den Ausrufer an. „Ich glaube, Ihr Mr. Ungo-Bungo ist ein Freund von mir. Können Sie es arrangieren, daß ich ihn, wenn er fertig ist, sprechen kann?"

Der Ausrufer hielt seinen Spott im Zaum. Die Frau war so offensichtlich keine – nun, nicht die Sorte von weiblichen Wesen, die Kerle nach der Schau zu sprechen wünschen.

„Ach, der", sagte er. „Nennt sich Gaffney – Clarence Aloysius Gaffney. Ist es der, den Sie meinen?"

„Ja, das ist er."

„Glaube schon, daß Sie ihn sprechen können." Er sah auf seine Uhr. „Er muß noch viermal auftreten, bevor wir schließen. Ich muß den Boß fragen." Er verschwand hinter einem Vorhang und rief: „He, Morrie!" Dann kam er zurück. „Das geht in Ordnung. Morrie sagt, Sie können in seinem Büro warten. Erste Tür rechts."

Morrie war stämmig, kahlköpfig und gastfreundlich. „Sicher, sicher", meinte er und schwenkte seine Zigarre. „Stehe Ihnen gern zu Diensten, Miss Saddler. Nur eine Minute, ich muß eben mit Gaffneys Manager sprechen." Er steckte seinen Kopf hinaus. „He, Pappas! Eine Dame möchte nachher mit deinem Affenmenschen sprechen. Ich habe *Dame* gemeint. Okay." Er kehrte wieder und ließ einen Vortrag über die Schwierigkeiten im Naturwundergeschäft von Stapel. „Nehmen wir Gaffney, zum Beispiel. Er ist der verdammt beste Affenmensch in der Branche; dies ganze Haar wächst echt aus ihm heraus. Und der arme Junge hat auch richtig das Gesicht dafür. Aber glauben die Leute das? Nein! Ich höre, wie sie beim Hinausgehen sagen, das Haar sei angeklebt und das ganze Ding eine Fälschung. Das kann einen ärgern." Er legte lauschend den Kopf auf die Seite. „Das Rumpeln kommt nicht von der Achterbahn; es fängt an zu regnen. Hoffentlich ist es bis morgen vorbei. Sie glauben gar nicht, wie ein Regen die Einnahmen verringert. Würde man eine Kurve zeichnen, sähe sie so aus." Er fuhr mit der Hand waagerecht durch die Luft und stieß sie dann scharf nach unten, um die Wirkung des Regens zu verdeutlichen. „Doch wie gesagt, die Leute wissen nicht zu schätzen, was man für sie zu tun versucht. Es geht mir nicht nur um das Geld; ich denke von mir als von einem Künstler. Einem kreativen Künstler. Eine Schau wie diese muß Ausgewogenheit und Proportion haben, genau wie jede andere Kunst ..."

Es mußte eine Stunde später geworden sein, als eine langsame, tiefe Stimme von der Tür her fragte: „Wollte mich jemand sprechen?"

Der Urmensch stand im Eingang. In Straßenkleidung, den Kragen seines Regenmantels hochgestellt und die Hutkrempe nach unten gebogen, wirkte er mehr oder weniger menschlich, wenn der Mantel über seinen breiten, abfallenden Schultern auch schlecht saß. Er hatte einen dicken, knotigen Spazierstock mit einer Lederschlaufe am oberen Ende. Ein kleiner, dunkler Mann zappelte hinter ihm herum.

„Ja", unterbrach Morrie seine Vorlesung. „Clarence, dies ist Miss Saddler. Miss Saddler, dies ist unser Mister Gaffney, einer unserer hervorragenden kreativen Künstler."

„Erfreut, Sie kennenzulernen", sagte der Urmensch. „Das ist mein Manager Mr. Pappas."

Dr. Saddler erklärte ihr Anliegen und sagte, sie würde gern mit Mr. Gaffney sprechen, wenn es erlaubt sei. Sie war taktvoll; das mußte man sein, wenn man von Berufs wegen in den Privatangelegenheiten zum Beispiel der Naga-Kopfjäger herumstöberte. Der Urmensch sagte, es werde ihm ein Vergnügen sein, zusammen mit Miss Saddler eine Tasse Kaffee zu trinken; gleich um die

Ecke sei ein Lokal, das sie erreichen könnten, ohne naß zu werden.

Als sie hinausgingen, folgte Pappas ihnen, und er wurde immer zappeliger. Der Urmensch sagte: „Geh nach Hause und leg dich ins Bett, John. Mach dir um mich keine Sorgen." Er grinste Dr. Saddler an. Die Wirkung wäre auf jeden anderen als einen Anthropologen verheerend gewesen. „Jedes Mal, wenn er mich mit jemandem sprechen sieht, glaubt er, es ist ein anderer Manager, der mich zu stehlen versucht." Er sprach einwandfreies Amerikanisch, in dem sich durch die Trübung offener Vokale eine Spur von irischem Dialekt andeutete. „Ich habe bei dem Rechtsanwalt, der unsern Vertrag aufgesetzt hat, auf einer kurzen Kündigungsfrist bestanden."

Pappas, immer noch argwöhnisch blickend, verschwand. Der Regen hatte praktisch aufgehört. Der Urmensch schritt trotz seines Hinkens forsch aus. Eine Frau mit einem Foxterrier an der Leine kam vorbei. Der Hund schnüffelte in Richtung des Urmenschen und wurde dann allem Anschein nach von der Tollwut befallen, so kläffte und geiferte er. Der Urmensch wechselte den Griff an seinem soliden Stock und sagte ruhig: „Sie halten ihn besser gut fest, Madam." Die Frau ging hastig weiter. „Sie mögen mich einfach nicht", bemerkte Gaffney. „Die Hunde meine ich natürlich."

Sie fanden einen freien Tisch und bestellten ihren Kaffee. Als der Urmensch seinen Regenmantel auszog, stieg Dr. Saddler der starke Geruch eines billigen Parfums in die Nase. Gaffney zog eine Pfeife mit einem großen, knolligen Kopf hervor. Sie paßte zu ihm, genau wie der Spazierstock. Dr. Saddler bemerkte, daß die tiefliegenden Augen unter den überhängenden Brauen von einem hellen Haselnußbraun waren.

„Nun?" fragte er mit seiner tiefen, langsamen Stimme.

Sie begann mit ihren Fragen.

„Meine Eltern waren Iren", antwortete er. „Aber ich bin vor – Moment – vor sechsundvierzig Jahren in Süd-Boston geboren worden. Ich kann Ihnen eine Kopie meiner Geburtsurkunde besorgen. Clarence Aloysius Gaffney, 2. Mai 1910." Diese Feststellung schien ihn mit geheimer Belustigung zu erfüllen.

„War einer Ihrer Eltern von Ihrem etwas ungewöhnlichen körperlichen Typus?"

Er machte eine Pause, bevor er antwortete. Das tat er anscheinend immer. „O ja. Beide. Die Drüsen, nehme ich an."

„Sind sie beide in Irland geboren?"

„Jawohl. Grafschaft Sligo." Wieder war da dies mysteriöse Zwinkern.

Dr. Saddler überlegte. „Mr. Gaffney, Sie wären doch sicher einverstanden, sich fotografieren und messen zu lassen, nicht wahr? Sie könnten die Fotos in Ihrem Beruf verwenden."

„Vielleicht." Er nahm einen Schluck Kaffee. „Au! Gazooks, ist das heiß!"

„Wie bitte?"

„Ich sagte, der Kaffee ist heiß."

„Ich meine das Wort davor."

Der Urmensch blickte ein bißchen verlegen drein. „Oh, Sie meinen ‚Gazooks'? Nun, ich – äh – ich habe einmal einen Mann gekannt, der das zu sagen pflegte."

„Mr. Gaffney, ich bin Wissenschaftlerin, und ich versuche nicht, Sie aus privaten Gründen auszuholen. Sie können offen mit mir sein."

In seinem Blick lag ein so unpersönliches Starren, daß es Dr. Saddler kalt das Rückgrat heraufkroch. „Sie glauben, ich sei bisher nicht offen gewesen?" fragte Gaffney.

„Ja. Als ich Sie sah, erkannte ich sofort, daß an Ihrer Abstammung etwas ungewöhnlich sein muß. Das denke ich immer noch. Wenn Sie mich jetzt für verrückt halten, sagen Sie es frei heraus, und wir lassen das Thema fallen. Aber ich möchte auf den Grund dieser Angelegenheit kommen."

Er nahm sich Zeit mit seiner Antwort. „Das hängt davon ab." Wieder machte er eine Pause. Dann fragte er: „Kennen Sie mit Ihren Verbindungen irgendwelche wirklich erstklassige Chirurgen?"

„Wieso – ja, ich kenne Dunbar."

„Ist das der Mann, der ein purpurnes Gewand trägt, wenn er operiert? Der Mann, der ein Buch über *Gott, Mensch und das Universum* geschrieben hat?"

„Ja. Er ist ein guter Chirurg, trotz seiner theatralischen Manieriertheit. Warum fragen Sie? Was würden Sie von ihm wollen?"

„Nicht, was Sie denken. Ich bin zufrieden mit meinem – äh – ungewöhnlichen körperlichen Typus. Aber ich habe ein paar alte

Verletzungen – gebrochene Knochen, die nicht richtig wieder zusammengewachsen sind –, und die hätte ich gern gerichtet. Es müßte jedoch ein guter Arzt sein. Ich habe ein paar Tausender auf meinem Sparkonto, aber ich weiß, welche Honorare diese Burschen verlangen. Wenn Sie die notwendigen Vereinbarungen treffen könnten –"

„Ja, ich bin sicher, das könnte ich tun. Ich kann es Ihnen so gut wie garantieren. Dann habe ich also recht? Und Sie werden –" Sie zögerte.

„Mit der Wahrheit herausrücken? Hm, ja. Aber denken Sie daran, ich kann stets beweisen, daß ich Clarence Aloysius bin, wenn es sein muß."

„Und wer sind Sie wirklich?"

Wieder entstand eine lange Pause. Dann meinte der Urmensch: „Warum soll ich es Ihnen nicht erzählen? In dem Augenblick, wo Sie etwas davon wiederholen, haben Sie Ihren wissenschaftlichen Ruf in meine Hände gelegt, vergessen Sie das nicht.

Zunächst einmal bin ich nicht in Massachusetts geboren, sondern am Oberrhein in der Nähe von Mommenheim, und zwar, so gut ich es zurückrechnen kann, etwa im Jahr 50000 vor Christus."

Dr. Saddler fragte sich, ob sie über die größte Sache gestolpert sei, die es in der Anthropologie je gegeben habe, oder ob dieser bizarre Mann den Baron Münchhausen in den Schatten stellen wolle.

Er schien ihre Gedanken zu erraten. „Natürlich kann ich das nicht beweisen. Aber solange Sie für diese Operation sorgen, ist es mir gleich, ob Sie mir glauben oder nicht."

„Aber – aber – *wie?*"

„Ich glaube, es war der Blitz. Wir waren im Freien und bemühten uns, Auerochsen in eine Grube zu treiben. Dann zog ein gewaltiges Gewitter herauf, und die Auerochsen rannten in die falsche Richtung. Deshalb gaben wir es auf und suchten nach einem Unterschlupf. Und das Nächste, was ich weiß, ist, daß ich auf dem Boden lag, und der ganze übrige Clan stand um mich herum und jammerte, was sie denn nur getan hätten, um den Sturmgott so zu erzürnen, daß er einen ihrer besten Jäger niedergestreckt habe. *Das* hatten sie nie zuvor über mich gesagt. Es ist komisch, daß man nie richtig geschätzt wird, solange man noch lebt.

Aber ich lebte noch. Meine Nerven waren ein paar Wochen lang gelähmt, doch sonst fehlte mir nichts bis auf die Brandwunden an den Fußsohlen. Ich weiß nicht genau, was geschehen war, aber vor ein paar Jahren las ich, Wissenschaftler hätten die Maschinerie, die die Gewebeerneuerung kontrolliert, im Rückenmark entdeckt. Ich könnte mir vorstellen, daß der Blitz die Funktion meines Rückenmarks irgendwie beschleunigt hat. Jedenfalls wurde ich danach nicht mehr älter. Körperlich, heißt das. Und abgesehen von den gebrochenen Knochen, von denen ich Ihnen erzählt habe. Ich war zu der Zeit dreiunddreißig, etwas mehr oder weniger. Wir rechneten das Alter nicht nach. Jetzt sehe ich älter aus, weil sich die Linien im Gesicht nach ein paar tausend Jahren eingefressen haben und weil unser Haar immer an den Enden grau war. Aber ich kann einen gewöhnlichen *Homo sapiens* immer noch zu einem Knoten binden, wenn ich möchte."

„Dann sind Sie kein – Sie wollen sagen, daß Sie – Sie wollen mir erzählen, daß Sie ein –"

„Daß ich ein Neandertaler bin? *Homo neanderthalensis?* Das ist richtig."

Matilda Saddlers Hotelzimmer war ein bißchen überfüllt mit dem Urmenschen, dem frostigen Blue, dem bäuerlichen Jeffcott, Dr. Saddler selbst und Harold McGannon, dem Historiker. Dieser McGannon war ein kleiner Mann, sehr adrett und rosahäutig, der mehr nach einem Direktor des New Yorker Zentralbahnhofs aussah als nach einem Professor. Dr. Saddler sah stolzgeschwollen aus, Professor Jeffcott interessiert, aber verwirrt, Dr. Blue gelangweilt. (Er hatte eigentlich gar nicht kommen wollen.) Der Urmensch, der sich in dem bequemsten Sessel ausstreckte und an seiner überdimensionalen Pfeife paffte, schien sich zu amüsieren.

McGannon stellte eine Frage. „Nun, Mr. – Gaffney? Ich nehme an, das ist ebenso Ihr Name wie irgendein anderer."

„So kann man sagen", antwortete der Urmensch. „Mein ursprünglicher Name war etwas wie Glänzender Falke. Aber seitdem bin ich unter Hunderten von Namen herumgelaufen. Wenn man sich in einem Hotel als ‚Glänzender Falke' einträgt, lenkt man die Aufmerksamkeit auf sich. Und das versuche ich zu vermeiden."

„Warum?" fragte McGannon.

Der Urmensch sah sein Publikum an, als habe er Kinder vor sich, die sich absichtlich dumm stellten. „Ich mag keine Schwierigkeiten. Die beste Art, sich aus Schwierigkeiten herauszuhalten, ist, keine Aufmerksamkeit zu erregen. Deshalb bleibe ich nie länger als zehn oder fünfzehn Jahre an einem Ort. Die Leute könnten sonst neugierig werden, warum ich nicht älter geworden bin."

„Pathologischer Lügner", murmelte Blue. Die Worte waren kaum hörbar, aber der Urmensch hörte sie.

„Sie haben ein Recht auf Ihre eigene Meinung, Dr. Blue", sagte er liebenswürdig. „Dr. Saddler erweist mir einen Gefallen, deshalb lasse ich Sie all Ihre Fragen auf mich abschießen. Und ich antworte. Ich gebe keinen Pfifferling darum, ob Sie mir glauben oder nicht."

McGannon fuhr hastig mit einer neuen Frage dazwischen. „Wie kommt es, daß Sie, wie Sie erwähnten, eine Geburtsurkunde haben?"

„Oh, ich habe einmal einen Mann namens Clarence Gaffney gekannt. Er wurde von einem Auto überfahren, und ich nahm seinen Namen an."

„Hatten Sie einen bestimmten Grund dafür, daß Sie sich einen irischen Hintergrund ausgesucht haben?"

„Sind Sie Ire, Dr. McGannon?"

„Nicht genug, daß es eine Rolle spielt."

„Okay. Ich wollte nur niemandes Gefühle verletzen. In meinem Fall ist irische Abstammung noch am glaubwürdigsten. Es gibt tatsächlich Iren mit Oberlippen wie meiner."

Dr. Saddler fiel ein: „Danach wollte ich Sie schon fragen, Clarence." Sie legte viel Wärme in seinen Namen. „Man streitet darüber, ob Ihre Leute sich mit meinen vermischt haben, als meine Leute Europa gegen Ende des Mousterien überrannten. Es wird vermutet, daß die ‚alte schwarze Rasse' an der Westküste von Irland ein bißchen Neandertalblut hat."

Er grinste leicht. „Nun – ja und nein. Soviel ich weiß, ist damals in der Steinzeit nie ein Neandertaler dort gewesen. Aber an diesen langlippigen Iren bin ich schuld."

„Wie?"

„Ob Sie es glauben oder nicht, es hat in den letzten fünfzig Jahrhunderten einige Frauen Ihrer Spezies gegeben, die mich nicht zu abstoßend gefunden haben. Für gewöhnlich hat es keine Nachkommen gegeben. Aber im 16. Jahrhundert ging ich nach Irland, um dort zu leben. Man verbrannte damals im übrigen Europa zu viele Leute wegen Hexerei, als daß es mir dort gefallen hätte. Und da war eine Frau. Diesmal war das Ergebnis eine Schar von Hybriden – süße kleine Teufel waren es. Deshalb besteht die ‚alte schwarze Rasse' aus meinen Nachkommen."

„Was ist aus Ihrem Volk geworden?" fragte McGannon. „Wurden alle umgebracht?"

Der Urmensch zuckte die Schultern. „Einige von ihnen. Wir waren ganz und gar nicht kriegerisch. Aber schließlich waren das die Großen, so nannten wir sie, auch nicht. Einige Stämme der Großen sahen uns als rechtmäßige Beute an, aber die meisten achteten streng darauf, uns in Ruhe zu lassen. Ich vermute, sie hatten beinahe ebenso viel Angst vor uns wie wir vor ihnen. Wilde auf einer so niedrigen Entwicklungsstufe sind tatsächlich sehr friedliche Menschen. Sie müssen so schwer arbeiten, und es sind so wenige von ihnen da, daß es keinen Anlaß gibt, Kriege zu führen. Das kommt später, wenn es bebaute Felder und Haustiere gibt, denn dann haben sie etwas, das sich zu stehlen lohnt.

Ich erinnere mich, daß hundert Jahre, nachdem die Großen gekommen waren, immer noch Neandertaler in meinem Teil des Landes lebten. Aber sie starben aus. Ich glaube, es lag daran, daß sie ihren Ehrgeiz verloren. Die Großen waren recht primitiv, aber sie waren uns so weit voraus, daß uns unsere Dinge und unsere Sitten töricht vorkamen. Schließlich hockten wir nur noch herum und lebten von den Brosamen, die wir uns in den Lagern der Großen erbettelten. Man könnte sagen, wir starben an einem Minderwertigkeitskomplex."

„Was geschah mit Ihnen?" fragte McGannon.

„Oh, ich war bis dahin zu einem Gott unter meinem eigenen Volk geworden, und natürlich vertrat ich es bei Verhandlungen mit den Großen. Ich lernte die Großen recht gut kennen, und sie waren bereit, mich bei sich aufzunehmen, als alle von meinem eigenen Clan tot waren. Zweihundert Jahre später hatten sie alles über mein Volk vergessen und hielten mich für einen Buckligen oder dergleichen. Ich hatte mir eine ziemliche Fertigkeit bei der Feuersteinbearbeitung erworben, deshalb konnte ich meinen Lebensunterhalt verdienen. Als Metall aufkam, beschäftigte ich mich damit, und später mit der Schmiedearbeit. Würden Sie alle Hufeisen, die ich gemacht habe, aufeinandertürmen, dann – nun, jedenfalls hätten Sie dann einen verdammt großen Haufen von Hufeisen."

„Hinkten Sie damals schon?" erkundigte sich McGannon.

„Hm, ja. Ich habe mir das Bein im Neolithikum gebrochen. Fiel aus einem Baum und mußte es selbst einrenken, weil niemand in der Nähe war. Warum?"

„Vulkan", sagte McGannon leise.

„Vulkan?" wiederholte der Urmensch. „War das nicht ein griechischer Gott oder so etwas?"

„Ja. Er war der lahme Schmied der Götter."

„Sie meinen, vielleicht hätte ich jemanden auf die Idee gebracht? Das ist ein interessanter Gedanke. Nur ist es ein bißchen spät, ihn nachzuprüfen."

Blue beugte sich vor und erklärte scharf: „Mr. Gaffney, kein richtiger Neandertaler könnte so fließend sprechen wie Sie. Das geht aus der geringen Entwicklung der Vorderlappen des Gehirns und der Anhänge der Zungenmuskeln hervor."

Wieder zuckte der Urmensch die Schultern. „Sie können glauben, was Sie wollen. Mein eigener Clan hielt mich für recht aufgeweckt, und dann kann man schließlich nicht umhin, in fünfzigtausend Jahren etwas zu lernen."

Dr. Saddler sagte: „Erzählen Sie ihnen von Ihren Zähnen, Clarence."

Der Urmensch grinste. „Sie sind natürlich falsch. Meine eigenen hielten lange Zeit, aber trotzdem waren sie irgendwann im Paläolithikum einmal abgenutzt. Mir wuchsen dritte Zähne, und auch sie nutzten sich ab. So mußte ich die Suppe erfinden."

„Sie haben *was* erfunden?" Das war Jeffcott, der sich bisher in Schweigen gehüllt hatte.

„Ich mußte die Suppe erfinden, um am Leben zu bleiben. Sie wissen schon, die Methode mit dem Rindengefäß und den heißen Steinen. Mein Zahnfleisch wurde nach einer Weile ziemlich hart, aber richtig zähes Zeug konnte ich damit doch nicht kauen. Nach ein paar tausend Jahren standen mir Suppe und breiige Nahrung im allgemeinen bis obenhin. Sobald das Metall aufkam, begann ich, mit falschen Zähnen zu experimentieren. Schließlich gelang mir ein recht gutes Gebiß: Bernsteinzähne in Kupferplatten. Man könnte sagen, ich hätte auch das künstliche Gebiß erfunden. Ich habe oft versucht, Gebisse zu verkaufen, aber sie fanden nie richtig Anklang bis um 1750 A. D. herum. Ich lebte damals in Paris, und ich hatte mir ein hübsches kleines Geschäft aufgebaut, bis ich wieder weiterzog." Er nahm das Taschentuch aus seiner Brusttasche und wischte sich die Stirn. Blue verzog das Gesicht, als die Parfumwelle ihn erreichte.

„Und wie, Mr. Höhlenmensch", fragte Blue sarkastisch, „gefällt Ihnen unser Maschinenzeitalter?"

Der Urmensch ignorierte den Ton der Frage. „Gar nicht schlecht. Es geschieht viel Interessantes. Das Hauptproblem stellen die Hemden dar."

„Die Hemden?"

„So ist es. Versuchen Sie einmal, Hemden mit 20 Zoll Halsweite und 29 Zoll Ärmellänge zu kaufen. Ich muß sie mir immer eigens anfertigen lassen. Fast ebenso schlimm ist es mit Hüten und Schuhen. Ich trage Hüte Größe 8½ und Schuhe Größe 13." Er blickte auf seine Uhr. „Ich muß nach Coney zurück zur Arbeit."

McGannon sprang auf. „Wo kann ich mich wieder mit Ihnen in Verbindung setzen, Mr. Gaffney? Ich habe noch eine Menge Fragen an Sie."

Der Urmensch sagte es ihm. „An den Vormittagen bin ich frei. Meine Arbeitsstunden liegen wochentags von zwei bis Mitternacht mit zwei Stunden Pause für das Dinner. Vorschrift der Gewerkschaft, wissen Sie."

„Wollen Sie damit sagen, daß es eine Gewerkschaft für euch Schausteller-Leute gibt?"

„Sicher. Nur nennen sie es eine Gilde. Sie halten sich nämlich für Künstler, wissen Sie."

Blue und Jeffcott sahen dem Urmenschen und dem Historiker nach, die zusammen zur U-Bahn schlenderten. Blue sagte: „Der arme alte Mac! Ich habe ihn immer für einen vernünftigen Menschen gehalten. Jetzt sieht es so aus, als habe er Gaffneys Phantasien mit Haken, Leine und Senkblei verschluckt."

„Da bin ich nicht so sicher." Jeffcott runzelte die Stirn. „Irgend etwas ist komisch an der Sache."

„Was?" bellte Blue. „Sagen Sie bloß nicht, daß *Sie* an diese

Geschichte von fünfzigtausend Jahren Leben glauben! Ein Höhlenmensch, der Parfum benutzt? Guter Gott!"

„N-nein", meinte Jeffcott. „Nicht an den Teil mit den fünfzigtausend Jahren. Aber ich glaube nicht, daß es sich hier um einen einfachen Fall von Paranoia oder bewußte Lüge handelt. Und das mit dem Parfum ist ganz logisch, wenn er die Wahrheit erzählt."

„Wieso?"

„Körpergeruch. Saddler berichtete uns, daß Hunde ihn hassen. Er muß einen Geruch an sich haben, der sich von unserem unterscheidet. Wir sind an unseren Geruch so gewöhnt, daß wir uns nicht einmal bewußt sind, einen zu haben, falls nicht jemand monatelang kein Bad nimmt. Aber wir könnten seinen Geruch wahrnehmen, wenn er ihn nicht überdecken würde."

Blue schnaubte. „In einer Minute glauben Sie selbst daran. Offensichtlich ist er ein Drüsenfall, und er hat sich eine dazu passende Geschichte ausgedacht. All dies Gerede, es kümmere ihn nicht, ob wir ihm glauben, ist nur Bluff. Gehen wir lieber zum Lunch. Aber sagen Sie, ist Ihnen aufgefallen, auf welche Art Saddler ihn jedes Mal ansah, wenn sie ‚Clarence' sagte? Ich wüßte gern, was sie mit ihm vorhat."

Jeffcott dachte nach. „Ich kann es mir denken. Und wenn er wirklich die Wahrheit sagt, glaube ich, daß im Fünften Buch Moses etwas dagegen steht."

Der große Chirurg legte viel Wert darauf, bis auf Pincenez und Van-Dyck-Bart wie ein großer Chirurg auszusehen. Er schwenkte die Negative der Röntgenaufnahmen vor dem Urmenschen herum und wies auf dieses und auf jenes hin.

„Wir nehmen am besten zuerst das Bein dran", sagte er. „Ich schlage den nächsten Dienstag vor. Wenn Sie sich davon erholt haben, können wir uns an die Schulter machen."

Der Urmensch stimmte zu und hinkte zum Ausgang des kleinen Privatkrankenhauses, wo McGannon in seinem Wagen auf ihn wartete. Gaffney beschrieb ihm den vorläufigen Plan für die Operationen und erwähnte, daß er seinen Job erst in der letzten Minute aufgeben wolle. „Diese beiden sind die wichtigsten", sagte er. „Ich würde mich gern einmal wieder als Berufsringer betätigen, und das kann ich nicht, solange meine Schulter mir nicht erlaubt, den linken Arm über den Kopf zu heben."

„Was ist damit passiert?" erkundigte sich McGannon.

Der Urmensch schloß die Augen und dachte nach. „Lassen Sie mich überlegen. Manchmal bringe ich die Ereignisse durcheinander. Das geht schon manchen Leuten so, die erst fünfzig sind, deshalb können Sie sich vorstellen, wie es bei mir ist.

Im Jahr 42 vor Christus lebte ich bei den Biturigern in Gallien. Sie wissen sicher, daß es Caesar gelang, Werkinghetorich – Sie nennen ihn Vercingetorix – in Alesia einzuschließen, und der Bund zog unter Caswallon eine Entsatzarmee zusammen."

„Caswallon?"

Der Urmensch lachte kurz auf. „Ich meine Wercaswallon. Caswallon war ein Brite, nicht wahr? Die beiden verwechsele ich immer.

Wie dem auch sei, ich wurde eingezogen. Anders kann man es nicht nennen; ich wollte nicht mit. Es war ja auch nicht *mein* Krieg. Aber sie wollten mich haben, weil ich einen Bogen spannen konnte, der zweimal so schwer war wie alle anderen.

Als der Angriff auf Caesars Befestigungsring losging, schickte man mich mit einigen anderen Bogenschützen nach vorn, um Sperrfeuer für die Infanterie zu liefern. Wenigstens war das der Plan. Tatsächlich habe ich in meinem ganzen Leben kein so hoffnungsloses Durcheinander gesehen. Und ehe ich noch auf Schußweite herangekommen war, fiel ich in eine verdeckte Fallgrube der Römer. Ich landete nicht auf den Spitzen der Pfähle, ich blieb an der Seite stecken, und dabei brach ich mir die Schulter. Niemand kam mir zu Hilfe, denn die Gallier rannten zu eifrig vor der germanischen Kavallerie Caesars davon, als daß sie sich um Verwundete hätten kümmern können."

Der Autor von *Gott, Mensch und das Universum* blickte seinem Patienten nach. Er sagte zu seinem ersten Assistenten: „Was denken Sie von ihm?"

„Ich habe mir die Röntgenaufnahmen sehr genau angesehen", antwortete der Assistenzarzt. „Und ich denke, daß dies Skelett ganz und gar nicht das eines menschlichen Wesens ist."

„Hmm.", machte Dunbar. „Das ist richtig. Er kann also kein Mensch sein, nicht wahr? Sie wissen, wenn ihm etwas zustieße –"

Der Assistenzarzt grinste verstehend. „Natürlich gibt es den Tierschutzverein."

„Über *den* brauchen wir uns keine Sorgen zu machen. Hmm."
Ich lasse nach, dachte er; ein Jahr lang hat in den Zeitungen schon keine große Sache mehr über mich gestanden. Aber wenn ich eine vollständige anatomische Beschreibung eines Neandertalers veröffentlichen – oder wenn ich herausfinden könnte, warum sein Rückenmark auf diese Weise funktioniert – hmm – natürlich muß so etwas richtig angefaßt werden –

„Nehmen wir den Lunch doch im Naturgeschichtlichen Museum", schlug McGannon vor. „Einige der Leute dort sollten Sie kennenlernen."

„Okay", stimmte der Urmensch zu. „Nur muß ich danach wieder an die Arbeit. Heute ist mein letzter Tag auf Coney Island. Morgen suchen Pappas und ich wegen der Beendigung unseres Vertrags unsern Rechtsanwalt auf. Für den armen alten John ist das ein schwerer Schlag, aber ich habe ihn von Anfang an gewarnt, so etwas könne geschehen."

„Ich nehme an, wir können Sie besuchen und Ihnen weitere Fragen stellen, während Sie sich erholen? Fein. Sind Sie übrigens schon einmal in dem Museum gewesen?"

„Na klar", sagte der Urmensch. „Ich komme herum."

„Was halten Sie von – äh – der Ausstellung in der Eingangshalle über das Zeitalter des Menschen?"

„Ziemlich gut. Auf einem der großen Wandgemälde ist ein kleiner Fehler. Das zweite Horn des Wollnashorns müßte weiter nach vorn geneigt sein. Ich habe daran gedacht, den Leuten einen Brief zu schreiben. Aber Sie wissen, wie das ist. Sie fragen: ‚Waren Sie dort?', und ich antworte ‚Ja', und sie sagen: ‚Schon wieder ein Verrückter.'"

„Was ist mit den Bildern und Büsten der Steinzeitmenschen?"

„Ziemlich gut. Aber die Wissenschaftler haben ein paar komische Vorstellungen. Sie zeigen uns immer mit einem Fell um die Mitte gewickelt. Im Sommer trugen wir keine Felle, und im Winter hängten wir sie uns um die Schultern, damit sie uns warmhielten.

Und dann bilden sie die Großen, die Sie Cro-Magnon-Menschen nennen, immer glattrasiert ab. Wie ich mich erinnere, hatten sie alle Bärte. Womit hätten sie sich denn rasieren sollen?"

„Ich glaube", meinte McGannon, „sie lassen die Bärte bei den

Büsten weg, um – äh – die Form des Kinns zu zeigen. Mit Bart würden alle so ziemlich gleich aussehen."

„Ist das der Grund? Das könnten sie auf den Hinweisschildern erwähnen." Der Urmensch rieb sein eigenes Kinn, soweit davon bei ihm die Rede sein konnte. „Ich wünschte, Bärte würden wieder modern werden. Im sechzehnten Jahrhundert, als jeder einen hatte, bin ich prima zurechtgekommen.

Das ist übrigens eine der Methoden, wie ich mir den zeitlichen Ablauf merke – nach den Haartrachten und Bärten, die die Leute hatten. Einmal verlor ein Wagen, den ich in Mailand fuhr, ein Rad, und der Inhalt von vier Säcken wurde in alle Winde verstreut. Das muß im sechzehnten Jahrhundert gewesen sein, bevor ich nach Irland ging, denn ich erinnere mich, daß die meisten Männer in der sich versammelnden Menschenmenge Bärte trugen. Nein – warten Sie – vielleicht war es auch im vierzehnten. Auch damals hat es eine Menge Bärte gegeben."

„Warum, warum haben Sie kein Tagebuch geführt?" stöhnte McGannon aus Herzensgrund.

Der Urmensch zuckte auf seine typische Art die Schultern. „Und bei jedem Umzug sechs Kisten mit Papier vollpacken? Nein, danke."

„Sie – Sie könnten mir wohl nicht die richtige Version der Geschichte über Richard III. und die Prinzen im Tower erzählen?"

„Wie wäre das möglich? Ich war die meiste Zeit nichts als ein armer Schmied oder Bauer. Mit hochgestellten Persönlichkeiten bin ich nicht zusammengekommen. Allen Ehrgeiz hatte ich lange Zeit vorher schon aufgegeben. Ich mußte, weil ich mich von andern Leuten so sehr unterscheide. Soweit ich mich erinnere, war der einzige König, den ich mir wirklich genau ansehen konnte, Karl der Große, als er eines Tages in Paris eine Rede hielt. Er war nichts als ein großer, breiter Mann mit einem Walroßschnurrbart und einer Fistelstimme."

Am nächsten Morgen hatten McGannon und der Urmensch eine Sitzung mit Svedberg im Museum. McGannon fuhr Gaffney danach zu dem Rechtsanwalt. Dieser hatte seine Kanzlei im dritten Stock eines schäbigen alten Bürogebäudes in den westlichen Fünfzigern. James Robinette sah ein bißchen wie ein Filmschauspieler und ein bißchen wie ein Erdhörnchen aus. Er warf einen Blick auf seine Uhr und sagte zu McGannon: „Es wird nicht lange dauern. Wenn Sie warten können, würde ich mich freuen, den Lunch mit Ihnen zu nehmen." Tatsache war, daß es ihm ein wenig Unbehagen bereitete, mit diesem verdammt merkwürdigen Mandanten allein gelassen zu werden, mit dieser Zirkusmißgeburt oder was er mit seinem Faßkörper und seiner komischen langsamen Sprechweise sein mochte.

Als die geschäftliche Angelegenheit beendet und der Urmensch mit seinem Manager gegangen war, um seine Zelte auf Coney Island abzubrechen, sagte Robinette: „Puh! Ich habe ihn für einen Schwachsinnigen gehalten, so wie er aussieht. Aber es war nichts Schwachsinniges an der Art, wie er diese Klauseln durchgegangen ist. Man hätte denken können, bei dem verdammten Vertrag handele es sich um den Bau einer Untergrundbahn. Was ist er eigentlich?"

Die Augenbrauen des Rechtsanwalts wanderten in die Höhe.

McGannon berichtete ihm, was er wußte.

„Dann *glauben* Sie sein Garn?"

„Das tue ich, und Dr. Saddler auch. Und auch Svedberg drüben im Museum glaubt es. Beide sind Kapazitäten auf ihrem Gebiet. Saddler und ich haben ihn interviewt, und Svedberg hat ihn körperlich untersucht. Aber das ist nur unsere Meinung. Fred Blue schwört immer noch, es sei ein Schwindel oder eine Art von Geisteskrankheit. Keiner von uns kann irgend etwas beweisen."

„Warum nicht?"

„Nun – äh – wie wollen Sie es beweisen, daß er vor hundert Jahren am Leben oder nicht am Leben war? Nehmen wir nur einen Fall: Clarence behauptet, er habe 1906 und 1907 unter dem Namen Michael Shawn eine Sägemühle in Fairbanks, Alaska, geleitet. Wie wollen Sie herausfinden, ob es zu dieser Zeit in Fairbanks einen Sägemühlenleiter gegeben hat? Und wenn Sie über eine Aufzeichnung stolperten, in der ein Michael Shawn erwähnt ist, wie könnten Sie dann wissen, ob er und Clarence ein und derselbe waren? Es gibt nicht eine Chance unter Tausend, daß eine Fotografie oder eine eingehende Beschreibung einen Beweis liefern würde. Und man hätte große Schwierigkeiten, jemanden zu finden, der sich an ihn von damals noch erinnert.

Dann hat Svedberg in Clarences Gesicht herumgestochert, und

er sagt, kein menschliches Wesen habe je solche Jochbögen gehabt. Aber als ich Blue das erzählte, bot er mir an, Fotos von einem menschlichen Schädel zu besorgen, der sie ebenfalls aufweist. Ich weiß, was geschehen wird: Blue wird sagen, die Jochbögen seien praktisch die gleichen, und Svedberg wird sagen, sie seien offensichtlich verschieden. Mehr wird nicht herauskommen."

Robinette überlegte. „Er scheint für einen Affenmenschen verdammt intelligent zu sein."

„Er ist im Grunde kein Affenmensch. Die Neandertaler waren ein eigener Zweig der menschlichen Rasse; sie waren in mancher Beziehung primitiver und in anderer fortgeschrittener als wir. Clarence mag langsam sein, aber für gewöhnlich quetscht er schließlich die richtige Antwort heraus. Ich nehme an, daß er von Anfang an für einen seiner Art – äh – brillant gewesen ist. Und dann kommt ihm die große Erfahrung zugute." Der kleine rosafarbene Mann zog die Stirn kraus. „Ich hoffe sehr, daß ihm nichts zustößt. Er trägt in seinem großen Kopf eine Menge Informationen mit sich herum, die einfach unschätzbar sind. Nicht viel über Krieg und Politik; aus reinem Selbsterhaltungstrieb hat er sich davon ferngehalten. Aber kleine Dinge, wie die Leute vor Tausenden von Jahren lebten und was sie dachten. Er bringt die Zeitalter manchmal durcheinander, aber wenn man ihm Zeit läßt, bekommt er schon alles in die richtige Reihenfolge.

Ich muß unbedingt Pell, den Linguisten, mit heranziehen. Clarence kennt Dutzende alter Sprachen wie das Gotische und das Gallische. Ich war imstande, ihn in einigen, wie dem Vulgärlatein, zu prüfen; das war eins der Dinge, die mich überzeugt haben. Und es gibt Archäologen und Psychologen ...

Wenn nur nichts geschieht, das ihn verscheucht. Wir würden ihn nie wiederfinden. Und ich weiß nicht. Auf der einen Seite eine mannstolle Wissenschaftlerin, auf der anderen ein nach Publicity süchtiger Chirurg – was soll daraus noch werden?"

Der Urmensch betrat in aller Unschuld das Wartezimmer von Dunbars Krankenhaus. Wie es seine Gewohnheit war, suchte er sich den bequemsten Sessel aus und machte es sich darin gemütlich.

Dunbar baute sich vor ihm auf. In seinen scharfen Augen hinter dem Pincenez glomm die Erwartung. „Sie werden eine halbe Stunde warten müssen, Mr. Gaffney", sagte er. „Wir haben alle viel zu tun, wissen Sie. Ich werde Mahler hereinschicken; er wird dafür sorgen, daß Sie alles haben, was Sie wünschen." Dunbars Blick wanderte liebevoll über die knorrige Gestalt des Urmenschen. Welch faszinierenden Geheimnisse mochte er entdecken, sobald er in das Innere dieses Körpers gelangt war?

Mahler, ein gesund aussehender junger Mann, erschien. Hatte Mr. Gaffney irgendeinen Wunsch? Der Urmensch machte eine Pause, um seine klobige Geistesmühle mahlen zu lassen. Ein plötzlicher Impuls veranlaßte ihn zu der Bitte, er würde gern die Instrumente sehen, die an ihm verwendet werden sollten.

Mahler hatte seine Befehle, aber dies schien ein recht harmloses Verlangen zu sein. Er ging und kehrte mit einem Tablett voll schimmernden Stahls zurück. „Sehen Sie", erklärte er, „die hier nennt man Skalpelle."

„Und was ist das?" fragte der Urmensch und nahm ein seltsam aussehendes Instrument hoch.

„Oh, das ist eine eigene Erfindung des Chefs. Um in das Mittelhirn zu gelangen."

„Mittelhirn? Was hat das Instrument hier zu suchen?"

„Nun, es dient dem Zweck, an Ihr – es muß versehentlich –"

Die Fältchen um die eigenartigen, haselnußbraunen Augen zogen sich zusammen. „Ja?" Gaffney fiel der Blick ein, mit dem Dunbar ihn betrachtet hatte, und Dunbars Ruf im allgemeinen. „Sagen Sie, dürfte ich Ihr Telefon für eine Minute benutzen?"

„Nun – ich denke schon – weshalb möchten Sie telefonieren?"

„Ich möchte meinen Rechtsanwalt anrufen. Etwas dagegen?"

„Nein, natürlich nicht. Aber hier ist kein Telefon."

„Wie nennen Sie das denn?" Der Urmensch erhob sich und ging auf den Apparat zu, der gut sichtbar auf einem Tisch stand. Aber Mahler war vor ihm da und stellte sich davor.

„Das hier funktioniert nicht. Es muß repariert werden."

„Kann ich mal probieren?"

„Nein, nicht bis es repariert ist. Es funktioniert nicht, sage ich Ihnen."

Der Urmensch betrachtete den jungen Arzt ein paar Sekunden lang forschend. „Okay, dann werde ich ein funktionierendes Telefon finden." Er wandte sich zur Tür.

„He, Sie können jetzt nicht hinaus!" rief Mahler.

„Ich kann nicht? Passen Sie mal auf!"

„He!" Das war ein Schrei aus voller Lungenkraft. Wie durch einen Zauber erschienen weitere Männer in weißen Mänteln. Hinter ihnen kam der große Chirurg. „Seien Sie vernünftig, Mr. Gaffney", sagte er. „Es gibt keinen Grund, warum Sie jetzt hinausgehen sollten. Wir werden gleich für Sie bereit sein."

„Gibt es irgendeinen Grund, warum ich *nicht* hinausgehen sollte?" Das große Gesicht des Urmenschen drehte sich auf seinem dicken Hals, und seine haselnußbraunen Augen schwenkten von links nach rechts. Alle Ausgänge waren blockiert. „Ich gehe."

„Halten Sie ihn fest!" befahl Dunbar.

Die weißen Mäntel setzten sich in Bewegung. Der Urmensch legte seine Hände auf eine Stuhllehne. Der Stuhl flog hoch und wurde zu einem verschwimmenden Strich, als die Männer ihn einkreisen wollten. Stücke des Stuhls flogen durch den Raum und fielen mit dem scharfen, trockenen *Peng,* das kurze Holzstücke erzeugen, zu Boden. Als der Urmensch aufhörte, den Stuhl zu schwingen, hielt er in jeder Faust nur noch einen Rest. Der eine Assistenzarzt lag bewußtlos da. Ein zweiter lehnte mit weißem Gesicht an der Wand und hielt sich seinen gebrochenen Arm.

„Vorwärts!" rief Dunbar, als der Lärm verebbte. Die weiße Welle schloß sich über dem Urmenschen und brach sich. Der Urmensch stand und hielt den jungen Mahler bei den Knöcheln. Er spreizte die Beine und schwang den kreischenden Mahler wie eine Keule. So schaffte er sich freie Bahn bis zur Tür. Er drehte sich um, wirbelte Mahler um seinen Kopf wie ein Hammerwerfer und ließ den jetzt gnädigerweise bewußtlosen Körper fliegen. Seine Angreifer stolperten in einem jammernden Haufen übereinander.

Einer war noch auf den Füßen. Auf Dunbars scharfen Befehl hin rannte er dem Urmenschen nach. Dieser hatte seinen Spazierstock aus dem Schirmständer im Vestibül genommen. Das knotige obere Ende fuhr klatschend über die Nase des Assistenzarztes. Der Assistenzarzt sprang zurück und fiel über einen der Verwundeten. Die Vordertür knallte zu, und man hörte eine tiefe Stimme brüllen: „Taxi!"

„Los, los!" schrie Dunbar. „Heraus mit dem Krankenwagen!"

James Robinette saß in seiner Kanzlei im dritten Stock eines schäbigen alten Bürogebäudes und dachte, was Rechtsanwälte in Augenblicken der Entspannung so denken.

Er dachte auch über diesen verdammt merkwürdigen Mandanten nach, diese Zirkusmißgeburt oder was er sein mochte, der vor zwei Tagen mit seinem Manager bei ihm gewesen war. Ein faßförmiger Mann, der wie ein Schwachsinniger aussah und auf komisch langsame Art sprach. Und doch war nichts Schwachsinniges an der Art gewesen, wie er diese Klauseln durchgegangen war.

Große Füße stampften über den Korridor. Miss Spevak im Vorzimmer protestierte überrascht, und der merkwürdige Mandant stand schwer atmend vor Robinettes Schreibtisch.

„Ich bin Gaffney", grollte er und rang nach Luft. „Erinnern Sie sich an mich? Ich glaube, sie sind mir bis hierher gefolgt. Sie können jede Minute oben sein. Ich brauche Ihre Hilfe."

„Sie? Wer sind sie?" Robinette zuckte unter einem Schwall dieses verdammten Parfums zusammen.

Der Urmensch begann, über seine mißliche Lage zu berichten. Er war mittendrin, als Miss Spevak erneut protestierte und Dr. Dunbar samt vier Assistenzärzten ins Büro platzte.

„Er gehört uns!" erklärte Dunbar mit funkelnden Pincenez-Gläsern.

„Er ist ein Affenmensch", sagte der Assistenzarzt mit dem blauen Auge.

„Er ist ein gefährlicher Wahnsinniger", behauptete der Assistenzarzt mit der aufgeplatzten Lippe.

„Wir werden ihn mitnehmen", verkündete der Assistenzarzt mit der zerrissenen Hose.

Der Urmensch spreizte die Beine und faßte seinen Stock wie einen Baseballschläger am dünnen Ende.

Robinette öffnete eine Schreibtischschublade und holte eine große Pistole heraus. „Einen Schritt auf ihn zu, und ich schieße. Die Anwendung extremer Gewalt ist gerechtfertigt, wenn sie ein Verbrechen wie Kidnapping verhindert."

Die fünf Männer wichen ein wenig zurück. Dunbar sagte: „Es handelt sich nicht um Kidnapping. Kidnappen kann man nur eine Person, wissen Sie. Er ist kein menschliches Wesen, und ich kann es beweisen."

Der Assistenzarzt mit dem blauen Auge lachte höhnisch. „Wenn er Schutz braucht, sollte er sich lieber an einen Wildhüter als an einen Rechtsanwalt wenden."

„Das glauben Sie", entgegnete Robinette. „Sie sind kein Rechtsanwalt. Dem Gesetz nach ist er menschlich. Sogar Körperschaften, Idioten und ungeborene Kinder sind dem Gesetz nach Personen, und er macht einen verdammt viel menschlicheren Eindruck als diese."

„Dann ist er ein gefährlicher Geisteskranker", sagte Dunbar.

„Ach ja? Wo sind Ihre Einweisungspapiere? Die einzigen Personen, die sie beantragen können, sind a) nahe Verwandte und b) mit der Aufrechterhaltung der öffentlichen Ordnung beauftragte Beamte. Sie sind weder das eine noch das andere."

Dunbar blieb hartnäckig. „Er ist in meinem Krankenhaus Amok gelaufen und hat zwei meiner Mitarbeiter beinahe getötet, müssen Sie wissen. Ich nehme an, daß uns das gewisse Rechte gibt."

„Sicher", antwortete Robinette. „Sie können aufs nächste Polizeirevier gehen und einen Haftbefehl beantragen." Er wandte sich an den Urmenschen. „Sollen wir sie verklagen, Gaffney?"

„Mir fehlt nichts", sagte dies Individuum, jetzt wieder in seiner normalen langsamen Sprechweise. „Ich will nur sichergehen, daß diese Kerle mich nicht mehr belästigen können."

„Okay. Jetzt hören Sie zu, Dunbar. Eine feindselige Bewegung von Ihnen, und wir lassen einen Haftbefehl gegen Sie ausstellen – wegen widerrechtlicher Festsetzung, Angriffs und tätlicher Mißhandlung, versuchter Entführung, krimineller Verschwörung und Aufruhrs. Dafür werden Sie lange Zeit ins Gefängnis kommen. Und außerdem wird es eine Reihe von Schadenersatzklagen geben wegen Angriffs, Verletzung der Menschenrechte, Gefährdung von Leib und Leben, Bedrohung und ein paar mehr, die mir vielleicht später noch einfallen."

„Damit würden Sie niemals durchkommen", höhnte Dunbar. „Alle Zeugen stehen auf unserer Seite."

„Ach ja? Und wie würde der große Evan Dunbar dastehen, wenn er alle diese Handlungen verteidigen muß? Einige der Damen, die über Ihre Bücher außer sich geraten vor Entzücken, könnten auf den Gedanken kommen, Sie seien vielleicht doch nicht ganz der Ritter in der glänzenden Rüstung. Wir können Sie zu einer lächerlichen Gestalt machen."

„Sie vernichten die Möglichkeit einer großen wissenschaftlichen Entdeckung, wissen Sie das, Robinette?"

„Zum Teufel damit. Meine Pflicht ist es, meinen Mandanten zu schützen. Jetzt hauen Sie ab, Sie alle, bevor ich einen Polizisten rufe." Seine linke Hand bewegte sich bedeutungsvoll auf das Telefon zu.

Dunbar griff nach dem letzten Strohhalm. „Hmm. Haben Sie einen Waffenschein für diese Pistole?"

„Und ob! Wollen Sie ihn sehen?"

Dunbar seufzte. „Das ließ sich denken. Lassen wir's." Seine schönste Aussicht auf Ruhm glitt ihm durch die Finger. Mit hängenden Ohren ging er zur Tür.

Der Urmensch meldete sich zu Wort. „Entschuldigen Sie, Dr. Dunbar, ich habe meinen Hut bei Ihnen liegengelassen. Würden Sie ihn bitte Mr. Robinette schicken? Ich habe immer Schwierigkeiten, Hüte zu bekommen, die mir passen."

Dunbar sah ihn schweigend an und ging mit seinen Trabanten.

Der Urmensch teilte nun seinem Rechtsanwalt weitere Einzelheiten mit. Da läutete das Telefon. Robinette meldete sich. „Ja ... Saddler? Ja, er ist hier ... Ihr Dr. Dunbar wollte ihn ermorden, damit er ihn sezieren konnte ... Okay." Er wandte sich dem Urmenschen zu. „Ihre Freundin Dr. Saddler sucht nach Ihnen. Sie ist auf dem Weg nach oben."

„Herkules!" rief Gaffney aus. „Ich gehe."

„Möchten Sie sie nicht sehen? Sie hat von der nächsten Straßenecke aus angerufen. Wenn Sie jetzt hinausgehen, werden Sie ihr in die Arme laufen. Woher wußte sie, daß sie Sie hier erreichen konnte?"

„Ich habe ihr Ihre Nummer gegeben. Vermutlich hat sie erst im Krankenhaus und dann in meiner Pension angerufen und bei Ihnen den letzten Versuch gemacht. Diese Tür führt in den Flur, nicht wahr? Also, wenn sie das Vorzimmer betritt, gehe ich hier hinaus. Und ich möchte nicht, daß Sie ihr sagen, wohin ich gegangen bin. Es war schön, Sie kennengelernt zu haben, Mr. Robinette."

„Warum? Was ist denn los? Sie wollen doch nicht davonlaufen?

Dunbar wird Ihnen nichts mehr tun, und Sie haben Freunde gewonnen. Ich bin Ihr Freund."

„Darauf können Sie Gift nehmen, daß ich davonlaufe. Es hat zuviel Aufsehen gegeben. Ich bin in all diesen Jahrhunderten am Leben geblieben, indem ich jedes Aufsehen vermieden habe. Ich habe Dr. Saddler gegenüber meine übliche Vorsicht fahrengelassen und bin zu dem Chirurgen gegangen, den sie empfahl. Erst plant er, mich auseinanderzunehmen, um zu sehen, wie ich funktioniere. Wenn mich dies Gehirn-Instrument nicht mißtrauisch gemacht hätte, wäre ich jetzt schon unterwegs in die Spiritusgläser. Dann gibt es einen Kampf, und es ist reines Glück, daß ich nicht ein paar von diesen Ärzten oder was sie sind getötet habe und mich wegen Totschlags verantworten muß. Jetzt ist Matilda mit mehr als freundschaftlichem Interesse hinter mir her. Ich weiß, was es zu bedeuten hat, wenn eine Frau einen so ansieht und ‚mein Lieber' nennt. Ich hätte ja gar nichts dagegen, wenn sie nicht eine prominente Persönlichkeit von der Art wäre, um die immer irgendein Wirbel ist. Das würde früher oder später weitere Schwierigkeiten bedeuten. Sie glauben doch wohl nicht, daß ich *gern* in Schwierigkeiten gerate, wie?"

„Aber sehen Sie, Gaffney, Sie regen sich über Sachen auf, die doch verdammt –"

„Pst!" Der Urmensch ergriff seinen Stock und ging auf Zehenspitzen zu dem privaten Eingang hinüber. Als Dr. Saddlers klare Stimme im Vorzimmer erklang, drückte er sich hinaus. Er schloß die Tür hinter sich, als die Wissenschaftlerin das Chefbüro betrat.

Matilda Saddler war eine schnelle Denkerin. Robinette hatte gerade erst den Mund geöffnet, als sie auch schon auf die Privattür zu- und hindurchstürzte. „Clarence!" rief sie.

Robinette hörte das Klappern von Füßen auf der Treppe. Weder der Verfolgte noch die Verfolgerin hatten auf den knarrenden Aufzug gewartet. Er trat ans Fenster und sah Gaffney in ein Taxi springen. Matilda Saddler sprintete hinter dem Wagen her und rief: „Clarence! Komm zurück!" Aber es war wenig Verkehr und die Jagd dementsprechend hoffnungslos.

Noch einmal hörten sie von dem Urmenschen. Drei Monate später erhielt Robinette einen Brief, der zu seinem Erstaunen zehn Zehn-Dollar-Noten enthielt. Das einzige Blatt Papier war einschließlich der Unterschrift mit der Maschine geschrieben.

Sehr geehrter Mr. Robinette,

ich weiß nicht, wie hoch Ihr übliches Honorar ist, aber ich hoffe, beiliegendes stellt eine angemessene Vergütung für die Dienste dar, die Sie mir im Juli dieses Jahres erwiesen.

Seit ich New York verließ, habe ich verschiedene Beschäftigungen gehabt. Ich war Taxifahrer in Chicago und versuchte mich als Pitcher in einem hinterwäldlerischen Baseball-Team. Früher einmal habe ich mich davon ernährt, daß ich Kaninchen und anderes Wild mit Steinen totwarf, und ich kann immer noch recht gut werfen. Auch bin ich nicht schlecht darin, eine Keule von der Art eines Baseball-Schlägers zu schwingen. Aber mein Hinken macht mich für eine Baseball-Karriere zu langsam.

Jetzt habe ich einen Job, über den ich nichts berichten kann, weil ich nicht aufgespürt zu werden wünsche. Ziehen Sie nicht erst Schlüsse aus der Briefmarke; ich lebe nicht in Kansas City, sondern ließ diesen Brief dort von einem Freund aufgeben.

Ehrgeiz wäre für jemanden in meiner besonderen Lage die reine Dummheit. Ich bin zufrieden mit einer Arbeit, die mich mit dem Notwendigen versorgt und mir erlaubt, gelegentlich ins Kino zu gehen und mich mit ein paar Freunden bei einem Glas Bier zu unterhalten.

Es hat mir leid getan, daß ich New York verlassen mußte, ohne mich von Dr. Harold McGannon, der sehr nett zu mir war, verabschiedet zu haben. Würden Sie ihm bitte erklären, warum der eilige Aufbruch notwendig war? Sie können sich mit ihm über die Columbia-Universität in Verbindung setzen.

Falls Dunbar meiner Bitte nachkommt und Ihnen meinen Hut schickt, senden Sie ihn mir bitte postlagernd Kansas City, Mo. Mein Freund wird ihn abholen. In dieser Stadt, wo ich lebe, gibt es keinen Hutladen, der die passende Größe führt.

Mit den besten Wünschen verbleibe ich

Ihr<br>
Glänzender Falke<br>
alias Clarence Aloysius Gaffney

# *Davon steht nichts in den Regeln*

Ein Wettkampf zwischen zwei unbedeutenden Damen-Schwimmklubs zieht für gewöhnlich nicht viele Zuschauer an, und dieser war keine Ausnahme. Louis Connaught stellte mit einem Blick zur Galerie hinauf beiläufig fest, daß die einzige ringsumlaufende Sitzreihe nur etwa halb besetzt war, größtenteils von dem üblichen Sortiment gelangweilt aussehender Ehemänner und Freunde. Dazu kamen einige Gäste des Creston-Hotels, die nichts Besseres zu tun hatten. Einer der Pagen bat eine Frau in einem Abendkleid, nicht zu rauchen, und sie zeigte sich gereizt. Mr. Santalucia und die kleinen Santalucias waren wie immer da, um Mamma schwimmen zu sehen. Sie winkten zu Connaught herab.

Connaught – ein dunkler, teuflisch aussehender kleiner Mann – ließ seinen Blick zur anderen Seite des Beckens wandern. Die Mädchen kamen soeben aus den Duschräumen, und ihre schrillen Stimmen verwischten sich durch die Akustik der Halle zu einem anhaltendem Summen. Die Luft enthielt Spuren von Dampf. Der stämmige Mann in weißen Segeltuchhosen war Laird, Trainer der Knickerbockers und Connaughts Erzrivale. Er entdeckte Connaught und brüllte: „Hei, Louis!" Der Ruf rasselte von Wand zu Wand mit dem Geräusch eines Stocks, der schnell über die Pfähle eines Zauns gezogen wird. Wambach von der Amateur Athletic Union, der der Schiedsrichter war, kam noch im Mantel herein und begrüßte Laird, aber der Widerhall ertränkte die Worte, bevor sie den Weg zu Connaught gefunden hatten.

Dann kam noch jemand durch die Tür, oder vielmehr, es drängte sich ein Menschenknäuel auf einmal hindurch. Alle hatten die Gesichter nach innen gewandt. Einige waren in Badeanzügen, einige in Straßenkleidung. Es dauerte ein paar Sekunden, bis Trainer Connaught erkannte, auf was sie blickten. Er zwinkerte und strengte die Augen an, und dann stand er da mit halb offenem Mund.

Aber nicht für lange. „*He!*" röhrte er mit einer Stimme, die die Schwimmhalle wie das Innere einer geschlagenen Trommel erdröhnen ließ. „Einspruch! EINSPRUCH! Das dürfen Sie nicht."

Am Abend zuvor hatte Herbert Laird seine Haustür geöffnet und hinausgeschrien: „Hallo, Mark, komm doch herein!" Der kühle Märzwind machte ziemlich viel Lärm, aber nicht soviel wie Laird. Laird brüllte aus Prinzip. Er war untersetzt und kahlköpfig.

Mark Vining trat ein und stellte seine Aktentasche ab. Er war jünger als Laird, tatsächlich gerade erst dreißig. Er trug eine Brille mit achteckigen Gläsern und hatte ein schmales Gesicht.

„Ich bin froh, daß du vorbeikommen konntest, Mark", sagte Laird. „Hör zu, kannst du morgen abend zu unserm Wettkampf mit den Crestons kommen?"

Vining schürzte nachdenklich die Lippen. „Ich glaube schon. Loomis hat sich entschlossen, keine Berufung einzulegen, so daß ich ein paar Tage lang abends nicht zu arbeiten brauche. Gibt es etwas Besonderes?"

Laird setzte ein pfiffiges Gesicht auf. „Vielleicht. Hör zu, du kennst doch diese Mrs. Santalucia, mit der Louis Connaught in den letzten paar Jahren alle Preise abgestaubt hat? Ich glaube, ich habe ein Mittel dagegen gefunden. Aber ich möchte, daß du ein paar juristische Gründe bereithältst, warum mein Plan okay ist."

„Und was ist dein Plan?" fragte Vining vorsichtig.

„Kann ich dir im Augenblick nicht erzählen. Ich habe versprochen, es nicht zu tun. Aber wenn Louis gewinnen kann, indem er eine Mißgeburt teilnehmen läßt – eine Frau mit Schwimmhäuten zwischen den Fingern –"

„Ach, Herb, du weißt doch, daß ihr diese Schwimmhäute im Grunde nichts nützen –"

„Ja, ja, ich kenne alle Argumente. Das Wasser leistet an den Armen bereits mehr Widerstand, als man mit Muskelkraft überwinden kann und so weiter. Aber ich weiß, daß Mrs. Santalucia Schwimmhäute hat, und ich weiß, daß sie die verdammt beste Schwimmerin in New York ist. Und das gefällt mir nicht. Es schadet meinem Ruf als Trainer." Er drehte sich um und brüllte ins Dunkel: „Iantha!"

„Ja?"

„Kommen Sie bitte einmal her? Ich möchte Ihnen meinen Freund Mr. Vining vorstellen. Hier, wir brauchen etwas Licht."

Als das Licht anging, zeigte sich das Wohnzimmer wie gewöhnlich begraben unter ordentlichen Stapeln von Schachteln mit Badeanzügen und anderen Ausrüstungsgegenständen für den Schwimmsport, aus deren Verkauf Herbert Laird den größten Teil seines Einkommens bezog. Außerdem zeigte sich eine junge Frau, die in einem Rollstuhl hereinfuhr.

Ein einziger Blick vermittelte Vining ein Gefühl, das, wie er wußte, ihm nichts Gutes bringen würde. Unglücklicherweise konnte er keinem auch nur halbwegs hübschen Mädchen widerstehen und war gleichzeitig mit einer fast pathologischen Schüchternheit gegenüber Frauen geschlagen. Die Tatsache, daß sowohl er als auch Laird Junggesellen waren und den Schwimmsport ernstnahmen, war die hauptsächliche Verbindung zwischen ihnen.

Dies Mädchen war mehr als halbwegs hübsch. Sie war, dachte der benommene Vining, eine Wucht, eine Schau, ein Hit. Ihre glatten, ziemlich flachen Züge und hohen Wangenknochen wirkten ein bißchen asiatisch oder indianisch, und merkwürdigerweise hatte sie dazu hellgoldenes Haar, das, wie Vining hätte schwören mögen, eine schwach grünliche Schattierung hatte. Eine Decke war um ihre Beine gewickelt.

Er erwachte aus seiner Trance, als Laird das exquisite Geschöpf als „Miss Delfoiros" vorstellte.

Miss Delfoiros schien nicht sonderlich beeindruckt zu sein. Sie reichte ihm die Hand und fragte mit deutlichem Akzent: „Sie sind nicht von der Zeitung, Mr. Vining?"

„Nein", antwortete Vining. „Ich bin nur ein Rechtsanwalt. Ich habe mich auf Testamente und Nachlässe und dergleichen spezialisiert. Sie denken doch nicht etwa daran, selbst ein Testament zu machen?"

Sie entspannte sich sichtlich und lachte. „Nein. Ich hoffe, ich werde noch für lange, lange Zeit keins brauchen."

„Trotzdem", erklärte Vining ernsthaft, „kann man nie wissen, ob –"

Laird bellte: „Was kann meine Schwester bloß aufhalten? Das Dinner müßte längst fertig sein. *Martha!*" Er marschierte hinaus, und Vining hörte Miss Lairds Stimme etwas sagen wie „– aber Herb, ich mußte das doch erst abkühlen lassen –"

Vining überlegte krampfhaft, was er zu Miss Delfoiros sagen könne. Schließlich fragte er: „Zigarette?"

„O nein, danke sehr. Ich rauche nicht."

„Haben Sie etwas dagegen, wenn ich rauche?"

„Nein, durchaus nicht."

„Woher stammen Sie?" Vining dachte, die Frage klinge ebenso brüsk wie dumm. Ihm gelang es nie, unter diesen Umständen zwanglos zu plaudern.

„Oh, ich bin von Kip – von Zypern meine ich. Sie wissen schon, die Insel."

„Werden Sie zum Schwimmfest kommen?"

„Ja, ich glaube schon."

„Wissen Sie vielleicht –" er senkte die Stimme „– welche Trumpfkarte Herb im Ärmel hat, um La Santalucia zu schlagen?"

„Ja ... nein ... ich weiß nicht ... das heißt, ich darf es nicht sagen."

Noch ein Geheimnis, dachte Vining. In Wirklichkeit wollte er wissen, warum sie auf einen Rollstuhl angewiesen war – ob eine vorübergehende Behinderung oder ein dauerndes Leiden dahintersteckte. Aber er scheute sich, eine direkte Frage zu stellen, und er bastelte im Geist immer noch an einer indirekten, als Lairds Gebrüll ins Zimmer drang: „Kommt, Leute, die Suppe steht auf dem Tisch!" Vining wollte den Rollstuhl ins Eßzimmer fahren, aber ehe er noch eine Chance bekam, wendete das Mädchen ihn und war schon auf halbem Wege.

Vining sagte: „Hallo, Martha, was macht die Schule?" Aber er schenkte Lairds tüchtiger altjüngferlicher Schwester nicht viel Aufmerksamkeit. Er starrte mit offenem Mund auf Miss Delfoiros, die ganz ruhig einen Teelöffel voll Salz in ihr Wasserglas tat und umrührte.

„Was ... was?" stammelte er.

„Ich muß", sagte sie. „Von Süßwasser werde ich – das, was Sie betrunken nennen."

„Hör zu, Mark", röhrte sein Freund. „Bist du sicher, daß du morgen abend rechtzeitig da sein kannst? Es müssen ein paar Fragen geklärt werden, wer teilnahmeberechtigt ist, und wahrscheinlich werde ich dich dringend brauchen."

„Wird Miss Delfoiros auch da sein?" Vining war sich bewußt, daß er idiotisch grinste.

„Oh, natürlich. Iantha ist unsere ... sag, du kennst doch die kleine achtzehnjährige Clara Havranek? Sie hat gestern die hundert Yards in eins-null-fünf geschafft. Aus ihr könnte noch ein Champion werden. Wir werden es dem Creston-Club zeigen –" Er sprach laut und schnell weiter darüber, was er Louis Connaughts Mädchen anzutun gedachte. Währenddessen versuchte Mark Vining, sich auf sein Essen zu konzentrieren, das gut war, und auf Iantha Delfoiros, die charmant war, aber ihm auswich.

An Miss Delfoiros' Essen schien nach der Art, wie Martha es serviert hatte, etwas Besonderes zu sein. Vining sah genau hin und stellte fest, daß es genauso schal und unappetitlich aussah wie ein Gericht, das einmal heiß gewesen, aber inzwischen kalt geworden ist. Er fragte danach.

„Ja", antwortete sie, „ich mag es kalt."

„Sie meinen, daß Sie *niemals* etwas Warmes essen?"

Sie verzog das Gesicht. „Warmes Essen? Nein, das mag ich nicht. Für uns ist das –"

„Paß auf, Mark! Wie ich hörte, will die W.S.A. im April einen Nachsaison-Wettkampf nur für Anfängerinnen veranstalten –"

Vinings Nachtisch stand eine ganze Minute lang vor ihm, bis er ihn bemerkte. Er mußte zu sehr darüber nachdenken, wie entzückend Miss Delfoiros' Akzent war.

Als das Dinner vorbei war, erkundigte Laird sich: „Sag mal, Mark, weißt du etwas über diese Gesetze gegen den Privatbesitz von Gold? Nun sieh mal –" Er führte ihn zu einer Pralinenschachtel auf einem Tisch im Wohnzimmer. Die Schachtel enthielt aber keine Pralinen, sondern Gold- und Silbermünzen. Laird reichte dem Rechtsanwalt einige davon. Die erste, die Vining prüfte, war eine Silberkrone mit der Inschrift: „Carolus II Dei Gra" rings um den Kopf von Englands fröhlichem Monarchen, der einen Kranz in seinem Haar – oder wahrscheinlicher in seiner Perücke – trug. Die zweite war eine spanische Dublone. Die dritte war ein Louis d'Or.

„Ich wußte gar nicht, daß du angefangen hast, Münzen zu sammeln", sagte Vining. „Ich nehme an, sie sind alle echt?"

„Das sind sie. Aber ich sammle sie nicht. Man könnte sagen, ich nehme sie an Zahlungs Statt an. Mir wird die Möglichkeit geboten, zehntausend Bademützen zu verkaufen, wenn ich sie mir mit diesen Dingern bezahlen lassen kann."

„Ich glaube nicht, daß der U.S. Rubber Company, die sie dir liefert, der Gedanke sehr zusagen wird."

„Darum geht es ja. Was fange ich damit an, nachdem ich sie bekommen habe? Wird die Regierung mich für ihren Besitz ins Gefängnis stecken?"

„Darüber brauchst Du dir keine Sorgen zu machen. Ich glaube nicht, daß das Gesetz sich auch auf alte Münzen erstreckt, obwohl ich nachschlagen werde, um ganz sicher zu sein. Ruf am besten die Amerikanische Numismatische Gesellschaft an – sie steht im Telefonbuch. Dort wird man dir sagen können, wie du die Münzen loswirst. Aber nun sag mal, um was, zum Teufel, geht es hier? Zehntausend Bademützen, die in alten spanischen Pesos zu acht Realen bezahlt werden sollen? Von so etwas habe ich noch nie gehört."

„Genau das ist es. Frag nur die kleine Dame hier." Laird drehte sich zu Iantha um, die ihm nervös zu signalisieren versuchte, er solle ruhig sein. „Sie hat das Geschäft zustandegebracht."

„Ich ‚habe ... habe' –" Sie sah aus, als wolle sie zu weinen anfangen. „Herbert, das hätten Sie nicht sagen sollen. Sie müssen wissen", wandte sie sich an Vining, „wir haben nicht gern viel mit den Menschen zu tun. Immer bringt uns das in Schwierigkeiten."

„Wen", fragte Vining, „meinen Sie mit ‚wir'?"

Sie kniff entschlossen die Lippen zusammen. Vining schmolz beinahe dahin, aber seine juristischen Instinkte kamen an die Oberfläche. Wenn du dich nicht zusammennimmst, dachte er, wirst du dich in den nächsten fünf Minuten in sie verlieben, und das könnte zu einer Katastrophe führen. Er erklärte entschieden:

„Herb, je mehr ich von dieser Sache höre, desto verrückter kommt sie mir vor. Was es auch sein mag, du scheinst mich hineinziehen zu wollen. Aber ich will verdammt sein, wenn ich das zulasse, bevor ich genau weiß, um was es geht."

„Wir können es ihm ruhig erzählen, Iantha", meinte Laird. „Er erfährt es ja auf jeden Fall, wenn er Sie morgen schwimmen sieht."

Iantha bat: „Sie werden es doch nicht den Zeitungsleuten erzählen, Mr. Vining?"

„Nein, ich werde niemandem auch nur ein Wort sagen."

„Versprechen Sie das?"

„Natürlich. Sie können sich darauf verlassen, daß ein Rechtsanwalt die Klappe zu halten versteht."

„Die Klappe – ach, Sie meinen, Sie werden nicht darüber sprechen? Dann sehen Sie her." Sie faßte das untere Ende der Decke und zog sie hoch.

Vining sah hin. Wo er Füße erwartet hatte, befand sich ein Paar horizontaler Schwanzflossen wie die eines Tümmlers.

So ist gut zu verstehen, warum Louis Connaught beinahe einen Anfall bekam, als er entdeckte, was sein Rivale gegen ihn im Schilde führte. Erst zweifelte er an seinen eigenen Sinnen. Dann zweifelte er daran, ob es überhaupt noch Gerechtigkeit in der Welt gebe.

Inzwischen schob Mark Vining stolz Ianthas Rollstuhl mitten in den Haufen von Preisrichtern und Zeitnehmern am Startende des Beckens. Iantha selbst, eine leuchtend grüne Badmütze auf dem Kopf, hielt ihre Decke um ihre Schultern fest, aber der schiefergraue Schwanz mit den Flossen war für alle gut sichtbar. Die Haut des Schwanzes war glatt, und die Flossen standen waagrecht. Maler, die Meerjungfrauen mit Schuppen und einer senkrechten Schwanzflosse abbilden, verstehen einfach nichts von Zoologie.

„Schon gut, schon gut", brüllte Laird. „Drängelt euch nicht hier zusammen. Jeder geht dahin, wohin er gehört. Jeder, bitte."

Einer der Zuschauer, der sich über das Geländer der Galerie beugte, ließ einen Füllfederhalter ins Becken fallen. Eins von Connaughts Mädchen, eine Miss Black, tauchte danach.

Ogden Wambach, der Schiedsrichter, bohrte einen Finger in die Haut des Schwanzes. Er war ein gut gekleideter grauhaariger Mann.

„Laird", sagte er, „ist das ein Witz?"

„Ganz und gar nicht. Sie ist für das Rückenschwimmen und alle Freistil-Wettkämpfe gemeldet wie jedes andere Klubmitglied. Sie ist sogar bei der American Athletic Union eingetragen."

„Aber... aber... ich meine, ist sie lebendig? Ist sie wirklich?"

Iantha ergriff das Wort. „Warum richten Sie diese Fragen nicht an mich, Mr... Mr... ich kenne Sie nicht –"

„Ach du meine Güte", entfuhr es Wambach, „sie kann sprechen! Ich bin der Schiedsrichter, Miss –"

„Delfoiros. Iantha Delfoiros."

„Auf mein Wort. Auf mein Wort. Das bedeutet – Moment mal – violetter Tümmerlerschwanz, nicht wahr? *Delphis* plus *oura* –"

„Sie sprechen Griechisch? Oh, wie schön!" Sie brach in einen Schwall griechischer Umgangssprache aus.

Wambach schluckte. „Zu schnell für mich, fürchte ich. Und das ist *modernes* Griechisch, nicht wahr?"

„Natürlich. Ich bin doch modern, oder nicht?"

„Ach du meine Güte, ich denke schon. Aber ist dieser Schwanz echt? Gehört er nicht zu einer Verkleidung?"

„Oh, er ist echt." Iantha warf die Decke ab und wackelte mit den Flossen. Jeder Anwesende in der Schwimmhalle schien sich in ein Paar Augäpfel verwandelt zu haben, zu denen Körper und Beine als Nebensächlichkeiten gehörten.

„Ach du meine Güte", sagte Ogden Wambach. „Wo ist meine Brille? Sie verstehen, ich möchte mich nur überzeugen, daß daran nichts Unechtes ist."

Mrs. Santalucia, eine muskulöse Dame mit deutlichem Schnurrbart und Schwimmhäuten an den Händen, die bis zu den ersten Fingergliedern reichten, fragte: „Sie meinen, ich soll gegen die da antreten?"

Louis Connaught hatte die ganze Zeit gezischt wie die Zündschnur einer Bombe. „Das können Sie nicht tun!" protestierte er schrill. „Dies ist ein Frauenwettkampf! Ich erhebe Einspruch!"

„Weshalb?" frage Laird.

„Sie können einen Fisch nicht an einem Frauenschwimmwettkampf teilnehmen lassen! Nicht wahr, Mr. Wambach?"

Mark Vining trat vor. Er hatte ein paar zusammengeklammerte Papiere aus der Tasche genommen und blätterte sie durch.

„Miss Delfoiros ist kein Fisch", stellte er fest. „Sie ist ein Säugetier."

„Woher wissen Sie das?" schrie Connaught.

„Sehen Sie sie doch an!"

„Hm-m-m", machte Ogden Wambach. „Ich verstehe, was Sie meinen."

„Aber trotzdem", heulte Connaught, „ist sie nicht menschlich!"

„Das ist hier die Frage, Mr. Vining", nickte Wambach.

„O nein. Es steht nichts davon in den Regeln, daß ein Meermädchen nicht teilnehmen dürfe, und mit keinem Wort wird verlangt, die Teilnehmerinnen müßten menschlich sein."

Connaught sprang umher wie eine hektische Grille. Jetzt schwenkte er das Regelbuch der American Athletic Union für Wettkämpfe im Schwimmen, Tauchen und Wasser-Polo. „Ich erhebe weiteren Einspruch! Sehen Sie her! Von vorn bis hinten ist hier nur von zwei Arten von Wettkämpfen die Rede, von solchen für Männer und von solchen für Frauen. Sie ist keine Frau, und sie ist erst recht kein Mann. Wenn die Union Wettkämpfe für Meerjungfrauen hätte veranstalten wollen, stände es da."

„Keine Frau?" fragte Vining auf eine Art, die den Geschworenen vor Gericht verraten hätte, daß er einen Rapierausfall gegen seinen Opponenten beabsichtigte. „Ich bitte um Entschuldigung, Mr. Connaught; ich habe diesbezüglich nachgeschlagen." Stirnrunzelnd betrachtete er seine Papiere. „Webster's International Dictionary, zweite Ausgabe, definiert eine Frau als ‚jede weibliche Person'. Und weiter definiert es ‚Person' als ‚ein Wesen, das durch bewußte Wahrnehmung, Denkvermögen und moralische Einsicht gekennzeichnet ist'." Er wandte sich Wambach zu. „Sir, Sie werden sicher zustimmen, daß Miss Delfoiros in ihrem Gespräch mit Ihnen bewußte Wahrnehmung und Denkvermögen gezeigt hat, nicht wahr?"

„Auf mein Wort ... Ich weiß wirklich nicht, was ich sagen soll, Mr. Vining ... Ich vermute, das hat sie, aber ich könnte nicht behaupten –"

Horwitz, der Punktrichter, fiel ein: „Sie könnten sie auffordern, das Einmaleins aufzusagen." Niemand schenkte ihm irgendwelche Beachtung.

Connaught zeigte Symptome eines nahenden Schlaganfalls. „Aber Sie können doch nicht – zum Teufel, wovon reden Sie eigentlich? – bewußte, wie war das? –"

„Bitte, Mr. Connaught", sagte Wambach. „Wenn Sie so brüllen, kann ich Sie des Echos wegen nicht verstehen."

Mit sichtlicher Anstrengung nahm Connaught sich zusammen. Dann huschte ein listiger Ausdruck über sein Gesicht. „Woher soll ich wissen, daß sie moralische Einsicht hat?"

Vining drehte sich zu Iantha um. „Sind Sie schon einmal im Gefängnis gewesen, Iantha?"

Iantha lachte. „Was für eine komische Frage, Mark! Aber die Antwort lautet natürlich nein."

„Das behauptet *sie*", höhnte Connaught. „Wie wollen Sie das beweisen?"

„Das brauchen wir nicht", erklärte Vining von oben herab.

„Die Beweislast obliegt dem Kläger, und der Beklagte ist juristisch unschuldig, bis seine Schuld nachgewiesen ist. Dies Prinzip wurde zur Zeit König Eduard des Ersten aufgestellt."

„Verdammt sei König Eduard der Erste!" schrie Connaught. „Überhaupt habe ich nicht diese Art von moralischer Einsicht gemeint. Wie steht es denn damit, was man Sittlichkeit nennt – Sie wissen schon."

„He", knurrte Laird, „was soll denn das? Wollen Sie gegen eine meiner Schwimmerinnen eine – wie heißt das Wort, Mark?"

„Verleumdung?"

„– eine Verleumdung aussprechen? Seien Sie vorsichtig, Louis. Wenn ich höre, daß Sie – wie heißt das Wort, Mark?"

„Ihren guten Namen besudeln?"

„– ihren guten Namen besudeln, ertränke ich Sie in Ihrem eigenen Schwimmbecken."

„Und danach", fiel Vining ein, „verklagen wir Sie wegen Beleidigung."

„Meine Herren! Meine Herren!" flehte Wambach. „Werden wir doch nicht persönlich, bitte. Dies ist ein Schwimmfest, keine Gerichtsverhandlung. Kommen wir zur Sache."

„Nichts anderes haben wir getan", erklärte Vining würdevoll. „Wir haben gezeigt, daß Iantha Delfoiros eine Frau ist, und Mr. Connaught selbst hat darauf hingewiesen, daß dies ein Frauenwettkampf ist. Deshalb kann Miss Delfoiros starten. Was zu beweisen war."

„Ahem", räusperte sich Wambach. „Ich weiß nicht recht – über einen Fall wie diesen habe ich noch nie entscheiden müssen."

Louis Connaught standen beinahe Tränen in den Augen, zumindest klang seine Stimme so. „Mr. Wambach, Sie dürfen nicht zulassen, daß Herb Laird mir das antut. Ich wäre lächerlich gemacht."

Laird schnaubte: „Und wie steht es damit, daß Sie mich mit Ihrer Mrs. Santalucia geschlagen haben? Sie hatten kein Mitgefühl für mich, als die Leute deswegen über mich gelacht haben. Und was hat es mir genützt, als ich wegen ihrer Hände Einspruch erhob?"

„Aber", jammerte Connaught, „wenn er diese Miss Delfoiros aufstellen kann, was soll irgendwen daran hindern, einen dressierten Seelöwen oder so etwas mitzubringen? Wollen Sie aus einem Schwimmwettkampf einen Zirkus machen?"

Laird grinste. „Tun Sie das doch, Louis. Niemand hindert Sie daran, jede Kreatur aufzustellen, die Sie wünschen. Was ist jetzt, Ogden? Ist sie eine Frau?"

„Nun ... wirklich ... ach, du meine Güte –"

„Bitte!" Iantha Delfoiros rollte ihre veilchenblauen Augen in Richtung des bestürzten Schiedsrichters. „Ich möchte so gern in diesem schönen Becken mit all diesen netten Mädchen schwimmen!"

Wambach seufzte. „Na gut, meine Liebe, Sie dürfen!"

„Juhu!" rief Laird, und Vining, die Mitglieder des Knickerbocker-Schwimmklubs, die anderen Funktionäre und zuletzt die Zuschauer stimmten mit ein. Der Radau in dem geschlossenen Raum ließ empfindliche Trommelfelle schmerzen.

„Warten Sie einen Augenblick!" kläffte Connaught, als die Echos erstorben waren.

„Sehen Sie hier, Seite 19 der Regeln. ‚Bekleidungsvorschrift für Frauen: Die Anzüge müssen von dunkler Farbe und mit einem angeschnittenen Röckchen versehen sein. Das Bein hat bis –' und so weiter. Genauso steht es hier. Sie kann nicht so schwimmen, wie sie ist, nicht bei einem den Regeln entsprechenden Wettkampf."

„Das stimmt", sagte Wambach. „Zeigen Sie mal her –"

Horwitz sah von seinem mit Tabellen bedeckten Tischchen auf. „Vielleicht kann eins der Mädchen ihr einen Büstenhalter leihen", schlug er vor. „Das wäre doch schon etwas."

„Büstenhalter, puh!" fauchte Connaught. „Hier wird ein richtiger Anzug mit Hosenbeinen und Röckchen verlangt, und jeder weiß es."

„Aber sie hat doch keine Beine!" brüllte Laird. „Wie kann sie in einen Anzug kommen!"

„Darum geht es ja gerade! Wenn sie keinen Anzug mit Hosenbeinen tragen kann und die Regeln vorschreiben, daß sie einen

125

tragen muß, dann kann sie nicht mitmachen. Jetzt habe ich Sie! Haha, ich hohnlache!"

„Ich fürchte, Sie freuen sich zu früh, Louis." Vining hatte in seinem eigenen Exemplar des Regelbuchs geblättert. Er hielt es ans Licht und las vor: „‚Anmerkung. – Obiges gilt als Beispiel. Der Sinn dieser Vorschrift ist, Kostüme auszuschließen, die unanständig sind oder ungebührliche Aufmerksamkeit und entsprechende Bemerkungen auf sich ziehen. Es liegt im Ermessen des Schiedsrichters' – et cetera, et cetera. Wenn wir die Beine von einem vorschriftsmäßigen Anzug aufschneiden und sie ihn sich über den Kopf zieht, ist sie anständig genug bekleidet. Nicht wahr, Mr. Wambach?"

„Ach du meine Güte – ich weiß es nicht – ich glaube schon."

Laird zischte einer seiner Schülerinnen zu: „He, Miss Havranek! Sie wissen doch, wo mein Koffer steht? Nehmen Sie einen der Reserveanzüge heraus, und eine Schere finden Sie in der Erste-Hilfe-Tasche. Richten Sie den Anzug so her, daß Iantha ihn tragen kann."

Connaught ergab sich. „Ich verstehe jetzt", erklärte er bitter, „warum Sie das 300-Yards-Freistilschwimmen statt der Staffel als letzten Wettkampf haben wollten. Wenn ich gewußt hätte, was Sie planten – und Sie, Mark Vining, wenn ich jemals in eine Klemme gerate, werde ich lieber ins Gefängnis gehen, als Sie zum Rechtsbeistand nehmen, so wahr mir Gott helfe!"

Mrs. Santalucia hatte Iantha Delfoiros mit finsteren Blicken betrachtet. Plötzlich sprach sie Connaught an. „Das ist ungerecht. Ich schwimme gegen Menschen. Ich werde nicht gegen eine Meerjungfrau schwimmen."

„Bitte, Maria, lassen Sie mich nicht auch noch im Stich", jammerte Connaught. „Ich schwimme heute abend nicht."

Connaught sah beschwörend zur Galerie hinauf. Mr. Santalucia und die kleinen Santalucias errieten, um was es ging, und riefen im Chor: „Los, Mamma! Zeig es ihnen, Mamma!"

„Na gut. Ich schwimme bei einem, vielleicht bei zwei Wettkämpfen mit. Wenn ich sehe, daß ich keine Chance habe, höre ich auf."

„Das ist schon besser, Maria. Es würde auch im Grunde nicht zählen, wenn sie Sie schlüge." Connaught ging zur Tür und murmelte unterwegs etwas von „Telefonieren."

Obwohl der Beginn verzögert worden war, verließ niemand aus Langeweile die Schwimmhalle. Im Gegenteil, die leeren Sitze auf der Galerie hatten sich inzwischen gefüllt, und es standen noch Leute dahinter. Im Creston-Hotel hatte sich die Nachricht verbreitet, daß etwas Besonderes los war.

Als Louis Connaught zurückkam, waren Laird und Vining dabei, Iantha den geänderten Badeanzug über den Kopf zu ziehen. Er reichte nicht so weit hinab, wie sie erwartet hatten, weil er für eine etwas schlankere Schwimmerin bestimmt war. Nicht, daß Iantha fett gewesen wäre. Aber ihr menschlicher Teil war zwar nicht gerade dick, aber doch so gut gepolstert, daß keine Knochen zu sehen waren. Iantha wand sich mit einiger Mühe in den Anzug hinein und warf Wambach lachend eine Bemerkung auf Griechisch zu. Wambachs Gesichtsausdruck zeigte, daß er hoffte, es heiße nicht was, was er argwöhne.

Laird sagte: „Nun hören Sie zu, Iantha. Denken Sie daran, daß Sie sich nicht rühren dürfen, bevor der Startschuß fällt. Und geben Sie acht, daß Sie genau über der schwarzen Linie auf dem Boden schwimmen, nicht zwischen zwei Linien."

„Es soll geschossen werden? Oh, ich fürchte mich vor dem Schießen!"

„Es ist nichts, wovor Sie Angst haben müßten; nur eine Platzpatrone, die niemanden verletzen kann. Und unter der Bademütze wird der Knall auch nicht so laut sein."

„Herb", erkundigte sich Vining, „wird sie nicht Zeit verlieren, weil sie keinen Startsprung wie die anderen machen kann?"

„Das wird sie. Aber es spielt keine Rolle. Sie kann eine Meile in *vier* Minuten schwimmen, ohne sich richtig anzustrengen."

Ritchey, der Starter, kündigte die Fünfzig-Yards-Freistil an. Er rief: „Alles auf die Plätze!"

Iantha glitt aus ihrem Rollstuhl und kroch zum Startblock hinüber. Die anderen Mädchen standen alle mit geschlossenen Füßen, aus den Hüften heraus vorgebeugt und die Arme nach hinten gestreckt. Iantha nahm ihre eigene, sehr merkwürdige Position ein: den Schwanz untergeschlagen und das Gewicht auf einer Hand und den Flossen ruhend.

„He! Einspruch!" rief Connaught. „Die Regeln besagen, daß alle Wettkämpfe, ausgenommen das Rückenschwimmen, mit einem Startsprung zu beginnen haben. Und wie nennen Sie das?"

„Ach du meine Güte", sagte Wambach. „Was –"

„Das", antwortete Vining liebenswürdig, „ist ein Meermädchen-Startsprung. Sie können ihr doch nicht zumuten, daß sie sich aufrecht auf den Schwanz stellt."

„Aber das ist es doch gerade!" schrie Connaught. „Erst stellen Sie eine unvorschriftsmäßige Schwimmerin auf. Dann stecken Sie sie in einen unvorschriftsmäßigen Badeanzug. Dann lassen Sie sie mit einem unvorschriftsmäßigen Startsprung beginnen. Gibt es überhaupt nichts, was Sie genauso machen wie andere Leute?"

Vining suchte in dem Regelbuch. „Aber es heißt nicht – hier ist es. ‚Alle Wettkämpfe sollen mit einem Startsprung begonnen werden.' Doch es steht nichts davon in den Regeln, welche Art von Startsprung angewendet werden soll. Und das Lexikon beschreibt einen Startsprung einfach als einen Sprung ins Wasser. Wenn also jemand mit den Füßen zuerst hineinspringt und sich die Nase dabei zuhält, ist das laut dieser Definition ebenfalls ein Startsprung. Und in all den Jahren, die ich Schwimmwettkämpfe gesehen habe, sind mir schon komischere Positionen vorgekommen als die von Miss Delfoiros."

„Ich glaube, er hat recht", meinte Wambach.

„Okay, okay", schnaubte Connaught. „Aber das nächste Mal, wenn ich mit Ihnen und Herb zusammentreffe, bringe ich auch einen Rechtsanwalt mit, verstanden?"

Ritcheys Pistole ging los. Vining bemerkte, daß Iantha bei dem Knall zusammenzuckte und deshalb etwas aufgehalten wurde. Die Körper der anderen Mädchen schossen waagerecht in die Luft und klatschten laut ins Wasser, aber Iantha glitt mit den glatten, lässigen Bewegungen eines tauchenden Seehunds hinein. Da sie sich nicht mit den Füßen abstoßen konnte, lag sie mehrere Yards hinter den anderen Schwimmerinnen, bis sie richtig loslegte. Mrs. Santalucia hatte wie üblich die Führung übernommen und strich mit langsamen Zügen ihrer mit Schwimmhäuten versehenen Hände durchs Wasser.

Iantha machte sich bis zum Schluß nicht die Mühe, an die Oberfläche zu kommen, außer beim Wenden. Das war ihr eigens eingeschärft worden, damit es hinterher keinen Streit darüber gab, os sie angeschlagen habe oder nicht. Sie benutzte ihre Arme so gut wie gar nicht, nur daß sie gelegentlich mit der Hand eine kleine Steuerbewegung machte. Das schnelle Auf und Ab ihrer kräftigen Schwanzflossen schickte sie durch das Wasser wie einen Torpedo, und die Schaumspur erschien auf der Oberfläche sechs bis acht Fuß hinter ihr. Als sie nach der ersten Bahnlänge durch das bis jetzt noch nicht aufgewühlte Wasser am anderen Ende des Beckens schoß, stellte Vining fest – er war um das Becken gegangen, um zuzusehen –, daß sie ihre Nasenlöcher unter Wasser fest schließen konnte wie ein Seehund oder Nilpferd.

Mrs. Santalucia erzielte die sehr beachtliche Zeit von 29,8 Sekunden. Aber Iantha Delfoiros kam nicht nur als Erste, sondern auch in der Zeit von 8,0 Sekunden an. Zum Schluß griff sie nicht nach dem Startblock, um sich, wie es menschliche Schwimmer tun, daran aus dem Wasser zu ziehen. Sie richtete sich einfach steil auf, verließ das Wasser wie eine springende Forelle, landete mit feuchtem Platsch auf dem Betonboden und warf beinahe einen Zeitnehmer über den Haufen. Als die anderen Teilnehmerinnen wendeten, saß sie schon mit untergeschlagenem Schwanz auf dem Block. Während die Mädchen angestrengt zurückschwammen, schenkte sie Vining ein verwirrendes Lächeln. Er hatte rennen müssen, um beim Finish da zu sein.

„Das hat Spaß gemacht, Mark", sagte sie. „Ich bin so froh, daß Sie und Herbert mich mitgenommen haben."

Mrs. Santalucia kletterte aus dem Wasser und trat an Horwitz' Tisch. Der junge Mann starrte ungläubig auf die Zahlen, die er gerade niedergeschrieben hatte.

„Ja", sagte er, „so ist das. Miss Iantha Delfoiros, 8,0; Mrs. Maria Santalucia, 29,8. Bitte, tropfen Sie mir die Tabellen nicht voll, Lady. Sagen Sie, Wambach, ist das nicht ein Weltrekord oder so etwas?"

„Auf mein Wort!" erklärte Wambach. „Es ist weniger als die Hälfte des bestehenden Kurzstreckenrekords. Vielleicht weniger als ein Drittel, das muß ich nachprüfen. Ach du meine Güte! Ich muß mit dem Komitee darüber sprechen; ich weiß nicht, ob sie den Rekord anerkennen werden. Ich glaube ja nicht, auch wenn es nicht eigens in den Regeln steht, daß Meermädchen nicht teilnehmen dürfen."

Vining meldete sich: „Ich glaube, wir haben alle Vorschriften erfüllt, so daß ein Rekord anerkannt werden muß, Mr. Wambach. Miss Delfoiros ist ordnungsgemäß im voraus gemeldet worden wie alle anderen."

„Ja, ja, Mr. Vining, aber sehen Sie nicht ein, daß ein Rekord eine ernste Sache ist? Kein normales menschliches Wesen könnte jemals auch nur annähernd eine solche Zeit erzielen."

„Es sei denn mit einem Außenbordmotor", bemerkte Connaught. „Wenn man Teilnehmern wie Miss Delfoiros erlaubt, Schwanzflossen zu benutzen, muß man auch Propeller zulassen. Ich sehe nicht ein, daß nur Laird und seine Leute immerzu die Regeln verletzen und sich dann von einem Rechtsanwalt Gründe ausdenken lassen dürfen, warum das in Ordnung geht. Ich werde mir auch einen Rechtsanwalt besorgen."

„Sprechen Sie ruhig mit dem Komitee, Ogden", sagte Laird, uns geht es gar nicht so sehr um die Rekorde, solange wir Louis hier schlagen können." Er grinste Connaught unverschämt an, und dieser schäumte vor Wut.

„Ich schwimme nicht mehr", verkündete Mrs. Santalucia. „Das ist der helle Wahnsinn. Ich habe keine Chance."

Connaught nahm sie auf die Seite. „Nur noch einmal, Maria, bitte! Mein Ruf –" Der Rest seiner Worte ging im widerhallenden Lärm der Schwimmhalle unter. Aber als er fertig war, schien die widerspenstige Mrs. Santalucia nachgegeben zu haben.

Das Freistilschwimmen über hundert Yards begann beinahe genauso wie das über fünfzig Yards. Diesmal zuckte Iantha beim Startschuß nicht zusammen und kam gut vom Startblock weg. Sie schoß unmittelbar unter der Oberfläche dahin und erzeugte eine Schaumspur wie ein Thunfisch mit Höchstgeschwindigkeit. Die Wellen verwirrten die Schwimmerin auf der benachbarten Bahn, Miss Breitenfeld vom Creston-Klub. Die Folge war, daß Iantha nach der ersten Wende Miss Breitenfeld, die quer über Ianthas Bahn schwamm, breitseits rammte. Das unglückliche Mädchen sank blasenspeiend, ohne auch nur ein Gurgeln auszustoßen.

Connaught kreischte: „Foul! Foul!", was sich in dem allgemeinen Aufruhr wie „Au! Au!" anhörte. Mehrere Schwimmerinnen, die an diesem Wettkampf nicht teilnahmen, stürzten sich in das Becken, um Miss Breitenfeld zu retten. Der Wettkampf ging in allgemeiner Verwirrung und einem Höllenlärm zu Ende. Als man Miss Breitenfeld herausgezogen hatte, wurde festgestellt, daß ihr durch den Stoß nur die Luft weggeblieben war und daß sie eine Menge Wasser geschluckt hatte.

Mark Vining hielt nach Iantha Ausschau. Sie hielt sich am

Rand des Beckens fest und schüttelte den Kopf. Dann kroch sie hinaus und rief:

„Ist sie verletzt? Ist sie verletzt? Oh, es tut mir so leid! Ich habe nicht daran gedacht, daß jemand auf meiner Bahn sein könnte, und deshalb habe ich auch nicht nach vorn geblickt."

„Sehen Sie?" schrie Connaught. „Sehen Sie, Wambach? Sehen Sie, was passiert? Sie sind nicht damit zufrieden, alle Wettkämpfe mit ihrer Fischfrau zu gewinnen. Nein, Sie müssen auch noch versuchen, meine Schwimmerinnen zu verkrüppeln, indem Sie ihnen die Rippen einschlagen lassen. Herb", fuhr er bösartig fort, „warum ziehen Sie sich keinen Schwertfisch heran? Wenn der dann eins von meinen armen Mädchen rammt, ist sie für immer aus dem Rennen!"

„Oh, ich wollte doch nicht – es war ein Unfall", sagte Iantha.

„Daß ich nicht lache!"

„Doch, wirklich. Herr Schiedsrichter, ich stoße gar nicht gern Leute an. Mein Kopf tut mir weh, und mein Hals auch. Glauben Sie, ich will mir absichtlich den Hals brechen?" Ianthas abgeänderter Badeanzug war ihr bis unter die Achselhöhlen hochgekrochen, aber niemand achtete besonders darauf.

„Natürlich war es ein Unfall!" röhrte Laird. „Das konnte jeder sehen. Und wenn jemand gefoult worden ist, dann war es Miss Delfoiros."

„Selbstverständlich", stimmte Vining mit ein. „Sie war auf ihrer eigenen Bahn, und das andere Mädchen nicht."

„Ach du meine Güte", sagte Wambach. „Ich glaube, Sie haben schon wieder recht. Der Wettkampf muß sowieso wiederholt werden. Möchte Miss Breitenfeld teilnehmen?"

Miss Breitenfeld wollte nicht, aber die anderen nahmen von neuem ihre Plätze ein. Diesmal lief der Wettkampf ohne Zwischenfall ab. Wieder bot Iantha ein spektakuläres Finish, als die anderen drei Schwimmerinnen erst die Hälfte der zweiten von den vier Längen zurückgelegt hatten.

Als Mrs. Santalucia diesmal aus dem Wasser stieg, sagte sie zu Connaught: „Ich schwimme nicht mehr. Das ist mein letztes Wort."

„Oh, aber Maria –" Es half ihm nichts. Schließlich fragte er: „Werden Sie bei den Wettkämpfen mitschwimmen, an denen sie nicht teilnimmt?"

„Gibt es einen?"

„Ich glaube schon. He, Horwitz, Miss Delfoiros ist für das Brustschwimmen nicht aufgestellt, nicht wahr?"

Horwitz sah nach. „Nein, ist sie nicht", bestätigte er.

„Das ist wenigstens etwas. Sagen Sie, Herb, wie kommt es, daß Sie Ihre Fischfrau nicht fürs Brustschwimmen gemeldet haben?"

Vining antwortete für Laird. „Sehen Sie sich die Regeln an, Louis. ‚Die Füße müssen gleichzeitig mit abgebogenen, offenen Knien hochgezogen werden' et cetera. In den Regeln für das Rückenschwimmen und den Freistil steht nichts davon, wie die Beine benutzt werden sollen, nur in denen für das Brustschwimmen. Keine Beine, folglich kein Brustschwimmen. Wir werden Ihnen keine Gelegenheit bieten, einen legitimen Einspruch zu erheben."

„Legitimer Einspruch!" spuckte Connaught und wandte sich ab.

Nun folgte das Kunstspringen, und während Vining zusah, vernahm er plötzlich eine zarte Melodie. Erst dachte er, sie erklinge in seinem Kopf. Dann war er überzeugt, sie komme von einem der Zuschauer. Schließlich entdeckte er die Quelle; es war Iantha Delfoiros, die in ihrem Rollstuhl saß und leise sang. Vining beugte sich vor und verstand die Worte:

> „Die schönste Jungfrau sitzet
> Dort oben wunderbar,
> Ihr goldnes Geschmeide blitzet,
> Sie kämmt ihr goldenes Haar."

Vining trat unauffällig zu ihr. „Iantha", bat er, „ziehen Sie Ihren Badeanzug hinunter und singen Sie nicht."

Sie tat es und sah kichernd zu ihm auf. „Aber das ist ein schönes Lied. Ich habe es von einem schiffbrüchigen deutschen Seemann gelernt. Es besingt eine von uns."

„Ich weiß, aber es lenkt die Preisrichter ab. Sie müssen die Sprünge genau beobachten, und es ist hier sowieso schon zuviel Lärm."

„Sie sind ein netter Mann, Mark, aber so ernst!" Wieder kicherte sie.

Erst fiel Vining nur auf, daß sich das Meermädchen nicht ganz so wie sonst benahm. Dann kam ihm ein entsetzlicher Gedanke.

„Herb!" flüsterte er. „Hat sie gestern abend nicht etwas davon gesagt, daß sie von Süßwasser betrunken wird?"

Laird blickte auf. „Ja. Sie – Mein Gott, im Becken ist ja Süßwasser! Daran habe ich überhaupt nicht gedacht. Merkt man ihr etwas an?"

„Ich glaube schon."

„Sag doch, Mark, was sollen wir tun?"

„Das weiß ich nicht. Sie ist noch für zwei weitere Wettkämpfe gemeldet, nicht wahr? Rückenschwimmen und 300-Yards-Freistil."

„Können wir sie nicht vom Rückenschwimmen zurückziehen und ihr Gelegenheit geben, vor dem letzten Wettkampf wieder nüchtern zu werden?"

„Unmöglich. Trotz all ihrer Siege werden wir nur um Haaresbreite gewinnen. Louis ist uns im Kunstspringen überlegen, und Mrs. Santalucia gewinnt das Brustschwimmen. Wenn bei den Wettkämpfen, an denen Iantha teilnimmt, sie die Erste ist und Louis Mädchen die Zweite und Dritte sind, bedeutet das fünf Punkte für uns, aber vier für ihn, so daß wir nur einen Punkt Vorsprung haben. Und ihre Weltrekordzeiten tragen uns nicht einen einzigen Punkt mehr ein."

„Dann muß sie wohl teilnehmen, und wir müssen es darauf ankommen lassen", meinte Vining düster.

Iantha war nüchtern genug, daß sie sich für das Rückenschwimmen auf ihren Platz begeben konnte. Wieder verlor sie beim Start einen Sekundenbruchteil, weil sie keine Füße hatte, mit denen sie sich abstoßen konnte. Aber sobald sie schwamm, war dieser Wettbewerb noch einseitiger, als es das Freistilschwimmen gewesen war. Der menschliche Teil ihres Körpers war praktisch außerhalb des Wassers und glitt über die Oberfläche wie der Bug eines Rennboots. Sie machte paddelnde Bewegungen mit ihren Armen, aber das nur aus technischen Gründen; die ganze Kraft lieferten die Flossen. Diesmal sprang sie am Ende nicht aus dem Wasser. Vinings Herz blieb beinahe stehen, als es für einen winzigen Augenblick so aussah, als werde die smaragdgrüne Badekappe gegen die gekachelte Wand am Ende des Beckens krachen. Aber Iantha hatte die Entfernung auf den Bruchteil eines Zolls genau abgeschätzt und stoppte den Schwung unmittelbar vor dem Anstoßen mit ihren Flossen ab.

Das Brustschwimmen wurde von Mrs. Santalucia mühelos gewonnen, obwohl ihre langsamen, angestrengten Züge weniger spektakulär waren als der Butterfly-Stil ihrer Konkurrentinnen. Die schrillen Anfeuerungsrufe der kleinen Santalucias waren durch den allgemeinen Lärm zu hören. Als die Siegerin aus dem Wasser stieg, funkelte sie Iantha an und sagte zu Connaught:

„Louis, wenn Sie mich noch einmal an einem Wettkampf mit Meermädchen teilnehmen lassen, schwimme ich niemals wieder für Sie. Jetzt gehe ich nach Hause." Damit marschierte sie davon in die Duschräume.

Ritchey wollte gerade das letzte Ereignis ansagen, den Feistil über 300 Yards, als Connaught ihn am Ärmel zupfte. „Jack, warte eine Sekunde. Eine meiner Schwimmerinnen wird ein paar Minuten aufgehalten." Er verschwand durch eine Tür.

Laird sagte zu Vining: „Warum Louis bloß so grinst? Er hat irgendeine Gemeinheit vor, wette ich. Du erinnerst dich doch, daß er vorhin telefoniert hat."

„Wir werden es bald erfahren – Was ist denn das?" Von irgendwoher erklang ein heiseres Bellen und hallte an den Wänden wider.

Connaught kam mit zwei Eimern wieder. Hinter ihm war ein kleiner, runder Mann, der drei Pullover trug. Hinter dem kleinen, runden Mann watschelte ein glänzender kalifornischer Seelöwe. Beim Anblick des sich sanft kräuselnden, jadegrünen Wassers bellte das Tier freudig. Es glitt ins Becken, schwamm schnell eine Runde und kam auf der Landeplattform bellend wieder heraus. Das Bellen hatte in der Schwimmhalle mit ihren Echos eine besonders nervenzerfetzende Wirkung.

Ogden Wambach griff sich mit beiden Händen in sein glattes graues Haar und zog daran. „Connaught!" rief er. „Was ist das?"

„Oh, das ist nur eine meiner Schwimmerinnen, Mr. Wambach."

„He, diesmal erheben *wir* Einspruch!" donnerte Laird. „Miss Delfoiros ist wenigstens eine Frau, wenn auch eine etwas eigentümliche. Aber Sie können das da keine Frau nennen."

Connaught grinste wie Satan bei Besichtigung einer neuen

Ladung Sünder. „Haben Sie nicht eben noch selbst gesagt, ich könne einen Seelöwen teilnehmen lassen, wenn ich wollte?"

„Daran erinnere ich mich nicht."

„Ja, Herbert", sagte Wambach. Er sah ganz eingefallen aus. „Sie haben es gesagt. Früher haben wir nie Schwierigkeiten bei der Entscheidung gehabt, ob eine Schwimmerin eine Frau sei oder nicht. Aber jetzt scheint es unmöglich geworden zu sein, irgendwo eine Grenze zu ziehen."

„Aber sehen Sie mal, Ogden, man kann eine Sache auch zu weit treiben –"

„Genau das habe ich zu Ihnen gesagt!" rief Connaught schrill.

Wambach holte tief Atem. „Schreien wir nicht, bitte. Herbert, technisch gesehen mögen Sie ein stichhaltiges Argument haben. Aber nachdem wir Miss Delfoiros die Teilnahme erlaubt haben, halte ich es für einfache sportliche Fairneß, Louis seinen Seehund zu gestatten. Besonders nachdem Sie ihm gesagt haben, er solle sich einen besorgen."

Vining ergriff das Wort. „Oh, wir sind immer gern bereit, uns sportlich zu verhalten. Aber ich fürchte, der Seelöwe ist nicht vor Beginn der Wettkämpfe den Regeln entsprechend gemeldet worden. Wir wollen doch keine Schelte vom Komitee –"

„O doch, sie ist gemeldet worden", behauptete Connaught. „Sehen Sie her!" Er zeigte auf eins von Horwitz' Blättern. „Ihr Name ist Alice Black, und da steht er."

„Aber", protestierte Vining, „ich dachte, *das* sei Alice Black." Er zeigte auf ein schlankes dunkles Mädchen im Badeanzug, das auf einem Fenstersims saß.

„Das ist sie auch", grinste Connaught. „Es ist der reine Zufall, daß sie beide den gleichen Namen tragen."

„Sie rechnen doch wohl nicht damit, daß wir das glauben?"

„Mir ist es gleich, ob Sie es glauben oder nicht. Es ist so. Ist der Name des Seelöwen nicht Alice Black?" wandte er sich an den kleinen fetten Mann. Dieser nickte.

„Lassen sie es durchgehen", ächzte Wambach. „Wir haben keine Zeit, uns die Geburtsurkunde dieses Tiers kommen zu lassen."

„Und wie steht es dann mit dem vorgeschriebenen Anzug?" wollte Vining wissen. „Möchten Sie vielleicht versuchen, Ihrem Seelöwen einen anzuziehen?"

„Nicht nötig. Sie hat bereits einen. Er ist ihr angewachsen. Hahaha, jetzt lache ich."

„Ich vermute", sagte Wambach, „man *könnte* einen natürlichen Seehundspelz als Ersatz für einen Badeanzug betrachten."

„Natürlich. Es ist doch so: Badeanzüge sollen des Anstands wegen getragen werden, und es interessiert kein Aas, ob ein Seelöwe anständig ist."

Vining hatte noch einen letzten Einwand. „Sie sprechen von dem Tier immer als einer ‚Sie‘, aber woher sollen wir wissen, ob es ein weibliches Tier ist? Nicht einmal Mr. Wambach würde Ihnen gestatten, einen männlichen Seelöwen an einem Damenwettkampf teilnehmen zu lassen."

Wambach fragte: „Woran sieht man das bei einem Seelöwen?"

Connaught richtete den Blick auf den kleinen fetten Mann. „Vielleicht sollten wir diese Sache hier nicht weiterverfolgen. Wie wäre es, wenn ich eine Zehn-Dollar-Kaution hinterlege, daß Alice weiblich ist, und Sie überprüfen ihr Geschlecht später?"

„Das scheint mir fair zu sein", entschied Wambach.

Vining und Laird blickten einander an. „Sollen wir ihn damit durchkommen lassen, Mark?" fragte letzterer.

Vining schaukelte sich ein paar Sekunden auf den Absätzen vor und zurück. Dann meinte er: „Ich glaube, das können wir ruhig tun. Kann ich dich draußen für eine Minute sprechen, Herb? Leute, es macht euch doch nichts aus, mit dem Beginn noch ein paar Minuten zu warten? Wir kommen sofort zurück."

Connaught wollte schon gegen die weitere Verzögerung Einspruch erheben, überlegte es sich jedoch anders. Laird kam bald darauf zurück und sah ungewöhnlich vergnügt aus.

„'erbert!" sagte Iantha.

„Ja?" Er senkte den Kopf zu ihr.

„Ich fürchte –"

„Sie fürchten, Alice könne Sie im Wasser beißen? Also, das darf auf gar keinen Fall –"

„O nein, das fürchte ich nicht. Alice, pah! Wenn sie frech wird, gebe ich ihr eins mit dem Schwanz. Aber ich fürchte, sie kann schneller schwimmen als ich."

„Passen Sie auf, Iantha, Sie schwimmen einfach, so gut Sie können. Zwölf Längen, denken Sie daran. Und lassen Sie sich durch nichts aus der Fassung bringen, ganz gleich, was passiert."

„Was habt ihr zwei da zu flüstern?" fragte Connaught argwöhnisch.

„Nichts, was Sie angeht, Louis. Was ist denn in diesem Eimer? *Fische?* Ich weiß schon, was Sie vorhaben. Wollen Sie aufgeben und mir den Sieg kampflos überlassen?"

Connaught schnaubte bloß.

Die einzigen Teilnehmerinnen an dem Freistilschwimmen über 300 Yards waren Iantha Delfoiros und der Seelöwe, der angeblich Alice hieß. Die normalen Mitglieder beider Klubs erklärten, nichts könne sie dazu bringen, mit dem Tier ins Becken zu gehen. Nicht einmal die Bedeutung des dritten Platzes für die Punktzahl konnte sie dazu bewegen.

Iantha nahm ihre übliche Startposition ein. Neben ihr manövrierte der kleine runde Mann Alice, die er an einer aus einem Strick improvisierten Leine hielt. Am anderen Ende stand Connaught und neben ihm einer der Eimer.

Ritchey schoß seine Pistole ab; der kleine Mann ließ die Leine los und sagte: „Hol ihn dir, Alice!" Connaught nahm einen Fisch aus dem Eimer und winkte damit. Aber Alice, der der Schuß Angst gemacht hatte, fing wütend an zu bellen und blieb, wo sie war. Erst als Iantha schon beinahe die andere Seite des Beckens erreicht hatte, bemerkte Alice den Fisch. Dann glitt sie ins Wasser und schoß davon wie ein Strich. Wer Seelöwen nur in einem Zoo oder Aquarium hat herumspielen sehen, kann sich gar nicht vorstellen, wie schnell sie sind, wenn sie sich Mühe geben. So schnell das Meermädchen war, die Seelöwin war schneller. Alice sprang zweimal mit gekrümmtem Rücken aus dem Wasser, bevor sie das andere Ende erreichte und auf den Betonboden kroch. Ein Haps, und der Fisch war verschwunden.

Alice entdeckte den Eimer und versuchte, ihren Kopf hineinzuzwängen. Connaught wehrte sie, so gut er konnte, mit den Füßen ab. Am Startende hatte der kleine runde Mann einen Fisch aus dem zweiten Eimer genommen, schwenkte ihn und rief: „Hier, Alice!"

Alice kapierte erst, als Iantha das Becken schon das zweite Mal durchmessen hatte. Doch dann holte sie die verlorene Zeit ein.

Am Startende des Beckens gab es die gleichen Schwierigkeiten: Alice sah einfach nicht ein, warum sie für einen Fisch fünfundzwanzig Yards schwimmen sollte, wenn nur ein paar Fuß von ihr entfernt eine Menge davon da war. Das Ergebnis war, daß Iantha nach der Halbzeit zwei Beckenlängen Vorsprung hatte. Aber dann holte Alice auf. Sie zog an Iantha vorbei, als diese das achte Mal das Becken durchschwamm. An jedem Ende kam Alice lange genug aus dem Wasser, daß sie einen Fisch verschlingen konnte, und dann ging es im Eiltempo wieder zurück. In der Mitte der zehnten Länge war sie zehn Yards vor dem Meermädchen.

In diesem Augenblick kam Mark Vining durch die Tür gerannt. Mit jeder Hand hielt er ein Goldfischglas am Rand. Hinter ihm her liefen Miss Havranek und Miss Tufts, ebenfalls von den Knickerbockers, beide gleicherweise beladen. Die Gäste des Creston-Hotels waren schon ein wenig neugierig geworden, als ein dunkler, seriös aussehender junger Mann und zwei Mädchen in Badeanzügen in das Foyer stürzten und mit sechs Goldfischgläsern wieder davonstürmten. Aber sie waren zu wohlerzogen, als daß sie direkte Fragen wegen des Goldfischraubs gestellt hätten.

Vining lief am Rand des Beckens entlang bis zu einer Stelle in der Nähe des hinteren Endes. Dort streckte er die Arme aus und kippte die Gläser um. Wasser und Fische klatschten ins Becken. Miss Havranek und Miss Tufts taten an anderen Stellen des Beckenrandes ebenso.

Die Wirkung zeigte sich sofort. Die Gläser waren groß gewesen, und jedes hatte sechs oder acht ausgewachsene Goldfische enthalten. Die mehr als vierzig leuchtendfarbenen Fische, aufgestört durch die rauhe Behandlung, schossen im Becken hierhin und dahin, beziehungsweise bewegten sich so schnell, wie ihre wenig leistungsfähige Konstruktion es ihnen erlaubte.

Alice, in der Mitte ihrer neunten Länge, bog in scharfem Winkel ab. Niemand sah, wie sie den Fisch schnappte; in der einen Sekunde war er noch da, in der nächsten nicht mehr. Alice krümmte sich mit wirbelnden Ruderfüßen und schoß diagonal durch das Becken. Ein weiterer Fisch verschwand. Vergessen waren ihr Herr und Louis Connaught und deren Eimer. Das hier machte viel mehr Spaß. In der Zwischenzeit wurde Iantha mit der vorgeschriebenen Strecke fertig. Auf der letzten Länge entging sie nur mit Mühe einem Zusammenstoß mit dem Seelöwen.

Connaught warf die Fische so weit hinaus, wie er irgend konnte. Alice fing sie und setzte ihre Jagd fort. Connaught rannte auf die Startplattform zu und brüllte: „Foul! Foul! Einspruch! Einspruch! Foul! Foul!"

Als er dort ankam, verglichen die Zeitnehmer die für Iantha gestoppten Zeiten, Laird und Vining führten eine Art Kriegstanz auf und Ogden Wambach sah aus wie der Märzhase am 28. Februar.

„Hören Sie auf!" rief der Schiedsrichter. „Hören Sie auf, Louis! Wenn Sie so brüllen, treiben Sie mich zum Wahnsinn! Ich bin jetzt schon beinahe wahnsinnig! Ich weiß, was Sie sagen wollen."

„Und ... und ... warum tun Sie dann nichts? Warum sagen Sie diesen Verbrechern nicht, wohin sie gehen sollen? Warum lassen Sie sie nicht aus der Union ausschließen? Warum –"

„Beruhigen Sie sich, Louis", sagte Vining. „Wir haben nichts Illegales getan."

„*Was?* Sie dreckiger –"

„Langsam, langsam." Vining betrachtete sinnend seine Fäuste. Der kleine Mann folgte seinem Blick und beruhigte sich ein bißchen. „Es steht nichts in den Regeln darüber, daß man keine Fische in ein Becken werfen dürfe. Intelligente Schwimmerinnen wie Miss Delfoiros ignorieren sie bei einem Wettkampf einfach."

„Aber – was – Sie –"

Vining ging davon und überließ es den beiden Trainern und dem Schiedsrichter, die Sache auszufechten. Er hielt Ausschau nach Iantha. Sie saß auf dem Rand des Beckens und paddelte mit den Schwanzflossen im Wasser. Neben ihr auf den Fliesen lagen vier noch schwach zappelnde Goldfische. Gerade nahm sie einen auf und schob sich sein vorderes Ende in den Mund. Perlengleiche Zähne blitzten auf, der Fischschwanz flatterte krampfhaft, und die vordere Hälfte des Fischs war verschwunden. Die andere Hälfte folgte ihr gleich darauf.

In diesem Augenblick entdeckte Alice die drei übriggebliebenen Fische. Die Seelöwin hatte das Becken verlassen, rutschte über den Betonboden, bellte und sah sich nach weiterer Beute um. Sie wälzte sich an Vining vorbei auf das Meermädchen zu.

Iantha sah sie kommen. Sie zog den Schwanz aus dem Wasser, drehte sich im Sitzen, schwang den Schwanz im Bogen hoch und ließ die Flossen mit einem lauten *Klatsch* auf dem Kopf der

Seelöwin landen. Vining, der noch zwanzig Fuß entfernt war, hätte schwören können, daß er den Luftzug gespürt habe.

Alice schrie auf vor Schmerz und Schreck und rutschte davon. Sie schüttelte den Kopf. Wieder watschelte sie an Vining vorbei. Aus Gründen, die sie selbst am besten kannte, begab sie sich dann in das Zentrum der Diskussion und biß Ogden Wambach ins Bein. Der Schiedsrichter kreischte und kletterte auf Horwitz' Tisch.

„He", rief der Punktrichter, „Sie bringen mir meine Tabellen durcheinander!"

„Ich behaupte immer noch, daß es Verbrecher auf der Jagd nach Publicity sind!" gellte Connaught und fuchtelte mit seinem Regelbuch vor Wambachs Gesicht herum.

„Leeres Geschwätz!" brüllte Laird. „Er ist nur sauer, weil wir uns bessere Tricks ausdenken können als er. Er hat damit angefangen, mit seiner schwimmhäutigen Frau."

„Zum Teufel mit euren Beschwerden!" schrie Wambach. „Zum Teufel mit euren Seelöwen! Zum Teufel mit euren Tabellen! Zum Teufel mit euren Meermädchen! Zum Teufel mit euren schwimmhäutigen Frauen! Zum Teufel mit euren Schwimmvereinen! Zum Teufel mit euch allen! Ich werde wahnsinnig! Hört ihr? Wahnsinnig, wahnsinnig! Noch ein Wort von einem von euch, und ich lasse euch aus der Union ausschließen!"

„*Au, au, au!*" bellte Alice.

Iantha hatte ihren Fisch aufgegessen. Sie begann, ihren Badeanzug wieder herunterzuziehen, änderte ihre Meinung, zog ihn sich über den Kopf, rollte ihn zusammen und warf ihn über das Becken. Auf halbem Weg entfaltete er sich und sank auf das Wasser nieder. Das Meermädchen räusperte sich, holte tief Atem und sang in einem klaren, tragenden Sopran die herzzerreißenden Verse von:

> „Rheingold!
> Reines Gold,
> Wie lauter und hell
> Leuchtest hold du uns!
> Um dich, du klares –"

„*Iantha!*"
„Was ist denn, Markie?" kicherte sie.
„Ich sagte, es ist Zeit, nach Hause zu gehen!"
„Oh, aber ich möchte gar nicht nach Hause gehen. Ich amüsiere mich sehr gut.

        Nun wir klagen!
        Gebt uns das Gold –"

„Nein, wirklich, Iantha, wir müssen gehen." Er legte eine Hand auf ihre Schulter. Die Berührung durchfuhr ihn wie ein elektrischer Schlag. Gleichzeitig wurde es klar, daß die Überreste von Ianthas Nüchternheit, mit der sie so sorgfältig hausgehalten hatten, dahin waren. Der letzte Wettkampf im Süßwasser hatte die Wirkung von drei übergroßen Manhattans gehabt. Vining schoß die Abwandlung eines alten Liedes durch den Kopf:

    *„What shall we do with a drunken mermaid*
    *At three o'clock in the morning?"*

„Oh, Markie, immer sind Sie so ernst, wenn andere Leute lustig sind. Aber wenn Sie bitte sagen, komme ich mit."
„Na gut, bitte, kommen Sie. Hier, legen Sie mir den Arm um den Nacken, dann trage ich Sie zu Ihrem Rollstuhl."
Das war tatsächlich Mark Vinings Absicht. Er legte eine Hand um ihre Taille und die andere unter ihren Schwanz. Dann versuchte er, sich aufzurichten. Er hatte vergessen, daß Ianthas Schwanz ein Gutteil schwerer war, als er aussah. Dies lange, kräftige Gebilde aus Knochen, Muskeln und Knorpeln brachte das Gesamtgewicht des Meermädchens auf die überraschende Zahl von mehr als zweihundertundfünfzig Pfund. Das Ergebnis von Marks Versuch war, daß er selbst und seine Last der Länge nach in das Becken fielen. Für die Zuschauer sah es so aus, als habe er Iantha hochgehoben und sei absichtlich mit ihr hineingesprungen.

Er kam wieder hoch und schüttelte sich das Wasser aus den Haaren. Iantha tauchte vor ihm auf.
„So!" gurgelte sie. „Du machst Späße mit Iantha! Ich denke, du bist ernst, aber du willst spielen! Gut, ich will es dir zeigen!"

Schon hatte sie Vining eine Handvoll Wasser in Mund und Nase gedrückt. Blindlings suchte er nach dem Beckenrand. Er war ein guter Schwimmer, aber seine Straßenkleidung behinderte ihn. Noch ein Wasserguß stürzte auf sein glückloses Haupt nieder. Er bekam die Augen rechtzeitig frei, um zu sehen, daß Ianthas Kopf unter Wasser verschwand und ihre Schwanzflossen nach oben kamen.

„Markiiiie!" Die Stimme erklang hinter ihm. Er drehte sich um und sah Iantha mit einem großen schwarzen Würfel aus Weichgummi in den Händen. Das war ein Spielzeug für die Benutzer des hoteleigenen Schwimmbeckens und war während des Wettkampfs auf dem Boden liegengelassen worden.

„Fang!" rief Iantha fröhlich und warf. Der Würfel traf Vining genau zwischen die Augen.

Als Nächstes kam ihm zu Bewußtsein, daß er auf dem nassen Beton lag. Er setzte sich auf und nieste. Sein Kopf schien voll von Salmiakgeist zu sein. Louis Connaught stellte die Flasche mit Riechsalz weg, und Laird reichte ihm ein Glas mit einem Schluck Whisky. Neben ihm saß Iantha auf ihrem eingeschlagenen Schwanz. Sie weinte.

„Oh, Markie, du bist nicht tot? Es geht dir gut? Oh, es tut mir so leid! Ich wollte dich nicht treffen."

„Mir fehlt nichts, glaube ich", antwortete er mit schwerer Zunge. „Nur ein unglücklicher Zufall. Mach dir keine Gedanken darüber."

„Oh, ich bin so froh!" Sie faßte ihn um den Hals und drückte ihn, daß sein Rückgrat beunruhigend krachte.

„Und wenn ich nun meine Sachen trocknen könnte", sagte er. „Louis, würden Sie – äh –"

„Natürlich." Connaught half ihm auf. „Wir legen Ihre Kleider auf die Heizung im Duschraum für Männer, und ich kann Ihnen eine Hose und ein Sweatshirt leihen, solange sie trocknen."

Als Vining in seinen geliehenen Sachen wieder zum Vorschein kam, mußte er sich durch die Menschenmenge drängen, die sich am Startende der Schwimmhalle versammelt hatte. Erleichtert stellte er fest, daß Alice verschwunden war. Inmitten der Ansammlung hielt Iantha in ihrem Rollstuhl Hof. Vor ihr stand ein großer Mann in einem Dinnerjacket und einem schwarzen Mantel mit dem Rücken zum Becken.

„Gestatten Sie", sagte er gerade, „ich bin Joseph Clement. Wenn ich Ihr Manager werde, wird nichts für Sie in einer Karriere als Schauspielerin oder Sängerin unerreichbar sein. Ich habe Sie singen gehört, und ich weiß, daß die Tore der Metropolitan Opera schon nach einer ganz kurzen Ausbildung bei Ihrem Kommen von selbst auffliegen würden."

„Nein, Mr. Clement. Sicher wäre das nett, aber morgen muß ich wieder nach 'ause." Sie kicherte.

„Aber meine liebe Miss Delfoiros – wo ist Ihr Zuhause, wenn ich fragen darf?"

„Zypern."

„Zypern? Hm-m-m– wo liegt das doch gleich?"

„Sie wissen nicht, wo Zypern liegt? Sie sind kein netter Mann. Ich mag Sie nicht. Gehen Sie weg."

„Oh, aber meine liebe, liebe Miss Del –"

„Gehen Sie weg, 'abe ich gesagt. 'auen Sie ab."

„Aber –"

Ianthas Schwanz fuhr in die Höhe und traf den Mann mit dem Mantel in den Solarplexus.

Die kleine Miss Havranek sah ihre Teamgefährtin Miss Tufts an, bevor sie zu ihrer dritten Rettungsaktion des Abends ansetzte. „Mir persönlich steht es bis obenhin", sagte sie, „dauernd Schwachköpfe aus dem Becken zu ziehen."

Der Himmel wurde am nächsten Morgen eben ein bißchen grau, als Laird seine große alte Limousine auf die Zufahrt seines Hauses in der Bronx stellte. Der Wind trieb einen schweren Regen beinahe waagerecht vor sich her.

Laird stieg aus und half Vining, Iantha in den Wagen zu tragen. Vining stieg zu dem Meermädchen hinten ein. Er sagte in das Sprechrohr: „Jones Beach, Chauncey."

„Aye, aye, Sir", kam die Antwort zurück. „Hör zu, Mark, bist du sicher, daß wir nichts vergessen haben?"

„Ich habe eine Liste aufgestellt und sie abgehakt." Er gähnte. „Ich hätte heute nacht ein bißchen mehr Schlaf brauchen können. Bist du sicher, daß du nicht am Steuer einschläfst?"

„Das kann ich dir sagen, Mark, bei all dem Kaffee, den ich in mich hineingegossen habe, werde ich eine ganze Woche lang nicht mehr schlafen können."

„Wir haben uns für den Abschied wahrlich eine schöne Zeit ausgesucht."

„Weiß ich. Aber in ein paar Stunden werden die Reporter sechs Reihen tief um das Haus stehen. Wäre das Wetter nicht so schlecht, rückten sie vielleicht jetzt schon an. Wenn sie kommen, werden sie feststellen, daß das Pferd die Stalltür gestohlen hat – das ist es nicht, was ich meine, aber du weißt schon. Hör zu, laß lieber einige von diesen Vorhängen herab, bis wir auf Long Island sind."

„Sofort, Herb."

Iantha fragte sehr kleinlaut: „War ich sehr schlimm gestern abend, als ich betrunken war, Mark?"

„Nicht sehr. Zumindest nicht schlimmer, als ich es gewesen wäre, wenn ich in einem Tank voller Sherry geschwommen hätte."

„Es tut mir so leid – immer versuche ich, brav zu sein, aber das Süßwasser macht mich ganz verrückt. Und dieser arme Mr. Clement, den ich ins Wasser gestoßen 'abe –"

„Oh, der ist an temperamentvolle Leute gewöhnt. Das ist sein Beruf. Aber ich glaube nicht, daß es auf dem Nachhauseweg eine besonders gute Idee war, deinen Schwanz aus dem Wagen zu strecken und den Polizisten damit unter das Kinn zu boxen."

Sie kicherte. „Aber er sah so überrascht aus!"

„Das kann man wohl sagen! Aber ein überraschter Polizist ist manchmal ein unangenehmer Kunde."

„Wirst du dadurch Ärger bekommen?"

„Ich glaube nicht. Wenn er ein kluger Polizist ist, wird er das gar nicht erst melden. Du weißt, wie die Meldung aussehen würde: ‚Wurde von Meerjungfrau an der Ecke Broadway und 98. Straße um 23.45 Uhr angegriffen.' Und *wo* hast du die unbereinigte Fassung von ‚Seepocken-Bill, der Seemann' gelernt?"

„Ein griechischer Schwammtaucher, den ich in Florida kennenlernte, hat sie mir mitgeteilt. Er ist ein Freund von uns Meerleuten, und er hat mich mein erstes Englisch gelehrt. Er machte immer Witze über meinen zypriotischen Akzent, wenn wir Griechisch sprachen. Es ist ein 'übsches Lied, nicht wahr?"

„,Hübsch' wäre nicht ganz das Wort, das ich benutzen würde."

„Wer 'at den Wettkampf gewonnen? Das 'abe ich gar nicht erfahren."

„Oh, Louis und Herb haben sich ausgesprochen und entschieden, daß es bei all der Publicitiy, die sie beide davon gehabt haben, gar nicht mehr darauf ankommt. Sie überlassen es der American Athletic Union, die davon erstklassige Kopfschmerzen bekommen wird. Zum Beispiel werden wir geltend machen, wir hätten Alice nicht gefoult, weil Louis sie bereits durch sein Rufen und Fischschwenken disqualifiziert hatte. Verstehst du, das ist Beeinflussung, und das Beeinflussen eines Teilnehmers während eines Wettkampfes ist illegal.

Aber nun sag einmal, Iantha, warum mußt du so überstürzt aufbrechen?"

Sie zuckte die Schultern. „Mein Geschäft mit 'erbert ist abgeschlossen, und ich 'abe versprochen, wieder in Zypern zu sein, wenn das Baby meiner Schwester geboren wird."

„Ihr legt keine Eier? Aber natürlich nicht. Habe ich nicht erst gestern abend bewiesen, daß ihr Säugetiere seid?"

„Markie, was für eine Vorstellung! Jedenfalls will ich mich nicht länger auf'alten. Ich mag dich, und ich mag 'erbert, aber das Leben auf dem Festland mag ich nicht. Stell dir nur einmal vor, du müßtest im Wasser leben, und du wirst es mir nachfühlen können. Und wenn ich bleibe, kommen die Zeitungsleute, und bald wird ganz New York über mich Bescheid wissen. Wir Meerleute halten es für besser, wenn die Landmenschen nichts von uns wissen."

„Warum?"

„Manchmal haben wir versucht, mit ihnen Freundschaft zu schließen, und immer hat das zu Schwierigkeiten geführt. Und jetzt 'aben sie Gewehre und schießen auf Lebewesen, die eine Meile entfernt sind, um sie zu sammeln. Mein Großonkel wurde letztes Jahr von einem Flieger, der ihn für einen Tümmler oder etwas Ähnliches 'ielt, in den Schwanz geschossen. Wir wollen nicht gesammelt werden. Deshalb tauchen wir unter und schwimmen schnell weg, wenn wir ein Boot oder ein Flugzeug kommen sehen."

„Ich nehme an", sagte Vining langsam. „das ist der Grund, warum es noch vor ein paar Jahrhunderten so viele Berichte über Meerleute gegeben hat und dann gar keine mehr, so daß die Menschen jetzt nicht mehr an ihre Existenz glauben."

„Ja. Wir sind klug, und wir können ebenso weit sehen wie die

Landmenschen. Deshalb fangt ihr uns nicht sehr oft. Darum muß auch dies Geschäft mit 'erbert, der Kauf von zehntausend Bademützen für das Meervolk, ge'eimgehalten werden. Nicht einmal seine Firma wird etwas davon erfahren. Aber es wird ihnen gleich sein, wenn sie nur ihr Geld bekommen. Und wir brauchen nicht mehr so oft auf den Felsen zu sitzen und unsere 'aare zu trocknen. Vielleicht können wir später Vereinbarungen treffen, auf die gleiche Weise ein paar gute Messer und Speere zu kaufen. Sie wären besser als die Muscheldinge, die wir jetzt benutzen."

„Holt ihr all diese alten Münzen aus Schiffswracks?"

„Ja. Ich weiß von einem gleich in der Nä'e von – nein, ich darf es dir nicht erzählen. Wenn die Landmenschen von einem Wrack erfahren, kommen sie mit Tauchern. Natürlich kümmern wir uns nicht um die sehr tief liegenden, weil wir nicht so weit hinabtauchen können. Wir müssen zum Luft'olen nach oben kommen wie die Wale."

„Wie ist es Herb gelungen, dich zur Teilnahme an diesem Schwimmfest zu überreden?"

„Oh, er fragte mich, und ich versprach es ihm – als ich noch nicht wußte, wieviel Aufregung es geben würde. Als ich es herausfand, wollte er mir mein Wort nicht zurückgeben. Ich glaube, jetzt hat er deswegen ein schlechtes Gewissen, und darum hat er mir auch diesen schönen Fischspeer geschenkt."

„Glaubst du, du wirst noch einmal nach hier zurückkommen?"

„Nein, das glaube ich nicht. Wir 'atten einen Ausschuß wegen der Bademützen gegründet, und die anderen wählten mich, sie zu vertreten. Aber jetzt ist das erledigt, und ich 'abe keinen Grund mehr, noch einmal an Land zu ge'en."

Mark schwieg eine Weile. Dann platzte er heraus: „Verdammt, Iantha, ich kann es einfach nicht glauben, daß du heute morgen losschwimmen und den Antlantik überqueren wirst und daß ich dich nie wiedersehen werde."

Sie streichelte seine Hand. „Vielleicht kannst du es nicht glauben, aber es ist so. Denke daran, Freundschaften zwischen meinem Volk und deinem bringen Unglück. Ich werde lange Zeit an dich denken, aber das ist alles, was jemals sein wird."

Er knurrte etwas tief in der Kehle und sah starr geradeaus.

Iantha sagte: „Mark, du weißt, ich 'abe dich gern, und ich denke, daß du mich gern 'ast. 'erbert hat eine bildbewegende

Maschine in seinem 'aus, und er hat mir damit Bilder vom Leben des Landvolkes vorgeführt.

Diese Bilder zeigten eine Sitte der Leute in diesem Land, wenn sie sich gernhaben. Man nennt es – Küssen, glaube ich. Diesen Brauch würde ich gern lernen."

„Ha? Ich meine, *mich?*" Einen Mann von Vinings Schüchternheit schmerzte der Schock beinahe körperlich. Aber ihre Arme glitten schon um seinen Hals. Dann gingen in seinem Innern zwanzig Knallfrösche, sechs Leuchtkugeln und eine Rakete auf einmal los.

„Wir sind da, Leute", rief Laird. Da er keine Antwort erhielt, wiederholte er seine Feststellung mit größerer Lautstärke. Ein schwaches und wenig begeistertes „Ja-a" kam durch das Sprechrohr.

Jones Beach lag trostlos unter den niedrigen Märzwolken da. Der Wind trieb den Regen gegen die Wagenfenster.

Sie fuhren ein Stück die Strandstraße hinunter, bis der hohe Turm sich im Regen verlor. Kein Mensch war zu sehen.

Die Männer trugen Iantha an den Strand hinunter und brachten ihr die Dinge, die sie mitnehmen wollte. Sie bestanden aus einem Kasten mit einem Schulterriemen, der mit Sardinendosen gefüllt war, einem ähnlichen, aber kleineren Behälter für ihren persönlichen Besitz und dem Fischspeer, mit dem sie sich unterwegs gelegentlich eine Mahlzeit aufspießen konnte.

Iantha schälte sich aus ihren Landfrauenkleidern und setzte die smaragdgrüne Bademütze auf. Vining, dem der Mantel um die Beine gepeitscht wurde, sah ihr zu. Ihm war, als fließe sein Herz aus seinen feuchten Schuhen in den Sand.

Sie schüttelten sich die Hände, und Iantha küßte sie beide. Sie wand sich durch den Sand und ins Wasser. Dann war sie fort. Vining meinte, sie habe von einem Wellenberg aus zurückgewinkt, aber bei der schlechten Sicht konnte er nicht sicher sein.

Sie gingen zurück zum Wagen, die Augen vor den Tropfen zusammengekniffen. Laird sagte: „Hör mal, Mark, du siehst aus, als hättest du gerade eine Rechte ans Kinn bekommen."

Vining grunzte nur. Jetzt saß er neben Laird vorn im Wagen, und er trocknete seine Brillengläser mit dem Taschentuch ab, als sei das ein wichtiges und schwieriges Unterfangen.

„Erzähl mir nicht, du hättest dich in sie verliebt."

„Na und?"

„Nun, ich nehme an, du weißt, daß du absolut nichts machen kannst."

„Herb!" fuhr Vining ärgerlich auf. „Mußt du auf das Offensichtliche noch hinweisen?"

Laird hatte Verständnis für die Gefühle seines Freundes und war nicht beleidigt. Nachdem sie eine Weile gefahren waren, fing Vining von selbst wieder an. „Sie ist die einzige Frau in meinem Leben, bei der ich mich nicht gehemmt gefühlt habe. Ich konnte mit ihr sprechen."

Später sagte er: „Noch nie habe ich mich so verdammt durcheinander gefühlt. Ich bezweifele, ob es schon jemals einem Mann so ergangen ist. Vielleicht sollte ich erleichtert sein, daß es vorbei ist. Aber das bin ich nicht."

Pause. Dann: „Setzt du mich auf dem Weg zu deinem Haus in Manhattan ab?"

„Natürlich, wo du willst. An deiner Wohnung?"

„Irgendwo in der Nähe des Times Square. Da ist eine Bar, die mir gefällt."

Also, dachte Laird, funktionierten auch bei Mark die in einer Krise zutage tretenden normalen männlichen Instinkte.

## *Der Bretterstapel*

In dieser Welt bleibt die Tugend oft unbelohnt. Wäre R. B. Wilcox kein so moralischer Mann gewesen, hätte er vielleicht die wirkliche Geschichte über den verhexten Holzstapel gehört und in sein Buch über Brauchtum und Sagen im Staat New York aufnehmen können. Doch die Moral war nicht allein dafür verantwortlich, daß Mr. Wilcox nichts über die Hintergründe erfuhr. Dazu kam die Tatsache, daß ihm karottenrotes Haar nicht zusagte.

Das Haar gehörte Miss Aceria Jones, der Hostess in *The Pines*. Das war eine Teestube eigener Art in dem Dorf Gahato, County Herkimer im Staat New York. The Pines schenkten trotz der irreführenden Bezeichnung „Teestube" Alkohol aller Härtegrade aus und hatten eine passable Tanzkapelle. Nicht die geringste Attraktion war Miss Aceria Jones. Sie war auf ungewöhnliche Weise hübsch und sah eher nach einer Flugzeug-Stewardess aus.

R. B. Wilcox war, während er das Land auf der Jagd nach Brauchtum und Sagen durchstreifte, in The Pines gelandet. Nach dem Dinner versuchte er, einiges Material zu sammeln. Der Wirt, ein Mr. Earl Delacroix, war ausgegangen; deshalb befragte der Schriftsteller Miss Jones. Über das Brauchtum erfuhr er ein wenig von ihr, nämlich Theorie und Praxis des Hostess-Berufes in einer Sägemühlenstadt der Adirondacks, aber nichts, was man eine Sage hätte nennen können. Auf seine Fragen nach dem verhexten Bretterstapel antwortete sie, derlei dummen Geschichten schenke sie keine Aufmerksamkeit.

In der Hoffnung, doch noch etwas verwendbares Material aus seiner reizenden Gesprächspartnerin herauszuquetschen, versuchte Wilcox es mit Komplimenten: „Ich wundere mich, daß Sie hier auf dem Land leben. Bei Ihrem Aussehen müßten Sie doch eine Stellung in der Stadt bekommen können."

„Sie meinen in Utica?"

„New York."

„Nein, da würde es mir nicht gefallen. Keine Bäume."

„Sind Sie verrückt nach Bäumen?"

„Nun, nach bestimmten. Wenn ich eine Stellung in einem Haus finden könnte, vor dem ein Spitzahorn steht, würde ich sie sofort nehmen."

„Ein was soll vor dem Haus stehen?"

„Ein Spitzahorn – *Acer Platanoides*. Kennen Sie ein Haus, zu dem ein solcher Baum gehört?"

„Nun ... äh ... nein. Aber ich weiß nicht viel über Bäume. Ist das eine hiesige Art?"

„Nein, eine europäische."

„Wäre eine andere Art nicht ebensogut?"

„Nein, es muß diese sein. Ich kann es nicht erklären. Aber, Mr. Wilcox, es würde mir sehr viel bedeuten." Sie schenkte ihm einen schmelzenden Blick aus ihren großen Augen.

Wilcox' Moral trat auf den Plan. Er erwiderte steif: „Ich fürchte, ich weiß nicht, was *ich* für Sie tun könnte."

„Sie könnten ein hübsches, sauberes Haus finden, in dem eine Stellung zu vergeben ist und vor dem ein Spitzahorn wächst. Wenn Sie das täten, hätte ich Sie sehr, *sehr* gern." Ein neues Augenrollen.

Bei dem zweiten „sehr" spürte Wilcox förmlich, wie seine Moral ihn zur Tür drängte. Vielleicht tat er – oder vielmehr seine Moral – Miss Jones unrecht. Aber er blieb nicht, um die Leidenschaft dieser melancholischen Rothaarigen für Spitzahorne oder ihre Definition von „sehr" näher zu untersuchen. Er hielt sich nur noch so lange auf, daß er Miss Jones versichern konnte, er werde es ihr mitteilen, wenn er etwas höre. Damit verließ er das Restaurant und die Geschichte.

Um die Sache aus der richtigen Perspektive zu sehen, müssen wir bis 1824 zurückgehen. In diesem Jahr landete in New York ein dunkler, würdevoller Mann mit Bauch, der sagte, er sei August Rudli aus Zürich in der Schweiz. Er sei, sagte er, ein Mitglied einer alten Schweizer Bankiersfamilie und außerdem mit den Wittelsbachern verwandt, so daß er so ungefähr den dreiundvierzigsten Anwärter auf den bayerischen Thron darstelle. Er war Oberst unter Napoleon gewesen – er besaß einen Orden, um es zu beweisen –, und da er das Bankgewerbe zu langweilig fand, habe er seinen Anteil des Familienvermögens genommen und sei nach Amerika gefahren.

Es muß jedoch berichtet werden, daß Herrn Rudlis Geschichte eine oder zwei Ungenauigkeiten enthielt. Er war weder mit den Wittelsbachern noch mit irgendeiner Bankiersfamilie verwandt. Er war nie beim Militär gewesen; der Orden war eine Fälschung. Zwar hatte er im Bankgeschäft gearbeitet, aber nicht auf die Weise, wie er behauptete. Durch reine Gnade war er bis zum Posten eines Kassierers emporgestiegen. Daraufhin war er in einer dunklen und stürmischen Nacht mit allen Aktiva, die nicht sicher festgenagelt waren, davongegangen.

Da Leute in jenen Tagen selten, wenn überhaupt, über den Atlantik ausgeliefert wurden, und ganz bestimmt nicht einer Veruntreuung wegen, hätte Herr Rudli sich der Früchte seiner Unternehmung jahrelang erfreuen können, wäre er nicht auf ein noch schlaueres Subjekt hereingefallen. Dies Subjekt, ein gewisser John A. Spooner, nahm Rudli das meiste seines Bargelds für einen „Landsitz" ab, der aus mehreren tausend Morgen Granitfelsen und Sumpflöchern sowie schwarzen Fliegen in den Adirondacks bestand. Rudli verwendete so gut wie den ganzen Rest auf die Anlage einer Straße, den Bau eines großen Hauses und den Import von allerlei europäischem Tand für die Einrichtung des Hauses. Unter den merkwürdigeren Importen waren zwei junge Spitzahorne, die vor das Haus gepflanzt wurden. Rudlis Besitz enthielt bereits einen dichten Mischwald, in dem sich Zuckerahorn, roter und silberner Ahorn fanden, und die erste Art wächst mindestens so schnell und so hoch wie jeder europäische Ahorn. Aber Rudli hatte seine eigenen Vorstellungen über das Leben eines Landedelmanns, und das Pflanzen von importierten Bäumen gehörte offenbar dazu.

Rudli erfuhr nie, wie gründlich er hereingelegt worden war. Er starb in der Mitte des ersten Winters, den er in seinem neuen Haus zu verbringen versuchte, an Lungenentzündung.

Nach Rudlis Tod ging der Besitz durch verschiedene Hände. Ein Teil davon endete als Eigentum der International Paper Co., einiges ging an den Staat New York, und das Stück, auf dem Rudlis Haus gestanden hatte, wurde von einem Mann namens Delahanty erworben. Nach einem Jahrhundert der Vernachlässigung war von dem Haus nichts weiter mehr zu sehen als ein breiter, niedriger, mit modernden Blättern bedeckter Hügel, aus dem ein steinerner Kamin emporragte. Die Lichtung, auf der das Haus gestanden hatte, und der größte Teil der Zufahrtsstraße waren vollständig zugewachsen. Von den beiden Spitzahornen war der eine im Kindesalter gestorben. Der andere war nun ein schöner großer Baum.

Delahanty der Ältere verkaufte das Weichholz 1903. Fünfunddreißig Jahre später verkaufte Delahanty der Jüngere das Hartholz auf dieser Parzelle. Die Holzfäller kamen durch den Schnee gestampft, und alle Buchen, Birken und Hartahorne fielen. Es fiel auch Rudlis überlebender Spitzahorn, den man fälschlich für einen Zuckerahorn, den „harten" Ahorn der Holzhändler, hielt.

Ordnungsgemäß trafen die beiden Stücke, in die der Spitzahorn geschnitten worden war, im Holzteich von Dan Pringles Sägemühle in Gahato ein. Der Name des Dorfes stammt aus der Mohawk-Sprache und bedeutet „Baumstamm-im-Wasser", sehr passend für eine Sägemühlenstadt. Im Frühling wurden die Stücke herausgefischt und zu rund neunhundert Fuß einzölligen Brettern zersägt. Diese wurden zum Stapel Nr. 1027 aufgeschichtet, der aus einzölligen Hartahornbrettern erster und zweiter Qualität bestand. Das ist die höchste Güteklasse für Hartholz.

Im folgenden Sommer gab Hoyt, Pringles Großhändler, eine Bestellung für Hartholz auf, die zwanzigtausend Fuß einzölliger Hartahornbretter erster und zweiter Qualität enthielt. Die Sägewerksarbeiter luden die oberen Hälften der Stapel Nr. 1027 und 1040 in einen Güterwagen. Joe Larochelle wies sie an, die restliche Hälfte des Stapels 1027 auf Stapel 1040 aufzuschichten. Deshalb ließ sich Henri Michod von der Hartholz-Bahn auf Stapel Nr. 1027 herab. Er ergriff ein Brett und reichte es Olaf Bergen zu, der sich umdrehte und es auf einen Wagen warf, der mit blockierten Rädern auf den Gleisen stand. Bergen nahm seine Pfeife lange genug aus dem Mund, um zu spucken, steuerte die Pfeife wieder durch den moosigen Vorhang aus gelbem Haar, der ihm von der Oberlippe hing, packte das nächste Brett und so weiter. Als Michod die oberste Bretterlage abgeräumt hatte, sammelte er die Knüppel ein, die die einzelnen Lagen auseinanderhalten, stapelte sie auf den Gleisen und machte sich an die nächste Lage.

Bis dahin ging alles reibungslos. Aber als Michod mit der vierten Lage anfing, begann der Stapel zu schwanken. Erst schwankte er von Ost nach West, dann von Nord nach Süd, dann mit kreisender Bewegung. Er fing außerdem mit einem grausigen Stöhnen und Quietschen an, als Bretter und Knüppel sich aneinander rieben.

Olaf Bergen sah sich das Phänomen mit kindlichem Staunen an. „He, Henri, was zum heiligen springenden Judas machst du mit dem Stapel?"

„Ich?" rief der bedrängte Michod zurück. „Ich tue gar nichts. Das kommt von selbst. Ein Erdbeben vielleicht. Ich will lieber machen, daß ich wegkomme." Er sprang hinunter und landete mit einem Krach auf einem niedrigeren Stapel.

„Kann kein Erdbeben sein", rief Bergen zu ihm herab. „Man sieht doch nichts, daß die anderen Stapel sich bewegen, oder?"

„Nein."

„Wenn es aber ein Erdbeben wäre, hätten doch die anderen Stapel auch geschwankt, oder? Deshalb war es kein Erdbeben. Ist doch logisch, nicht?"

„Und was läßt den Stapel dann schwanken?"

„Nichts. Ein Erdbeben ist das einzige, was es tun könnte, und es hat kein Erdbeben gegeben. Deshalb hat der Stapel nicht geschwankt. Jetzt steig wieder hinauf und reiche mir die übrigen Bretter zu."

„Also, der Stapel hat nicht geschwankt, wie? *Les nuts*, Mr. Bergen. Ich weiß es besser. Und, verdammt nochmal, ich steige nicht wieder hinauf."

„Nun mach schon, Henri. Es ist doch nicht anders möglich, als daß du es dir eingebildet hast."

„Dann stelle du dich doch auf den Stapel! Ich gehe auf die Gleise." Michod kletterte das Gerüst hinauf. Bergen sprang voller Selbstvertrauen auf Nr. 1027 hinab.

Aber Nr. 1027 hatte seine eigenen Vorstellungen, wenn man Bretterstapeln Vorstellungen zuschreiben darf. Er begann von neuem zu schwanken. Bergen war gezwungen, desgleichen zu tun, wenn er das Gleichgewicht halten wollte. Und mit jedem Schwanken wurden seine porzellanblauen Augen größer.

Die Bewegung war nicht sehr unangenehm oder gefährlich. Tatsächlich glich sie dem Schaukeln eines Schiffsdecks bei einer steifen Brise. Aber das war für Olaf Bergen kein Trost. Dieser Bretterstapel war eben kein Schiffsdeck, das war das Problem. Normalerweise verhalten Bretterstapel sich nicht so, und wenn einer es doch tut, ist das unnatürlich, vielleicht sogar unheimlich. Olaf Bergen wollte nichts mit einem solchen Stapel zu tun haben, nicht einmal mit einem Splitter davon.

Deshalb schrie er: „Das verdammte Ding ist verhext!" und sprang noch schneller hinunter, als Michod es getan hatte. Für einen Augenblick war zu hören, wie seine Arbeitsschuhe durch das Unkraut trampelten, und dann sah der Holzplatz ihn nicht wieder, wenigstens an diesem Tag nicht mehr.

Henri Michod setzte sich auf die Gleise und zog eine Zigarettenschachtel hervor. Er mußte dies einzigartige Ereignis Joe Larochelle melden, aber es gab keinen Grund, warum er sich nicht zuerst ein bißchen ausruhen sollte.

Dann hörte er Larochelles schnelle Schritte über die Gleise kommen und steckte seine Zigaretten weg. Niemand ging ganz so schnell wie Larochelle. Überall kam er immer ein wenig außer Atem an, und wenn er sprach, stürzten seine Sätze übereinander her. Mit diesen Mitteln schuf er die Illusion, ein außerordentlich fleißiger Mann zu sein, der mit leidenschaftlicher Hingabe die Interessen seines Arbeitgebers wahrnahm. Mittelgroß, ziemlich kahl und raffzähnig, so tauchte er auf und keuchte: „W-wo ... wo ist Ole?"

„Ole?" erwiderte Michod. „Er ist nach Hause gegangen."

„Sie meinen, der Lausekerl ist nach Hause gegangen, ohne mir ein Wort zu sagen, und ich stehe da mit drei Wagen gemasertem Holz für Türen, das noch rechtzeitig für den Mittagszug verladen werden muß?"

„So ist es, Joe."

„War er krank?"

„Vielleicht. Er hat sozusagen die Nerven verloren, als dieser Stapel unter ihm zu schwanken begann."

„Das ist doch wohl die lausigste aller dummen Ausreden! Sie warten hier; ich schicke Jean Camaret von der Kiefernholz-Bahn herüber. Zum Teufel, was glaubt denn Ole, wo er hier ist?" – und Larochelle war wieder davon.

Bald darauf erschien Jean Camaret. Er war älter und noch fleischiger als Henri Michod, der auch schon hübsch fleischig war.

Unter sich sprachen sie kanuckisches Französisch, das nicht ganz dasselbe ist wie französisches Französisch. Mehr als ein Franzose hat entrüstet geleugnet, daß es überhaupt Französisch sei.

Camaret stellte sich auf Stapel Nr. 1027. Ehe er Zeit fand, sonst noch etwas zu tun, begann der Stapel wieder zu schwanken. Camaret sah nach oben. „Ist mir jetzt schwindelig, oder schüttelt dieser verfluchte Stapel sich von selbst?"

„Der Stapel schüttelt sich von selbst, glaube ich. Es ist eine höchst außergewöhnliche Sache. Es ist nicht der Wind, und es ist kein Erdbeben. Aber er tut nichts. Gib mir trotzdem ein Brett."

Camaret führte, ohne den geringsten Wunsch dazu zu haben, eine erstklassige Imitation einer Binse im Sturm vor, aber jeder konnte sehen, daß er sein Herz nicht in diese Rolle legte. Er war dazu nicht geeignet. Es war an ihm nichts Binsenartiges. Er spreizte die Beine, um festen Stand zu haben, machte einen unsicheren Versuch, ein Brett hochzuheben, und wandte Michod dann ein großes, rotes, freudloses Gesicht zu.

„Ich kann mich nicht bewegen", sagte er. „Dieser unglückliche Stapel macht mich seekrank. Hilf mir hinauf, mein Alter."

Sein Alter half ihm auf die Gleise. Er setzte sich, stützte den Kopf in die Hände und ächzte wie eine Seele im Fegefeuer.

Michod grinste gefühllos. Wenn das so weiterging, würde er einen Tageslohn für das Nichtstun bekommen. Wieder wollte er seine Zigaretten hervorholen, und wieder kam Joe Larochelle über die Gleise gehastet. „W-was... was ist denn mit Jean los? Ist er krank oder was sonst?"

Camaret ächzte noch fürchterlicher. „Mir ist übel im Magen. Der Stapel geht *comme ci – comme ça.*"

„Was meinen Sie damit, der Stapel geht hierhin und dahin? Zum Teufel, was ist los mit Ihnen? Macht es Ihnen Angst, wenn ein Stapel ein bißchen schwankt?"

„Dieser Stapel ist anders. Stellen Sie sich drauf, und Sie werden sehen."

„Hu! Ich hätte nie gedacht, daß sich ein erwachsener Mann wie Sie vor einem kleinen Bretterstapel fürchten würde. Zum Teufel, ich fürchte mich nicht –" Und Larochelle hopste von den Gleisen hinunter. Der Stapel begann mit seiner Schaukelstuhl-Nummer. Larochelle schrie auf und kletterte das Gerüst wieder hoch.

„Jeder kann sehen, daß der Stapel nicht sicher ist!" schnauzte er. „Die Grundbalken müssen ganz zum Teufel gegangen sein. Warum, zum Teufel, haben Sie mir das nicht schon eher gesagt, Henri? Wollen Sie, daß wir uns den Hals brechen?"

Henri Michod war klug genug, nicht zu widersprechen. Er grinste zynisch und zuckte die Schultern.

Larochelle entschied: „Wie dem auch sei, ihr geht jetzt hinüber und helft auf der Kiefernholz-Bahn aus. Kommt dann sofort wieder her."

Als Camaret und Michod nach der Mittagspause zum Stapel Nr. 1027 zurückkehrten, sahen sie, daß Larochelle ihn mit halbzölligen Stricken an den benachbarten Stapeln festgebunden hatte. Er erklärte: „Die Grundbalken sind okay; ich verstehe nicht, was, zum Teufel, nicht stimmt, es sei denn, die Stützen sind zu weit oben, so daß er – wie sagt man –? unstabil ist. Aber so festgebunden wird er schon stillhalten."

Keiner der beiden Sägewerksarbeiter zeigte eine Spur von Begeisterung, von neuem auf den Stapel zu steigen. Schließlich brüllte Larochelle: „Verdammt, Henri, Sie stellen sich auf den Stapel, oder ich schicke Sie an den Sodatank!"

Also stellte Michod sich auf den Stapel, wenn auch verdrossen. Mit dem Sodatank hatte Larochelle den Tank mit der Schutzlösung gemeint, in den frisch gesägte Kiefernplanken eingetaucht wurden. Wenn man Bretter aus diesem Tank zog, mußte man sich schnell bewegen, damit einen das nächste Brett nicht stieß, und nach einem Tag wurden die Hände von der Lösung rissig. Larochelles bevorzugte Methode zur Niederschlagung von Einwänden war, einem Mann damit zu drohen, er werde außerhalb der Reihe zur Arbeit an dem unbeliebten Tank eingeteilt.

Sie beluden den Wagen, schoben ihn zu Stapel Nr. 1040 hinunter und entluden ihn. Als sie das zweimal gemacht hatten, beauftragte Larochelle einen anderen Mann damit, sich an den Rand des Stapels zu stellen und Bretter hochzureichen. Nr. 1027 stöhnte und knarrte gewaltig, aber die Vertäuung hinderte ihn daran, seinen Hula-Tanz aufzuführen.

Edward Gallivan, der neue Mann, nahm ein Brett auf und gab es an Michod weiter, der es Camaret nach oben reichte. Gallivan ergriff das zweite Brett, als das erste sich aus Camarets Händen wand. Es flog zurück und landete auf Gallivans Brett. Folglich fand sich Camaret brettlos, während Gallivan zwei Bretter hatte.

Nun gefiel Edward Gallivan die Arbeit auf einem Holzplatz zwar, aber doch nicht bis zu dem Punkt, daß er rein zum Spaß Hartahorn-Planken gesammelt hätte. Er rief:

„He, Franzmann, paß auf, was du tust! Es war verdammt nahe daran, daß du mir den Kopf mit dem Ding abgeschlagen hast."

Camaret murmelte eine Entschuldigung und blickte verwirrt drein. Michod gab den Irrläufer wieder nach oben. Erneut entwand das Brett sich Camarets Griff und kehrte klappernd auf den Stapel zurück.

Camaret blickte mit einem Gesicht nach unten, das Verwirrung, Argwohn, Vorwurf und wachsende Beunruhigung zeigte. Das heißt, das hätte es gezeigt, wenn ein menschliches Gesicht fähig wäre, so viele Empfindungen auf einmal auszudrücken. „Henri", sagte er, „hast du mir das Brett weggerissen?"

„Warum sollte ich dir Bretter wegreißen? Ich habe so schon genug."

„Danach habe ich nicht gefragt. Hast du es dir geschnappt?"

„Nein, verdammt nochmal. Ich bin kein Bretterschnapper."

„Also, Jungs", sagte Gallivan, „dieser Streit führt doch zu nichts. Ihr gebt das Brett weiter, und ich passe auf."

So hob Michod das Brett zum dritten Mal hoch. Als Camaret es ergriff, bog und wand es sich wild wie ein lebendes Wesen. Camaret ließ es los, damit er nicht von den Gleisen gerissen wurde, und es schwebte leicht auf den Platz zurück, von dem Gallivan es genommen hatte. „Die Heiligen mögen uns schützen!" rief Gallivan. „Das gefällt mir nicht."

Michod kreuzte triumphierend die Arme vor der Brust. „Bist du nun befriedigt, Jean? Ich hatte nichts damit zu tun."

Camaret erwiderte mit hohler Stimme: „Ich, ich bin befriedigt. Ich bin zu sehr befriedigt. Mir dreht sich der Magen um, wenn ich daran denke. Sagt Joe, ich gehe. Ich gehe nach Hause, betrinke mich, schlage meine Frau und vergesse alles über diese verdammten Bretter."

Joe Larochelle explodierte, als ihm die Lage der Dinge erklärt wurde. Ned Gallivan lächelte väterlich, und Henri Michod zuckte die Schultern. Larochelle hatte vor kurzem einem hiesigen Kunden eine Gutschrift für achthundert Fuß erstklassiger Birkenbretter erteilt, doch der Kunde hatte nicht das gesamte angeblich nicht benutzte Holz zurückgegeben. Vielleicht war es ein in gutem Glauben begangener Fehler gewesen; vielleicht hatte Larochelle den aus den fehlenden Brettern herrührenden Gewinn nicht mit dem Kunden geteilt. Aber Gallivan und Michod wußten von der Gutschrift und waren sich daher ihrer eigenen Position sehr sicher.

Schließlich keifte Larochelle: „Schon gut, schon gut! Ich werde euch zeigen, wie man mit diesen springenden Brettern umgeht. Ihr wartet hier –" Er ging und kam mit einer zweischneidigen Axt zurück. „Und jetzt, Henri", befahl er, „geben Sie ein Brett an Ned weiter."

Als Gallivan das Brett ergriff, versuchte es offensichtlich, ihn vom Gerüst zu ziehen. Larochelle, der neben ihm stand, schlug das Brett mit der flachen Axt. Es zitterte ein bißchen und ergab sich.

„Autsch!" sagte Gallivan. „Mir brennen die Hände."

„Daraus dürfen Sie sich nichts machen – so behandelt man sie richtig. Ich bin doch hier derjenige, der alle Schwierigkeiten aus der Welt schaffen muß –" Der Schlag schien die Bretter eingeschüchtert zu haben, zumindest vorläufig. Sie ließen sich ohne Protest weiterbefördern.

Michod betrachtete es als dumm, einfach so zu tun, als sei alles in Ordnung. Jeder konnte sehen, daß sich hier etwas höchst Außergewöhnliches abspielte. So ging es zu in der Welt. Die Dummen wie Larochelle hatten die Autorität, während die Intelligenten wie er selbst ...

Seine Träumerei wurde von einem weiteren einzigartigen Ereignis unterbrochen. Michod warf unachtsam ein Brett zu Gallivan hoch, als dieser gerade damit beschäftigt war, seinen Kautabak aus der Hosentasche zu fischen. Gallivan wollte das Brett mit einer Hand fangen und griff daneben. Das schadete aber nichts, denn das Brett setzte seinen Weg von selbst fort. Es beschrieb einen anmutigen Bogen und legte sich gemütlich auf den ihm reservierten Platz im Wagen.

„He!" schrie Larochelle. „Ihr sollt die Bretter nicht werfen; ihr könntet jemanden treffen."

Michod hielt den Mund, denn er wollte den anderen ihren Glauben an seine Kraft und Genauigkeit nicht nehmen. Gallivan fing das nächste Brett. Es zog ihn einen Fuß in die Luft, bevor er es festhalten konnte.

„Zum Teufel, was hast du vor, Henri?" rief der erstaunte Gallivan.

Nun verstand Michod es sehr wohl zu schweigen, wenn ihm das den Ruf eintrug, Meister im Bretterwerfen zu sein, aber etwas ganz anderes war es, wenn man ihm alle Kapriolen dieser turnerisch begabten Bretter zur Last legte. Deshalb sagte Michod:

„Ich habe überhaupt nichts vor, verdammt nochmal. Ich –" Er unterbrach sich, weil er feststellte, daß er unerwarteterweise ein Brett in den Händen hielt. Aber das Brett blieb nicht dort. Es zerriß ihm die Handschuhe in seinem Eifer, hinauf in Gallivans Hände und von da in den Wagen zu gelangen.

Larochelle kreischte: „Haltet es auf! Haltet sie auf!" Ebenso hätte er einen Hornissenschwarm aufhalten können, indem er ihm aus Jean Jacques Rousseau vorlas. Über den ganzen Stapel hinweg sprangen Bretter in Michods unwillige Hände und flogen von da aus eigener Kraft hinauf zu Gallivan und auf den Wagen. Die Ladung wuchs im Handumdrehen. Als die Bretter mit dem Springen aufhörten, war der Wagen gefährlich hoch beladen. Das letzte Brett nahm sich die Zeit, Larochelle im Vorbeifliegen einen Puff zu versetzen. Der Vorarbeiter stürzte von den Gleisen. Im Fallen wollte er sich an Gallivan festhalten. Beide landeten mit einem gewaltigen Plumps auf dem unglücklichen Michod.

Sie rappelten sich wieder auf, nur um zu sehen, daß der Wagen sich aus eigenem Antrieb über die Schienen bewegte. Larochelle, auf dessen sehr bescheidener Liste an Tugenden ganz bestimmt die Energie stand, kletterte zurück auf die Gleise und machte sich an die Verfolgung. Der Wagen blieb vor dem Stapel Nr. 1040 stehen, und seine Last polterte hinunter.

„He, seht mal nach unten!" sagte Michod.

Die drei Männer knieten sich hin und spähten über den Rand des Gerüsts. Ein Brett war während der Fahrt vom Wagen und zwischen die Gleise und die Stapel gefallen. Jetzt kroch es nach Art einer Spannerraupe durch das Unkraut. Bei Nr. 1040 angekommen, machte es sich an den Aufstieg. Immer wieder wurde es, ohne daß man sehen konnte, wie es das machte, ein Stück in die Höhe geschleudert. Seine Bewegungen sahen denen eines dummen jungen Hundes ähnlich, der sich weigerte, bestimmte Kunststücke zu erlernen, und dann von seinem Herrn gepackt und geschoben wird. Schließlich verließ das Brett die Tritte an den Seiten des Stapels und stürzte sich zu dem unordentlichen Haufen oben auf Nr. 1040.

Joe Larochelle gab sich nicht leicht geschlagen. Auch wenn er auf frischer Tat bei einer Schiebung ertappt wurde, leugnete er mit der Festigkeit eines frühchristlichen Märtyrers und der Glaubwürdigkeit einer Straßenkarte. Aber jetzt sagte er:

„Es ist zu viel für mich. Ihr könnt nach Hause gehen; ich muß den Chef unterrichten."

Joe Larochelle begab sich in Pringles Büro, das sich im Erdgeschoß seines Hauses befand. Er erzählte seine Geschichte.

Dan Pringle war ein kleiner, dicker Mann mit einer gewaltigen Uhrkette, an der zum Schmuck ein Schneidezahn des *Cervus canadensis,* des Wapiti, hing. Er fragte: „Haben Sie getrunken, Joe?"

„Nein, Mr. Pringle. Ich habe kein Glas angerührt."

Pringle stand auf und schnüffelte. „Nun, ich will Ihnen glauben. Meinen Sie, daß ein Gewerkschaftsfunktionär dahintersteckt?"

„Nein, es sind keine in der Nähe gewesen. Ich habe aufgepaßt."

„Haben Sie zwischen die Stapel und unter die Bahnen gesehen?"

„Natürlich, überall."

„Nun, mag sein. Die bringen es fertig, sich einzuschleichen, ganz gleich, wie wachsam man ist, wissen Sie. Ich schlage vor, Sie kommen nach dem Abendessen noch einmal her, und dann sehen wir uns diese komischen Bretter an. Und bringen Sie eine Taschenlampe mit. Wir werden nach Gewerkschaftsfunktionären Ausschau halten, nur für alle Fälle."

Pringle und Larochelle betraten den Holzplatz, als die Sonne soeben hinter dem Gahato Mountain versank. Pringle bestand darauf, mit seiner Taschenlampe um die Stapel zu kriechen, als spielten sie Gangster und G-men. Er hoffte, so erklärte er, einen dort lauernden Gewerkschaftsfunktionär zu überraschen. Am Stapel Nr. 1040 sagte Larochelle:

„Das ist er. Sehen Sie die Bretter, die in einem Haufen obenauf liegen?"

Pringle sah die Bretter. Er sah auch eine junge Frau. Sie saß auf der Kante des Stapels und baumelte mit ihren in Sandalen stekkenden Füßen. Ihr grünes Kleid hatte offenkundig bessere Tage gesehen. Die freundlichste Bemerkung, die sich über ihr Haar machen ließ, wäre „nonchalant" oder „achtlos" gewesen. Es mußte rot gewesen sein, aber es war abgesengt worden. Dann war es nachgewachsen, aber an den Enden war es immer noch schwarz und stellte einen betrüblichen Anblick dar.

„Guten Abend", sagte die junge Frau. „Sie sind Mr. Pringle, der Eigentümer des Sägewerks, nicht wahr?"

„Was – äh – mag sein", antwortete Pringle argwöhnisch.

„Wer – ich meine, was kann ich für Sie tun?"

„Hä?" fragte eine verwirrte Stimme neben ihm. „Wie sagten Sie, Mr. Pringle?" Joe Larochelle sah ihn an und betrachtete das Mädchen nicht, dessen Füße auf einer Höhe mit seinem Gesicht und nur ein paar Fuß entfernt waren.

„Ich rede mit –"

„Es stimmt doch, daß Sie der Eigentümer sind, Mr. Pringle? Ich habe die Männer über Sie reden gehört", sagte das Mädchen.

„Denken Sie nur laut?" erkundigte sich Larochelle.

„Ja – ich meine, vielleicht", antwortete Pringle konfus. „Sie hat mich gerade gefragt –"

„Wer ist ‚sie'?" fragte Larochelle.

„Die junge Dame da."

„Welche junge Dame?"

Pringle entschied, sein Vorarbeiter sei nicht ganz bei Trost und fragte das Mädchen: „Sie sind doch kein Gewerkschaftsfunktionär?"

Das Mädchen und Larochelle antworteten gleichzeitig: „Ich weiß nicht, was das ist. Ich glaube nicht" und „Wer, *ich?* Hören Sie, Mr. Pringle, Sie wollten wissen, daß ich diese Leute ebenso hasse, wie Sie es tun –"

„Sie nicht, Joe!" schrie Pringle. „Sie nicht! Ich habe mit ihr gesprochen!"

Larochelles Geduldsfaden begann zu reißen. „Und ich habe gefragt, wer ‚sie' ist!"

„Woher soll ich das wissen?"

„Ich glaube, wir reden aneinander vorbei. Sie sprechen von irgendeiner Frauensperson, und ich frage, wer sie ist, und Sie sagen, Sie wissen es nicht. Das hat doch keinen Sinn!"

Pringle wischte sich die Stirn.

Das Mädchen sagte: „Ich würde gern mit Ihnen reden, Mr. Pringle, aber ohne diesen M'sieur Larochelle."

„Wir werden sehen, Miss", antwortete Pringle.

Larochelle fiel ein: „Sagen Sie, Mr. Pringle, geht es Ihnen auch gut? Also, es hört sich doch ganz so an, als redeten sie mit jemandem, der nicht da ist."

Pringle fühlte sich langsam wie eine Ratte in den Händen eines experimentierenden Psychologen, der aus den edelsten Motiven heraus versucht, sie zum Wahnsinn zu treiben. „Seien Sie nicht albern, Joe. Es hört sich an, als redete ich mit jemandem, der sehr wohl da ist."

„Ich weiß; das ist ja das Problem."

„Was ist das Problem?"

„Daß niemand da ist, natürlich!"

Diese Erklärung vermittelte Pringle trotz der beunruhigenden Folgerungen, die sich daraus ziehen ließen, ein Gefühl der Erleichterung. Bis jetzt war dieser verrückt machende Disput wie ein Schwertkampf auf sechzig Schritt Entfernung mit verbundenen Augen gewesen. Er fragte scharf: „Sind Sie sicher, daß es *Ihnen* gut geht, Joe?"

„Klar, natürlich, mir geht es gut."

„Sehen Sie ein Mädchen in einem grünen Kleid auf der Kante des Stapels sitzen – oder sehen Sie sie nicht?"

„Nein. Ich habe gerade gesagt, daß niemand da ist."

„Ich habe nicht gefragt, ob jemand da *ist,* sondern ob Sie da jemanden *sehen.*"

„Nun, wenn jemand da wäre, würde ich ihn sehen, nicht wahr? Ist doch logisch, oder?"

„Ich verzichte auf eine weitere Diskussion."

„Mit mir oder mit dem Mädchen in dem grünen Kleid, das nicht da ist?"

„Nein, natürlich nicht. Wie kommen Sie auf den Gedanken –"

„Schon gut, schon gut, das wollte ich ja nur wissen. Sie können jetzt nach Hause gehen. Ich werde die Untersuchung allein zu Ende führen." Larochelle wollte widersprechen. „Kein Wort mehr! Gehen Sie!"

„Ich bin ja schon unterwegs. Aber passen Sie auf, daß die Gewerkschaftsfunktionäre Sie nicht erwischen."

Larochelle grinste boshaft und ging davon. Pringle zuckte bei den letzten Worten sichtlich zusammen, stellte sich aber tapfer dem Stapel gegenüber.

„Und nun, junge Dame", sagte er streng, „sind Sie *sicher,* daß Sie kein Gewerkschaftsfunktionär sind?"

„Würde ich es wissen, wenn ich einer wäre, Mr. Pringle?"

„Darauf können Sie wetten! Vielleicht sind Sie doch keiner. Wahrscheinlich sind Sie eine Halluzination."

„Mr. Pringle! Ich habe Sie nicht um eine Unterredung gebeten, damit Sie mich mit Schimpfworten belegen können."

„Nichts für ungut. Aber irgend etwas ist hier sehr komisch. Entweder sieht Joe etwas, oder ich sehe etwas."

„Wenn man gute Augen hat, sieht man immer etwas. Was stimmt daran nicht?"

„Nichts, wenn die Dinge, die man sieht, da sind. Ich möchte doch nur herausfinden, ob Sie wirklich sind oder ob ich Sie mir einbilde."

„Sie sehen mich doch!"

„Natürlich. Aber das beweist nicht, daß Sie wirklich sind."

„Was muß ich tun, um zu beweisen, daß ich wirklich bin?"

„Das weiß ich selbst nicht genau. Sie könnten mir vielleicht Ihre Hand geben", meinte er zweifelnd. Das Mädchen streckte die Hand herab, und Pringle berührte sie. „Fühlt sich ganz wirklich an. Aber vielleicht bilde ich mir ein, daß ich sie fühle. Wie kommt es, daß Joe Sie nicht gesehen hat?"

„Ich wollte es nicht."

„So einfach ist das? Sie wollen nicht, daß er Sie sieht, und folglich sieht er einfach durch Sie hindurch."

„Natürlich."

Für Sie mag das natürlich sein. Aber wenn ich auf die Stelle blicke, wo sich jemand befindet, sehe ich ihn im allgemeinen. Vergessen wir diese Frage für eine Weile. Denken wir nicht einmal daran. Wenn ich nicht bereits verrückt bin, werde ich, sollte es so weitergehen, bald verrückt sein. Sagen Sie mir einfach, was sollten alle diese komischen Geschichten?"

„Ich halte es nicht für komisch, wenn mein Heim auseinandergerissen wird."

„Hä?"

„Sie haben mein Heim auseinandergerissen."

„Ich habe Ihr Heim auseinandergerissen. Ich habe Ihr Heim auseinandergerissen. Junge Dame – Wie ist übrigens Ihr Name?"

„Aceria."

„Miss Aceria oder Aceria Sonstnochwas?"

„Nur Aceria."

„Na gut, lassen wir das. Ich habe mich immer für einen recht intelligenten Mann gehalten. Nicht für einen rosarot angehauchten Intellektuellen, sondern für einen guten, kompetenten amerikanischen Geschäftsmann. Aber ich bin mir nicht mehr sicher. Nichts scheint irgendeinen Sinn zu ergeben. Was meinen Sie im Namen des großen Hornlöffels damit, ich hätte Ihr Heim auseinandergerissen? Habe ich vielleicht Ihren Mann auf Abwege geführt?"

„Oh, nicht auf so eine Weise. *So!*" Sie zeigte auf den unordentlichen Bretterhaufen hinter ihr. „Das war meine Wohnung."

„Diese Bretter? Nun erzählen Sie bloß nicht, einer meiner Leute habe Ihr Haus niedergerissen und die Bretter heimlich auf den Stapel gelegt.

„Nun, ja und nein. Diese Bretter waren mein Baum."

„Ihr *was?*"

„Mein Baum. Ich lebte darin."

„Wahrscheinlich werden Sie gleich behaupten, daß Sie für den Aufruhr verantwortlich sind, den es heute gegeben hat?"

„Ich fürchte, ja."

Für diesen Aufruhr gab es mehrere Zeugen. Oder habe ich mir, dachte Pringle, nur eingebildet, Joe Larochelle sei mit dieser Geschichte zu mir gekommen – Nein, nein, nein! Das wollte er gar nicht erst denken. „Was haben Sie sich dabei gedacht?"

„Ich wollte mein Heim zusammenhalten. Erst habe ich versucht, die Männer daran zu hindern, die Bretter wegzubringen. Als mir das nicht gelang, beförderte ich die letzten schnell nach oben, um sie wieder zu vereinigen."

„Was sind Sie denn nun? Eine Art von Spuk?"

„Ich bin eine Sphendamniade. Das ist eine Art von Waldnymphe. Manche Leute sagen Dryade, aber das ist nicht ganz richtig. Dryaden sind Eichengeister. Ich bin ein Ahorngeist. Vor mehr als hundert Jahren hat ein Mann meinen Baum von Österreich hergebracht. Im letzten Winter haben Ihre Männer meinen Baum gefällt. Ich konnte sie nicht aufhalten, weil ich im Winterschlaf war – so nennen Sie es, glaube ich –, und als ich aufwachte, war es zu spät. Mein Haar wurde versengt, als die Männer die Zweige und die Krone verbrannten. Es ist nachgewachsen, aber ich weiß, daß es schrecklich aussieht. An einem Wochentag kann ich meine Wohnung nicht verlassen und zum Friseur gehen, weil ich fürchte, die Männer werden die Bretter bewegen."

„Wollen Sie sagen, diese Bretter sind gar kein richtiger Hartahorn?" fuhr Pringle, plötzlich ganz wach, auf. Er kletterte mit einer für einen Mann seines Alters und seiner Beleibtheit bemerkenswerten Gewandtheit an der Seite des Stapels hoch. Er besah sich die Bretter im Licht seiner Taschenlampe. „Ja, die Maserung ist tatsächlich nicht genau die gleiche. Aber wenn es bei der Qualitätsbeurteilung nicht aufgefallen ist ... vielleicht können sie doch am Dienstag zusammen mit dem Rest abgehen."

„Sie haben vor, diese Bretter zu verkaufen?"

„Natürlich. Ich habe eben einen großen Auftrag von Hoyt erhalten."

„Was wird mit ihnen geschehen?"

„Weiß ich nicht. Sie werden zu Schreibtischen und Aktenschränken und so etwas verarbeitet. Hängt davon ab, wer sie von Hoyt kauft."

„Aber das dürfen Sie nicht tun, Mr. Pringle! Meine Wohnung wird zerstreut werden. Dann habe ich keinen Ort mehr, an dem ich leben kann."

„Können Sie nicht in einen anderen Baum ziehen?"

„Ich kann nur in einem Spitzahorn leben, und hier in der Nähe gibt es keine mehr."

„Wollen Sie die Bretter dann kaufen? Ich würde sie Ihnen zu achtzig Dollar pro Tausend lassen, was weniger ist, als ich auf dem offenen Markt dafür bekäme."

„Ich habe kein Geld."

„Dann müssen Sie mit dem Rest weggehen. Tut mir leid, wenn Sie das in Ungelegenheiten bringt, aber für das Sägewerk betragen schon die Selbstkosten mehr als sieben Dollar pro Tausend, und dazu kommen die Versicherung und der zu veranschlagende Schwund."

„Von diesen Dingen verstehe ich nichts, Mr. Pringle. Ich weiß nur, Sie wollen meine Wohnung auf eine Weise auseinanderreißen, daß ich sie nie wieder zusammenbekommen kann. Aber Sie werden es nicht tun, nicht wahr? Ich hätte Sie *so* gern, wenn Sie es nicht täten."

Sie sah ihn flehend an, und eine Träne rann ihr über die Wange. Wenn sie das früher getan hätte, als es noch hell war, hätte es vielleicht funktioniert. Aber Pringle konnte von ihrem Gesicht nur noch ein undeutliches helles Oval in der Dunkelheit sehen. Er fauchte:

„Ganz bestimmt werde ich es tun! Geschäft ist Geschäft, junge Dame. Wenn ich mich von meinen Gefühlen beeinflussen ließe, wäre ich schon längst bankrott. Außerdem bin ich gar nicht überzeugt, daß Sie existieren. Warum sollte ich also Holz, für das ich gutes Geld bezahlt habe, jemandem schenken, der vielleicht nichts weiter als eine Halluzination ist?"

„Sie sind ein böser, schlechter Mann. Ich werde niemals zulassen, daß Sie diese Bretter wegschicken."

„Sie wollen es auf einen Kampf ankommen lassen, wie?" grinste er durch die Dunkelheit. „Niemand hat Dan Pringle jemals vorwerfen können, er sei vor einem ehrlichen Geschäftskampf davongelaufen. Wir werden sehen. Gute Nacht, Miss Aceria."

Pringle stand zu seinem Wort. Am Montagmorgen rief er Larochelle herein und wies ihn an, das Holz von Stapel Nr. 1040 schon heute, statt wie geplant erst am Dienstag zu verladen.

Michod, Camaret, Gallivan und Bergen machten alle finstere Gesichter, als sie zur Arbeit an Nr. 1040 geschickt wurden. Aber Larochelle erstickte jeden Einwand durch die Erwähnung des Sodatanks.

Sie brachten also die Roller an. Das waren Geräte, die wie eiserne Leitern aussahen, nur daß sie anstelle der Sprossen Stahlrohre hatten, die sich auf Kugellagern drehten. Die Roller wurden an beiden Enden auf Sägeböcke gelegt, so daß man darauf Bretter über die Bahn und die beiden niedrigen Stapel zwischen der Bahn und der Eisenbahnspur gleiten lassen konnte.

Fassler, der Inspektor, drehte das erste Brett mit dem geschärften T-förmigen Ende seines flexiblen Lineals um und trug etwas auf seiner Liste ein. Gallivan, der sich seine Gedanken darüber machte, ob er nicht ein Erzdummkopf gewesen sei, daß er die Arbeit an Stapel Nr. 1040 angenommen hatte, ergriff das Brett und reichte es an Michod weiter. Michod legte es auf den nächsten Roller und schob es an. Die Rohre begannen sich zu drehen, und das Brett glitt davon.

Bei normalem Verlauf der Dinge hätte das Brett seinen Weg bis zu dem Güterwagen fortsetzen müssen, wo Camaret und Bergen es erwarteten. Sie hatten die behandschuhten Hände schon danach ausgestreckt, als es langsamer wurde, anhielt und umkehrte. Wieder drehten sich die Rohre, aber diesmal anders herum. Michod starrte das Brett benommen an, als es unter seiner Nase vorbeischoß, das Ende der Rollerlinie verließ und auf den Stapel niederkrachte.

Aceria hatte nicht geschlafen.

Aber Fassler wußte nichts über Aceria, abgesehen von ein paar vagen Gerüchten über fliegende Bretter, die er nicht ernstgenommen hatte. Da sich die Bahn zwischen ihm und dem Güterwagen befand, konnte er nicht sehen, was geschehen war, und nahm an, irgendwer habe das Brett über die Roller zurückgestoßen. Dieser Meinung gab er mit einigen Ausschmückungen Ausdruck. Er war ein sehr ordinärer Mensch, wenn auch ein kleiner und mit seinen hängenden Schultern harmlos aussehender. Die Arbeiter spielten ihm gern Streiche, nur damit sie um ihn herumstehen und seine Obszönitäten bewundern konnten.

Gallivan grinste ihn an. „He, Archie, haben Sie nicht noch etwas auf Lager? Ihnen zuzuhören ist direkt bildend."

Aber die anderen fanden das nicht so lustig. Camaret und Bergen kamen vom Güterwagen herauf. Camaret sagte: „Mir wird schon wieder übel im Magen."

Bergen sagte: „Ich will verdammt sein, wenn ich auf einem Holzplatz arbeite, der voller Geister ist."

Michod hob skeptisch eine Augenbraue. „Du glaubst doch nicht an so etwas, Ole?"

„Nun, eigentlich nicht. Aber es gibt eine Menge seltsamer Dinge, von denen man nichts weiß."

„Dann überlasse ich dir das Diskutieren. Ich mache Pause." Und Michod setzte sich, um sich eine Zigarette zu gönnen.

Die anderen erklärten es dem ungläubigen Fassler. Schließlich gingen sie, weil sie nicht wußten, was sie sonst tun sollten, wieder an die Arbeit. Michod schob das nächste Brett den ganzen Weg vom Stapel zum Güterwagen. Es kam widerstrebend mit. Doch kurz bevor sie da waren, schoß es vorwärts, in eine Tür des

Güterwagens hinein und aus der anderen wieder hinaus und ins Unkraut, ehe Camaret und Bergen es aufhalten konnten.

Deshalb fand Joe Larochelle kurz darauf seine Arbeiter auf den Gleisen sitzen und die Rätsel des Universums lösen. Er schimpfte:

„Ihr geht zurück und verladet das Holz, oder, bei Gott, ihr könnt anfangen, euch anderswo Arbeit zu suchen!"

Gallivan grinste. „Das wäre ja entsetzlich!" Er senkte die Stimme. „Und wäre es nicht auch entsetzlich, Joe, wenn der Chef die Sache mit der Gutschrift herausfände, die Sie Jack Smeed gegeben haben?"

„Ich weiß überhaupt nicht, wovon Sie reden", entgegnete Larochelle. „Aber, wie dem auch sei, es ist ja noch anderes Holz da, das Sie verladen können."

So wurde Stapel 1040 an diesem Tag weiter nichts mehr angetan. Larochelle kämpfte schwer mit seinem Gewissen, falls er eins hatte. Pringle hatte ihm genaue Befehle erteilt, aber wegen der sehr delikaten Sache mit der Gutschrift konnte er seine übliche Methode, sie durchzusetzen, nicht anwenden. Bis Dienstag hatte er jedoch genug Mut gesammelt, um Pringle Meldung zu erstatten.

Pringle fauchte: „Hört sich an, als würden sie ganz hübsch aufsässig. Vielleicht ist ihnen doch ein Gewerkschaftsfunktionär in die Nähe gekommen. Ich muß nachdenken. Vielleicht fällt mir bis morgen etwas ein."

Keiner von beiden war ganz aufrichtig. Es lag auf der Hand, daß Larochelle nicht erklären konnte, warum er bei den Arbeitern nicht energischer durchgriff, und Pringle konnte nichts von Aceria sagen, weil er fürchtete, dann würden sich die Leute an die Stirn klopfen. Er war sich seiner geistigen Gesundheit selbst nicht allzu sicher. Er dachte daran, nach Utica zu fahren und sich untersuchen zu lassen, aber er hatte auch wieder Angst, der Arzt könne feststellen, daß in seinem Oberstübchen wirklich etwas nicht stimme.

Am Mittwochmorgen wanderte Pringle zum Sägewerk hinunter. Dort sah er etwas, das ihn mit Entsetzen und bösen Vorahnungen erfüllte. Es war weiter nichts als ein ältlicher, vertrockneter Mann, der den Güterwagen am Ende der Spur betrachtete. Das scheint eine recht harmlose Kombination zu sein, aber der ältliche Mann war der Beauftragte des New Yorker Zentralbahnhofs für den Güterverkehr, und der Wagen war derjenige, der vor einigen Monaten mit einer Ladung Ätzkalk angekommen war. Pringle hatte keinen Platz gehabt, den Ätzkalk zu lagern, und keine Lust, einen Schuppen zu bauen, und auch kein Liegegeld für den Wagen bezahlen wollen. Deshalb hatte er den Wagen ans Ende der Spur schieben und mit Buschwerk tarnen lassen. Dort hatte er seitdem gestanden und als kostenloser Vorratsraum gedient, während Pringle nach Lust und Laune abladen ließ und man sich im Zentralbahnhof zu fragen begann, was aus dem Wagen geworden sein mochte. Jetzt war die Tarnung entfernt worden.

„Wir haben uns gefragt, wo dieser Wagen sei", sagte Adams, der Beauftragte, anklagend.

„Ich muß ihn völlig vergessen haben", erwiderte Pringle lahm.

„Mag sein. Sieht aus, als schuldeten Sie uns für rund drei Monate Liegegeld. Die Rechnung werde ich morgen früh als erstes wegschicken." Und Adams marschierte unnachgiebig davon.

Später sagte Pringle zähneknirschend zu Larochelle: „Wenn ich den erwische, der die Zweige weggenommen hat, bringe ich ihn um –"

Sobald Larochelle sich entfernt hatte, war eine weibliche Stimme zu hören: „Ich habe die Zweige von dem Wagen weggenommen, Mr. Pringle." Da war sie. Sie stand zwischen zwei Stapeln.

„Sie –!" explodierte Pringle. Er beherrschte sich. „Sie halten sich wohl für sehr klug, junge Dame?"

„Oh, ich *weiß*, daß ich klug bin", antwortete sie unschuldig. „Ich bin ganz von allein darauf gekommen, daß Sie den Wagen verstecken wollten."

„Wenn Sie meinen, daß Sie damit etwas wegen der Bretter erreichen, irren Sie sich. Sie gehen weg, ob Hochwasser kommt oder die Hölle platzt."

„Ja? Wir werden sehen, wie Sie gestern abend gesagt haben." Und sie verschwand.

Pringle brüllte hinter Larochelle her: „He, Joe! Stellen Sie sofort einen Wagen für Nr. 1040 bereit! Wenn die Hartholzleute nicht daran arbeiten wollen, schicken Sie ein paar Männer von der Kiefernholz-Bahn her." Er brummte vor sich hin: „Ich werde es diesem Holzgeist zeigen! Wenn sie glaubt, sie kann mir Angst einjagen –"

Aber den Kiefernholzmännern ging es nicht besser als den Hartholzmännern. Tatsächlich erging es ihnen noch schlechter. Die Bretter legten sich auf den Rollern quer, sprangen vom Stapel herab, stießen nach den Männern und schlugen schließlich einen, Dennis Ahearn war es, über den Kopf. Seine Kopfhaut mußte mit zwei Stichen genäht werden, und an diesem Tag gab es keine weiteren Versuche mehr, den Güterwagen zu beladen.

Wie Ahearn selbst erklärte: „Es mag der Spuk gewesen sein, es mag das Holz gewesen sein, es mag der auslaufende Saft gewesen sein, aber der Teufel selbst kann mich nicht dazu bringen, noch eins von diesen verdammten lebenden Brettern anzufassen. Was Sie brauchen, Mr. Pringle, ist eine Mannschaft von Löwenbändigern."

Pringle war sehr wütend, daß es ihm mißlungen war, den Wagen zu beladen. Aber er war ein listiger Mann; andernfalls hätte er sich in dem prekären Adirondack-Holzgeschäft nicht so lange halten können. Er hatte den Verdacht, Aceria habe die eine oder andere Teufelei im Sinn, um sich für seinen letzten Versuch, den Güterwagen zu beladen, zu rächen. Vielleicht gab es einen Unfall im Werk – deshalb ließ er um die Sägen zusätzliche Schutzzäune aufstellen. Oder er mußte, so dachte er, eines Morgens feststellen, daß alle Holzwagen auf dem Grund des Elchflusses lagen. Sicher, sie wogen mehr als dreihundert Pfund das Stück, aber bei Acerias übernatürlichen Kräften, wie sie auch beschaffen sein mochten, wollte er kein Risiko eingehen. Deshalb bezahlte er einigen seiner Arbeiter Überstunden als Nachtwächter.

Aber Aceria war auch nicht gerade dumm. Sie war möglicherweise nicht besonders gut informiert, da sie so viele Jahrhunderte lang im Wald gelebt hatte, aber sie lernte schnell. Deshalb erfolgte ihr nächster Angriff auf einem Gebiet, an das Pringle nicht gedacht hatte.

Mrs. Pringle, eine reizbare Frau, sollte demnächst von einem Besuch bei Verwandten nach Hause zurückkehren. Auf beiden Seiten herrschte keine große Freude über die baldige Wiedervereinigung. Dafür hatte die korrodierende Wirkung von Helen Pringles Natur im Laufe von dreißig Jahren gesorgt. Aber was

Helen Pringle auch erwartet haben mochte, sie hatte nicht damit gerechnet, eine hübsche junge Frau vor *ihrem* Frisiertisch in *ihrem* Schlafzimmer sitzen zu sehen, wo sie sich in aller Gemütsruhe das frischgewaschene karottenrote Haar trocknete.

Auf Mrs. Pringles Ächzen hin blickte Aceria mit schnellem Lächeln auf. „Ja?" fragte sie höflich.

Mrs. Pringles Mund bewegte sich tonlos. Dann sagte sie: „Gack."

„Verzeihung?"

„Sie ... Sie ... was ... was tun Sie in meinem Zimmer?"

Es war das erste Mal, seit Mrs. Pringle fünf Jahre alt gewesen war, daß ihr die Worte versagten – oder beinahe versagten. Aber die Tatsache, daß Aceria ihr grünes Kleid nicht trug, mochte etwas damit zu tun haben.

Aceria, immer noch höflich, bemerkte: „Ihr Zimmer? Oh, ich verstehe, Sie sind Mrs. Pringle. Das ist peinlich. Wie dumm von Danny, mich nicht wegzuschicken, bevor Sie zurückkamen! Aber ich werde in einer Minute wie der Blitz verschwunden sein."

So geschah es, daß sich die Wiedervereinigung für Pringle aufregender, wenn auch nicht angenehmer, gestaltete, als er geglaubt hatte. Helen fuhr auf ihn los und verlangte mit einer Stimme wie eine Bandsäge, die durch einen Kiefernstamm von vierundzwanzig Zoll – und mit Knoten! – knirscht, von ihm zu wissen, wer das Geschöpf sei; ob er nicht Verstand genug habe zu wissen, daß niemand einen alten Trottel wie ihn außer seines Geldes wegen haben wolle; ob er, wenn er sich schon zum Narren machen müsse, nicht soviel Anstand haben könne, seine Dummheiten nicht vor den Augen seiner Ehefrau zu machen – und es sei gut, daß sie noch nicht ausgepackt habe, weil sie ihn auf der Stelle verlassen werde. Was sie tat.

Während dieser Tirade war Pringle nur verblüfft gewesen. Doch als Helen die Tür hinter sich zuknallte, ging ihm ein Licht auf und er stürzte die Treppe hinauf. Natürlich war niemand da.

Dan Pringle machte sich auf den Weg zum Werk. Seine Absicht war, Aceria gründlich die Meinung zu sagen. Aber unterwegs kühlte er sich ab. Er begann zu grinsen, und als er ankam, war ihm zumute wie bei einem Triumphzug.

Er hielt Umschau, um sich zu vergewissern, daß niemand in Hörweite war, und rief leise: „Aceria!"

Da war sie, zwischen zwei Stapeln. Pringle beschuldigte sie: „Ich nehme an, Sie sind gerade eben meiner Frau erschienen?"

„Ich muß es gestehen. Ich mische mich nicht gern in die Angelegenheiten der Sterblichen ein. Aber ich mußte Sie lehren, daß Sie meine Bretter nicht wegschicken dürfen."

Pringle grinste. „Macht nichts, kleine Dame, Sie haben mir einen Gefallen getan. Wenn ich mich darauf verlassen kann, daß meine Frau eine Weile wegbleibt, kann ich das Leben erst richtig genießen. Deshalb probieren Sie es besser mit keinen neuen Tricks, denn der Schuß könnte nach hinten losgehen."

„Sind Sie immer noch entschlossen, meine Wohnung auseinanderzureißen?"

„Ja. Vielleicht hätte ich mich erweichen lassen, wenn Sie auf diese Tricks verzichtet hätten. Aber jetzt wird das Holz weggeschickt, und wenn es das Letzte ist, was ich tue."

„Ich warne Sie, Mr. Pringle. Ich habe noch weitere Tricks, wie Sie es nennen, auf Lager."

„Zum Beispiel?"

„Sie werden sehen."

Pringles Stolz – zumindest die Eigenschaft, die seine Konkurrenten seine Sturheit nannten – machte ihm ein Nachgeben unmöglich. Er konnte die Dinge nicht länger so weiterlaufen lassen; die Unruhe im Werk kostete ihn Tag für Tag Geld, und er arbeitete mit einer sehr kleinen Gewinnspanne. Deshalb rief er am nächsten Tag alle seine Arbeiter zusammen. Ihr Schweigen wurde noch auffälliger, weil das Quietschen der Bandsäge fehlte. Pringle fragte nach Freiwilligen für eine gefährliche Aufgabe.

Alle, die mit den fliegenden Brettern noch nicht zu tun gehabt hatten, hatten von ihnen gehört und brannten nicht darauf, aus eigener Erfahrung dazuzulernen. Aber Pringle bot ihnen den anderthalbfachen Lohn, und essen mußte man. Einundzwanzig Mann meldeten sich. Pringle hatte sich gegen die Benutzung der Roller entschieden. Die meisten Männer sollten sich einfach auf Stapel Nr. 1040 setzen, um die Bretter unten zu halten, und vier Männer sollten jedes Brett einzeln über die dazwischenliegenden Stapel zu dem Güterwagen tragen.

Die Bretter zuckten und zappelten anfangs ein bißchen, aber Larochelle schlug sie mit seiner Axt, und dann ließen sie sich forttragen. Alles ging gut, bis der Wagen teilweise gefüllt war.

Dann brach darin Geschrei los. Sekunden später schossen Michod und ein Mann namens Chisholm heraus, kletterten über den nächsten Stapel auf die Gleise und rasten über das Gerüst davon. Ihnen nach flog ein kurzes Brett. Es schwang hierhin und dahin, genau als jage jemand die beiden Männer und versuche, sie damit zu schlagen.

Pringle wußte sehr genau, wer sich am hinteren Ende des Brettes befand, aber ihm fiel nichts ein, was er tun konnte. Während er noch hinsah, fiel das Brett leblos auf die Gleise. Dann hörte man ein gewaltiges Klappern aus dem Güterwagen, und der größte Teil der einzölligen Ahornbretter erster und zweiter Qualität ergoß sich aus der Tür, die den Stapeln abgewandt war. Statt steif und fest wie respektable Ahornplanken zu sein, wanden sich diese Bretter wie ein Nest voller widerlicher Larven. Wenn sie auf der Schlacke aufschlugen, bogen sie sich halbkreisförmig, richteten sich dann mit einem Knall wieder gerade und flogen auf den Wald zu.

„Hinterher!" brüllte Pringle. „Sie, Joe! Einen Vierteldollar für jedes Brett, das zurückgebracht wird!"

Er kletterte hinab und jagte seinem Holz nach, so schnell ihn seine kurzen Beine tragen wollten. Larochelle lief hinterher. Die Moral der Arbeiter, schon von dem unheimlichen Anblick erschüttert, wie Michod und Chisholm gejagt wurden, war jetzt auf den Tiefpunkt gesunken. Aber einige Männer folgten Pringle und Larochelle.

Sie rannten und rannten, stolperten über Baumstämme und fielen in Bäche. Endlich ging Aceria das Ektoplasma aus oder etwas Ähnliches, und die Bretter beendeten ihre Flucht. Sie wurden armweise aufgesammelt und zurückgebracht. Man schichtete sie wieder auf Nr. 1040. Die Männer weigerten sich rundheraus, mit ihnen den Güterwagen zu betreten, wo es keinen Platz zum Ausweichen gab. Pringle brauchte alles an Autorität und Führereigenschaften, was er besaß, um sie überhaupt wieder an die Arbeit zu bekommen. Über Hügel und Teiche klang kein Kreischen der Säge mehr bis nach der Mittagspause.

Nach dem Lunch hüpfte Pringle nervös auf dem Holzhof herum und erwartete den Gegenangriff, von dem er überzeugt war, daß er kommen würde. Er kam auch bald. In einem Betrieb wie dem Pringles, der nicht dazu ausgerüstet ist, kleine Dinge wie Schachfiguren herzustellen, sammelt sich viel Abfall an. Von den kleinen Holzstücken wurde einiges als Feuerung für den Boiler verwendet, einiges im Ort als Brennholz verkauft. Aber etwas bleibt liegen, und dann gibt es Mengen von nutzlosem Sägemehl. In einer Ecke des Holzhofs hatte sich ein Sägemehlhaufen zu einer Höhe von zwanzig Fuß aufgetürmt und wartete darauf, in den Abfallverbrenner geschaufelt zu werden, einen großen Ofen aus Eisenblech.

Plötzlich geschah mit diesem Sägemehlhaufen etwas ganz Merkwürdiges. Er stieg in einer kreiselnden, säulenförmigen Wolke hoch, als habe sich auf seiner Spitze ein Wirbelwind niedergelassen. Die Wolke wuchs, bis kein Sägemehl mehr auf dem Boden lag und die Wolke so groß wie ein Haus geworden war. Dann schwebte sie über dem Hof hierhin und dahin. Sie verbarg einen der Arbeiter vor dem anderen und stach ihnen in die Gesichter. Es ermutigte sie nicht gerade, als einer von ihnen darauf hinwies, daß die Wolke selbst zwar durch einen kleinen Tornado erschaffen zu sein schien, die weiter entfernten Bäume jedoch in ruhiger Luft unbewegt dastanden. Die Männer rannten schreiend ins Sägewerk. Der Ingenieur hörte den Tumult und stellte vorsichtig zunächst die Motoren ab. Wieder verstummten die Bandsäge wie auch die anderen Holzbearbeitungsmaschinen. Sonst war niemand stille. Pringle, der sich Sägemehl aus den blutunterlaufenen Augen rieb, konnte sich überhaupt nicht verständlich machen. Die Wolke vollführte probeweise ein paar Angriffe auf das Gebäude. Aber Acerias Kräfte reichten offenbar nicht dazu aus, in eine Reihe verschiedener Türen und Fenster einzudringen und sich drinnen von neuem zu formen. Deshalb blieb die Wolke, drohend bebend und schwankend, draußen über dem Hof in der Luft hängen.

Viele Leute liebten Dan Pringle nicht, aber sie mußten zugeben, daß er Nerven wie Drahtseile hatte. Er nahm die niesenden und gotteslästernden Larochelle und Fassler beiseite und schickte sie weg, etwas zu holen. Sie verließen die Halle und rannten zu Fasslers Wagen. Die Wolke schwebte ihnen nach, aber sie sprangen hinein und kurbelten die Fenster hoch, und weg waren sie.

Als sie zurückkamen, brachten sie zwei Schachteln voller Sonnenbrillen mit kleinen Metallschildern mit, die sie als Schutzbrillen verwendbar machten. Fassler sagte: „Das ist alles, was in der Umgebung aufzutreiben war. Wir sind bis nach Old Forge hinaufgefahren und haben die Läden ausgeräumt. Und mein Wagen blieb stehen, kurz bevor wir wieder hier waren. Sägemehl im Vergaser."

Pringle verlangte lautstark nach Aufmerksamkeit. Er setzte eine der Brillen auf, band ein Taschentuch über die untere Gesichtshälfte, schlug den Hemdkragen hoch, zog sich den Hut über die Ohren und sprach:

„Wenn ihr Mumm in den Knochen habt, dann macht ihr es jetzt wie ich und geht hinaus und zurück an die Arbeit. Das Sägemehl kann euch nicht verletzen. Ich gehe hinaus, und wenn ich den verdammten Güterwagen selbst beladen muß. Wer geht mit? Anderthalbfachen Lohn, solange die Wolke da ist."

Eine Minute lang sagte niemand ein Wort. Dann brummte sich Edward Gallivan etwas in den Bart und setzte eine Brille auf. Die meisten anderen folgten seinem Beispiel. Schließlich waren sie starke, zähe Männer, und vielleicht beschämte sie der Anblick ihres fetten, alternden Chefs, der sich darauf vorbereitete, der Wolke gegenüberzutreten.

So gingen sie, mit Masken und Brillen versehen, über die Bahnen zurück. Sie hielten sich an den Stapeln fest, wenn der Wirbelwind nach ihnen griff und das Sägemehl in jeden Zoll unbedeckter Haut stach. Hinter seinem Taschentuch grinsend beobachtete Pringle, wie sie langsam ihre Arbeit wieder aufnahmen, während ihnen Acerias Spitze um die Ohren kreischte. Der Spuk dachte also immer noch, er könne ihn besiegen? Wenn das Acerias letzter Trick gewesen war, hatte er gewonnen, bei Gott. Oder zumindest stand es immer noch unentschieden.

Aber es war nicht Acerias letzter Trick. Die Wolke stieg höher und höher, bis sie nicht größer als eine Murmel aussah. Jeder dachte, sie ziehe für immer davon, obwohl die Männer fortfuhren, nervöse Blicke zum Himmel hinaufzusenden.

Dann stürzte sich die Wolke wieder herab. Als sie näherkam, konnte man sehen, daß sie viel kleiner und weniger durchsichtig war als zuvor. Sie nahm eine Form an, wie sie vielleicht einem Paläontologen mit Delirium tremens erscheint. Es war daran ein bißchen von einem Pterodaktylus, ein bißchen von einem Oktopus und ein bißchen von Fafnir in „Siegfried". Sie hatte große, fledermausartige Schwingen und sechs lange Tentakel mit Händen am Ende.

Das Gebrüll, das sich bei früheren Gelegenheiten auf dem Holzhof erhoben hatte, war nichts als das Zirpen von Kanarienvögeln verglichen mit dem, was jetzt erklang. Das Ding glitt über den Hof, und Arbeiter, Vorarbeiter, Inspektoren, alles rannte davon. Sie liefen vom Mittelpunkt eines gedachten Kreises aus in geraden Linien davon wie die Bestandteile eines Quecksilbertropfens, der auf eine Tischplatte gefallen ist, nur viel schneller. Sie sprangen über Zäune und wateten, bis an den Hals im Wasser, durch den Elchfluß. Die Leute innerhalb des Sägewerks blickten nach draußen, um zu sehen, was los sei. Sie sahen es, und sie liefen ebenfalls.

Pringle tanzte auf der Bahn herum. „Kommt zurück!" schrie er. „Es kann euch nichts tun! Es ist nur Sägemehl! Seht doch!" Das Ungeheuer stieg vor ihm auf und ab und bewegte seine gräßlichen gelben Kiefer. Pringle trat nahe heran und boxte danach. Seine Faust fuhr durch das Sägemehl, das sich in Wölkchen um sein Handgelenk kräuselte. Das Loch, das seine Faust geschaffen hatte, schloß sich, sobald er den Arm zurückzog. Denn es war – von dieser Voraussetzung ging Pringle aus – immer noch die gleiche Wolke animierten Sägemehls, nur etwas verdichtet und in diese grauenerregende Form gepreßt.

„Seht her! Das Ding ist ja nicht wirklich! Kommt zurück!" Er schlug einen der tastenden Tentakel mit der Handkante auseinander. Sofort fügten die Teile sich wieder zusammen.

Aber es war niemand da, der diese Zurschaustellung von Mut hätte würdigen können. Jenseits des Flusses konnte Pringle die Rückseiten einiger kleiner Gestalten in abgetragener Arbeitskleidung erkennen, die jede Minute kleiner wurden. Vor seinen Augen verschwanden sie im Wald. Das Ungeheuer schwebte niedrig über dem Standort des Sägemehlhaufens und brach zusammen. Der Haufen war wieder da, wo er gewesen war, und Pringle war allein.

Das, was Pringle vielleicht am meisten ärgerte, war, daß diesmal der Ingenieur davongelaufen war, ohne die Maschinen abzuschalten, so daß alle Sägen in der leeren Halle lustig kreischten. Pringle mußte hinuntergehen und den Schalter selbst drehen.

Es war beinahe dunkel, als Pringle und Larochelle den Holzhof betraten. Sie sahen seltsam aus. Pringle trug unter anderem Maske und Brustschutz eines Baseballfängers. Larochelle war mit einem alten Football-Helm, mehreren Pullovern und der schweren Lederschürze eines Holzarbeiters ausgerüstet. Pringle hielt eine Taschenlampe in der Hand, Larochelle einen Vier-Gallonen-Kanister mit Kerosin und eine Lötlampe.

„Was haben Sie vor, Mr. Pringle?" fragte Aceria. Sie saß auf Nr. 1040. Larochelle war gegangen, um die Wasserpumpe in Gang zu setzen und den Löschschlauch auszurollen.

„Ich will ein Feuerchen machen."

„Wollen Sie mein Heim verbrennen?"

„Vielleicht."

„Wird da nicht der ganze Hof Feuer fangen?"

„Nicht, wenn ich es verhindern kann. Wir werden zuerst die benachbarten Stapel naß machen. Ich gehe ein Risiko ein, aber was, zum Teufel, soll ich sonst tun?"

„Warum sind Sie so entschlossen, meine Wohnung zu vernichten?"

„Weil, verdammt nochmal –" Pringles Stimme stieg „– ich mehr nicht ertrage! Es kostet mich hundertmal mehr, als diese Bretter wert sind. Aber ich werde Ihnen nicht nachgeben, verstehen Sie? Sie wollen mich die Bretter nicht verladen lassen. Okay, dann nützen sie mir nichts. Deshalb kann ich sie ebensogut verbrennen und mit diesem Unsinn ein für alle Mal Schluß machen. Und Sie können mich nicht daran hindern. Ihre Bretter sind am Boden festgebunden, so daß Sie nicht hineinkriechen und sie animieren können. Joe und ich sind geschützt, so daß es Ihnen gar nichts nützt, gegen uns Gewalt anzuwenden. Und ihre Sägemehl-Ungeheuer hätten schließlich gegen diese Lötlampe keine Chance."

Aceria schwieg eine Weile. Die einzigen Geräusche waren das Summen der Insekten, ein Klatschen, als Pringle mit der Hand nach einer Stechmücke auf seiner Wange schlug, das Brummen eines Automobils auf der Staatsstraße und Joe Larochelles ferne Schritte.

Dann sagte sie: „Ich glaube nicht, daß Sie meine Wohnung verbrennen werden, Mr. Pringle."

„Wer sollte mich aufhalten?"

„Ich. Gegen alle meine Zauberkunststücke haben Sie sich sehr klug und sehr tapfer gewehrt. Und nun sagen Sie: ‚Hoho, ich habe Aceria auf der ganzen Linie geschlagen.'"

„Ja." Pringle hatte in sicherem Abstand von dem Stapel einen Haufen Holz- und Rindenstücke zusammengetragen. Ein Zischen in der Dunkelheit verkündete, daß Joe mit dem Besprengen der Nachbarstapel begonnen hatte. „Nehmen Sie jetzt das andere Ende von diesem Strick, Joe", rief Pringle. „Sobald wir ein paar Bretter aus dem Stapel gezogen haben, binden wir die übrigen wieder fest, damit sie sich nicht freimachen können."

„Okay, Mr. Pringle. Hab' ihn schon." Die beiden Männer gingen im Halbdunkel um den Stapel und vergewisserten sich, daß ihr Vorhaben ohne Schaden durch eine Ausbreitung der Flammen oder unerwünschte Aktivität seitens der Bretter durchgeführt werden konnte.

„Sehr klug", fuhr Aceria fort, „aber ich hätte früher daran denken sollen, daß die komplizierteste Magie nicht immer die wirkungsvollste ist."

„Uh", sagte Pringle. Er spritzte Kerosin über seinen Kleinholzhaufen und steckte ihn an. Sofort loderte eine große, lustige Flamme empor. „Kein Wind", sagte Pringle. „Ich glaube, es kann gar nichts passieren. Los, Joe, jetzt ziehen wir das erste Brett heraus."

Aceria schien es nichts auszumachen, daß sie so betont ignoriert wurde. Als Pringle und Larochelle das Brett ergriffen, bemerkte sie:

„Sie hatten so gut wie keine Angst vor den Brettern, als ich hineinging und sie lebendig machte, nicht? Und Sie sind meinem Ungeheuer entgegengetreten. Aber es gibt etwas, wovor Sie sich mehr fürchten als vor den Brettern oder den Ungeheuern."

Pringle grinste nur. „Ach ja? Los, Joe, heben! Achten Sie nicht darauf, wenn es den Anschein hat, als spräche ich mit mir selbst."

„Jawohl. Gewerkschaftsfunktionäre", sagte Aceria.

„Ha?" Pringle hörte auf, an dem Brett zu ziehen.

„Ja. Es würde Ihnen gar nicht passen, wenn *ich* Ihre Männer organisierte."

Pringles Mund blieb offenstehen.

„Ich könnte es tun. Ich habe Ihren Unterhaltungen zugehört und ich weiß einiges über Gewerkschaften. Und Sie kennen mich. Ich erscheine, ich verschwinde. Sie könnten mich nicht von Ihrem

Grundstück fernhalten, wie Sie es mit den Männern von der A.F.L. und der C.I.O. machen. Oh, das wäre eine schöne Rache für das Verbrennen meiner Wohnung."

Für eine Zeitspanne von dreißig Sekunden war kein Laut zu hören außer dem Atmen der beiden Männer und dem Knistern der Flammen. Als Pringle ein Geräusch von sich gab, war es ein grauenhaftes, erstickendes Gurgeln wie das Todesröcheln eines Mannes, der in der Wüste verdurstet.

„Sie –" sagte er. Und noch einmal „Sie –"

„Sind Sie krank, Mr. Pringle?" fragte Larochelle.

„Nein", antwortete Pringle, „ich sterbe."

„Nun?" ließ sich Aceria hören.

Pringle setzte sich schwer in den Dreck, nahm seine Drahtmaske ab und begrub das Gesicht in den Händen. „Gehen Sie weg, Joe", sagte er. Er wollte auf keinen Einwand des beunruhigten Larochelle hören.

Pringle sagte: „Sie gewinnen. Was soll ich mit den verdammten Brettern tun? Wir können sie nicht einfach hier liegenlassen, bis sie verfaulen."

„Ich möchte sie an einen schönen, trockenen Ort gebracht haben. Es macht mir nichts aus, wenn Sie sie verkaufen werden, solange sie zusammengehalten werden, bis ich einen neuen Baum der richtigen Art gefunden habe."

„Lassen Sie mich überlegen", sagte Pringle. „Earl Delacroix braucht einen neuen Tanzboden für seine Kneipe. Aber Earl ist so geizig, daß er warten wird, bis irgendwer durch den alten fällt. Vielleicht, wenn ich ihm die Bretter zum halben Preis anbiete – oder sogar zu einem Viertel –"

So kam es zustande, daß Earl Delacroix drei Wochen später alle, die seine filzigen Gewohnheiten kannten, damit überraschte, daß er in der „Kiefer" einen neuen Tanzboden legen ließ. Etwas weniger überraschte es sie, daß er ein vollsaftiges, rothaariges Mädchen als Hostess einstellte. Er selbst war über diese Neuerwerbung nicht besonders erfreut. Aber Pringle hatte das Mädchen höchstpersönlich hergebracht und sie ihm aufs wärmste empfohlen. Im Geist hatte Delacroix die Augenbrauen gehoben. War Pringle nicht erst kürzlich von seiner Frau verlassen worden? Doch das ging ihn nichts an. Wenn Pringle, dem der größte Teil der Stadt gehörte, eine Stellung für eine – Freundin suchte, war es nur klug, die Freundin einzustellen, ohne zuviel zu fragen.

Besonders neugierig hatte es Delacroix gemacht, daß das Mädchen als ihren Namen Aceria angab und dann, als er nach ihrem vollen Namen fragte, eine geflüsterte Beratung zwischen ihr und Pringle den Familiennamen Jones zutage förderte. Also Jones, wie? Hehe.

Seitdem arbeitete Aceria in der „Kiefer". Zum Schein hat sie ein Zimmer in der Pension nebenan. Aber in dessen Bett wird niemals geschlafen. Ihre Wirtin weiß nicht, daß Aceria jeden Abend in das Restaurant zurückkehrt. Es ist dann dunkel, und niemand ist da, der sehen könnte, wie sie es anfängt, sich mit den Fußbodenbrettern zu verschmelzen. Wahrscheinlich verblaßt sie einfach. Bei diesen nächtlichen Ausflügen trägt sie immer ihr altes grünes Kleid. Oder vielmehr, es war grün, aber mit Herannahen des Herbstes verwandelte es sich allmählich in ein leuchtendes Orange-Gelb.

Sie tanzt göttlich, und die Jungen des Ortes mögen sie, finden sie aber doch ein bißchen merkwürdig. Zum Beispiel fragt sie früher oder später jeden neuen Bekannten, ob er von einem Haus wisse, vor dem ein Spitzahorn wächst. Sie fragt immer noch, und wenn Sie von einem wissen, wäre sie Ihnen ganz bestimmt für eine Mitteilung dankbar ...

# Die Zähne des Inspektors
## Anno Domini 2054–2088

Weltdirektor Chagas saß da und wartete auf den osirianischen Botschafter, und im Geist übte er das kurze Händeschütteln und das glasige Lächeln. Ihm gegenüber am Konferenztisch kettenrauchte Wu, der Erste Assistent des Direktors, während Evans, der Minister für auswärtige Angelegenheiten, seine Nägel feilte. Obwohl das leise Raspeln Chagas ärgerte, ließ er es sich nicht anmerken, denn Unerschütterlichkeit war eine der Eigenschaften, für die er bezahlt wurde. Die indirekte Beleuchtung lockte weiche Glanzlichter aus den silbernen Schädelkappen, die die rasierten Köpfe der drei bedeckten.

Chagas sagte: „Ich bin froh, wenn ich mein Haar wieder wie ein zivilisierter Mensch wachsen lassen kann."

„Mein lieber Chagas", bemerkte Wu, „bei dem Haar, das Sie haben, sehe ich keinen wesentlichen Unterschied."

Evans legte seine Nagelfeile weg. „Meine Herren, als ich – es ist ein Jahrhundert her – ein Kind war, fragte ich mich, wie es sein mag, an einem großen historischen Augenblick mitzuwirken. Jetzt wirke ich an einem mit und finde es sonderbar, daß ich der gleiche alte Jefferson Evans bin, und nicht Napoleon oder Caesar." Er betrachtete seine Nägel. „Ich wünschte, wir wüßten mehr über die osirianische Psyche ..."

Wu fiel ein: „Fangen Sie bloß nicht wieder mit diesem neoparetanischen Unsinn an, die Osirianer ließen sich von Gefühlen leiten und deshalb brauchten wir nur zu wissen, an welches wir zu appellieren haben – wie man auf einen Knopf drückt. Osirianer sind rationale Wesen. Das mußten sie sein, um die Raumfahrt unabhängig von uns zu erfinden. Daher werden sie sich allein von ihren wirtschaftlichen Interessen leiten lassen."

„Neo-marxistischer Blödsinn!" fauchte Evans. „Natürlich sind sie rational, aber genau wie wir auch von Gefühlen und Launen abhängig. Das ist kein Widerspruch –"

„Doch!" regte Wu sich auf. „Die Umgebung macht den Menschen, und nicht umgekehrt."

„Ich bitte Sie, hören Sie auf damit", sagte Chagas. „Das hier ist zu wichtig, als daß wir uns wegen Theorien mit Adrenaliu aufladen dürften. Gott sei Dank bin ich ein einfacher Mensch, der seine Pflicht zu tun versucht und sich keine Gedanken über soziologische Theorien macht. Wenn er unsere Bedingungen annimmt, wird der Althing den Friedensvertrag ratifizieren, und wir werden einen Interplanetaren Rat haben, der den Frieden bewahrt. Wenn er auf den Bedingungen besteht, auf die er, wie wir insgeheim denken, ein Recht hat, wird der Althin den Vertrag nicht ratifizieren. Dann werden wir getrennte Staatsgewalten haben, und die Geschichte unserer armen Erde wird wieder von vorn beginnen."

„Sie machen sich unnötige Sorgen, Chef", meinte Wu. „Es gibt keine ernsthaften Differenzen zwischen unserm und dem prokyonischen System. Und selbst, wenn es welche gäbe, brächte ein Krieg über eine solche Entfernung keinen wirtschaftlichen Vorteil, obwohl die Osirianer ein kapitalistisches Wirtschaftssystem wie Evans Land haben ..."

„Wer sagt, Kriege würden immer nur des wirtschaftlichen Vorteils wegen geführt?" fragte Evans. „Haben Sie nie von den Kreuzzügen gehört? Oder von dem Krieg, der eines Schweins wegen ausbrach?"

Wu erwiderte: „Sie meinen den Krieg, von dem gewisse sentimentale Historiker ohne Verständnis für soziale und ökonomische Faktoren *dachten,* er sei eines Schweines wegen ausgebrochen ..."

„Schluß!" befahl Chagas.

„Okay", sagte Evans. „Aber ich wette mit Ihnen um einen Drink, Wu, daß der Osirianer unser Angebot annimmt, wie es ist."

„Ich halte die Wette", antwortete Wu.

Eine Glocke ertönte und riß die Herren von ihren Sitzen.

Als der Osirianer eintrat, gingen sie ihm mit ausgestreckten Händen entgegen und äußerten höfliche Platitüden. Der Osirianer stellte seinen sich ausbauchenden Aktenkoffer ab und schüttelte ihnen die Hände. Er sah wie ein kleiner Dinosaurier aus, einen Kopf größer als ein Mensch – einer von den kleinen, die auf den Hinterbeinen gingen und den Schwanz nach hinten streckten, um das Gleichgewicht zu halten. Seine Schuppen waren mit einer rot und goldenen Bemalung in einem komplizierten Muster geschmückt.

Der Osirianer nahm auf dem lehnenlosen Schemel Platz, der für ihn hingestellt worden war. „Ein großes Verknüken, meine Herren", sprach er langsam mit einem Akzent, den sie kaum verstehen konnten. Das war nur natürlich, wenn man den Unterschied zwischen seinen und ihren Sprechorganen berücksichtigte. „Ich hape tas Ankepot ter Weltföteration stutiert und meinen Entschluß kefaßt."

Chagas bedachte ihn mit einem bedeutungslosen diplomatischen Lächeln. „Nun, Sir?"

Der Gesandte, dessen Gesicht nicht zum Lächeln eingerichtet war, ließ seine Zunge vor- und zurückschnellen. Mit irritierender Bedachtsamkeit begann er, die Punkte an seinen Klauen abzuzählen:

„Einerseits kenne ich tie politischen Petinkunken im Sonnensystem im allkemeinen und auf ter Erte im pesonteren. Daher weiß ich, warum Sie mich um die Tinke pitten mußten, um tie Sie mich kepeten hapen. Antererseits werten einike tieser Tinke meinem Volk nicht kefallen. Es wird viele Ihrer Forterunken als unkerecht petrachten. Ich könnte nun tie Einwänte einen nach tem anteren turchkehen. Ta Sie jetoch tiese Einwänte pereits kennen, kann ich Ihnen meinen Standpunkt pesser tarleken, intem ich Ihnen eine kleine Keschichte erzähle."

Wu und Evans wechselten einen schnellen Blick der Ungeduld.

Die gespaltene Zunge kam von neuem zum Vorschein. „Ties ist eine wahre Keschichte von ten alten Taken, als ter Mesonenantrieb Ihnen erstmals erlaubte, zu anteren Sternen zu flieken und Ihr System in Kontakt mit anteren zu prinken. Tamals wurte noch nicht üper eine kalaktische Rekierung kesprochen, und Sie hatten noch nicht kelernt, sich keken unsere pescheitenen hypnotischen Kräfte mit tiesen hübschen Silperhüten zu schützen. Ein junker Scha'akhfa – oder, wie Sie saken, ein Osirianer – war zur Erte kekommen, um Weisheit zu erwerpen ..."

Als Herbert Lengyel, ein Junior, vorschlug, sie sollten Hithafea, den osirianischen Freshman, auffordern, gab es in der Beratung der Jota-Gamma-Omikron-Brüderschaft einen Aufstand. Mit blitzenden Brillengläsern verteidigte Herb seinen Standpunkt:

„Er hat alles! Er hat Geld, und er ist ein patenter Junge, er ist gutmütig und ein guter Gesellschafter, und er hat den richtigen College-Geist. Ein Beweis ist doch schon, daß er, kaum ein paar Wochen hier, zum Yell-Leader gewählt wurde! Natürlich wäre es leichter, wenn er weniger nach einem Flüchtling aus dem Reptilienhaus im Zoo aussähe, aber wir sind zivilisierte Leute und sollten nach der inneren Persönlichkeit urteilen –"

„Augenblick mal!" John Fitzgeralds Stimme hatte bei der Beratung viel Gewicht, weil er ein Senior war und hinter seinen Namen bereits einen Titel setzen konnte. „Wir haben bereits zu viele absonderliche Typen in dieser Brüderschaft."

Er heftete den Blick auf Lengyel, obwohl Herb, der ihm am liebsten das hübsche Gesicht eingeschlagen hätte, nur ein ernsthafter, fleißiger Student statt eines Rah-rah-Jungen war. Fitzgerald fuhr fort:

„Sollen denn die Jotas ein Hafen für alle Mißgeburten des Campus werden? Vielleicht kann man hier demnächst ein Insekt, eine zwei Meter große Gottesanbeterin auf einem dieser Stühle sehen, und dann wird einem gesagt, das sei der Neue vom Mars ..."

„Noch etwas", unterbrach Lengyel. „Wir haben eine Antidiskriminierungsklausel in unserer Satzung. Deshalb können wir diesen Mann – diesen Studenten, sollte ich besser sagen – gar nicht ausschließen ..."

„Oh doch, das können wir", Fitzgerald unterdrückte ein Gähnen. „Die Klausel bezieht sich nur auf menschliche Rassen, nicht auf nichtmenschliche Wesen. Wir sind immer noch ein Klub von Gentlemen – und ein Gentleman ist zunächst ein Mann und ein Mensch – und das ist Hithafea ganz gewiß nicht."

„Das Prinzip ist das gleiche", widersprach Lengyel. „Warum, meint ihr wohl, ist Atlantic eine der wenigen Universitäten, an denen es noch Brüderschaften gibt? Weil die Brüderschaften hier die demokratische Tradition aufrechterhalten und Snobismus und Diskriminierung vermieden haben. Nun ist ..."

„Blödsinn!" erklärte Fitzgerald. „Es ist keine Diskriminierung, wenn man Leute auswählt, von denen man glaubt, daß sie zu einem passen. Es wäre nicht so schlimm, wenn Herb nur einen der Burschen von Krischna vorgeschlagen hätte, wo die Leute mehr oder weniger menschlich aussehen!"

„Es sind dieses Jahr keine Krischnas an der Uni", murmelte Lengyel.

„... aber nein, er muß uns ein glitschiges, schuppiges Reptil unterjubeln ..."

„John hat eine Phobie gegen Schlangen", sagte Lengyel.

„Das hat jeder normale Mensch."

„Jetzt redest *du* Blödsinn, Bruder Fitzgerald. Das ist nichts als eine Neurose, hervorgerufen durch ..."

„Ihr kommt beide vom Thema ab", mahnte Bruder Brown, Präsident des Kapitels.

So machten sie noch eine Weile weiter, bis eine Abstimmung gefordert wurde. Da Fitzgerald gegen die Aufnahme von Hithafea stimmte, stimmte Lengyel gegen die Aufnahme von Fitzgeralds jüngerem Bruder.

„He!" rief Fitzgerald. „Das kannst du nicht machen!"

„Wer sagt das?" fragte Lengyel. „Ich kann den Lümmel einfach nicht leiden."

Nach erneuter Streiterei zog jeder sein Veto gegen das Protegé des anderen zurück.

Auf dem Weg zur Tür stieß Fitzgerald seinen Daumen von der Größe eines Besenstielendes Lengyel in den Solarplexus und sagte: „Nimmst du morgen Alice an meiner Stelle zum Football-Spiel mit? Paß bloß auf, daß du sie in demselben Zustand zurückgibst, wie du sie erhalten hast!"

„Okay, Stinker", entgegnete Lengyel und ging auf sein Zimmer, um zu lernen. Obwohl sie einander nicht mochten, brachten sie es fertig, miteinander auszukommen. Lengyel bewunderte Fitzgerald insgeheim dafür, daß er wie der perfekte Typ eines College-Studenten aus dem Film wirkte, während Fitzgerald insgeheim Lengyel um seinen Verstand beneidete. Es amüsierte Fitzgerald, Lengyel mit Alice ausgehen zu lassen, weil er Herb als harmlosen Tropf ansah, der es nicht wagen würde, sich selbst an sie heranzumachen.

Am nächsten Tag, dem letzten Samstag der Football-Spielzeit des Jahres 2054, hatte Atlantic ein Heimspiel gegen Yale. Herb

Lengyel führte Alice Holm auf die Tribüne. Wie immer, wenn er in ihre Nähe kam, war ihm die Zunge am Gaumen festgeklebt. Deshalb studierte er die rosa Karte, die mit einem Reißbrettstift an dem Zuschauersitz vor ihm festgesteckt war. In einer numerierten Liste waren darauf die Dinge aufgeführt, die er mit einem quadratischen Pappendeckel, orange auf der einen und schwarz auf der anderen Seite, tun sollte, wenn der Cheer-Leader den Befehl dazu gab, um der gegenüberliegenden Seite des Stadions einen Buchstaben, eine Zahl oder ein Bild zu präsentieren.

Schließlich sagte Herb: „Habe ich dir schon erzählt, daß wir uns entschlossen haben, Hithafea aufzufordern? Aber sprich noch nicht darüber; es ist vertraulich."

„Ich erzähle es bestimmt nicht weiter", versprach Alice. „Heißt das, wenn John mich auf eure Tanzveranstaltungen mitnimmt, daß Hithafea mich zum Tanzen auffordern wird?"

„Nicht, wenn du es nicht möchtest. Ich weiß nicht einmal, ob er überhaupt tanzt."

„Ich werde mir Mühe geben, mich nicht zu schütteln. Bist du sicher, daß er nicht seine geheimnisvollen hypnotischen Kräfte eingesetzt hat, um dich dazu zu bringen, ihn vorzuschlagen?"

„Ach was! Professor Kantor hat in Psychologie gesagt, all dies Gerede über die hypnotischen Kräfte der Osirianer sei Unsinn. Nur wenn ein Mensch von Natur aus anfällig für hypnotische Einflüsse sei, könne er hypnotisiert werden, andernfalls nicht. Es gibt keine mysteriösen Strahlen, die die Osirianer mit ihren Augen versenden."

„Aber Professor Peterson stimmt damit nicht überein", sagte Alice. „Er meint, es wäre etwas daran, auch wenn noch niemand herausgefunden hat, wie es funktioniert – Oh, da kommen sie. Hithafea gibt einen göttlichen Yell-Leader ab, nicht wahr?"

Obwohl das Adjektiv vielleicht nicht gut gewählt war, bot Hithafea gewiß einen unvergeßlichen Anblick, wenn er, auf beiden Seiten von je drei hübschen Studentinnen flankiert, sprang und sein Megaphon schwenkte. Gesteigert wurde die Wirkung dadurch, daß er einen orangefarbenen Pullover mit einem großen schwarzen A auf der Brust trug und auf seinem Kopf ein Freshman-Käppchen trohnte. Seine einer Lokomotiv-Pfeife gleichende Stimme erhob sich über den allgemeinen Lärm:

„Atlantic! *A-T-L-A-N*..."

Am Ende jedes Anfeuerungsrufs breitete Hithafea mit gespreizten Klauen die Arme aus und sprang auf seinen vogelähnlichen Beinen drei Meter in die Luft. Die Reaktion der Zuschauer brachte ihn selbst mehr in Fahrt als die Spieler, denn die spielten eifrig Football. Hithafea hatte gehofft, auch an College-Wettkämpfen teilnehmen zu können, vorzugsweise in der Leichtathletik, bis der Trainer es ihm so schonend wie möglich beibrachte, daß niemand gegen ein Wesen antreten werde, das zwölf Meter weit springen konnte, ohne auch nur Atem zu holen.

Da in diesem Jahr beide Mannschaften stark waren, stand es am Ende des ersten Viertels immer noch 0:0. Nach einem Paß auf der Yale-Seite sah es aus, als habe der Mann mit dem Ball freie Bahn, bis John Fitzgerald, der größte von den vierzehn Atlantic-Spielern, ihn festnagelte. Hithafea kreischte:

„Fitzcherald! Rah, rah, rah, Fitzcherald!"

Ein betrunkener Yale-Senior, der den Raum für Herren unter der Tribüne aufgesucht hatte und nun zu seinem Platz zurückkehrte, geriet in die falsche Richtung und torkelte über den Rasenstreifen vor der Atlantic-Seite des Stadions. Dort wanderte er hin und her, rannte Leute an und fiel über die Stühle der Atlantic-Kapelle und wurde im allgemeinen sehr lästig.

Schließlich faßte Hithafea, der merkte, daß alle anderen dem Spiel zu interessiert zusahen, um einzugreifen, den Mann an der Schulter und drehte ihn in die andere Richtung. Der Mann sah zu Hithafea empor, schrie: „Hilfe, mich hat's erwischt!" und versuchte, sich loszureißen.

Er hätte sich die Mühe sparen können. Der Scha'akhfa-Freshman hielt ihn an beiden Schultern fest und zischte ihm etwas zu. Dann ließ er ihn los.

Statt nun fortzulaufen, warf der Mann seinen Hut mit der kleinen blauen Feder, seinen pelzgefütterten Mantel, seinen Rock und seine Weste und sein Hemd und seine Hose fort. Trotz der Kälte rannte er in Unterwäsche auf das Spielfeld. Seine Flasche hielt er unter den Arm geklemmt und tat, als sei sie der Ball.

Ehe er endgültig weggeschafft wurde, wurde Yale wegen ihm mit einer Strafe belegt, weil die Mannschaft zwölf Spieler auf einmal auf dem Feld gehabt habe. Glücklicherweise saßen die Yale-Zuschauer auf der anderen Seite des Stadions zu weit weg, um mitzubekommen, was geschah. Andernfalls hätte es wohl einen Aufstand gegeben. Sie waren später sehr entrüstet und rätselten herum, wer ihnen diese Gemeinheit angetan habe, besonders deswegen, weil das Spiel 21:20 für Atlantic endete.

Nach dem Spiel ging Hithafea an sein Brieffach im Verwaltungsgebäude. Auch alle anderen Freshmen drängten sich, ihre Post zu holen, denn dies war der Tag, an dem die Aufforderungen der Brüderschaften verteilt wurden. Als Hithafea leise zischte: „Entschuldigt, pitte", machten sie ihm viel Platz.

Er nahm drei kleine weiße Umschläge aus seinem Fach und eilte in sein Zimmer im Freshman-Heim. Frank Hodiak, sein Zimmergefährte, war bereits da und studierte seine einzige Aufforderung. Hithafea setzte sich mit gegen die Wand hochgestelltem Schwanz auf sein Bett und öffnete die Umschläge, indem er sie sauber mit den Klauen aufschlitzte.

„Frank!" rief er aus. „Sie wollen mich hapen!"

„Was ist denn los mit dir?" fragte Hodiak. „Deine Spucke tropft auf den Teppich! Bist du krank?"

„Nein, ich weine."

„Was?"

„Wirklich. So weinen wir Scha'akhfi epen."

„Und warum weinst du?"

„Weil ich so klücklich pin! Meine Kefühle überwältiken mich!"

„Dann weine um Gotteswillen in den Ausguß", meinte Hodiak roh. „Wie ich sehe, hast du drei bekommen. Welche wirst du annehmen?"

„Ich klaupe, die Aufforterung ter Jota Kamma Omikrons."

„Warum? Andere haben mehr Prestige!"

„Tas kümmert mich nicht. Ich möchte ten Jota Kamma Omikrons aus kefühlsmäßigen Kründen peitreten."

„Erzähl mir bloß nicht, ein kaltblütiges Reptil wie du habe Gefühle!"

„Doch. Wir Scha'akhfi sind alle kefühlspetont. Ihr klaupt nur, wir seien es nicht, weil wir unsere Kefühle nicht in unsern Kesichtern zeiken."

„Und was sind das für gefühlsmäßige Gründe?" bohrte Hodiak.

„Erstens", Hithafea zählte an seinen Klauen ab, „weil Herb

Lengyel tazukehört. Er war ter erste Mann auf tem Campus, ter mich wie ein Mitwesen pehantelt hat. Zweitens, weil ter kroße de Câmara ein Jota war, als er vor vielen Jahren tie Atlantic-Universität pesuchte."

„Und wer ist dieser de Câmara?"

„Weißt tu tas nicht? Taß es toch unter den gepildeten Ertpewohnern Leute kipt, tie tie eikene Keschichte nicht kennen! Er war einer ter kroßen Raumpioniere, der Krünter ter Viagens Interplanetarias und ter erste Ertenmensch, ter seinen Fuß auf Osiris setzte."

„Ein Brasilianer, stimmt das?"

„Ja. De Câmara war es, ter tie falschen Zähne unseres Chefinspektors Ficèsagha von Osiris zurück zur Erte prachte und sie ter Atlantic-Universität schenkte, als er ten Ehrentoktor erhielt. Ehe ich als Yell-Leader zu einem Spiel kehe, suche ich erst tas Museum auf und petrachte tiese Zähne. Tie kefühlsmäßigen Assoziationen inspirieren mich. Ich hape eine starke kefühlsmäßige Pindung an Senhor de Câmara, auch wenn einike von unsern Leuten pehaupten, er hätte tiese Zähne kestohlen, und antere es für einen Seken halten, daß er unsern Planeten wieter verlassen hat."

Bei seiner ersten Teilnahme an einem Treffen der Brüderschaft hockte sich Hithafea bescheiden unter den anderen Neuen nieder. Diese maßen ihn mit Blicken, in denen sich Spuren von Abscheu oder Argwohn zeigten. Als den zukünftigen Mitgliedern ihre Pflichten erklärt worden waren, machten sich Fitzgerald und zwei andere Brüder mit den Kandidaten ein bißchen Spaß von der sadistischen Art. Sie brachten zwei hölzerne Instrumente zum Vorschein, die wie Tischtennisschläger aussahen, aber schwerer waren, und schossen unsinnige Fragen auf die Freshmen ab. Diejenigen, die keine zungenfertige Antwort gaben, wurden wegen ihrer Dummheit geschlagen, während diejenigen, die zungenfertige Antworten gaben, ihres Status als Neue wegen geschlagen wurden.

Ab und zu sagte Hithafea: „Will mich tenn niemand schlaken?"

„Warum, Monster?" fragte Fitzgerald. „Willst du gern geschlagen werden?"

„Natürlich! Es kehört toch tazu, wenn man aufkenommen wird. Es würte mir tas Herz prechen, wenn ich nicht epenso keschlagen würte wie tie anteren."

Die Brüder sahen sich verdutzt an. Bruder Brown zeigte auf Hithafeas stromlinienförmiges Heck.

„Zum Teufel, wie denn? Ich meine, wo ist sein – äh – ich meine, wohin sollen wir ihn schlagen?"

„Ach, irgendwohin", sagte Hithafea.

Bruder Brown, der nicht ganz glücklich über die ganze Sache aussah, holte mit seinem Schläger aus und traf Hithafeas schuppigen Rumpf. Er schlug wieder und wieder zu, bis Hithafea sich beschwerte:

„Ich spüre üperhaupt nichts. Schlägst tu pei mir vielleicht absichtlich leicht zu? Es würte meine Kefühle verletzen, wenn tu tas tätest."

Brown schüttelte den Kopf. „Man könnte ebenso gut versuchen, einen Elefanten mit einem Pusterohr zu erschießen. Versuch du es einmal, John."

Fitzgerald schwang seinen Arm und verpaßte Hithafea einen Hieb, daß der Schläger zerbrach. Fitzgerald ließ seine Hand im Gelenk kreisen, sah die anderen Brüder an und erklärte:

„Wir müssen dich wohl als geziemend geschlagen betrachten, Hithafea. Kommen wir zur Sache."

Die anderen Neuen grinsten und waren offensichtlich froh, weiteren Schlägen entronnen zu sein. Da die Brüder das Gefühl hatten, sich irgendwie blamiert zu haben, machte die Sache heute sowieso keinen Spaß mehr. Nun wurde den Neuen noch streng befohlen, sich am nächsten Abend zum Thanksgiving-Ball einzufinden, wo sie zu servieren und sonstige Arbeiten zu leisten hätten. Außerdem legte man ihnen auf, zum Treffen in der nächsten Woche je drei Katzen mitzubringen.

Hithafea meldete sich am Ballabend wie üblich eine Stunde zu früh zum Dienst, des feierlichen Anlasses wegen eine schwarze Smokingschleife um den schuppigen Hals gebunden. John Fitzgerald brachte natürlich Alice Holm mit, während Herbert Lengyel solo kam. Er stand verlegen herum und versuchte, mit zur Schau getragener gelangweilter Überlegenheit die Tatsache zu verschleiern, daß er Alice gern selbst eingeladen hätte.

Als Hithafea mit einem Tablett voller Erfrischungen hereinstolziert kam, kreischten einige der Mädchen, die keine Atlantic-Studentinnen waren und ihn deshalb noch nie gesehen hatten.

Alice wurde ihres anfänglichen Abscheus Herr und fragte: „Tanzen Sie, Hithafea?"

Hithafea antwortete: „Es ist zu schate, Miss Holm, ich kann es nicht."

„Oh, ich wette, Sie tanzen göttlich!"

„Taran liegt es nicht. Zu Hause auf Osiris kehöre ich peim Fruchtparkeitstanz zu den Pesten. Aper sehen Sie sich meinen Schwanz an! Ich fürchte, ich würte den kanzen Tanzpoten für mich allein prauchen. Sie können sich kar nicht vorstellen, welch ein Proplem ein Schwanz in einer Welt tarstellt, wo die Pewohner normalerweise keinen hapen. Jedes Mal, wenn ich versuche, turch eine Trehtür zu kehen –"

„Tanzen wir, Alice", unterbrach ihn Fitzgerald unhöflich. „Und du, Monster, mach dich an die Arbeit!" Dann führte er Alice zur Tanzfläche.

Alice sagte: „Aber John, ich glaube, du bist eifersüchtig auf den armen Hithafea! Ich fand ihn süß."

„Ich eifersüchtig auf ein schlüpfriges Reptil? Ha!" höhnte Fitzgerald, als sie mit den anstrengenden Schritten des Zulu begannen.

Beim nächsten Brüderschaftstreffen erhob sich ein großes Geheul, als die Neuen Mann für Mann mit drei Katzen auftauchten, deretwegen sie Überfälle in Nebenstraßen und den Häusern ihrer Freunde und dem städtischen Pfandstall ausgeführt hatten. Bruder Brown fragte: „Wo bleibt Hithafea? Das Monster kommt doch sonst nie zu spät –"

Die Türklingel läutete. Einer der Neuen öffnete die Tür, blickte hinaus und sprang mit der Geschwindigkeit, wenn auch nicht mit der Anmut eines erschreckten Rehs zurück, während sich seiner Kehle ein Quaklaut entrang. Dort auf der Türschwelle stand Hithafea mit einer voll ausgewachsenen Löwin an der Leine. Die Katzen rasten in wilder Panik in andere Teile des Brüderschaftshauses, kletterten an Gardinen empor und sprangen auf Kaminsimse. Die Brüder sahen aus, als würden sie es ihnen gern nachtun, hätten sie nicht gefürchtet, vor den Neuen das Gesicht zu verlieren.

„Kuten Apend", sagte Hithafea. „Tas ist Tootsie. Ich hape sie kemietet. Ich tachte, wenn ich eine kanz kroße Katze pringen würte, wäre tas epenso kut wie tie trei, tie ich prinken sollte. Sie kefällt euch toch sicher?"

„Ein Original", bemerkte Fitzgerald. „Er ist nicht nur ein Monster, er ist auch ein Original."

„Werte ich jetzt keschlaken?" fragte Hithafea hoffnungsvoll.

„Dich zu schlagen", stellte Fitzgerald fest, „ist genauso, als schlüge man ein Rhinozeros mit einer Fliegenklatsche." Und er machte sich mit ein bißchen zusätzlicher Energie über die Kehrseite der anderen Neuen her.

Als das Treffen vorüber war, setzten die Brüder sich zur Konferenz zusammen. Bruder Broderick meinte: „Ich finde, wir müssen ihnen das nächste Mal eine originellere Aufgabe stellen. Besonders Hithafea. Ich schlage vor, wir sagen ihm, er soll – ah! – wie ist das mit diesem falschen Gebiß, das diesem – diesem Kaiser von Osiris, oder was er gewesen ist, gehört hat und das jetzt im Museum liegt?"

Hithafea fragte: „Tu meinst die Zähne unseres kroßen Chefinspektors Ficèsaqha?"

„Ja, Inspektor Fisch – nun, sag du es richtig, aber der ist es, den ich meine."

„Tas wird mir eine kroße Ehre sein", erklärte Hithafea. „Tarf ich Sie, Mr. Fitzcherald, ehe wir kehen für einen Moment allein sprechen?"

Fitzgerald runzelte die Stirn. „Okay, Monster, aber beeile dich. Ich habe eine Verabredung." Er folgte dem Scha'akhfa nach draußen, und die anderen Brüder hörten, daß Hithafea ihm auf dem Korridor etwas zuzischte.

Dann steckte Hithafea seinen Kopf durch die Tür. „Mr. Lengyel, kann ich jetzt mit Ihnen sprechen?" Und das gleiche spielte sich mit Lengyel ab.

Die anderen Brüder horchten nicht auf das Gespräch zwischen Lengyel und Hithafea, weil es sie mehr interessierte, was sich im Salon abspielte. John Fitzgerald, aufgetakelt mit seinen besten Sachen, kam hindurch, und die Löwin sprang ihn an und versuchte, einen Ringkampf mit ihm aufzuführen. Je heftiger er sich zu befreien suchte, desto begeisterter rang sie mit ihm. Schließlich gab er es auf und blieb auf dem Rücken liegen, während Tootsie auf seiner Brust saß und ihm das Gesicht ableckte. Da die Zunge einer Löwin auf ein menschliches Gesicht in etwa die Wirkung von grobem Sandpapier hat, war Fitzgerald nicht in der allerbesten Laune, als Hithafea zurückkam und sein Tierchen wegführte.

„Ich pitte sehr um Entschultikung", sagte er. „Sie ist so verspielt."

Am Abend vor der nächsten Zusammenkunft huschten Schatten durch das Gebüsch um das Museum. Die Vordertür öffnete sich, und ein Schatten kam heraus – unverkennbar der eines großen, breitschultrigen Mannes. Der Schatten spähte erst in die Dunkelheit draußen, dann zurück in die Dunkelheit, aus der er gekommen war. Aus der Finsternis erklangen Geräusche. Der Schatten lief schnell die Stufen vor dem Eingang hinunter und flüsterte: „Hier!"

Ein zweiter Schatten tauchte aus den Büschen auf, nicht der eines Mannes, sondern der eines Wesens, das aus dem Mesozoikum stammen mochte. Der Menschenschatten steckte dem Reptilienschatten ein Päckchen zu, gerade als der Museumswächter im Eingang erschien und brüllte:

„He, Sie!"

Der Menschenschatten lief wie der Wind davon; der Reptilienschatten verschwand in den Büschen. Der Wächter rief von neuem, blies in seine Polizei-Trillerpfeife und rannte hinter dem Menschenschatten her. Doch nach einer Weile gab er es schnaufend auf. Die Beute war verschwunden.

„Gott verdammt", murmelte der Wächter. „Den müssen die Polizisten einfangen. Wie war das gleich, wer ist heute Nachmittag kurz vor dem Schließen gekommen? Da war dies kleine, italienisch aussehende Mädchen und der rothaarige Professor und dieser große Football-Typ ..."

Frank Hodiak fand seinen Zimmergefährten beim Packen seiner wenigen einfachen Habseligkeiten und fragte:

„Wohin willst du?"

„Ich fahre in tie Weihnachtsferien", antwortete Hithafea. „Ich hape tie Erlaupnis pekommen, ein paar Take vor den anteren abzureisen." Er ließ seinen kleinen Koffer zuschnappen. „Lepewohl, Frank. Es war schön, tich kekannt zu hapen."

„Lebewohl? Willst du auf der Stelle fort?"

„Ja."

„Das hört sich an, als wolltest du nicht zurückkommen."
„Vielleicht komme ich eines Takes zurück. *Sahacikhthasèf*, wie wir auf Osiris saken."

Hodiak erkundigte sich: „Sag mal, was ist das für ein komisches Päckchen, das du in deinen –"

Noch ehe er seinen Satz beendet hatte, war Hithafea gegangen.

Beim nächsten Brüderschaftstreffen glänzte Hithafea, sonst der mit Abstand eifrigste unter den Neuen, durch Abwesenheit. Die Brüder riefen das Wohnheim an und bekamen Frank Hodiak an den Apparat, der ihnen mitteilte, Hithafea habe sich schon vor Stunden verdrückt.

Die zweite seltsame Tatsache war, daß John Fitzgerald einen Verband um das rechte Handgelenk trug. Als die Brüder ihn danach fragten, antwortete er:

„Verdammt, ich weiß nicht, wie das passiert ist! Ich fand mich auf einmal in meinem Zimmer mit einer Schnittwunde am Handgelenk wieder und habe keine Ahnung, woher sie stammt."

Das Treffen war in vollem Gang und die Schläger wurden eifrig betätigt, als die Türklingel läutete. Zwei Männer traten ein: Einer von den Campus-Wächtern und einer von der städtischen Polizei.

Ersterer fragte: „Ist John Fitzgerald hier?"

„Ja", sagte Fitzgerald. „Ich bin es."

„Nehmen Sie Hut und Mantel und kommen Sie mit uns."

„Warum?"

„Wir möchten Ihnen ein paar Fragen über das Verschwinden eines Ausstellungsstücks aus dem Museum stellen."

„Davon weiß ich gar nichts. Hauen Sie ab, besorgen Sie sich erst einen Haftbefehl."

Das war genau die falsche Taktik, denn der Stadtpolizist brachte ein Blatt Papier mit einer Menge Druckschrift zum Vorschein und sagte: „Okay, hier ist ein Haftbefehl. Sie sind festgenommen. Kommen Sie ..." Damit nahm er Fitzgerald beim Arm.

Fitzgerald riß sich mit einem Schwinger los, der, platsch, im Gesicht des Polizisten landete, so daß dieser auf den Rücken fiel und liegenblieb. Er stöhnte und machte ein paar hilflose Bewegungen. Die anderen Brüder gerieten in Erregung, packten beide Polizisten und warfen sie zur Eingangstür und holterdipolter die Steinstufen vor dem Brüderschaftshaus hinunter. Dann gingen sie zu ihrem Treffen zurück.

Fünf Minuten später hielten vier Funkwagen vor dem Brüderschaftshaus, und ein Dutzend Polizisten stürmten hinein.

Die Brüder, so kriegerisch sie vor ein paar Minuten noch gewesen waren, wichen vor den Gummiknüppeln und Schlagstöcken zur Seite. Hände streckten sich aus blauen Ärmeln nach Fitzgerald aus. Er schlug einen weiteren Polizisten nieder, und dann klammerten sich die Hände um seine Arme und Beine und hielten ihn fest. Als er nicht aufhören wollte, sich zu wehren, bekam er den Schlagstock eines Polizisten auf den Kopf, und da hörte er auf.

Als er auf dem Weg zum Polizeirevier zu sich gekommen war und sich beruhigt hatte, fragte er: „Zum Teufel, um was geht es überhaupt? Ich sage Ihnen, ich habe in meinem ganzen Leben noch nie irgend etwas aus einem Museum gestohlen!"

„O doch, das haben Sie", antwortete ein Polizist. „Es waren die falschen Zähne, die einem dieser Wesen von einem anderen Planeten gehört haben. Sie sind gesehen worden, als Sie in das Museum gingen, und Sie haben überall auf dem Glaskasten Fingerabdrücke hinterlassen, als Sie das Gebiß klauten. Junge, diesmal kommen Sie hinter Gitter! Verdammte College-Bengel, sie halten sich immer für etwas Besseres als andere Leute ..."

Am nächsten Tag erhielt Herbert Lengyel einen Brief:

Lieber Herb,
wenn Du dies liest, bin ich schon mit den Zähnen unseres Chefinspektors Ficèsaqha, einem unserer größten Heroen, unterwegs nach Osiris. Es ist mir gelungen, eine Kabine auf einem Schiff zum Pluto zu bekommen, von wo ich mit einem osirianischen interstellaren Linienschiff in mein eigenes System weiterreise.

Als Fitzgerald vorschlug, ich solle die Zähne stehlen, war die Versuchung, diese Reliquie zurückzugewinnen, die de Câmara damals gestohlen hatte, unwiderstehlich. Da ich kein erfahrener Einbrecher bin, befahl ich Fitzgerald unter Hypnose, die Tat für mich auszuführen. So schlug ich drei Fliegen mit einer Klappe, wie Ihr Erdenmenschen sagt. Ich bekam die Zähne, ich revanchierte mich bei Fitzgerald für seine Beleidigungen, und ich brachte ihn hinter schwedische Gardinen, damit Du freie Bahn bei Miss Holm hast.

Ich schreibe Dir das, damit Du ihn vor einem Ausschluß von der Universität retten kannst, weil ich glaube, daß er eine so harte Strafe nun doch nicht verdient. Auch bei Dir habe ich die osirianische Hypnose angewandt, um einige Deiner Hemmungen zu entfernen. Deshalb solltest Du Deinen Teil an der Sache schon zuwegebringen.

Ich bedauere, daß ich meine Ausbildung an der Atlantic-Universität nicht beenden und nicht endgültig in die Jota-Gamma-Omikron-Brüderschaft aufgenommen werden konnte. Mein Volk wird mir jedoch für diese Tat Ehre erweisen, da wir verfeinerte Gefühle bewundern.

Mit brüderlichem Gruß<br>Hithafea

Lengyel legte den Brief zur Seite und betrachtete sich im Spiegel. Jetzt verstand er, warum er sich in den letzten paar Stunden so leicht, so wagemutig und so selbstbewußt gefühlt hatte. Überhaupt nicht wie sein altes Selbst. Er grinste, strich sich sein Haar zurück und begab sich zum Haustelefon, um Alice anzurufen.

„So, meine Herren", sagte Hithafea, „jetzt verstehen Sie, warum ich mich entschlossen habe, tie Vereinparung so zu unterschreipen, wie sie ist. Vielleicht wird man mich kritisieren, ich hätte Ihnen zu leicht nachkekepen. Aber sehen Sie, was Ihren Planeten ankeht, pin ich sentimental. Ich pin auf vielen Planeten kewesen, und nirkendwo hat man mich so aufkenommen und mir das Kefühl kekepen, zu Hause zu sein, wie vor vielen Jahren pei der Jota-Kamma-Omikron-Prüterschaft."

Der Botschafter begann, seine Papiere einzusammeln. „Hapen Sie ein Memorantum über tieses Treffen, tas ich paraphieren soll? Kut." Hithafea unterzeichnete, indem er eine Klaue als Feder benutzte. „Tann können wir tas offizielle Unterschreipen auf nächste Woche ansetzen, ja? Mit Kameras und Ansprachen? Eines Takes, wenn Ihnen tanach ist, ten Kründern des Interplanetaren Rates ein Tenkmal zu kepen, sollten Sie es Mr. Herbert Lengyel errichten."

Evans sagte: „Sir, man hat mir gesagt, die Osirianer liebten unsere irdischen alkoholischen Getränke. Wäre es Ihnen recht, mit zur Föderationsbar hinunterzusteigen ..."

„Es tut mir so leid, nicht tieses Mal. Tas nächste Mal kern. Jetzt muß ich mein Flugzeug nach Paltimore, U.S.A. erwischen."

„Was haben Sie dort vor?" erkundigte sich Chagas.

„Wissen Sie, tie Atlantic-Universität verleiht mir ten Ehrentoktor. Wie ich tiesen komischen Hut mit ter Quaste auf meinem Kamm palancieren soll, weiß ich noch nicht. Aper tas war ein weiterer Krund, daß ich auf Ihre Petinkunken einkekanken pin. Was ist tenn mit Mr. Wu los? Er sieht krank aus."

Chagas sagte: „Er hat zusehen müssen, wie die Philosophie, an die er sich sein Leben lang gehalten hat, in Stücke zerfiel, das ist alles. Kommen Sie, wir bringen Sie zu Ihrer Maschine."

Als Wu sich zusammenriß und mit den anderen aufstand, grinste Evans ihn schief an.

„Wenn wir den Botschafter verabschiedet haben, wäre ich persönlich für einen Champagner-Cocktail."

# *Glückliche Reise!*

Darius Mehmed Koshay blickte auf den fetten Mann, der ihm am Tisch gegenübersaß, und dann auf die hübschere, wenn auch kaum rundere Wanduhr. In drei Stunden kam das Schiff von der Erde auf dem Raumhafen des Uranus an und brachte höchstwahrscheinlich einen Haftbefehl für Darius Koshay mit.

Drei Stunden, in denen er den Fetten irgendwie in eine Fluchtmöglichkeit aus dem Sonnensystem umwandeln mußte. Koshay wollte an einen Ort, wo man ihn seiner Talente wegen anerkennen statt behindern würde. Genauer gesagt, an einen Ort, wo irdische Haftbefehle nicht durchgesetzt wurden – zumindest nicht für ein so geringfügiges Versehen wie die Verteilung allzu begeisterter Prospekte für eine neue Firma zur Aufzucht von Dudelvögeln auf dem Mars.

Es war eine scheußliche Wahl zwischen der Uhr und Moritz Gloppenheimer, der nicht nur fett, sondern auch laut, ungepflegt und ordinär war. Er hatte Schmutz unter den Fingernägeln – Koshay warf einen verstohlenen Blick auf seine eigenen tadellos manikürten Finger – und Mundgeruch.

Der unangenehmste Zug an ihm war, daß der Fette einen Plan hatte, von dem Koshay wünschte, er wäre *ihm* eingefallen. Koshay war sogar überzeugt, er *wäre* ihm eingefallen, wenn er nur noch ein bißchen Zeit gehabt hätte. Daher gehörte der Plan von Rechts wegen ihm ...

„Erzählen Sie doch weiter", forderte Koshay den Dicken mit gewinnendem Lächeln auf. Es war ein Lächeln von der Art, wie es einst eine Märchenfigur zu der Frage veranlaßt hatte: „Großmutter, was hast du für große Zähne?"

Die Ermutigung war kaum notwendig, denn Gloppenheimer war ein Nonstop-Redner. Das Problem war, wie man ihn abdrehen konnte, sobald er einmal angefangen hatte – gerade umgekehrt wie bei einem schottischen Wasserhahn.

„... und als ich nun diese Anzeige über eine echt amerikanische Ferien-Ranch in den bayerischen Alpen las, sagte ich zu mir: Warum kannst du die Idee nicht benützen, Junge? Du hast schließlich genug Filme über den Wilden Westen gesehen. Verbringe einen Monat auf dieser Ranch, damit du die Tricks herauskriegst, und ab mit dir!"

„Wohin?" fragte Koshay in genau dem richtigen Ton zwischen Interesse und Gleichgültigkeit, der seinen Bekannten veranlaßte, weiterzusprechen, ohne seinen Argwohn zu erregen.

„Zu einem Planeten, der nicht zu weit weg ist, humanoide Bewohner besitzt und private Unternehmer von der Erde gern willkommen heißt. Was finde ich? Mars und Venus sind für diesen Zweck nicht zu gebrauchen – der Mars hat nicht genug Luft, und seine Bewohner sind zu insektenähnlich, während die Venus zu heiß ist und überhaupt keine Bewohner hat. Der meistversprechende Planet ist von meinem Gesichtspunkt aus Osiris im Prokyon-System. Die Leute sind Reptilien, aber hochzivilisiert und freundlich. Sie haben eine extreme kapitalistische Wirtschaftsstruktur und eine Vorliebe für irdische Bräuche und Moden. Deshalb reise ich ab, sobald ich meine Muster gesammelt hatte."

„Was für Muster?" Koshay zündete sich eine Zigarette an.

„Zunächst einmal ein Cowboy-Anzug nach der alten amerikanischen Art. Ich weiß, das Kostümieren tut man nur zum Spaß; schon seit Jahrhunderten haben die Amerikaner ihr Vieh nicht mehr auf eine so pittoreske Methode gezüchtet. Ich habe einmal eine Ranch in Texas gesehen – wie ein Laboratorium, und die Cowboys liefen in weißen Kitteln herum und trugen Reagenzröhrchen und maßen ihren Tieren die Temperatur. Aber im Ferien-Ranch-Geschäft ist immer noch Geld zu machen. Es gibt sogar eine in Japan, habe ich gehört.

Doch kommen wir auf meine Muster zurück: Ein Seil oder Lasso. Eine alte einschüssige Pistole, wie man sie in Museen sieht. Textbücher und Romane, die sich mit dem Wilden Westen befassen. Eine Gitarre, ein Banjo oder ein ähnliches Instrument, mit dem des Abends am Lagerfeuer die Lieder begleitet werden. Ich besuche also die bayerische Ranch, ich kaufe die Muster –"

„Wie ist der Geldverkehr zwischen dem prokyonischen und unserm System?" erkundigte sich Koshay.

Gloppenheimer rülpste laut. „Weit offen! Man kann unbegrenzt osirianisches Geld in Dollar der Weltföderation umtauschen. Natürlich muß man zuerst einen Partner oder Sponsor finden. Auf fremden Planeten soll man sich immer einen eingeborenen Partner nehmen und selbst im Hintergrund operieren. Sonst erhebt eines Tages irgendein Typ die Stimme: ‚Der Erdenmensch beutet uns aus! Reißt das Ungeheuer in Stücke!'"

„Haben Sie das ganze Zeug bei sich?"

„Ja, ja. – Kellner!" bellte Gloppenheimer. „Noch eine Runde. Sofort, verstanden?"

Koshay lächelte. „Setzen Sie es auf meine Rechnung", fügte er leise hinzu. In seinem Kopf begann sich ein Plan zu formen, der, wenn er erfolgreich verlief, ihn reichlich dafür entschädigen würde, daß er mit seinem dahinschwindenden Geld diesen Einfaltspinsel freihielt.

Drei Runden später zeigte Gloppenheimer die Neigung, seinen Kopf auf die Arme sinken zu lassen und einzuschlafen. Koshay erbot sich:

„Lassen Sie sich von mir in Ihr Zimmer helfen, Herr Gloppenheimer."

„Danke", nuschelte Gloppenheimer. „Ein wahrer Freund. Erinnern Sie mich, daß ich meinen Wecker aufziehe; mein Schiff fährt bald ab. Ja, ich sollte nicht soviel trinken. Meine dritte Frau sagte immer ..." Der Dicke begann zu heulen, wahrscheinlich wegen der Erinnerung an seine dritte Frau.

Sie taumelten im Zickzack durch die Flure und stießen sich wie lebendige Billardbälle von einem Schott zum anderen ab, bis sie Gloppenheimers Kabine erreicht hatten. Sie lag zwei Türen von Koshays Zimmer in der Abteilung für Durchgangsreisende dieses unterirdischen Kaninchenbaus. (Die Raumhäfen auf Neptun und auf Pluto sahen ähnlich aus; Uranus war zu dieser Zeit der Umsteigehafen ins prokyonische und sirianische System, weil sich zufällig allein der Uranus auf der richtigen Seite des Sonnensystems befand.)

Gloppenheimer plumpste auf seine Koje und begann wie ein Sägewerk zu schnarchen, fast noch bevor sein Kopf das Kissen berührte.

Als Koshay fest überzeugt war, daß sich Gloppenheimer nicht

einmal durch heftiges Schütteln aufwecken ließ, sah er die Papiere und Effekten des Mannes durch. Er zog Gloppenheimer die Schlüssel aus der Tasche und öffnete den Schrankkoffer, der neben der Tür stand. Dort hing die Cowboy-Ausstattung mitsamt allem Zubehör. Gloppenheimers gewöhnliche Kleider lagen in einem kleineren Koffer, und dieser, etwa in der Größe von Koshays eigenem, war mit einem fast identischen Stoffüberzug versehen. Ein glücklicher Zufall! Offensichtlich sorgte Allah dafür, daß Koshay zu dem kam, was ihm zustand.

Einige Minuten lang prüfte Koshay den Paß Gloppenheimers.

Schließlich schlich er auf Zehenspitzen in seine eigene Kabine, ergriff seinen eigenen Koffer und spähte vorsichtig aus der Tür. Das Zimmer zwischen seiner und Gloppenheimers Tür bewohnte ein achtbeiniger Eingeborener von Isis, der wie das unglaubliche Ergebnis einer Kreuzung zwischen einem Elefanten und einem Dackel aussah. Da der Isidianer seine Tür normalerweise geschlossen hielt, weil der Luftdruck in der Kabine den Bedingungen seines Heimatplaneten entsprechend erhöht war, hielt Koshay es für unwahrscheinlich, daß er plötzlich herausplatzen würde. Trotzdem konnte man nie zu vorsichtig sein.

Er lauschte. Aus dem Raum des Isidianers klang, gedämpft durch die Tür, das schwache *Tonk-tonk-tonk* eines Phonographen – isidianische Musik. Koshay wußte, daß sie erzeugt wurde, indem eine Menge Isidianer mit Hämmerchen in ihren Rüsseln auf Holzstücke verschiedener Form und Größe schlugen. Der Effekt war ultra-kubanisch und wurde durch das Hintergrundgeräusch von Gloppenheimers Schnarchen nicht sehr verbessert.

Schnell trug Koshay seinen Koffer in Gloppenheimers Zimmer. Nachdem er festgestellt hatte, daß Gloppenheimer immer noch fest schlief, öffnete er ihn. Aus einem falschen Boden förderte er ein Sortiment an Federn, Tintenflaschen, Stempeln, Gravierwerkzeugen und anderen Geräten zutage, die ein ehrlicher Reisender nicht üblicherweise mit sich führt. Auch verschiedene Pässe kamen zum Vorschein. Sie enthielten Koshays Fingerabdrücke und Foto, jedoch keinen Namen.

Koshay stempelte den Namen „Moritz Wolfgang Gloppenheimer" an die entsprechenden Stellen. Es wirkte wie Maschinenschrift. Dann übte er ein paarmal Gloppenheimers Unterschrift auf einem Stück Papier und unterzeichnete das Dokument.

Noch einmal sah er sich Gloppenheimers Paß an. Wenn er nur Gloppenheimer mit einem ähnlichen Paß ausstatten könnte, der auf den Namen Darius Mehmed Koshay lautete – aber für eine so umfangreiche Fälschungsarbeit fehlte es ihm an Ausrüstung. Er tat das Nächstbeste, indem er für Gloppenheimer eine kleine Identitätskarte auf den Namen Koshay fälschte, auf der in dem brasilianischen Protugiesisch der Raumschiffahrt zu lesen stand:

BEFRISTETER AUSWEIS
AUSGESTELLT WEGEN VERLUST DES REISEPASSES
NUR GÜLTIG BIS ZUM ERHALT EINES NEUEN
REISEPASSES

Darauf nahm er einen schmalen Streifen Stoff von der Art, mit der sein Koffer bezogen war, und ließ ihn durch ein Gerät laufen, das in Goldbuchstaben „M.W.G." darauf stempelte. Er zupfte mit den Fingernägeln an den Initialen auf seinem eigenen Koffer, bis sich eine Ecke eines ebensolchen Streifens löste, riß den Sreifen dann ganz ab und klebte den neuen an die Stelle des alten. Er klebte einen Streifen mit „D.M.K." über die Initialen auf Gloppenheimers Koffer, so daß jeder, der nicht ganz genau hinsah, glauben mußte, dieser Koffer trage Koshays Anfangsbuchstaben.

Dann sah er Gloppenheimers Kleidung durch, um ganz sicher zu sein, daß nichts davon mit Buchstaben oder anderen Hinweisen auf die Identität gekennzeichnet sei. Als diese Arbeit beendet war, sah er in seiner und in Gloppenheimers Brieftasche alle Papiere, Karten, Schiffskarten und so weiter durch und tauschte die Brieftaschen aus. Er behielt seinen echten Paß und genügend Dokumente, daß er sich, wenn nötig, als Darius Koshay identifizieren konnte, und packte dies in den falschen Boden seines Koffers. Die Schiffskarte nach Osiris war ihm besonders willkommen, da er nicht mehr genug Geld hatte, um sich selbst eine zu kaufen.

Bei diesem Wechsel der Identität machte Koshay sein Stolz ein bißchen zu schaffen, denn für gewöhnlich fühlte er sich über vulgären Diebstahl erhaben. Er beschwichtigte sein Gewissen mit dem halbherzigen Entschluß, Gloppenheimer eines Tages alles zurückzuzahlen, wenn er es ohne persönliches Opfer und ohne

Unbequemlichkeit tun konnte. Derartige Entschlüsse hatte er auch früher schon gefaßt, wenn die Umstände ihn gezwungen hatten, seinen ohnehin sehr biegsamen Moralkodex zu beugen, aber es war noch nie etwas daraus geworden.

Schließlich mußte ein Mann seine Rechte verteidigen.

Der Beamte der Viagens Interplanetarias hob den Blick und sah vor sich einen Mann stehen, einen von der letzten Gruppe, die mit der *Antigonos* von der Erde gekommen war.

„*Que quer você, se hor?*" fragte der *fiscal*.

„Entschuldigen Sie", antwortete der Mann in ausgezeichnetem Portugiesisch. „Ich bin Moritz Gloppenheimer, unterwegs von der Erde nach Osiris, und ich habe Kabine 9 in der Abteilung für Durchgangsreisende."

(Darüber wunderte sich der Beamte. Er meinte doch, sich an Gloppenheimer als einen fetten, blonden, ungehobelten Schwätzer mit starkem deutschem Akzent zu erinnern, während dieser Herr hier schlank, dunkel, elegant, ruhig und jünger aussehend war. Zweifellos hatte er die Namen verwechselt.)

„Einer meiner Mitreisenden", fuhr Koshay fort, „hat auf dem Korridor vor meiner Tür das Bewußtsein verloren. Würden Sie sich des armen Kerls annehmen?"

„Wissen Sie, wer er ist?" Der Beamte stand auf.

„Ich weiß, als wer er sich vorgestellt hat: als Darius Koshay. Wir tranken zusammen in der Bar, und dann sagte er, ihm sei übel, und entschuldigte sich. Später, als ich auf mein Zimmer ging, fand ich ihn."

In diesem Augenblick öffnete sich hinter dem *fiscal* eine Tür. Der oberste Sicherheitsoffizier des Hafens kam herein und flüsterte dem Beamten etwas zu. Beide Männer richteten die Augen auf Koshay. Der *fiscal* sagte:

„Tausend Dank Ihnen, *Senhor;* wie ich höre, wird der Mann auf der Erde polizeilich gesucht. Gerade ist mit der *Kepler* ein Haftbefehl für ihn angekommen. Hätten Sie uns nicht benachrichtigt, wäre er vielleicht mit der auslaufenden *Cachoeira* entwischt, bevor wir Alarm geben konnten."

„*Tamates,* dabei fällt mir etwas ein!" rief Koshay. „Mir bleiben ja nur noch fünfzehn Minuten, um selbst an Bord der *Cachoeira* zu gehen. *Até à vista!*"

Ein paar Minuten später begegneten sich zwei Prozessionen im Korridor. Die eine bestand aus einem Gepäckträger, der Gloppenheimers Schrankkoffer und Koshays kleinen Koffer auf einem Elektrowagen dahinrollte, und Koshay, der mit den Händen in den Taschen hinter ihm herschlenderte. Die andere bildeten drei Viagens-Polizisten und ein taumelnder, noch halb schlafender Gloppenheimer, der unter Tränen heulte:

„Aber ich bin doch nicht dieser Koshay!" (Rülps.) „Ich habe von dem Kerl niemals gehört!"

Die Viagens-Männer, die wahrscheinlich kein Deutsch verstanden, achteten nicht weiter darauf. Koshay jedoch segnete seine Vorsicht, die ihn daran gehindert hatte, Gloppenheimer seinen Namen zu nennen. Was einer nicht weiß, kann er auch nicht weitererzählen.

Sechs Monate später nach subjektiver Zeit saß – oder besser gesagt hockte – Darius Koshay, immer noch in seiner Rolle als Moritz W. Gloppenheimer, mit den drei Bürgermeistern von Cefef Aqh, Osiris, in einer Konferenz beisammen. (Die Osirianer hatten ihm erklärt, bei ihnen seien alle öffentlichen Ämter von einem Dreier-Komitee besetzt, weil sie befürchteten, ein Osirianer allein könne eine impulsive oder gefühlsbedingte Handlung begehen.) Sie sahen wie kleine zweifüßige Dinosaurier aus, einen Kopf größer als ein Mensch.

„Nein", erklärte er entschieden in der Scha'akhfi-Sprache, die er allmählich so fließend sprach, wie es ohne die Sprechwerkzeuge eines Scha'akhfa nur möglich war. „Ich will nicht mit Ihnen allen eine Partnerschaft eingehen. Ich will eine Aktiengesellschaft mit einem von Ihnen gründen, und zwar mit dem, der mir das beste Angebot macht. Lassen Sie hören."

Die drei Scha'akhfi, die wie drei Shakespearesche Hexen dasaßen, sahen erst Koshay und dann einander voller Unbehagen an. Die gespaltenen Zungen schnellten nervös vor und zurück. Der eine, der Schischirhe genannt wurde und dessen Schuppen mit einem soliden Silberanstrich versehen waren, fragte: „Sie meinen, wer von uns Ihnen den größten Anteil der Aktien anbietet?"

„Genau", antwortete Koshay. Die Scha'akhfi wußten alles über Kapitalgesellschaften. Tatsächlich erinnerte ihre Wirtschaftsstruktur die Besucher an die wildesten Tage des unregulierten Kapitalismus auf der Erde des späten neunzehnten Jahrhunderts.

Yathasia, dessen Panzer mit einem Muster in Rot und Schwarz bemalt war, sprang auf und begann, auf seinen vogelähnlichen Füßen hin- und herzulaufen. „So habe ich es mir ganz und gar nicht vorgestellt, als ich Sie bei diesem ehrenwerten Komitee einführte. Ich dachte, wir würden jeder ein Viertel übernehmen, wie es der Brauch ist."

Koshay erklärte: „Es tut mir leid, wenn Sie sich falsche Vorstellungen gemacht haben, aber das sind meine Bedingungen. Wenn sie Ihnen nicht gefallen, werde ich mich nach einem anderen Bürgermeister-Trio umsehen."

„Höchst ungerecht!" rief Yathasia. „Das Ungeheuer versucht, uns gegeneinander auszuspielen. Weigern wir uns, mit ihm zu verhandeln!"

„Nun?" Koshay sah die beiden anderen an.

Schischirhe meinte nach einigem Zögern: „Ich biete dreißig Prozent."

„Was?" schrie Yathasia. „Sie setzen mich in Erstaunen, ehrenwerter Kollege. Ich hätte Sie für eine Person von verfeinerterem Sentiment gehalten. Aber die Gesellschaft lasse ich Ihnen nicht so ohne weiteres. Vierzig Prozent!"

Koshay sah Fessahen, den dritten des Trios an, den mit dem blau-grün-orangefarbenen Muster.

Dieser winkte mit seinen Klauen in der Geste der Ablehnung. „Ich biete nicht mit, da ich bereits zu viele Interessen habe. Sie, Schischirhe?"

„Fünfundvierzig", sagte Schischirhe.

„Neunundvierzig", zischte Yathasia.

„Fünfzig", sagte Schischirhe.

„Zweiundfünfzig!" Yathasias schriller Ton verriet seinen Zorn.

Fessahen bemerkte: „Sind Sie verrückt, Yathasia? Das gibt dem Erdenmenschen die Kontrolle über die Gesellschaft!"

„Ich weiß", erwiderte Yathasia, „aber unsere Gesetze werden meine Interessen schützen, und auf jeden Fall versteht er es besser als ich, den Betrieb zu leiten."

„Fünfundfünfzig", sagte Schischirhe.

(Die ganze Zeit übersetzte Koshay verzweifelt die Zahlen, die sie nach ihrem eigenen Oktonalsystem angaben, in das irdische Dezimalsystem. Ihre „Prozente" waren in Wirklichkeit Vierundsechzigstel, und statt „fünfzig Prozent" hatte Schischirhe „vierzig" gesagt und gemeint.)

Yathasia zauderte, dann nahm er seine Aktentasche und warf sie durch das Fenster. *Krach!*

„Ich bin übel betrogen und beleidigt worden!" kreischte er mit der Stimme einer Sackpfeife und sprang vor Wut umher. „Niemals könnte ich mit einem kalten, berechnenden Ränkeschmied wie Ihnen Geschäfte machen, Mr. Gloppenheimer! Nicht nur, daß Sie keinen Funken von Gefühl haben – nein, schlimmer noch, Sie schämen sich der Tatsache nicht einmal! Und ich schäme mich für meine beiden Herren Kollegen, daß sie mir keine Rückendeckung geben! Sie sind ebenso schlecht wie das Ungeheuer! Guten Tag, ehrenwerte Herren!"

Fessahen erklärte: „Ich entschuldige mich für meinen Kollegen, Mr. Gloppenheimer. Er ist leicht erregbar. Nicht, daß Sie ihm einen Anlaß gegeben hätten, sich provoziert zu fühlen. Wenn Sie mich jetzt entschuldigen wollen, so überlasse ich es Ihnen beiden, die Einzelheiten Ihres Geschäfts auszuarbeiten. Ich habe einen Termin zur Besichtigung unserer neuen Abwasserbeseitigungsanlage."

„Würden Sie hier eintreten?" Schischirhe zog den schweren Ledervorhang zur Seite, der einen der Ausgänge aus dem Konferenzraum bedeckte. Die Osirianer verwendeten keine Türen, zweifellos aus Furcht, sich die langen Schwänze einzuklemmen, die sie nach hinten streckten, um ihre Körper im Gleichgewicht zu halten.

Koshay, ermüdet vom Hocken, war froh, daß er in Schischirhes Büro eine Art Puff fand, auf den er sich setzen konnte.

„Zunächst brauche ich ein genügend großes Grundstück", sagte er.

„Das können Sie haben", antwortete Schischirhe. „Ich kontrolliere ein paar *sfisfi* vor den Grenzen von Cefef Aqh ein großes Stück Land. Was sonst noch?"

„Ich brauche eine Einführung bei Textilherstellern, die die Ranch-Kleidung nacharbeiten können, die ich von der Erde mitgebracht habe – mit den notwendigen Änderungen für die Figuren der Scha'akhfi."

„Das läßt sich sicher machen, auch wenn wir uns niemals in Vorhangstücke wickeln, wie ihr Erdmenschen es tut. Doch wir haben geschickte Arbeiter."

„Und schließlich eine Frage: Sieht Ihr Gesetz eine Art von Monopol für den Erfinder oder Einführer neuer Ideen vor? Diese Sache, die wir Erdmenschen ein Patent nennen."

„Ich weiß, was Sie meinen. Wir haben in der Tat eine Exklusiv-Lizenz für alle neuen Geschäftsarten. Sie gilt ein Jahr lang."

Die Kürze der Laufzeit enttäuschte Koshay ein wenig, bis er sich daran erinnerte, daß ein osirianisches Jahr einem halben Dutzend Erdjahre entsprach.

Ein Jahr später, nach Erdzeit, saß Darius Koshay in seinem Ranchhaus und wartete darauf, daß seine Feriengäste von ihrem dreitägigen Camping-Ausflug zum Fyasen'ic-Wasserfall zurückkehrten. Er machte sich ein wenig Sorgen; es war der erste derartige Ausflug, bei dem er sie nicht begleitet hatte, und er hoffte, Haqhisae, der Ober-Cowboy, sei mit ihnen fertig geworden. Er wäre ja auch mitgegangen, wenn er von einem Kratzer, den er sich am Tag zuvor im Schwimmbecken zugezogen hatte, nicht etwas gehinkt hätte. Ein Freund von einem der Feriengäste war mit seinem halbwüchsigen Sohn herausgekommen und hatte Koshay gedrängt, dem Bengel Schwimmunterricht zu erteilen, etwas, wovon man auf diesem vergleichsweise trockenen Planeten noch nie etwas gehört hatte. Und der Junge war in Panik geraten und hatte mit seinen Hinterklauen ausgetreten.

Nur zu gut erinnerte sich Koshay an den gräßlichen Vorfall, als der nichtsnutzige Cowboy Sifirhasch die Tochter dieses Astronomie-Professors verführt hatte – vielmehr die Tochter jener Familiengruppe, in der der Astronomie-Professor einen der Ehemänner darstellte. (In den Scha'akhfi-Großfamilien wußte niemand, wer von den Erwachsenen die biologischen Eltern welcher Nachkommen waren.) Trotzdem stellten sich die Scha'akhfi in mancher Beziehung solcher Dinge wegen, zumindest in dieser Provinz, mehr an als die Erdmenschen. Einen Trost gab es: Er selbst konnte mit diesen liebenswerten, wenn auch impulsiven Reptilien niemals in derartige Schwierigkeiten geraten.

Oder doch? Da war Afasiè, die Nichte eines der Provinz-Inspektoren, der Schischirhe ihn vorgestellt hatte. Da sie so wichtige Verwandte besaß, hatte Koshay es sich angelegen sein lassen, nett zu ihr zu sein, und das Ergebnis war, daß sie praktisch ihren ständigen Wohnsitz auf der Ranch aufgeschlagen hatte. Koshay war richtig froh gewesen, einen Vorwand zu haben, an diesem Ausflug nicht teilzunehmen, nur um sie für einige Zeit los zu sein.

Das Geräusch eines osirianischen Automobils veranlaßte ihn, von seinem Highball hochzublicken. Die kleine Plattform auf Rädern, mit nichts als einem Geländer und einigen Hebeln ausgestattet, hielt vor dem Eingang des Ranchhauses. Der zahme Lhaehe, der im Hof angekettet war, gab ein Pfeifen des Wiedererkennens von sich, und Koshays Partner Schischirhe trat ein.

„Hallo, Partner", grüßte er und ließ seinen Zehn-Gallonen-Hut durch den Raum segeln. Er blieb an den Hörnern eines Sassihih-Schädels hängen, der an die Wand genagelt war. Schischirhe trug ebenfalls ein farbiges Taschentuch um den Hals, aber für ihn gab es insofern eine Grenze, als er seine mit Klauen versehenen Füße nicht in ein Paar gestickter Westernstiefel mit hohen Absätzen und klingelnden Sporen zwängte, wie Koshay und die meisten seiner Feriengäste sie trugen.

„Selber hallo", antwortete Koshay. „Nehmen Sie sich einen Highball. Was machen die Konten?"

„Danke." Schischirhe mixte sich einen Highball in einem der hiesigen Trinkgefäße, die einer Ölkanne mit langer Tülle glichen. „Den Konten geht es bestens. Noch einmal zwanzig Tage, und wir sind aus den Schulden heraus."

Koshay strahlte in dem Gedanken, daß endlich herrliches Geld einrollen werde. „Hat es noch Ärger mit dem Professor gegeben?"

„Kein bißchen. Sobald unser Cowboy mit seiner Tochter verheiratet worden war, ließ der Professor seinen Einfluß spielen und ihn zum Assistenten im Ministerium für Leibeserziehung machen. Sie hat seitdem zwei weitere Ehemänner und eine Mitfrau erworben, und wenn die erste Eiablage zu früh erfolgt, wird niemand so unhöflich sein, die Tatsache zu erwähnen. Wie geht es Ihnen mit unserer kleinen Afasiè?"

„Ein bißchen zu anhänglich, die Kleine", erwiderte Koshay und erzählte von seinen Problemen.

Schischirhe wackelte in dem osirianischen Äquivalent eines

Grinsens mit der Zunge. „Wenn der Gedanke nicht zu abstoßend wäre, um dabei zu verweilen, könnte man beinahe glauben, sie hätte – Nun, jedenfalls sollten Sie sich eine Frau Ihrer eigenen Spezies nehmen, Gloppenheimer. Das heißt, wenn ihr Erdmenschen das heilige Gefühl der Ehe anerkennt."

„Einige tun es", gab Koshay zu. „Und ich komme schon zurecht. Ich habe Freunde und Freundinnen in der menschlichen Kolonie in Cefef Aqh."

„Übrigens, es sieht ganz so aus, als bekämen wir bald eine Art Konkurrenz."

Koshay richtete sich mit einem Ruck auf. „Welcher Art?"

„Vor kurzem ist noch ein Erdmensch eingetroffen und mit meinem Mit-Bürgermeister Yathasia ins Geschäft gekommen. Sein Name ist –" der Scha'akhfa kämpfte mit den fremden Lauten „– Sarius Khoshay."

„*Was?*" Beinahe wäre Koshay aufgesprungen und hätte sich lauthals beschwert, ein Schurke mißbrauche seinen Namen, doch es fiel ihm noch rechtzeitig ein, daß er das gleiche tat. „Ist dieser Koshay ein fetter Mann mit gelbem Haar?"

„Das ist richtig."

„Welche Art von Geschäft fängt er an?"

„Etwas, das er den Cefef-Aqh-Jagdklub nennt. Ich kenne die Einzelheiten nicht, aber offenbar verletzt er unsere Patentrechte nicht."

Koshay dachte: Ich muß feststellen, wo sich dieser Kerl befindet, denn er wird nach meinem Blut lechzen. Er muß der Falle, die ich für ihn konstruiert hatte, irgendwie entkommen sein, hat aber meinen Namen beibehalten und ist mir nachgereist.

Schischirhe sagte: „Wenn Sie mich entschuldigen, springe ich schnell einmal in den Swimming-pool."

„Wollen Sie es doch noch mit dem Schwimmen versuchen?" wunderte sich Koshay.

„Sie meinen, bis über meinen Kopf ins Wasser gehen? Schrecklich, nein! So ein ausländischer Sport ist schön und gut für die Jungen. Übrigens gibt es Leute in Cefef Aqh, denen es nicht paßt, daß Sie diesen fremden Sport bei uns eingeführt haben. Sie sagen, das Wasser wasche unsere Körperbemalung ab, und es verletze den Anstand, sich unbemalt unter Personen zu mischen, die nicht zur Familie gehören. Es ist jedoch nichts Ernstes ..." Damit stürzte er den Rest seines Drinks in den offenen Mund und ging hinaus.

Koshay füllte sein Glas von neuem und brütete, bis seine Meditation von dem Geräusch der galoppierenden 'Aheahei unterbrochen wurde, auf denen seine Feriengäste an dem Ranchhaus vorritten. Die Tiere waren ein Mittelding zwischen großen langbeinigen Eidechsen und kleinen Brontosauriern, und die Scha'akhfi hatten sie vor Beginn ihres Maschinenzeitalters als Reittiere benützt.

Koshay hielt eine Herde 'Aheahei als „Pferde", während die Efaefin die Kühe darstellten. Die Efaefin waren große gehörnte Reptilien, in etwa einem irdischen Trizeratops ähnlich, die die Scha'akhfi als Fleischlieferanten züchteten. Nach und nach hatten sie die Methoden einer irdischen Ferienranch eingeführt. Die Scha'akhfi hatten sich jedoch dem Brandmarken des Viehs widersetzt. Sie sagten, das sei grausam, und die Efaefin sollten weiterhin so gekennzeichnet werden wie bisher, durch Schablonenschrift.

Die Feriengäste strömten in das Ranchhaus und zischten die Geschichte ihres wundervollen Ausflugs. Das kleinste weibliche Wesen drängte sich mit flappenden Beinschützern aus Efaefanhaut an Koshay heran. Es war Afasiè, und sie sprudelte hervor:

„Oh, lieber Mr. Gloppenheimer –" sie sagte „Lhaffenhaimen" „– es war herrlich, aber Sie haben uns so gefehlt!" Sie nahm ihren großen Hut ab, der von einem elastischen Kinnband auf ihrem Kamm festgehalten wurde. „Hätte ich es nur gewußt, dann wäre ich hier bei Ihnen im Ranchhaus geblieben! Und können wir heute abend wieder einen Square Dance machen? Es war entzückend das letzte Mal, nur daß wir durcheinandergerieten und uns anrempelten. Warum lassen Sie nicht Haqhisae die Touren ausrufen, damit Sie mit uns tanzen können? Das haben Sie noch nie getan, und ich bin überzeugt, Sie tanzen sehr gut. Würden Sie mich für keck und unmädchenhaft halten, wenn ich Sie bäte, mein Partner zu sein? Dann würden die anderen Mädchen einfach geifern vor Eifersucht! Schließlich bin ich die einzige, die nicht über Sie emporragt. Sie armer, lieber Erdenmann, Sie müssen sich schrecklich minderwertig fühlen mit ihrem kleinen Wuchs und Ihrer scheußlichen weichen, rosafarbenen Haut. Aber ich sollte wirklich nicht von Ihren Mängeln sprechen, nicht wahr?

Und können Sie dann Ihre Gitarre hervorholen und uns das wunderschöne Lied von den mutterlosen Kälbchen vorsingen? Der Sänger des Liedes treibt doch eine Viehherde, nicht wahr?"

Mehrere Tage lang verlief das Leben auf der Ranch reibungslos, außer daß ein Feriengast von einem Efaefan-Bullen verletzt wurde, den er nach Art der Sonntagscowboys dumm und mutwillig provoziert hatte. Koshay plante ein Roundup zur Unterhaltung seiner Gäste. Sie konnten an einem Tag hinausreiten, seinen Cowboys bei der Arbeit zusehen und wieder zurückkehren. (Er überlegte sich, ob er in den Ablauf der Ereignisse nicht ein Element einfügen solle, das Viehräubern oder Indianern entsprach, gab es aber als zu kompliziert auf. Außerdem würde Haquisae mit einem Feder-Kriegsschmuck bemerkenswert aussehen.)

Afasiè trieb sich ständig in seiner Nähe herum und ging ihm auf die Nerven. Wenn er versuchte, sie auf einen Ausritt zu schicken, sagte sie:

„Oh, aber Sie sind viel faszinierender, lieber Mr. Gloppenheimer! Erzählen Sie mir doch noch etwas von der Erde. Ach, wenn mich mein Onkel doch auf eine Reise durch das Sonnensystem schicken würde, wie sie meine vierte Kusine Ahhas im letzten Jahr gemacht hat! Aber da er ein ehrlicher Politiker ist, kann er sich das nicht leisten ..."

Der schreckliche Verdacht, daß dies Geschöpf sich in ihn verliebt habe, bedrückte Koshay mehr und mehr. Wenn es wirklich der Fall war, sollte er die Ranch lieber verkaufen und abhauen!

Aber wohin? Im Sonnensystem war der Haftbefehl für ihn immer noch gültig, und in die zentaurische Gruppe, wo er gute Verbindungen hatte, konnte er nicht gelangen, ohne eine Zwischenlandung auf mindestens einem Planeten des Sonnensystems gemacht zu haben. Außerdem waren diese Reisen so teuer, daß er nackt wie die Haut eines Osirianers ankommen würde, ohne eine anständige Reserve.

Und wie stand es mit den anderen galaktischen Richtungen? Sirius IX hatte eine Rasse, die ungefähr so humanoid war wie die der Scha'akhfi, aber eine ameisenähnliche Kultur mit einem strengen kommunistischen Wirtschaftssystem. Das war kein Ort für einen Unternehmer wie ihn.

Er fragte Afasiè: „Kommen Sie morgen mit zu dem Roundup?"

„Sie reiten auch hin, nicht wahr?"

„Ja", sagte er.

„Dann werde ich ganz bestimmt mitkommen. Ich möchte es nicht versäumen, Sie beim Lassowerfen und Schießen zu sehen. Wo haben Sie diese Künste gelernt?"

„Oh, das Lassowerfen habe ich auf Wischnu bei den Dzlieri gelernt, und das Schießen auf der Erde, als ich noch ein Junge war. Aber diese alte Pistole trage ich nur der Atmosphäre halber. Verglichen mit einer modernen Waffe schießt sie so ungenau, daß man sein Opfer ebenso gut damit über den Kopf hauen könnte."

„Darf ich einmal sehen, wie sie funktioniert?"

„Natürlich. Sie ziehen dies Ding hier mit dem Daumen zurück und blicken durch diesen kleinen Ausschnitt. Passen Sie auf, sie ist..."

*Peng!* Der Colt sprang in der Hand der Scha'akhfa wie ein bockendes 'Aheahea und stieß eine gelbe Flammenzunge aus. Koshay hätte schwören können, daß er den Luftzug gespürt hatte, den die Kugel machte. Schleunigst nahm er die Pistole wieder an sich.

„Nun sehen Sie sich das Loch im Dach an!" schalt er. „Junge Dame, spielen Sie nicht mit Geräten herum, von denen Sie nichts verstehen. Sie hätten einen von uns töten können."

„Es tut mir so leid, Mr. Gloppenheimer, aber ich wußte nicht, daß die Batterie aufgeladen war. Was kann ich tun? Ich werde Ihr Dach eigenhändig neu decken. Geben Sie mir Ihre schönen Stiefel, damit ich sie putzen kann."

Koshay konnte sich nur mit Mühe beherrschen, nicht mit den Zähnen zu knirschen. „Das Nützlichste, was Sie tun können, ist, daß Sie gehen und mich allein lassen. Ich arbeite gerade eine Liste der Vorräte aus, die ich bestellen muß."

Niedergeschlagen ging sie.


Die Gesellschaft, in ihrem Pseudo-Western-Staat herausgeputzt, ritt zu der Stelle, wo das Roundup stattfinden sollte. Die meisten Feriengäste stiegen ab; Koshay blieb auf seinem 'Aheahea sitzen und gab Anweisungen. Afasiè bestand darauf, an seiner Seite zu reiten. Der Wind ließ den Rand ihres Zehn-Gallonen-Hutes flattern. Beim Befehligen seiner Reptilien-Cowboys dachte Koshay bei sich, auf diese Weise könne man Efaefin niemals zu kommerziellen Zwecken ziehen, denn wenn man sie so herumhetzte, mußten sie sich Hunderte von Kilogramm abarbeiten.

Schließlich war die Herde zu einer festen Masse zusammengepreßt. Die Bullen nahmen mit auswärts gerichteten Hörnern ihre Plätze am Rand ein. Wenn man sie jetzt nur dazu bringen konnte, sich in der gewünschten Richtung fortzubewegen –

Ein seltsamer Laut kam über die Hügel – die silbernen Töne eines Horns. Die schuppigen Cowboys blickten umher.

Dann erschien ein Reptil auf dem Kamm der nächsten Erhebung und raste durch die ringsum verstreuten Feriengäste, die mit schrillem Zischen aufsprangen. Es war ein Theyasfa, der kleine wilde Verwandte der Lhaehe, der über einen Meter lang war und wie eine Eidechse mit großen spitzen Ohren aussah.

Koshay beugte sich im Sattel vor, und da hörte er Afasiès Stimme: „Fangen Sie es mit dem Lasso, Mr. Gloppenheimer!"

Gute Idee, dachte Koshay, vorausgesetzt, sein Seil war gut genug. Er legte sich die Schlinge zurecht und drehte sein Reittier um. Die großen Räder der Sporen gruben sich in die ledrigen Flanken des 'Aheahea, und es galoppierte auf einem Kurs los, der sie mit dem Theyasfa zusammenführte. Koshay beugte sich vor und ließ sein Lariat kreisen.

Die Schlinge sauste durch die Luft, wirbelte im Kreis und senkte sich auf den Vorderkörper der Beute. Koshay lenkte sein Reittier auf die andere Seite, um die Schlinge festzuziehen, und begann, das Seil einzuholen.

Das Theyasfa mühte sich auf die Füße und machte wilde Sprünge; ein Sprung trug es unter das 'Aheahea. Koshay verkürzte das Seil, das Theyasfa spürte, wie seine Hinterbeine vom Boden weggerissen wurden, und schlug seine Kiefer in das ihm nächste Bein des 'Aheahea.

Das 'Aheahea grunzte und bäumte sich auf. Koshay wurde davon überrascht und fiel rückwärts ab – genau auf das Theyasfa.

Mit einem gellenden Schrei sprang Koshay in die Höhe. Er war in sitzender Position gelandet, und das Theyasfa hatte ihn gebissen. Das Biest rannte von neuem los und zerrte Koshay, der das Lasso fest in der Hand hielt, mit sich. Er grub seine hohen Absätze in den Boden und stoppte das Tier.

Dann wurde ihm bewußt, daß der Lärm rings um ihn immer lauter wurde. Eine Meute Lhaehi zischte, viele berittene Scha'akhfi schrien, und eine menschliche Stimme brüllte: „Horrido! Heißa, halloo! Faß, faß!"

Sie strömten auf ihn zu – zuerst die Lhaehi, ein Dutzend oder mehr. Dann ein 'Aheahea, und in seinem Sattel der fette Körper Moritz Wolfgang Gloppenheimers, ein Jagdhorn umgehängt und mit schwarzen Reitstiefeln, weißen Reithosen, einem roten Frack und einem schwarzen Zylinder bekleidet. Hinter Gloppenheimer ritten etwa zwanzig ähnlich gekleidete Scha'akhfi, nur daß diese auf die weißen Reithosen verzichtet hatten. (In Anbetracht ihrer langen Schwänze war das nicht verwunderlich.)

Diesen Augenblick suchte sich Koshays „Vieh" zu einer Stampede aus. Ungeachtet der Rufe der Cowboys rasten die Tiere von der Ranch weg. Das entsetzte Theyasfa rannte im Kreis um Koshay herum, so daß sich ihm das Seil um die Beine wickelte. Er verlor das Gleichgewicht und setzte sich hin. Die Lhaehi rasten auf das Theyasfa und auf Koshay zu und pfiffen dabei wie lecke Warmwasserheizungen.

Koshay riß den alten Revolver heraus und schrie auf Englisch: „Rufen Sie sie zurück! Rufen Sie sie zurück, oder ich schieße!"

„Laß unsern Fuchs los, du Schweinehund!" blökte Gloppenheimer. „Seil durchschneiden! Loslassen!"

Koshay hatte keine Zeit, den Befehl zu befolgen, denn zwei Lhaehi warfen sich mit entblößten Fängen auf ihn. Sie waren kaum noch einen Meter von ihm entfernt, als er feuerte: *Peng, peng!* Ein dritter Schuß traf einen weiteren „Hund", und die übrigen legten die Ohren an und rannten in alle Richtungen über Berg und Tal davon. Das Theyasfa biß Koshays Seil durch und verschwand ebenfalls.

Koshay stand auf und entwirrte sich. Gloppenheimer ritt an ihn heran und schrie: „Sie wollen meine Jagd verderben, was? Sie wollen meine Jagdhunde abschlachten, was? Sie wollen meinen Paß und mein Gepäck stehlen, was? Da!"

Die Peitsche in seiner Hand pfiff durch die Luft und landete auf Koshays Schulter, die ein stechender Schmerz durchzuckte. Koshay sprang zurück, aber ein zweiter Hieb traf die Seite seines Gesichts und fegte den Cowboy-Hut weg. Die Peitsche wurde zu einem dritten Schlag hochgerissen.

*Peng!* Ohne bewußte Absicht feuerte Koshay auf seinen Angreifer. Da sein Ziel sich schnell bewegte, da Koshay aus der Hüfte schoß, ohne zu zielen, und da der alte Colt 0,45 ungenau schoß, verfehlte die Kugel Gloppenheimer und grub sich in die Hinterhand seines Reittiers. Das 'Aheahea bellte und bockte und katapultierte Gloppenheimer in die Luft.

Noch ehe der Jagdherr auf dem Boden landete, war ein scharfes *Krack!* zu hören, und Koshays Muskeln zuckten heftig. Eine osirianische elektrostatische Waffe war in der Hand eines der rotbefrackten Jäger aufgetaucht. Es gab einen schwachen Strahl violetten Lichts und das Summen des Ionisierers, dann den durchdringenden Knall und den blauen Entladungsblitz. Der Colt flog aus Koshays Hand, und die Welt drehte sich um ihn.

Als er wieder zu sich kam, saß er mit dem Rücken an einem Baum. Die junge Afasiè stützte ihn. Die Luft war erfüllt von der pfeifenden Scha'akhfi-Sprache. Alle die Reptilien in Cowboy-Hüten und Seidenzylindern standen in Gruppen beisammen und redeten. Der richtige Gloppenheimer war in einen Hellhiasch-Busch gefallen, der ihn mit seinen Auswüchsen gnadenlos durchbohrt hatte, bis er sich hatte herausrollen können. Er stand auf und betrachtete angewidert seinen zerdrückten Zylinder.

„Was ist geschehen?" erkundigte sich Koshay bei Afasiè.

„Haben Sie die anderen beiden Bürgermeister in der Jagdgesellschaft nicht erkannt? Yathasias Leibwächter hat Sie gelähmt, um Sie daran zu hindern, Mr. Koshay zu erschießen. Sie werden sich bald wieder besser fühlen."

„Ich hoffe es", murmelte Koshay und versuchte, seinen rechten Arm zu bewegen.

Ein Sha'akhfa trat vor. Unter dem offenen roten Frack erkannte Koshay das Muster der Bemalung, die Fessahen, der Senior-Bürgermeister von Cefef Aqh, trug. Fessahen sagte:

„Haben Sie sich erholt? Gut. Wir Bürgermeister haben beschlossen, ein Tribunal zu bilden, das Ihnen an Ort und Stelle den Prozeß macht."

„Wegen was?" fragte Koshay.

„Wegen Tötung Ihres Mit-Erdmenschen."

„Aber er ist doch nicht tot!" rief Koshay. „Sehen Sie sich ihn an!"

„Das bedeutet keinen Unterschied. Nach dem osirianischen

Gesetz ist die Absicht alles, der Grad des Erfolgs nichts. Unsere gerichtliche Verfahrensordnung – falls Sie damit nicht vertraut sind – läßt uns viel Spielraum beim Vorgehen gegen Wesen von anderen Planeten. Um gerecht zu sein, modifizieren wir unser eigenes System so weit wir können, um es den juristischen Konzepten der Heimatwelt dieses Wesens anzupassen. In Ihrem Fall wären es jene der westlichen Vereinigten Staaten –"

„Nein!" unterbrach Koshay. „Ich stamme aus Istanbul in der Türkei!"

„Aber Ihr kultureller Hintergrund ist der eines West-Amerikaners, und deshalb gelten Sie als solcher. Wir alle kennen das dort herrschende Rechtssystem aus irdischen Romanen, die wir gelesen, und irdischen Filmen, die wir gesehen haben. Ein schnelles, summarisches Verhör, keine Rechtsanwälte, und wenn der Angeklagte überführt ist, wird er am nächsten Baum aufgehängt –"

„He!" rief Koshay. „So mag es sich vor Jahrhunderten abgespielt haben, aber heute nicht mehr! Der Westen der Vereinigten Staaten ist ebenso zivilisiert wie andere Gegenden! Ich weiß es, weil ich dort gewesen bin! Dort gibt es Toiletten und Bibliotheken –"

„Eine unwahrscheinliche Geschichte", meinte Fessahen. „Wir haben viele Berichte gelesen und gesehen, und alle stimmen in diesem Punkt überein. Wenn der Westen so zivilisiert wäre, wie Sie behaupten, würde sich doch gewiß irgendein Hinweis darauf in Ihrer irdischen Literatur finden."

„Schischirhe! Tun Sie etwas!" verlangte Koshay.

Schischirhe, der mit den Feriengästen hinausgeritten war, spreizte die Klauen. „Ich habe gegen dies Verfahren bereits Einspruch erhoben, bin aber überstimmt worden."

„Wenn Sie bereit sind", fuhr Fessahen fort, „werden wir –"

„Ich bin nicht bereit!" schrie Koshay und kämpfte sich auf die Füße. „Ich werde mich an den irdischen Botschafter wenden! Und warum machen Sie nicht auch dem anderen Mann den Prozeß? Er hat angefangen!"

„Immer eins nach dem anderen. Wenn wir mit Ihnen fertig sind, werden wir den Fall Mr. Koshays aufgreifen. Natürlich ist es unwahrscheinlich, daß er überführt werden wird, weil Sie bis dahin nicht mehr leben werden. Wollen Sie sich würdevoll verhalten, oder müssen wir Sie binden und knebeln? Die Sitzung dieses ehrenwerten Gerichtshofes hat jetzt begonnen, und alle Zuschauer werden aufgefordert, Ruhe und Ordnung aufrechtzuerhalten. Tretet zurück, Leute. Mr. Koshay –" er meinte Gloppenheimer „– als Hauptzeuge der Anklage hocken Sie sich hierher."

Koshay sah sich um. Seine Pistole war ihm weggenommen worden, er war eingekreist, und sogar die freundliche Afasiè war verschwunden. Die anderen Scha'akhfi schienen weder freundlich noch feindlich zu sein – nur neugierig. An ihren ausdruckslosen schuppigen Gesichtern ließ sich nicht ablesen, was in den quecksilbrigen Gehirnen vorging.

Der Prozeß dauerte zwei irdische Stunden, und in seinem Verlauf kam die ganze Geschichte vom Diebstahl des Namens und der Effekten Gloppenheimers heraus.

Fessahen sagte: „Die Einvernahme ist abgeschlossen. Ehrenwerter Schischirhe, wie stimmen Sie?"

„Nicht schuldig", sagte Koshays Partner.

„Ehrenwerter Yathasia, wie stimmen Sie?"

„Schuldig!" sagte Gloppenheimers Partner.

„Auch ich stimme für schuldig", fuhr Fessahen fort. „Wir müssen diese Kreaturen lehren, daß der Barbarismus des Wilden Westens auf unserm Planeten nicht toleriert wird.

Deshalb, Gloppenheimer ... ich meine, Koshay ... verurteile ich Sie dazu, auf der Stelle beim Hals an einen passenden Ast dieses Qhaffaseh-Baums gehängt zu werden, bis der Tod eintritt. Ich glaube, im Wilden Westen ist es der Brauch, daß der Verurteilte mit dem Strick um den Hals auf sein Reittier gesetzt wird, woraufhin man das Tier veranlaßt, sich fortzubewegen und den Verbrecher baumeln zu lassen. Es wird gefühlsmäßig angemessen sein, auf diese Weise vorzugehen, und den Gefangenen gleichzeitig in seinen letzten Minuten an seinen Heimatplaneten erinnern. Um diesem Gefühl einen noch delikateren Zug hinzuzufügen, werden wir sein eigenes Seil benutzen."

Alle Scha'akhfi brachen in Beifallsrufe aus. Koshay machte einen Fluchtversuch, aber man packte ihn und band ihm die Hände.

„Ha, ha!" sagte Gloppenheimer. „Ich lache! In dem Augenblick, als ich Sie sah, wußte ich, daß Sie zum Hängen geboren sind, Sie Schurke! Und da Sie so freundlich waren, die Mehrheit der Aktien Ihrer Ranch auf meinen Namen ausstellen zu lassen, wird es mir wohl gelingen, sie als mein Eigentum in die Hände zu bekommen. Ha."

Koshay flehte: „Laßt mich nur solange frei, daß ich diesen *sfasha'* verprügeln kann!"

„Nein", antwortete Fessahen, obwohl mehrere Scha'akhfi die Idee durch beifälliges Murmeln billigten. Sie setzten Koshay auf ein 'Aheahea, banden ihm sein Lasso um den Hals und warfen das andere Ende über einen Ast. Einer belegte das lose Ende.

Schischirhe sagte: „Farewell, Partner. Ich trauere, daß Ihr Aufenthalt so endet. Wünschte, ich könnte Ihnen helfen."

„Ihnen tut das nicht halb so leid wie mir", entgegnete Koshay.

Fessahen befahl: „Wenn ich ‚jetzt' sage, schlagen Sie sein Tier. Jetzt!"

Die Peitsche knallte, das Tier sprang vorwärts, und der Strick riß Koshay von seinem Rücken. Da er nicht tief hinunterfiel und die Scha'akhfi keine Experten im Schlingenknüpfen waren, war er dazu verurteilt, durch langsame Strangulation statt durch ein schnelles Brechen des Genicks zu sterben. Er drehte sich und trat in Todesangst um sich.

So gebannt sah die Menge zu, daß niemand auch nur merkte, wie sich in der Nähe ein Luftfahrzeug mit schwirrenden Rotoren auf den Boden niedersenkte und zwei Scha'akhfi mit Abzeichen um den Hals und Schockwaffen um die Mitte ausstiegen. Sie eilten zu dem Baum, schnitten das Seil durch und ließen den fast bewußtlosen Koshay zu Boden fallen. Als das Brüllen in seinen Ohren nachließ, fühlte er, daß die Fesseln von seinen Handgelenken gelöst wurden.

Fessahen fragte: „Warum haben die Provinz-Inspektoren Männer geschickt, die sich in die Entscheidung eines ordnungsgemäß konstituierten städtischen Gerichts einmischen?"

Einer der Neuankömmlinge antwortete: „Ihr Gericht war nicht ordnungsgemäß konstituiert, da Richter Yathasia der Partner des Klägers ist und somit ein Interesse an dem Ergebnis hat. Auch wurde mir berichtet, daß bei diesem Verfahren noch andere Fehler gemacht wurden, gegen die Berufung eingelegt werden kann. Wie dem auch sei, der Fall wird dem Appellationsgericht der Provinz übertragen."

Der Beifall der Menge darüber war noch lauter als der über das ursprüngliche Urteil.

Koshay betastete seinen Hals und krächzte: „Wie seid ihr beiden in so kurzer Zeit hergekommen?"

Der Provinz-Polizist antwortete: „Afasiè, eine Ihrer Feriengäste, ist zu Ihrem Ranchhaus zurückgeritten und hat Inspektor Eyaèsha, ihren Onkel, über den Kommunikator angerufen. Er befahl uns, herzufliegen und aus den erwähnten Gründen dem Verfahren Einhalt zu gebieten. Können Sie jetzt stehen, Erdmann?"

„Ich glaube", sagte Koshay.

„Haltet sie auf!" rief Fessahen, und die Polizisten sprangen hin und griffen zu. Denn Gloppenheimer hatte einen großen Stein aufgehoben und rannte auf Koshay zu, und Koshay hatte sich mit einem kräftigen trockenen Ast bewaffnet und erwartete den Angriff, und in beider Augen stand Mord zu lesen.

Afasiè und Schischirhe besuchten Koshay in seiner Zelle in Cefef Aqh. Das Mädchen sagte: „Man hat entschieden, Sie beide zu deportieren, lieber, lieber Mr. Glopp ... ich meine, Mr. Koshay. Es bricht mir die Leber."

Koshay meinte: „Es gibt Schlimmeres, nehme ich an. Jedenfalls danke ich Ihnen, daß Sie mein wertloses Leben gerettet haben."

„Gern geschehen. Ach, lebte doch Ihre Seele im Körper eines Scha'akhfa statt in dem eines abscheulichen Ungeheuers – aber ich rede Unsinn. Es kann ja nicht sein." Sie beugte sich vor und berührte seine Wange mit ihrer gespaltenen Zunge, was ein osirianischer Kuß war. „Leben Sie wohl! Ich gehe, bevor meine Gefühle mir die letzte jungfräuliche Zurückhaltung rauben!"

Koshay sah sie mit Erleichterung gehen. Schischirhe bemerkte: „Armes Mädchen! Ein so süßes Gefühl, genau wie in dem irdischen Märchen von der Schönen und dem Tier. Was nun Sie angeht, Partner, so werden Sie morgen auf Nummer 36 nach dem Neptun geschickt."

„Und das Geld von der Ranch? Bekomme ich etwas davon?"

„Es tut mir leid, aber Ihr Anteil wird als Geldstrafe von der Provinz beschlagnahmt."

„Auch gut", erklärte Koshay. „Solange ich diesen Gloppenheimer niemals mehr wiederzusehen brauche – Ich nehme an, er empfindet ebenso für mich. Tatsächlich wäre die härteste Strafe, die Sie uns auferlegen könnten, uns in den gleichen Raum zu stecken –"

„Oh-oh", stöhnte Schischirhe. „Ich bedauere, daß genau das geschehen wird. Nummer 36 hat nur ein Abteil für nicht-osirianische Passagiere, und Sie beide werden darin für die Dauer der Fahrt eingesperrt sein. Aber blicken Sie nicht so verstört drein! Es dauert doch nur ein halbes Ihrer Erdenjahre, subjektive Zeit. Mögen Sie eine angenehme Reise haben!"

## *Lohn ritterlicher Tugend*

Herr Gilbert de Vere war ein wackerer Degen,
Den Schwachen half er, und des Rechts kämpft er wegen.
Ein sehnlicher Wunsch blieb allein ihm zu hegen:
    Er wollt einen Drachen erlegen.

Der Ritter hielt nachts im Gebet oftmals Wache
Und flehte, daß Gott ihm den Kampf möglich mache.
Gott hörte sein Flehn und bedachte die Sache,
    Wie Gilbert zu liefern der Drache.

Ein richtiger Drache stand zwar nicht bereit,
Doch konnte Gott dank seiner Allmächtigkeit
Herrn Gilbert versetzen zurück in die Zeit,
    Zu Pferd und gerüstet zum Streit.

Als Gilbert nun fern in der Kreidezeit steckte,
Er bald einen riesigen Saurier entdeckte.
Ein Fleischfresser war's, der die Zähne gleich bleckte,
    Was Gilbert kein bißchen erschreckte.

Die Sporen gab Gilbert voll Mut seinem Pferd,
Die Lanze zerbrach, und da zog er das Schwert.
Der Saurier jedoch, der erfolgreich sich wehrt,
    Hat Gilbert gepackt und verzehrt.

Es konnt aber selbst dem Sauriermagen
Die Rüstung aus Eisen nicht behagen.
Das Reptil verstarb, und so war, man kann sagen,
    Dem point d'honneur Rechnung getragen.

Doch Gilbert, den's anging, war das jetzt egal.
Bedränge drum Gott nicht mit Wünschen! Moral:
Macht himmlischer Eingriff die Träume real,
    Dann war's deine eigene Wahl.

# Des Kaisers Fächer

Im fünfzehnten Jahr seiner Regierung saß Tsotuga der Vierte, Kaiser von Kuromon, in der Verbotenen Kammer seines Verbotenen Palastes in seiner kaiserlichen Stadt Chingun. Er spielte eine Partie Sachi mit seinem Busenfreund Reiro dem Bettler.

Die Figuren auf der einen Seite waren aus je einem Smaragd geschnitten, die auf der anderen Seite aus je einem Rubin. Die Felder des Bretts bestanden aus Onyx und Gold. Die vielen Regale und Taburets im Raum waren dicht bei dicht mit kleinen Kunstwerken besetzt. Da standen allerlei Nippsachen aus Gold und Silber, aus Elfenbein und Ebenholz, aus Porzellan und Zinn, aus Jaspis und Jade, aus Chrysopras und Chalcedon.

In einer Seidenrobe, bestickt mit Lilien in Silberfäden und Lotosblüten in Goldfäden, saß Tsotuga auf einem Halbthron – einem Sessel aus vergoldetem Mahagoni, dessen Armlehnen zu diamantäugigen Drachen geschnitzt waren. Der Kaiser war offensichtlich gut ernährt und war innerhalb der letzten Stunden gebadet und parfümiert worden. Und doch, obwohl er soeben ein Spiel gewonnen hatte, war Kaiser Tsotuga nicht glücklich.

„Dein Problem ist, Sportsfreund", sagte Reiro der Bettler, „daß du, da es nicht genug wirkliche Gefahren gibt, um die du dir Sorgen machen kannst, dir welche einbildest."

Der Kaiser fühlte sich nicht beleidigt. Der Zweck der Verbotenen Kammer war, ihm einen Ort zur Verfügung zu stellen, wo er seinen Freund behandeln und von ihm behandelt werden konnte, als seien sie normale menschliche Wesen, ohne die erstickende Förmlichkeit eines Hofzeremoniells.

Ebensowenig war es Zufall, daß Reiro ein Bettler war. Als ein solcher würde er niemals versuchen, gegen seinen kaiserlichen Freund zu intrigieren oder ihn zu ermorden, um den Thron in Besitz zu nehmen.

Wenn auch ein recht kompetenter Herrscher, war Tsotuga kein

Mann von großem persönlichem Charme. Tatsächlich war er ziemlich langweilig außer wenn er, was manchmal geschah, die Beherrschung verlor. Dann konnte er über Personen seiner Umgebung furchtbare Strafen verhängen. Wenn er sich wieder beruhigt hatte, pflegte Tsotuga seine Ungerechtigkeit zu bereuen und mochte den Familien der Opfer sogar Pensionen aussetzen. Er bemühte sich ehrlich, gerecht zu sein, ermangelte jedoch der Selbstkontrolle und Objektivität, die es ihm ermöglicht hätten.

Reiro kam mit dem Kaiser recht gut aus. Auch wenn der Bettler sich überhaupt nicht für Kunst interessierte, ausgenommen dann, wenn er ein Stück davon klauen und verkaufen konnte, hörte er im Ausgleich für die üppigen Mahlzeiten, die er hier genoß, den endlosen Erzählungen des Kaisers über seine Sammlung doch gern zu. Reiro hatte zwanzig Pfund zugenommen, seit er der Intimus des Kaisers geworden war.

„Ach ja?" meinte Tsotuga. „Für dich ist es leicht, das zu sagen. Dir erscheint nicht Nacht für Nacht deines Vaters Geist und droht dir Fürchterliches an."

Reiro zuckte die Schultern. „Du kanntest das Risiko, als du den alten Mann vergiften ließest. Das gehört nun einmal dazu, Kumpel. Für das, was du bezahlt bekommst, würde ich mich fröhlich jeder beliebigen Anzahl von Nachtmahren unterwerfen. Wie sieht der alte Haryo in diesen Träumen aus?"

„Wie der gleiche alte Tyrann. Ich mußte ihn töten – das weißt du –, bevor er das Kaiserreich ruinierte. Aber nimm deine schwatzhafte Zunge in acht."

„Nichts, was ich hier höre, gelangt über diese Wände hinaus. Aber wenn du glaubst, Haryos Schicksal sei nicht weit und breit bekannt, dann machst du dir selbst etwas vor."

„Ich vermute, daß man einen Verdacht hat. Aber schließlich hat man immer den Verdacht, es sei etwas nicht mit rechten Dingen zugegangen, wenn ein Kaiser stirbt. Wie Dauhai zu dem furchtsamen Vogel sagte: Jeder Zweig ist eine Schlange.

Das löst jedoch nicht mein Problem", fuhr der Kaiser fort. „Ich trage eine Rüstung unter meiner Robe. Ich schlafe auf einer Matratze, die auf einem Quecksilberteich schwimmt. Ich habe es aufgegeben, meine Frauen zu besuchen, damit nicht, wenn ich in ihren Armen liege, irgendein Verschwörer sich anschleichen und mich erdolchen kann. Der Kaiserin mißfällt diese Abstinenz sehr, das kann ich dir sagen. Aber Haryo fährt fort zu drohen und zu prophezeien, und die Warnungen eines Geistes darf man nicht leichthin abtun. Ich brauche eine unbezwingliche magische Verteidigung. Dieser Idiot Koxima tut nichts anderes als zu räuchern und zu exorzisieren, was ja die Dämonen vertreiben mag, aber den Stahl menschlicher Feinde nicht abstumpft. Kannst du mir einen Rat geben, Lumpenbeutel?"

Reiro kratzte sich. „Vor kurzem ist ein dunkler, hakennasiger, rundäugiger alter Hexer, Ajendra mit Namen, von Mulvan nach Chingun gekommen. Er verdient sich notdürftig seinen Lebensunterhalt, indem er Liebestränke verkauft und verlorene Armreifen in Trance wiederfindet. Er behauptet, eine magische Waffe von solcher Kraft zu haben, daß niemand sich dagegen behaupten könne."

„Von welcher Art ist diese Waffe?"

„Das will er nicht sagen."

„Wenn er eine so mächtige Erfindung besitzt, warum ist er dann kein König?"

„Wie könnte er sich selbst zum Herrscher machen? Er ist zu alt, um eine Armee in die Schlacht zu führen. Außerdem sagt er, der heilige Orden, dem er angehöre – alle mulvanischen Zauberer nennen sich heilige Männer, mögen sie noch so große Schurken sein – verbiete den Gebrauch dieser Waffe außer zur Selbstverteidigung."

„Hat sie jemand gesehen?"

„Nein, Kamerad, aber es geht das Gerücht, Ajendra habe sie benutzt."

„Ja? Und dann was?"

„Kennst du einen Polizeispitzel namens Nanka?"

Der Kaiser runzelte die Stirn. „Mich dünkt – da war irgend etwas über einen solchen Mann, der verschwunden ist. Man nahm an, daß die schlechte Gesellschaft, in der er verkehrte, eines Tages von seiner Beschäftigung erfuhr und ihn abmurkste."

Der Bettler lachte vor sich hin. „Warm, aber noch nicht heiß. Dieser Nanka war ein in der Wolle eingefärbter Halunke, der die Bezahlung, die er als Informant erhielt, durch Raub und Erpressung aufbesserte. Er rollte mit der schlichten, nützlichen Absicht in Ajendras Hütte, dem alten Mann das Genick zu brechen und sich seine vielberedete Waffe anzueignen."

„Hm. Und weiter?"

„Nun, Nanka ist niemals wieder herausgekommen. Ein regulärer Polizist, der seinen Patrouillengang machte, fand Ajendra mit gekreuzten Beinen meditierend vor und keine Spur von dem verflossenen Spion. Da Nanka groß und die Hütte klein war, konnte die Leiche nicht versteckt worden sein. Wie das Sprichwort sagt: Wer andern eine Grube gräbt, fällt selbst hinein."

„Hm", sagte Tsotuga. „Damit werde ich mich näher befassen. Jetzt ist genug Sachi gespielt. Ich muß dir meinen neuesten Erwerb zeigen!"

Reiro stöhnte innerlich und machte sich auf einen einstündigen Vortrag über die Geschichte und die Schönheit irgendwelchen antiken Krimskrams gefaßt. Der Gedanke an die ihn erwartende Gaumenfreuden stählte ihn jedoch.

„Wo habe ich das kleine Ding nur hingestellt?" Tsotuga klopfte sich mit dem zusammengeklappten Fächer gegen die Stirn.

„Was ist denn, alter Freund?" erkundigte sich der Bettler.

„Eine Topas-Statuette der Göttin Amarasupi aus der Jumbon-Dynastie. Oh, verflucht seien meine Eingeweide mit Geschwüren! Ich werde Tag für Tag vergeßlicher."

„Nur gut, daß dein Kopf an deinem restlichen Körper dauerhaft festgemacht ist! Wie der weise Ashuziri sagt: Hoffnung ist ein Scharlatan, Vernunft ein Stümper und Gedächtnis ein Verräter."

„Ich weiß noch genau", brummte der Kaiser sich in den Bart, „daß ich zu mir selbst sagte, ich wolle das Ding an einen besonderen Platz stellen, an den ich mich ganz bestimmt erinnern würde. Aber jetzt kann ich mir den besonderen Platz nicht mehr ins Gedächtnis rufen."

„Im Verbotenen Palast muß es zehntausend besondere Plätze geben", sagte Reiro. „Das ist der Vorteil, wenn man arm ist. Man hat so wenige Besitztümer, daß man sich nie zu überlegen braucht, wo sie sind."

„Beinahe bringst du mich in Versuchung, mit dir zu tauschen, aber mein Pflichtgefühl verbietet es mir. Verdammt, verdammt, was habe ich mit dem dummen Ding gemacht? Ach was, spielen wir statt dessen noch eine Partie. Du nimmst diesmal Rot, ich nehme Grün."

Zwei Tage später saß Kaiser Tsotuga auf seinem Audienz-Thron und trug seine hohe Staatskrone. Dieser mit Schwingen versehene, mit Pfauenfedern und kostbaren Steinen besetzte Kopfschmuck wog über zehn Pfund. Er hatte sogar ein Geheimfach. Wegen seines Gewichts vermied Tsotuga, ihn zu tragen, wann immer es sich mit Anstand machen ließ.

Der Türsteher führte Ajendra herein. Der mulvanische Magier war ein großer, hagerer, gebückter Mann, der sich auf einen Stock stützte. Abgesehen von seinem langen weißen Bart, der von seinem verrunzelten Gesicht herabfloß, war er ganz und gar braun, von dem schmutzig-braunen ausladenden Turban und der schmutzig-braunen Robe bis zu den schmutzig-braunen nackten Füßen. Seine Eintönigkeit kontrastierte mit dem Gold und Zinnoberrot und Grün und Blau und Purpur des Audienzraums.

Mit brüchiger Stimme und mit mulvanischem Akzent sprach Ajendra die vorgeschriebene Begrüßung: „Dieser elende Wurm wirft sich demütig vor Eurer unaussprechlichen Majestät nieder!" Der Zauberer begann, sich langsam und unter Schmerzen auf Hände und Knie niederzulassen.

Der Kaiser winkte ihm, sich zu erheben. „Aus Achtung vor deinen Jahren, alter Mann, wollen wir dir das Niederwerfen erlassen. Erzähle uns einfach von deiner unbesieglichen Waffe."

„Euer kaiserliche Majestät ist zu freundlich zu diesem unwürdigen Wicht. Sieht Euer Majestät das?"

Aus seinem zerlumpten Ärmel holte der Mulvanier einen großen, bemalten Fächer hervor. Wie die anderen Anwesenden hielt Ajendra den Blick vom Gesicht des Kaisers abgewandt, da die Fiktion aufrechterhalten wurde, daß jemand, der dem Herrscher voll ins Antlitz sah, von seiner überwältigenden Glorie geblendet werden würde.

„Das hier", fuhr Ajendra fort, „wurde von dem bekannten Zauberer Tsunjing für den König der Gwoling-Inseln hergestellt. Durch eine Reihe von Zufällen – eine zu lange Geschichte, um Euer kaiserliche Majestät damit zu langweilen – kam es in die unwürdigen Hände dieser geringen Person."

Zumindest, dachte Tsotuga, hatte der Bursche die höflichen Formen einer kuromonischen Anrede gelernt. Viele Mulvanier waren formlos bis zur Grobheit. Laut sagte er: „Das Ding sieht aus wie jeder andere Fächer. Worin besteht seine Kraft?"

„Es ist einfach, o Allerhöchster. Jedes lebende Wesen, das Ihr damit fächelt, verschwindet."

„Oho!" rief der Kaiser aus. „Das ist also dem vermißten Nanka widerfahren!"

Ajendra blickte unschuldig drein. „Dies widerwärtige Reptil versteht Euer göttliche Majestät nicht."

„Laß nur. Wohin gehen die Opfer?"

„Eine Theorie meiner Schule besagt, daß sie in eine höhere Dimension überführt werden, die gleichzeitig mit der unsrigen existiert. Eine andere hält dafür, daß sie in die Atome, aus denen sie bestehen, aufgelöst werden. Doch hätten diese Atome eine solche gegenseitige Affinität, daß sie wieder zusammengesetzt werden, wenn das Signal zur Rückkehr ..."

„Willst du sagen, daß man die Wirkung umkehren und die verschwundenen Dinge zurückholen kann?"

„Jawohl, übermenschlicher Herr. Man klappt den Fächer zusammen und klopft sich damit entsprechend einem einfachen Kode auf die Handgelenke und die Stirn, und presto! da ist der Verschwundene. Möchte Euer Majestät eine Demonstration sehen? Es besteht keine Gefahr für die Versuchsperson, da dies demütige Nichts sie auf der Stelle zurückbringen kann."

„Ausgezeichnet, guter Zauberer. Sei bloß vorsichtig, daß du das Ding nicht gegen uns schwenkst. Wen schlägst du als Objekt vor?"

Ajendra sah sich in dem Audienzsaal um. Unruhe entstand unter den Türstehern, Wachen und Beamten. Licht schimmerte auf vergoldeten Rüstungen und glühte auf seidenen Gewändern, als jeder versuchte, sich unauffällig hinter eine Säule oder einen anderen Höfling zu drücken.

„Wer meldet sich als Freiwilliger?" fragte der Kaiser. „Du, Dzakusan?"

Der Premierminister warf sich nieder. „Großer Kaiser, lebt auf ewig! Dieser Klumpen Schlechtigkeit hat sich letztlich nicht wohlgefühlt. Außerdem hat er neun Kinder zu versorgen. Er bittet Euer Erhabenheit demütig, ihn zu entschuldigen."

Ähnliche Fragen an andere Würdenträger riefen ähnliche Antworten hervor. Endlich sagte Ajendra: „Wenn dieser Niedrige Euer Herrlichkeit einen Vorschlag machen darf, so wäre es vielleicht am besten, es zuerst an einem Tier auszuprobieren – sagen wir an einem Hund oder einer Katze."

„Aha!" sagte Tsotuga. „Das ist genau das Richtige. Wir wissen auch schon, welches Tier. Surakai, hole den verfluchten Hund, der der Kaiserin gehört – du weißt schon, dies kläffende kleine Ungeheuer."

Der Bote sauste auf seinen Rollschuhen davon. Bald war er zurück. Er führte einen kleinen, wolligen weißen Hund, der unaufhörlich bellte, an einer Leine.

„Nun los", sagte der Kaiser.

„Diese geringwertige Person hört und gehorcht", antwortete Ajendra und öffnete den Fächer.

Das Kläffen des Hundes verstummte wie abgeschnitten, als der Luftzug von dem Fächer ihn traf. Surakai hielt eine Leine ohne Hund in der Hand. Die Höflinge murmelten erschreckt.

„Bei den himmlischen Bürokraten!" rief der Kaiser aus. „Das ist eindrucksvoll. Jetzt bring das Geschöpf zurück. Hab keine Angst, wenn es dir mißlingt. Das Ding hat uns zweimal gebissen, deshalb wird das Reich nicht zuschanden werden, wenn es in jener anderen Dimension bleibt."

Ajendra holte aus seinem zweiten Ärmel ein Büchlein, dessen Seiten er durchblätterte. Dann hielt er sich ein Leseglas ans Auge. „Hier ist es", sagte er. „Hund. Zweimal links, dreimal rechts, einmal an die Stirn."'

Ajendra klappte den Fächer zusammen und klopfte damit, ihn in der rechten Hand haltend, zweimal auf sein linkes Handgelenk. Er nahm ihn in die linke Hand und klopfte sich dreimal auf das rechte Handgelenk und dann einmal an die Stirn. Sofort tauchte der Hund wieder auf. Kläffend floh er unter den Thron.

„Ausgezeichnet", lobte der Kaiser. „Laß das Geschöpf, wo es ist. Was ist das – ein Kode-Buch?"

„Jawohl, Höchster Herr. Es enthält den Kode für alle organischen Wesen, die man durch die Kraft des Fächers verschwinden lassen kann."

„Nun laß ihn uns an einem menschlichen Wesen ausprobieren – einem entbehrlichen. Mischuho, haben wir einen verurteilten Verbrecher zur Hand?"

„Lebt auf ewig, Unvergleichlicher!" antwortete der Justizminister. „Wir haben einen Mörder, der morgen seinen Kopf verlieren soll. Befehlt Ihr diesem Elenden, ihn zu holen?"

Der Mörder wurde geholt. Ajendra fächelte ihn aus der Existenz und klopfte ihn wieder zurück.

„Au Backe!" sagte der Mörder. „Dieser Verächtliche muß unter einem Schwindelanfall gelitten haben."

„Wo warst du, solange du verschwunden warst?" wollte der Kaiser wissen.

„Ich weiß nicht, daß ich verschwunden war, großer Kaiser", erwiderte der Mörder. „Mir wurde schwindelig, und mir war, als hätte ich für einen Augenblick das Bewußtsein verloren – und dann war ich wieder hier im Verbotenen Palast."

„Nun, verschwunden warst du immerhin. Mischuho, verwandele die Todesstrafe in Anbetracht seiner dem Staat geleisteten Dienste in fünfundzwanzig Peitschenhiebe und laß ihn laufen. Nun, Doktor Ajendra!"

„Ja, Beherrscher der Welt?"

„Welche Grenzen sind deinem Fächer gesetzt? Verbraucht er allmählich seine Energie und muß dann wieder aufgezaubert werden?"

„Nein, Erhabener. Zumindest ist seine Kraft in den Jahrhunderten, seit Tsunjing ihn hergestellt hat, nicht schwächer geworden."

„Funktioniert er auch bei einem großen Tier, sagen wir einem Pferd oder einem Elefanten?"

„Er leistet noch mehr. Als Prinz Wangerr, der Enkel des Königs von Gwoling, für den der Fächer hergestellt worden ist, auf der Insel Banschou einem Drachen begegnete, fegte er das Ungeheuer mit drei Schwüngen des Fächers aus der Existenz."

„Hm. Seine Kraft scheint groß genug zu sein. Nun, guter Ajendra, wie wäre es, wenn du Nanka, jenen Polizeispitzel, zurückholtest, auf den du deine Künste vor ein paar Tagen angewandt hast?"

Der Mulvanier streifte das Gesicht des Kaisers mit einem Blick. Einige Höflinge murrten über diesen Bruch der Etikette, aber Tsotuga schien es nicht gemerkt zu haben. Der Zauberer hatte sich offenbar überzeugt, daß der Herrscher wußte, wovon er sprach. Ajendra blätterte in seinem Buch, bis er bei „Spitzel" angekommen war. Dann klopfte er sich viermal auf das linke Handgelenk und zweimal an die Stirn.

Ein großer, stämmiger Mann in den Lumpen eines Bettlers materialisierte sich. Nanka trug immer noch die Rollschuhe, auf denen er in Ajendras Hütte hineingefahren war. Unvorbereitet auf dies Auftauchen, wie er war, rutschten ihm die Füße weg. Er fiel schwer auf den Rücken und schlug mit dem Kopf auf den rot-weiß-schwarzen Mosaikfußboden. Der Kaiser lachte herzlich, und die Höflinge gestatteten sich ein diskretes Lächeln.

Als der Informant, rot im Gesicht vor Ärger und Schreck, wieder auf die Füße gekommen war, sagte Tsotuga: „Mischuho, gib ihm zehn Peitschenhiebe für die versuchte Beraubung eines meiner Untertanen. Sag ihm, daß es das nächste Mal sein Kopf sein wird – wenn nicht das kochende Öl. Bring ihn weg. Nun, würdiger Zauberer, was willst du für deinen Fächer und dein Kode-Buch haben?"

„Zehntausend Golddrachmen", antwortete Ajendra, „und eine Eskorte in mein Heimatland."

„Hm. Ist das nicht eine ganze Menge für einen heiligen Asketen?"

„Dies demütige Wesen erbittet das nicht für sich selbst", erklärte der Mulvanier. „Ich möchte in meinem Geburtsdorf einen Tempel für meine Lieblingsgötter errichten. Dort werde ich die mir verbleibenden Tage in Meditation über das Das-Sein des Alls verbringen."

„Ein verdienstvolles Projekt", meinte Tsotuga. „Es soll geschehen. Chingitu, sorge dafür, daß Doktor Ajendra eine vertrauenswürdige Eskorte nach Mulvan bekommt. Die Leute sollen einen Brief vom König der Könige zurückbringen, in dem bescheinigt wird, daß sie Ajendra sicher abgeliefert und ihn nicht seines Goldes wegen unterwegs ermordet haben."

„Dieser Verächtliche hört und gehorcht", sagte der Kriegsminister.

Im nächsten Monat verlief am Hof alles reibungslos. Der Kaiser verlor nicht ein einziges Mal die Beherrschung. Niemand, der von dem magischen Fächer im Besitz des empfindlichen Monarchen wußte, wagte es, ihn zu provozieren. Sogar Kaiserin Nasako, wütend über die Roheit, die ihr Gemahl an ihrem Hund begangen hatte, wahrte ihre scharfe Zunge. Tsotuga fiel wieder ein, wo er die Statuette der Göttin Amarasupi versteckt hatte, und war deshalb eine Zeit lang beinahe glücklich.

Aber, wie der Philosoph Dauhai aus der Jumbon-Dynastie damals sagte, alles geht vorüber. Der Tag kam, als Finanzminister Yaebu im Studierzimmer des Kaisers zu erklären versuchte, wie diese wunderbare neue Erfindung, das Papiergeld, funktioniere. Der Kaiser verlangte zu wissen, warum er nicht einfach alle Steuern aufheben – und so das Volk erfreuen – und die Rechnungen der Regierung mit frischgedruckten Scheinen bezahlen könne. Tsoguta hatte ein anderes Stück von seinem wertvollen antiken Kram verlegt und war demzufolge gereizt.

„Aber, Euer göttliche Majestät!" jammerte Yaebu. „Das hat man vor einem halben Jahrhundert in Gwoling versucht! Der Wert der Banknoten fiel auf Null. Niemand wollte irgend etwas zum Verkauf anbieten, da niemand das wertlose Papier anzunehmen wünschte. Sie mußten zum Tauschhandel zurückkehren."

„Wir glauben, daß ein paar auf Stangen gespießte Köpfe das Problem gelöst hätten", grollte Tsotuga.

„Der damalige König von Gwoling hat auch das versucht", sagte Yaebu. „Es half überhaupt nichts; die Märkte blieben leer von Waren. Das Volk in den Städten verhungerte..." Die Diskussion ging weiter, und der Kaiser, der keinen Kopf für die Wirtschaftswissenschaften hatte, wurde immer unruhiger, gelangweilter und ungeduldiger. Yaebu ignorierte diese Anzeichen und verteidigte weiter seinen Standpunkt.

Schließlich explodierte der Kaiser: „Dein Arsch sei verflucht mit Furunkeln, Yaebu! Wir werden dich lehren, zu deinem Souverän nichts als ‚nein' und ‚jedoch' und ‚unmöglich' zu sagen! Verschwinde!"

Tsotuga riß den Fächer heraus, ließ ihn aufschnappen und fächelte Yaebu einen Luftzug entgegen. Der Minister verschwand.

*Hm,* sann Tsotuga, *es funktioniert wirklich. Jetzt muß ich Yaebu zurückholen, denn ich wollte den treuen Burschen ja nicht wirklich vernichten. Es ist nur so, daß er mich mit seinem ewigen „Wenn" und „Aber" und „Geht nicht" ärgert. Wo habe ich denn nun das Kode-Buch hingelegt? Ich erinnere mich, daß ich es an einem besonderen Platz versteckt habe, wo ich es sicher wiederfinden würde. Aber wo?*

Der Kaiser sah zuerst in den tiefen, beuteligen Ärmeln seiner gestickten Seidenrobe nach, die in Kuromon als Taschen dienten. Das Buch war nicht dort.

Dann erhob sich der Kaiser von seinem Amtsgeschäftsthron und ging an den kaiserlichen Schrank, wo hundert und einige

Roben von Haken hingen. Da waren Seidengewänder für alle offiziellen Anlässe, dünne für den Sommer und abgesteppte für den Winter. Da waren wollene Gewänder, im Winter im Freien zu tragen, und baumwollene Gewänder, im Sommer im Freien zu tragen. Sie prangten in Scharlachrot und Smaragdgrün, Safrangelb und Himmelblau, Krem- und Veilchen- und allen anderen Farben, die ein Färber erzeugen kann.

Tsotuga ging sie der Reihe nach durch und fühlte in den Ärmeln eines jeden Gewands nach dem Buch. Ein Kammerdiener eilte herbei und flehte: „O göttlicher Autokrat, erlaube diesem schmutzigen Bettler, dir diese knechtische Arbeit abzunehmen!"

Tsotuga: „Nein, guter Schakatabi. Wir vertrauen diese Aufgabe niemandem als uns selbst an."

Mühsam setzte Tsotuga seine Suche fort, bis er alle Roben überprüft hatte. Dann machte er die Runde im ganzen Verbotenen Palast, zog die Schubladen von Kommoden und Schreibtischen heraus, stöberte in Abstellkammern herum und brüllte nach den Schlüsseln zu Truhen und Kassetten.

Nach mehreren Stunden zwang die Erschöpfung den Kaiser zum Aufhören. Er ließ sich auf den Halbthron in der Verbotenen Kammer fallen und schlug den Gong. Als der Raum gedrängt voll von Dienern war, sagte er: „Wir, Tsotuga der Vierte, setzen eine Belohnung von hundert Golddrachen für denjenigen aus, der das verlorengegangene Kode-Buch für den Zauberfächer findet!"

An diesem Tag gab es im Verbotenen Palast ein großes Suchen und Wühlen. Dutzende von Dienern in Filzpantoffeln schlurften umher, öffneten, stocherten, spähten und räumten. Als es dunkel wurde, war das Buch immer noch nicht gefunden.

*Verflucht!* sagte Tsotuga zu sich selbst. *Der arme Yaebu bleibt verschwunden, solange wir das verdammte Buch nicht finden. Ich muß mit dem Fächer vorsichtiger umgehen.*

Der Frühling schritt weiter fort, und wieder lief alles für eine Weile reibungslos. Aber der Tag kam, als Tsotuga und Kriegsminister Chingitu auf ihren Rollschuhen über die Pfade des Palastgartens fuhren. Auf eine scharfe Frage nach der kürzlichen Niederlage, die der kuromonischen Armee durch die Nomaden der Steppe beigebracht worden war, brachte Chingitu Entschuldigungen vor, von denen Tsotuga wußte, daß sie nicht der Wahrheit entsprachen. Vorbei war es mit Tsotugas Selbstbeherrschung. „Der wirkliche Grund ist", brüllte der Kaiser los, „daß dein Vetter, der Generalquartiermeister, Bestechungen angenommen und Posten mit seinen wertlosen Verwandten besetzt hat, so daß unsere Soldaten schlecht bewaffnet waren! Und du weißt es! Da!"

Ein Wedeln des Fächers, und es war kein Chingitu mehr vorhanden. Auf gleiche Weise verschwand kurz darauf Premierminister Dzakusan.

Der Mangel an ordnungsgemäß ernannten Ministern wurde bald fühlbar. Tsotuga konnte alle die Hunderte von Bürokraten in den jetzt ungeleiteten Ministerien nicht persönlich überwachen. Diese Diener des Staates widmeten sich mehr und mehr Familienfehden, Müßiggang, Nepotismus und Veruntreuungen. Die Zustände waren in Kuromon sowieso schon schlimm genug, da Tsotugas Papiergeld eine Inflation hervorgerufen hatte. Die Regierung wurde schnell zu einem Sauhaufen.

„Du mußt dich zusammennehmen, Herr", sagte Kaiserin Nasako, „bevor die Piraten des Gwoling-Archipels und die Briganten aus der Steppe Kuromon unter sich aufteilen wie eine Orange."

„Aber was im Namen der siebenundfünfzig oberen Gottheiten soll ich tun?" rief Tsotuga. „Verdammt, wenn ich dies Kode-Buch hätte, könnte ich Yaebu zurückholen, und er würde dies finanzielle Durcheinander schon wieder in Ordnung bringen."

„Oh, vergiß das Buch. Wenn ich du wäre, würde ich den Zauberfächer verbrennen, damit er mich nicht in noch größere Schwierigkeiten bringen könnte."

„Du hast den Verstand verloren, Frau! Niemals!"

Nasako seufzte. „Wie der weise Zuiku sagt: Wer einen Tiger zum Wachhund nimmt, um seinen Reichtum bewachen zu lassen, wird bald weder Reichtum noch Wachhund mehr brauchen. Ernenne wenigstens einen neuen Premierminister, um dies Chaos zu beseitigen."

„Ich habe die Liste der möglichen Kandidaten durchgesehen, aber gegen jeden gibt es einen Einwand. Einer hat in Verbindung mit der Fraktion gestanden, die sich vor neun Jahren verschworen hatte, ein Attentat auf mich auszuüben. Ein anderer wurde der passiven Bestechung angeklagt, wenn es ihm auch nie nachgewiesen werden konnte. Wieder ein anderer ist leidend –"

„Steht Zamben von Jompei auf deiner Liste?"
„Ich habe nie von ihm gehört. Wer ist das?"
„Der Aufseher der Straßen und Brücken in der Jadeberg-Provinz. Man sagt, er habe dort Großes geleistet."
„Wieso weißt du von ihm?" fuhr der Kaiser sie mißtrauisch an.
„Er ist ein Vetter meiner ersten Hofdame. Sie hat ihn mir lange Zeit immer wieder empfohlen. Ich habe ihre Bitte abgelehnt, weil ich ja weiß, mein Herr schätzt es nicht, wenn meine Damen ihre Stellung zum Vorteil ihrer Verwandten ausnutzen. Aber in deiner augenblicklichen schwierigen Lage könntest du etwas Schlimmeres tun, als dir den Burschen einmal anzusehen."
„Nun gut. Das werde ich tun."

So geschah es, daß Zamben von Jompei Premierminister wurde. Der frühere Aufseher der Straßen und Brücken war um ein Jahrzehnt jünger als der Kaiser. Er war ein gut aussehender, fröhlicher, charmanter, ungezwungener Mensch, der sich beim Hof – ausgenommen diejenigen, die entschlossen waren, den Günstling des Augenblicks zu hassen – beliebt machte. Tsotuga hielt Zamben im Grunde für zu sorglos, und außerdem mangelte es ihm an Achtung vor der labyrinthischen Etikette. Aber Zamben erwies sich als fähiger Verwaltungsbeamter, der die ausgedehnte Regierungsmaschinerie bald zu reibungslosem Funktionieren gebracht hatte.

Aber wie das Sprichwort sagt, das Dach des Dachdeckers ist das leckste im ganzen Dorf. Was der Kaiser nicht wußte, war, daß Zamben und Kaiserin Nasako sich heimlich liebten. Das hatten sie schon vor Zambens Beförderung getan. Die Umstände machten es ihnen schwer, sich ihrer Leidenschaft hinzugeben. Nur selten konnten sie sich in einem von Nasakos Sommerpavillons in den Bergen treffen.

Im Verbotenen Palast wurde es noch schwieriger. Ständig durchzog ihn ein Schwarm von Dienern, die Neuigkeiten nur zu gern weitererzählten. Das liebende Paar mußte seine Zuflucht zu Kriegslisten nehmen. Nasako kündigte an, sie müsse in einem Sommerhaus völlig allein gelassen werden, da sie ein Gedicht verfasse. Der vielseitige Zamben schrieb das Gedicht für sie als Beweis, ehe er sich vor ihrer Ankunft in dem Sommerhaus versteckte.

„Das war es wert, darauf zu warten", sagte die Kaiserin, als sie sich wieder anzog. „Dieser fette alte Narr Tsotuga hat mich ein Jahr lang nicht mehr berührt, und eine vollblütige Frau wie ich braucht häufig einen Mann. Er besucht nicht einmal mehr seine hübschen jungen Konkubinen, und dabei ist er noch keine Fünfzig."

„Warum nicht? Ist er vorzeitig senil geworden?"

„Nein, es ist seine Furcht vor einem Attentat. Eine Zeit lang hat er versucht, es im Sitzen zu tun, damit er ständig nach möglichen Angreifern Ausschau halten konnte. Aber da er darauf bestand, seine Rüstung zu tragen, machte es niemandem mehr Spaß. Dann gab er es ganz auf."

„Nun, der Gedanke an einen Dolchstoß in den Rücken ist geeignet, so manchen Mann zu deprimieren. Wenn – was die Götter verhüten mögen – ein Unfall Seine göttliche Majestät treffen sollte –"

„Wie denn?" fragte Nasako. „Kein Attentäter wagt es, sich ihm zu nahen, solange er diesen Fächer besitzt."

„Wohin legt er ihn des Nachts?"

„Unter sein Kissen, und im Schlaf umklammert er ihn. Und sowieso könnte nur ein geflügelter Dämon an ihn kommen, da er auf diesem Quecksilber-Teich schwimmt."

„Ein mit aller Kraft von der Armbrust geschnellter Pfeil außerhalb der Reichweite des Fächers abgeschossen –"

„Nein, er ist zu gut bewacht, als daß ein Mann mit einer Armbrust in seine Nähe gelangen könnte, und er schläft sogar in seiner Rüstung."

„Nun, wir werden sehen", sagte Zamben. „Willst du inzwischen noch einmal, Nako, meine Liebe?"

„Was bist du für ein Mann!" rief Nasako und begann, die gerade angelegten Kleider wieder auszuziehen.

Im Lauf der nächsten zwei Monate bemerkte der Hof, daß Zamben, nicht zufrieden damit, der zweitmächtigste Mann des Reichs zu sein, sich auch bei dem Kaiser eingeschmeichelt hatte. Es gelang ihm so gut, daß er Reiro den Bettler von seinem Platz als Busenfreund des Kaisers verdrängte. Zamben wurde sogar ein Experte auf dem Gebiet der Kunstgeschichte, damit er Tsotugas kostbare Nippes besser bewundern konnte.

Die Günstlingshasser am Hof flüsterten, es sei für einen Kaiser noch niemals gesund gewesen, aus einem Minister einen persönlichen Freund zu machen. Dadurch wurde nicht nur das mystische Gleichgewicht zwischen den Fünf Elementen gestört, sondern Zamben konnte auch auf usurpatorische Gedanken kommen, und dann ermöglichte es ihm die Freundschaft mit dem Herrscher, sie in die Tat umzusetzen. Aber niemand wagte es, das Thema gegenüber Tsotuga mit seinem explosiven Temperament anzuschneiden. Sie zuckten die Schultern und sagten: „Schließlich ist es Pflicht der Kaiserin, ihn zu warnen. Wenn sie es nicht kann, welche Chance hätten wir?"

Zamben ging lächelnd seines Wegs, besorgte bei Tag tadellos die Regierungsgeschäfte und fraternisierte bei Nacht mit dem Kaiser.

Endlich kam seine Gelegenheit. Der Kaiser spielte bei einer Partie Sachi mit seinem Fächer herum. Zamben ließ eine Figur – einen Elefanten – auf den Fußboden fallen, so daß sie unter den Tisch rollte.

„Laß mich die Figur aufheben", sagte Tsotuga. „Sie ist auf meiner Seite."

Während er nach der Figur herumsuchte, ließ er seinen Fächer fallen. Als er sich, den Elefanten in der Hand, wieder aufrichtete, streckte Zamben ihm den Fächer entgegen. Tsotuga riß ihn an sich. „Entschuldige meine Unhöflichkeit", sagte der Kaiser, „aber dies Ding lasse ich niemals aus der Hand. Es war dumm von mir, es nicht erst wegzustecken und dann deinen Elefanten aufzuheben. Du bist am Zug."

Ein paar Tage später fragte Kaiserin Nasako im Sommerhaus: „Hast du ihn?"

„Jawohl", erwiderte Zamben. „Es war kein Kunststück, ihm das Duplikat zuzuspielen."

„Worauf wartest du dann noch? Fächele den alten Trottel weg!"

„Immer mit der Ruhe, meine Süße. Ich muß mich der Loyalität meiner Partisanen vergewissern. Wie das Sprichwort sagt: Wer einen Kürbis mit einem Bissen hinunterschluckt, erntet die Folgen seiner Gefräßigkeit. Außerdem habe ich Skrupel."

„Oh, sei ruhig! Bist du nur ein Kissen-Krieger, stark in den Lenden, aber schwach im Schwertarm?"

„Nein, aber ich bin ein vorsichtiger Mann, der es vermeidet, die Götter zu beleidigen oder mehr abzubeißen, als er kauen kann. Daher werde ich nur dann einen Menschen wegfächeln, wenn er mir etwas antun will. Und da ich Euren kaiserlichen Gemahl kenne, Madame, bin ich überzeugt, er wird mich bald dazu zwingen, mich zu verteidigen."

Der Abend kam, als Zamben, dessen Geschicklichkeit im Sachi nie bemerkenswert geschienen hatte, den Kaiser plötzlich fünfmal hintereinander schlug.

„Verflucht seiest du!" brüllte Tsotuga, als er seinen fünften König verlor. „Hast du Unterricht genommen? Oder bist du die ganze Zeit besser gewesen, als du es dir hast anmerken lassen?"

Zamben grinste und spreizte die Hände. „Die göttlichen Bürokraten müssen meine Züge gelenkt haben."

„Du – du –" Tsotuga erstickte fast an seinem Zorn. „Wir werden dich lehren, deinen Kaiser zu verspotten! Verschwinde aus der Welt!"

Der Kaiser riß seinen Fächer aus dem Ärmel und fachelte, aber Zamben verschwand nicht. Tsotuga fächelte noch einmal. „Verflucht, hat das Ding seine Kraft verloren?" sagte Tsotuga. „Oder ist es nicht der richtige –"

Der Satz wurde abgeschnitten, als Zamben den echten Zauberfächer öffnete und den Kaiser aus der Existenz fegte. Später erklärte Zamben der Kaiserin: „Ich wußte, sobald er merkte, daß sein Fächer nicht funktioniert, würde er einen Austausch argwöhnen. Deshalb blieb mir gar nichts anderes übrig, als den echten Fächer zu benutzen."

„Was sollen wir dem Hof und dem Volk erzählen?"

„Das habe ich mir alles schon ausgedacht. Wir werden bekanntgeben, daß er, unter der Sommerhitze leidend, sich in einem geistesabwesenden Augenblick selbst gefächelt habe."

„Ob so etwas wirklich möglich wäre?"

„Ich weiß es nicht. Wer wäre verrückt genug, es zu versuchen? Jedenfalls erwarte ich, daß du nach einer angemessenen Trauerzeit deinen Teil an dem Handel erfüllst."

„Nur zu gern, mein Liebster."

So geschah es, daß die Kaiserin-Witwe Zamben von Jompei heiratete, nachdem letzterer auf ihr Begehren hin seine beiden früheren Frauen verstoßen hatte. Der Minister erhielt den Höflichkeitstitel „Kaiser", aber nicht die volle Macht dieses Amtes. Praktisch war er der Prinzgemahl der Kaiserin-Witwe und Vormund und Regent des Erben.

Über das, was geschehen sollte, wenn der vierzehn Jahre alte Prinz Wakumba volljährig wurde, machte Zamben sich keine Sorgen. Er war überzeugt, auf jeden Fall könne er den jungen Kaiser so mit seinem Charme einwickeln, daß dieser ihm seine Macht und seine Sporteln lassen würde.

Er dachte daran, den Prinzen ermorden zu lassen, verwarf den Plan aber schnell wieder. Vor allem fürchtete er, dann würde Nasako wiederum ihn töten lassen, denn ihre Anhänger waren den seinen an Zahl weit überlegen. Die Aufgabe, in gutem Einvernehmen mit ihr zu bleiben, war so schon schwer genug. Sie war schwer enttäuscht, daß sie in ihrem neuen Ehemann keinen ständig nach ihr lechzenden Satyr erworben hatte, sondern nichts als einen ehrgeizigen Politiker, der in politischen Manövern, administrativen Einzelheiten und religiösen Ritualen so aufging, daß ihm wenig Zeit und Kraft übrigblieb, ihr Feuer zu schüren. Wenn sie sich beklagte, sprach er von seinem „wichtigen neuen Projekt".

„Was ist das?" wollte sie wissen.

„Ich will", antwortete er, „keine Zeit mehr auf die Suche nach diesem Kode-Buch verschwenden. Statt dessen werde ich den Kode durch Versuch und Irrtum rekonstruieren."

„Wie?"

„Ich probiere es mit verschiedenen Kombinationen und schreibe mir auf, was dabei jedes Mal zurückkommt. In den Jahrhunderten, die der Fächer existiert hat, müssen Hunderte von Lebewesen weggefächelt worden sein."

Am nächsten Tag setzte sich Zamben, flankiert von sechs schwer bewaffneten Palastwachen, im Audienzsaal, der bis auf zwei Sekretäre von allen Personen geräumt worden war, auf den Thron. Zamben klopfte sich einmal auf das linke Handgelenk. Ein Bettler erschien auf dem Fußboden vor ihm.

Der Bettler schrie vor Entsetzen und wurde ohnmächtig. Als er wiederbelebt worden war, stellte sich heraus, daß er vor mehr als einem Jahrhundert in einem Fischerdorf am Meer aus der Existenz gefächelt worden war. Er staunte darüber, sich plötzlich in einem Palast wiederzufinden.

Zamben befahl: „Schreibt: Einmal links, Bettler. Gebt ihm einen Golddrachen und führt ihn hinaus."

Ein zweimaliges Klopfen auf das linke Handgelenk produzierte einen Schweinehirten, was ebenfalls schriftlich festgehalten wurde. Im Laufe des Tages wurden Personen aller Art zurück in die Existenz geklopft. Einmal erschien ein knurrender Leopard. Zwei Wächter stürzten sich auf ihn, aber er sprang aus dem offenen Fenster und verschwand.

Einige Klopf-Kombinationen brachten kein Ergebnis. Entweder bezogen sie sich nicht auf Opfer bestimmter Art, oder es waren niemals Wesen dieser Art weggefächelt worden, so daß sie auch nicht zurückgerufen werden konnten.

„Bisher ist alles gut gegangen", sagte Zamben an diesem Abend zu der Kaiserin.

„Und was, wenn deine Experimente Tsotuga zurückbringen?"

„Bei den siebenundfünfzig oberen Gottheiten, daran habe ich überhaupt nicht gedacht! Ich vermute, für einen Kaiser bedarf es einer Kombination vieler Berührungen von Handgelenken und Stirn. In dem Augenblick, wo ich ihn sehe, fächele ich ihn ins Nichts zurück."

„Sei vorsichtig! Ich bin überzeugt, dieser Fächer wird früher oder später über den, der ihn benutzt, Unheil bringen."

„Hab keine Angst; ich werde gut aufpassen."

Am nächsten Tag wurden die Experimente fortgesetzt, und die Formel-Liste der Sekretäre wurde länger und länger. Ein dreimaliges Klopfen sowohl auf das linke als auch das rechte Handgelenk und die Stirn brachte den sehr erschütterten Finanzminister Yaebu zum Vorschein.

Auf Yaebu folgten ein Esel und ein Walkmüller. Als der Esel eingefangen und hinausgebracht und der Walkmüller beschwichtigt und mit seinem Lohn fortgeschickt worden war, klopfte sich Zamben dreimal auf das linke und dreimal auf das rechte Handgelenk und viermal an die Stirn.

Die verdrängte Luft erzeugte einen Windstoß. Ein Drache füllte den Großteil des Audienzsaals aus. Zamben, dessen Mund offenstand, wollte aufstehen. Der Drache brüllte und brüllte, und die Wachen entflohen klappernd.

Zamben schoß eine Geschichte durch den Kopf, die er über den Fächer gehört hatte. Vor Jahrhunderten hatte er Wangerr, den Gwoling-Prinzen, auf der Banschou-Insel vor einem Drachen gerettet. Das mußte er sein...

Zamben begann, den Fächer zu öffnen, aber Schreck und Entsetzen hatten ihn ein paar Sekunden zu lange gelähmt. Der große, schuppige Kopf fuhr hernieder; die Kiefer schlossen sich.

Nur ein Sekretär war noch im Raum übriggeblieben. Er hatte sich hinter dem Thron versteckt. Dieser Mann hörte einen einzigen Schrei. Dann zwängte sich der Drache unter dem Prasseln des zerbrechenden Fensterrahmens und – da die Öffnung immer noch zu klein für ihn war – eines guten Teils der Wand aus dem Fenster. Der Schreiber lugte um den Thron und sah durch das zackige Loch, das an der Stelle gähnte, wo einmal das Fenster gewesen war, den schuppigen Schwanz verschwinden. Eine Wolke aus Stein- und Mörtelstaub füllte den Audienzsaal.

Yaebu und Nasako wurden Ko-Regenten. Da es ihr an einem Mann fehlte, ließ sich die Kaiserin-Witwe mit einem hübschen Reitknecht aus den kaiserlichen Ställen ein, halb so alt wie sie, aber bestens geeignet, sie zu erfreuen. Auch machte er sich keine Gedanken, die ihn von seinen Bettpflichten abgelenkt hätten. Yaebu, ein konservativer Familienvater ohne ehebrecherische Neigungen, wurde Premierminister. Er regierte das Reich in einer etwas zögernden, schleppenden Weise, aber nicht ohne Erfolg.

Weil es nun nicht einmal mehr einen nominellen Kaiser gab, mußte der junge Prinz Wakumba schleunigst inthronisiert werden. Nach der Zeremonie, die den ganzen Tag lang gedauert hatte, nahm der Junge langsam die mit Schwingen und Federn geschmückte Staatskrone ab. Er beschwerte sich: „Das Ding scheint noch schwerer zu sein als sonst." Er stocherte im Inneren der Krone herum.

Yaebu, der ihn ängstlich beobachtete, murmelte: „Seid vorsichtig, mein Herr! Paßt auf, daß Ihr den heiligen Kopfschmuck nicht beschädigt!"

Etwas machte *ping,* und eine Metallklappe innerhalb der Krone öffnete sich.

„Hier ist das Geheimfach", stellte Wakumba fest, „mit einem – was ist das? – einem Buch darin. Bei den siebenundfünfzig Gottheiten, das muß das Kode-Buch sein, nach dem Papa so gesucht hat!"

„Laß sehen!" riefen Yaebu und Nasako im Chor.

„Stimmt, das ist es. Aber da der Drache den Fächer zusammen mit meinem Stiefvater gefressen hat, ist das Buch für uns ohne Nutzen. Soll es ins Archiv zu den anderen Kuriositäten gelegt werden."

Nasako sagte: „Wir müssen Koxima befehlen, einen neuen Zauberfächer herzustellen, so daß uns das Buch wieder von Nutzen sein wird."

Es gibt jedoch kein Bericht darüber, daß der Hofzauberer von Kuromon bei diesem Bemühen jemals Erfolg gehabt habe. Soviel ich weiß, liegt das Kode-Buch immer noch friedlich im kuromonischen Archiv in Chingun, und diejenigen, die wie Tsotuga und Dzakusan fortgefächelt und nicht wieder zurückgeholt wurden, warten immer noch auf ihre Befreiung.

## *Der Teppich und der Stier*

1

Ein Paar in der Farbe zueinander passende Rotschimmel, abgemagert von einem langen, anstrengenden Weg, zog die zweirädrige Postchaise schuckelnd die Straße am rechten Ufer des Baitis entlang. Hinter dem Wagen hing eine Wolke gelben Staubs in der stillen, trockenen Luft. Die Straße war von großen alten Korkeichen gesäumt, die vor langer Zeit unter König Asizhen als Schattenspender gepflanzt worden waren.

Der Lenker, ein großer, kräftiger Mann in dem angenehmen Alter zwischen Jugend und mittleren Jahren, stemmte sich auf dem Vordersitz gegen die Sprünge des Fahrzeugs. Ab und zu beugte er sich vor, um mit seinen Pferden zu sprechen und sie manchmal leicht mit der Peitsche zu berühren. Obwohl er sie niemals fest schlug, gehorchten sie ihm sehr gut.

„Zhanes!" rief er über die Schulter zurück. „Sieh nach, ob uns der Dämonenvogel immer noch folgt."

Ein dreizehnjähriger Junge streckte seinen Kopf hinten zum Wagen hinaus. Er erblickte den Geier, der einen Bogenschuß hinter dem Wagen und ebenso weit über ihm in der Luft hing. „Er ist noch da, Papa."

„Wenn du die Tiere richtig antreiben würdest", sagte die Frau in der Chaise, „könnten wir der bösen Kreatur entfliehen."

„Das haben wir doch alles schon besprochen, Liebling", antwortete der Mann. „Hättest du die Pferde gelenkt, dann hättest du sie zu einem schweißtreibenden Galopp gepeitscht, bis sie tot umgefallen wären, und dann hätten uns Larentius Albas Bravos noch innerhalb der Grenzen von Ausonia die Kehlen durchgeschnitten. Statt dessen haben wir jetzt Hunderte von Meilen Vorsprung, und Larentius kann seinen dienstbaren Geist nicht auf unbegrenzte Entfernung kontrollieren."

„Er hat abgedreht, Papa", sagte der Junge, als der Geier wendete und ostwärts davonschwebte.

„Siehst du wohl", sagte der Mann.

„Er hat auch früher schon abgedreht und ist dann wiedergekommen", wandte die Frau ein. „Er wird zu Larentius' Halsabschneidern fliegen, um ihnen den Weg zu zeigen, und dann an seinen Posten zurückkehren."

„Wir werden sehen." Der Mann ließ die Pferde in Trab und dann in Schritt fallen.

Der Mann war Gezun von Lorsk, wandernder Magier und Abenteurer. Er war viel größer als die hier ansässigen Euskerier und hatte eine braune Haut. Haar und Bart waren von einem üppigen, lockigen, glänzenden Schwarz. Das Haar war ein bißchen von der Stirn zurückgewichen, und durch den Bart zogen sich um das Kinn ein paar graue Fäden. Er hatte eine breite Stirn, buschige Brauen, eine große, scharfe Nase, breite Wangenknochen und ein massiges, viereckiges Kinn. An seiner Seite hing ein großes Bronzeschwert zum Hauen und Stechen, das beim Rütteln des Wagens in der Scheide rasselte.

Gezun lehnte sich zurück, um mit seiner Familie zu sprechen. „Sieh mal, Ro! Da in dem Tal war es, wo ich jene Dame verführte, die die weichen Kissen des alten Derezong meiner glühenden jungen Männlichkeit vorzog." Er lacht. „Jetzt, wo ich selbst über die erste Jugendblüte hinaus bin, kann ich ihren Standpunkt besser verstehen. Hätte sie sich anders entschieden, hättest du mich wahrscheinlich nie zum Mann bekommen, und wäre das nicht ein trauriges Geschick gewesen?"

„Manchmal bezweifele ich das", antwortete Gezuns Frau. Sie war eine kleine Frau, so dunkel wie Gezun und hübsch auf eine scharfzügige, vogelähnliche Art. Sie stammte aus dem mystischen Typhon, weit im Osten im Lande Setesch. „Zuweilen bin ich dieses Wanderlebens müde, immer einen Schritt den rachsüchtigen Rivalen und den betrogenen Gläubigern voraus."

„Liebling, nun fang nicht wieder mit diesem Lied an! Wie der Philosoph Goischek sagt, kann man die Dinge ebenso gut nehmen, wie sie kommen, denn wie kann man sie sonst nehmen? Sobald wir in Torrutseisch unser Glück gemacht haben, werden wir einen festen Wohnsitz nehmen, alle unsere Schulden bezahlen und ..."

„Fluch des grünen Hippopotamus! Das habe ich alles schon gehört – in Kheru, in Yavan, in Gomer, in Ausonia, in Maxis und an anderen Orten, an die ich r ich nicht einr al r ehr erinnere."

„Nicht vor den Kindern, bitte!"

„Oh, macht nur weiter, Papa!" fiel da die zehnjährige Mnera ein. „Wenn du und Mama streitet, erfahren wir so interessante Dinge aus eurer Vergangenheit."

„Vorlaute Range!" schalt Gezun.

„Wann kommen wir nach Torrutseisch?" fragte der Ugaph.

„Störe deinen Vater nicht", sagte Ro. „Er braucht seine gesamten Geisteskräfte, um seinen nächsten großen Coup zu planen. Zweifellos wird er dem König einen Entwurf für eine schwebende Brücke zum Mond verkaufen."

„Großartige Idee, Liebling!" grinste Gezun. „Ich bezweifle, ob ich sie in dieser Form verwenden kann, aber es ließe sich etwas daraus machen ..."

„Oh, hör mit deinen ewigen Witzen auf!"

„Ich mache keine Witze. Tatsächlich unterscheidet sich dein Vorschlag nicht allzusehr von meinem eigenen Vorhaben mit dem Khazi-Teppich."

„Im Ernst", erwiderte Ro, „wenn die Tartessier wirklich solche kastenstolzen Snobs sind, wie willst du dann bis in Schußweite von König Norskezehk kommen?"

„Das habe ich mir alles schon überlegt. Ich habe ein Einführungsschreiben von dem Vorsitzenden der ausonischen Magier-Gilde an seinen Kollegen in Torrutseisch. Zauberer bewegen sich durch alle Schichten der Gesellschaft – selbst in einer so kastengebundenen Gesellschaft wie der des tartessischen Kaiserreichs – wie ein Aal durch ein Dickicht von Wasserlilien."

„Aber – aber –" rief Ro, „der Vorsitzende der ausonischen Magier ist der gleiche Larentius Alba, der seine Gefolgsleute ausgeschickt hat, uns abzuschlachten! Wie kommst du zu einer Empfehlung von ihm?"

„Es ist wahr, Larentius und ich sind nicht als Freunde geschieden. Aber warum habe ich wohl soviel Mühe darauf verwendet, die ausonische Schrift zu lernen? Auch wenn meine Krakel alles andere als vollkommen sind, ist es unwahrscheinlich, daß irgendwer in Torrutseisch die Kenntnisse haben wird, sie zu verbessern."

„Noch eine Fälschung!" seufzte Ro. „Ich glaube, du mußt deinen lange fälligen großen Streich bald ausführen, sonst gehen uns die Länder aus, in denen du es versuchen kannst."

„Die Welt ist weit, mein Herzblatt, und die Leute vergessen alten Groll mit den Jahren."

„Ach, wirklich?" begann Ro in unheilverkündendem Ton. Aber der Junge Zhanes fragte:

„Papa, was hat denn Larentius so gegen dich aufgebracht? Du hast versprochen, es uns zu erzählen, sobald uns unterwegs nichts mehr passieren kann."

Gezun lachte vor sich hin. „Ich war geneigt, ihm den Khazi-Teppich abzukaufen, und das zu einem anständigen Preis, wenn man in Betracht zieht, daß er die Formeln, die ihn kontrollieren, nicht kannte." Er warf einen Blick zurück in das Innere des Wagens, wo der Teppich, zusammengerollt und mit Bindfaden verschnürt, unter den anderen Besitztümern der Familie lag. „Nun, du weißt ja, wie sich diese Dinge abspielen. Der eine macht ein Angebot. Der andere sagt: Lächerlich! und nennt seinen Preis. Der erste sagt, das ist absurd, geht aber mit seinem eigenen Angebot um Fingerbreite herauf, und so fort. Wir hatten uns einander schon auf einen Bogenschuß angenähert, zögerten jedoch noch, weiterzugehen, als Larentius vorschlug, wir sollten das Feilschen durch ein Spiel geheiligter Tradition beenden, mein letztes Angebot gegen den Teppich. Ich stimmte zu, aber dann beschwor der Halunke die Würfel ..."

„Woher weißt du das?" erkundigte sich Mnera.

„Was wäre ich für ein Zauberer, wenn ich es nicht wüßte? Als ich Larentius Betrug vorwarf, wurde er wütend und drohte mir mit einer fürchterlichen Rache. Tatsächlich hatte er schon mit einer Inkantation angefangen, als mir ein eigener kleiner Zauber einfiel, der mir schon mehr als einmal gute Dienste geleistet hat." Gezun zeigte seine große Faust. „Ich ließ ihn bewußtlos zurück und machte mich mit dem verfluchten Teppich davon. Ich hätte ihn ja sowieso gewonnen, wenn er nicht die Würfel verzaubert hätte."

„Du hättest ihn töten sollen, als du noch Gelegenheit dazu hattest", bemerkte Ro.

„Ich weiß, aber er sah so alt und hilflos aus, wie er mit blutender Nase dalag."

„Deine Weichherzigkeit wird noch unser aller Tod sein", sagte sie. „In allen zivilisierten Ländern, die wir durchreist haben, hast du Feinde zurückgelassen – aber hast du welche in Torrutseisch?"

„Eigentlich nicht – aber laß mich nachdenken. Oh, ja, da war ein kleiner Zauberer namens – ach ja – Bokarri, so hieß er. Er war kein großes Licht, aber er versuchte, mir einen Ring aus Sternenmetall abzuschwindeln, der ein sicheres Mittel gegen übelwollende Magie war."

„Und was ist geschehen?"

„Es war das gleiche wie mit Larentius Alba; ein kräftiger Faustschlag auf die Nase schnitt seine Beschwörung ab, ehe er sie beenden konnte, und ich entfloh mit dem Ring."

„Wo ist der Ring jetzt?"

Gezun seufzte. „O weh, ich habe ihn in Maxia an einen geriebeneren Kollegen verloren. Allerdings war ich damals noch jung und töricht."

„Und jetzt bist du in mittlerem Alter und töricht. Aber was ist mit Bokarri? Wird er auf der Lauer nach dir liegen?"

„Ich denke nicht. Er war viel älter als ich, so daß er sich mittlerweile wahrscheinlich der Mehrheit angeschlossen hat – es sei denn, er gehört zu denen, die durch Zölibat und andere Kasteiungen ihr Leben über die zugemessene Spanne hinaus verlängern. Es heißt, ein Magier des höchsten Grades könne es tun, und mein früherer Meister Sancheth Sar behauptete, es getan zu haben. Aber ich vermute, ein derartig freudenloses Leben *scheint* nur länger zu sein.

Wir brauchen uns jedoch über Meister Bokarri keine Sorgen zu machen. Er war immer ein drittklassiger Zauberer, der alle klugen Geister aus seinem Stall entkommen ließ und nur ein paar schwachsinnige kleine Spuks von geringem Nutzen übrigbehielt. Wenn er noch lebt, ist er wahrscheinlich ein alter Bettler."

Stunden später meldete der Junge Zhanes: „Es ist immer noch kein Geier da, Papa."

„Ha! Habe ich's nicht gesagt?" triumphierte Gezun. „Ich nehme an, der Spion-Dämon hat die Grenze erreicht, die zu überschreiten ihm sein Herr verboten hat, damit er seiner Kontrolle nicht ganz entflieht. Oder der Schutzzauber, den die Magier von Torrutseisch um ihre Stadt gezogen haben, hält ihn zurück wie ein Wehr einen Fisch."

Der Junge Ugaph lugte an der massigen Gestalt seines Vaters vorbei und rief: „Da ist die Stadt! Seht!"

Vor ihnen erhob sich in der staubigen Ferne die große, kreisförmige Stadtmauer von Torrutseisch – Hauptstadt des tartessischen Kaiserreichs – auf ihrer Insel im Fluß Baitis. Die Mauer war aus roten, weißen und schwarzen Steinen in Streifen und Mustern gebaut, die eine schwindelerregende Wirkung erzeugten. Die helle euskerische Sonne glänzte auf der Vergoldung von Domen und Türmen und Türmchen, und Fahnen mit der Eule von Tartessia flatterten in der Brise. Der Fluß, der sich vor der Stadt teilte und sie auf beiden Seiten umfloß, war voll von Einbäumen, Flößen aus aufgeblasenen Häuten und anderen Süßwasser-Fahrzeugen.

Im Vordergrund erhob sich ein hölzernes Bauwerk, kreisförmig wie die Stadt dahinter, nur viel kleiner. Ugaph fragte:

„Ist das die Stierkampf-Arena, von der du uns erzählt hast?"

„Es sieht so aus", antwortete Gezun. „Mir kommt es vor, als hätten sie eine neue gebaut, seit ich das letzte Mal hier war."

„Wann war das?" fragte Ugaph.

Gezun war damit beschäftigt, den Zoll für die Ponton-Brücke zu bezahlen, die auf die Insel führte. Als die Räder des Wagens über die Planken der Brücke donnerten, antwortete er seinem Sohn:

„Ehe einer von euch geboren war, vor beinahe zwanzig Jahren. Im allgemeinen hat sich der Anblick des mächtigen Torrutseisch nicht geändert. Diese schwimmende Brücke ist aber neu. In meinen Tagen mußte man mit einem Floß übersetzen."

„Gehst du mit uns zu einem Stierkampf, Papa?" fragte Zhanes.

Gezun zog ein saures Gesicht. „Warum wünschst du dir nur, einem so grausamen Schauspiel zuzusehen, wo Männer bei nur geringem Risiko für sich selbst einen edlen Auerochsen quälen, bis das Tier völlig erschöpft ist, und ihn dann erstechen, um sich als große Helden ausgeben zu können?"

„Wir möchten es der Aufregung wegen sehen, Papa", erklärte Zhanes. „Oh, bitte, geh mit uns zu einem Stierkampf!"

„Du hast es uns in Ausonia versprochen", maulte der kleinere Junge.

Ro meinte: „Das ist eine deiner Wunderlichkeiten, Gezun, an die ich mich in den letzten fünfzehn Jahren gewöhnt habe. Aber nie werde ich für diese verrückte Idee Verständnis haben, daß Menschen freundlich zu Tieren sein sollten – man denke sich, zu *Tieren!*"

Die Jungen fuhren fort, zu schmeicheln und zu quengeln, bis Gezun schließlich versprach: „Na gut, ich gehe mit euch bei der ersten Gelegenheit zu einem Stierkampf. Aber nur zu einem, merkt euch das! Ich möchte nicht, daß ihr Geschmack an diesem blutigen Geschäft entwickelt."

Dann zog er vor dem Osttor von Torrutseisch die Zügel an und bereitete sich darauf vor, sich gegenüber den Wachen auszuweisen.


2


Die Straßen innerhalb der Tore waren gedrängt voll von der vielfältigen Menschenmenge, die jede Metropole anzieht. Die meisten waren einheimische Euskerier in engen Hosen, schwarzen Mänteln und runden schwarzen Käppchen. Dazwischen sah man kleine Gruppen von Kerneanern in Roben und Kaffias mit Ringen in den Ohren, überzüchtet wirkende Hesperier in blauweißen Mänteln und Tuniken, hochaufragende Pusâdier in karierten Kilts und Mänteln, rotblonde Atlanter in zinnoberrot gefärbten Ziegenfellen, gaffende galathische Barbaren mit gewürfelten Hosen und hängenden Schnurrbärten, schlanke schwarze Gamphasanter aus dem fernen Süden und viele andere.

Vor dem Gildenhaus fragte Gezun den Türhüter: „Sagt mir, bitte, wann und wo trifft sich die hiesige Magier-Gilde?"

„In der Nacht des Vollmonds, Herr, im Zunftordnungsraum – der dritte rechts, wenn Ihr die Treppe heraufkommt."

„Wann und wo ist der Präsident der Gilde zu finden?"

„Er ist an den sieben Abenden, die der monatlichen Zusammenkunft folgen, im Zunftordnungsraum anwesend. Das ist heute abend der Fall."

„Ich danke Euch", sagte Gezun. Er drehte sich zu Ro um. „Uns bleiben ein paar Stunden, bis ich hierher zurückkehren muß. Inzwischen können wir uns eine Wohnung suchen und ein paar Möbel kaufen."

An diesem Abend ließ Gezun seine Familie – alle waren vom Einkaufen und Aufstellen der Möbel erschöpft – in ihrem neuen Haus und kehrte zum Gildenhaus zurück. Er fand den Zunftordnungsraum und klopfte.

„Herein!" rief eine brüchige alte Stimme.

Gezun trat ein. Im Licht einiger Binsenlichter erkannte er am Ende eines langen Tisches einen kleinen, dürren alten Mann mit einem zusammengedrückten, listigen Gesicht und wirrem weißem Haar. Er saß vor einem Stapel von Pergamenten und Papyri, an denen er arbeitete. Der Mann blickte auf.

„Guten Abend, schöner Herr", grüßte Gezun. „Ich bin soeben erst in Eurer herrlichen Stadt angekommen und möchte meinen Magier-Kollegen meinen Respekt erweisen."

Der alte Mann betrachtete Gezun prüfend unter seinen weißen Augenbrauen hervor. Dann verließ er seinen Sitz und kam um den Tisch. Er hielt ein Binsenlicht hoch, damit er Gezuns Gesicht besser sehen konnte.

„Habe ich Euch nicht schon einmal gesehen?" fragte er. „Euer Gesicht erinnert mich – aber sagt mir Euren Namen, junger Mann, und erspart mir das anstrengende Raten."

„Gezun von Lorsk, Herr. Ich habe hier ein Einführungsschreiben von ..."

„*Gezun?* Brate meine Eier! Doch nicht derselbe Gezun, der vor rund zwanzig Jahren in Torrutseisch gewesen ist? Dieser junge Schurke?"

„Nun – äh – Herr –"

Die Stimme des alten Mannes hob sich zum Kreischen. „Du kennst mich nicht? Wisse, ich bin Bokarri, den du schändlich beraubt hast! Diesmal besorge ich es dir, du Sohn einer unfruchtbaren Sau! Du kotfressende Made! Du Fliegenschwanz! *Avratamon garisch hva ungorix –*"

„Wartet, wartet!" brüllte Gezun. „Soll ich Euch nicht, ehe Ihr eine Beschwörung ausspracht, die Schuld zurückzahlen, von der Ihr glaubt, daß sie Euch zusteht?"

Bokarri brach ab und sah ihn verblüfft an. „Was ist das?"

„Seht mal. Als wir uns vor achtzehn Jahren trennten, standen wir auf, sagen wir, etwas gespanntem Fuß miteinander, nicht wahr?"

„Das ist der Gipfel an Untertreibung. Aber fahre fort."

„Und mich dünkt, wir diskutierten über das Eigentumsrecht an einem gewissen Eisenring, ja?"

„Ja, obwohl dein Anspruch nichts als ein Gewebe aus Lügen und Bluff war."

„Mag dem sein, wie ihm wolle. Meiner Meinung nach mußte jeder einsehen, daß – nun wartet doch, bitte, regt Euch nicht wieder so unziemlich auf! Lassen wir es dabei, daß jeder von uns dachte, ihm gehöre das Ding."

„Kannst du mir das Ding, wie du es nennst, jetzt zurückgeben? Oder mir das Talent in Gold bezahlen, das es wert ist?"

„Ein Talent? Herr, jetzt scherzt Ihr?"

„Die Preise sind gestiegen. Die Handelsmetallwechsler nennen es eine Inflation. Hast du den Ring?"

„Leider nein. Ich habe ihn in Maxia ungefähr auf die Art verloren, wie Ihr ihn an mich verloren habt."

„Und nun? Bist du bereit, mein Sklave zu sein, bis der Tod uns scheidet?"

„Noch einmal nein, mein guter Meister. Aber ich kann Euch den Erwerb einer Summe ermöglichen, die das Vielfache des Wertes dieses Rings beträgt, wenn Ihr Euch mir bei einer bestimmten Unternehmung anschließt."

Bokarri kaute auf seinem schütteren Schnurrbart. „Ich ziehe Bargeld allen mondsüchtigen Träumen eines Vagabunden vor."

„Das Bargeld habe ich nicht, Herr. Aber wenn Ihr Euch meinen Plan anhört, werdet Ihr Euch selbst den glücklichsten Thaumaturgen westlich von Kheru nennen."

„Eher will ich glauben, daß die Sonne morgen im Westen aufgeht. Aber sprich."

„Habt Ihr schon einmal von dem Khazi-Teppich gehört?"

„O ja. Er wurde von dem Zauber-Weber Khazi in Typhon hergestellt, und ein Dämon ist in das Material selbst hineingewebt. Ihn, der den Dämon befehligt, wird der Teppich durch die Luft tragen, so daß er fliegen kann wie ein Vogel."

„Also: Ich habe den Khazi-Teppich."

„Wie bist du darangekommen?"

„Ich habe ihn in Ausonia erworben. Der Eigentümer beherrschte die geheime magische Sprache von Setesch nicht und konnte ihn daher nicht benützen. Deshalb bekam ich ihn für einen Bruchteil seines wahren Werts."

„Und beherrscht du den magischen Jargon von Setesch?"

„Jawohl. Ich habe ihn während der Partnerschaft mit meinem verstorbenen Schwiegervater, dem Zauberer Ugaph, in Typhon gelernt. Ich habe mit dem Teppich praktische Übungen angestellt, und jetzt gehorcht mir der Dämon Yiqqal wie ein Schäferhund seinem Schäfer."

„Interessant", sagte Bokarri. „Aber wo liegt da der Profit? Natürlich wäre der Teppich nützlich, wenn man vor seinen Feinden fliehen müßte. Hast du die Absicht, mir ihn anstelle des Rings zu geben?"

„Nein, Herr. Ich –"

„Nicht, daß ich ihn annehmen würde. Durch die Luft fliegen, in der Tat! Und wenn du mir die Haut abziehst, ich fürchte mich vor großen Höhen, und meine alten Knochen sind zu spröde, als daß sie einen Fall überstehen würden. Und was nun?"

„Die Weber von Torrutseisch sind die besten der Welt. Das bezieht sich nicht nur auf ihren Fleiß, sondern auch auf ihren Ausstoß. Sie organisieren ihre Arbeit so geschickt, daß ein tartessischer Weber in einem Monat soviel produzieren kann wie einer von einer anderen Nation in einem Jahr."

„Das stimmt. Und?"

„Mein Plan ist, eine Fabrik zu gründen, in der Teppiche wie der Khazis hergestellt werden", sagte Gezun.

„Mit je einem Dämon pro Teppich?"

„Warum nicht? Ich kenne die Methode, die Khazi anwandte, und für einen Zauberer, der weiß, wie er sie zu rufen hat, sind immer eine Menge Dämonen da. Wir werden einen fliegenden Teppich an jedes Herrchen, jeden Magnaten und jeden Beamten in Tartessia verkaufen, und das mit horrendem Gewinn."

„Bei einem so lukrativen Unternehmen würde der König die Kontrolle verlangen", wandte Bokarri ein.

„Daran habe ich schon gedacht. Königliche Unterstützung brauchen wir sowieso, um unsere Fabrik zu errichten. Ihr habt doch Zugang zu dem König?"

„Gewiß, und zweifellos wünscht du, daß ich dich Seiner Majestät vorstelle und dir –" Bokarri schnaubte „– ein gutes Leumundszeugnis ausstelle."

„So ist es, Herr."

„Wir wollen sehen, was sich machen läßt, obgleich es so sein wird, als wolle man einen Raben weißwaschen. Aber als ehrlicher Mensch warne ich dich: Er wird den Löwenanteil von dem Gewinn beanspruchen."

„Nach meinen Erfahrungen mit Königen überrascht mich das nicht. Trotzdem sollte genug übrigbleiben, um uns beide reich zu machen."

„Das hängt davon ab, wie dieser Überschuß geteilt wird. Für meine Mitwirkung an dem Projekt erwarte ich selbstverständlich die Hälfte."

„Langsam, Meister Bokarri! Keine Einführung ist soviel wert. Ich kann einen anderen finden, der des Königs Ohr hat. Ich hatte an ein Zehntel gedacht."

„Was? Du unverschämter Schurke ..."

Eine Stunde lang feilschten sie, und schließlich einigten sie sich auf ein Drittel für Bokarri und zwei Drittel für Gezun. Letzterer sagte:

„Und nun, Meister Bokarri, schwört mir bei Euren magischen Kräften, daß Ihr mich, wie versprochen, beim König einführen werdet – ohne Verrat oder Hinterlist."

„Das werde ich, aber du mußt schwören, daß du deinen Teil des Handels erfüllen wirst."

Sie schworen in dem Wissen, daß ein Magier, der bei seinen magischen Kräften falsch schwört, diese Kräfte auf der Stelle verliert. Gezun erkundigte sich:

„Sagt mir doch, Freund Bokarri, wie seid Ihr zum Vorsitzenden Eurer Gilde geworden? Nichts für ungut, aber als ich Euch das letzte Mal sah, stelltet Ihr nicht gerade die Krone Eures Berufs dar."

Bokarri kicherte. „Organisatorische Begabung, mein Junge. Meine Kollegen sahen ein, daß mich zwar einige in dieser oder jener magischen Spezialität übertreffen mögen, daß jedoch ich allein den Trick heraus habe, wie man eine Gruppe wie diese gleich einer gut geölten und genau eingestellten Wasseruhr funktionieren läßt."

Gezun dachte: Er meint Geschicklichkeit im Spionieren und Intrigieren. Aber er sprach es nicht aus. Statt dessen nahm er den Kelch mit grünem Wein von Zhysk an und sagte:

„Von Herzen gefühlter Dank, mein guter Herr. Die Jahre scheinen Euch gut behandelt zu haben."

Bokarri zuckte die Schultern. „Mit Zaubermitteln und Enthaltsamkeit habe ich sie ein wenig von mir abwehren können, aber früher oder später wiegen sie auf jedem von uns schwer. Du selbst siehst nicht gerade verhungert aus. Ist das nicht ein Ansatz zu einem Bäuchlein?"

„Meine Reserve gegen Notzeiten", sagte Gezun.

„Sei vorsichtig, oder du wirst so korpulent wie Seine Majestät."

„Ich werde Eurer Warnung eingedenk sein. Auf Gezun und Bokarri, die außergewöhnlichen Zauber-Weber!"

Während Gezun darauf wartete, daß Bokarri eine Audienz bei König Norskezhek arrangierte, vervollständigte er die Einrichtung seines neuen Hauses und brachte seine Kinder in der Schule eines hiesigen Pädagogen unter. Da sie Nachhilfeunterricht in der euskerischen Sprache benötigten, mußte Gezun zusätzliche Gebühren bezahlen. Als er dies alles erledigt hatte, war sein Vorrat an Handelsmetall beunruhigend dahingeschwunden. Deshalb war er nicht gerade in Spendierlaune, als die Jungen ihn eines Nachmittags bestürmten, mit ihnen zu einem Stierkampf zu gehen. Zhanes sagte:

„Der nächste ist in drei Tagen, Papa, und dann gibt es einen Monat lang keinen mehr. Es ist das Fest des Roi, des tartessischen Regengottes. Und du hast versprochen, mit uns bei der ersten Gelegenheit hinzugehen!"

„Du hast es versprochen, Papa!" stimmte Ugaph ein.

Gezun verteidigte sich noch eine Zeit lang. Dann meinte er erschöpft: „Nun, es ist eine Narrheit, aber ich will euch was sagen. Wenn mein Kollege Bokarri mir eine endgültige Zusage für eine Audienz beim König bringt, bevor der Stierkampf stattfindet, dann gehe ich mit euch zu diesem Spektakel."

„Willst du Mnera und mich etwa nicht mitnehmen?" fragte Ro.

„Eigentlich nicht – der Anblick ist nichts für zarte Frauen –"

„Das glaubst du, Gezun! Hier nehmen die Frauen an derartigen Ereignissen ebenso teil wie die Männer. Glaub nicht, deine Frauen werden sich damit zufriedengeben, zu Hause zu sitzen, den Fußboden zu kehren und Rüben zu schaben, während ihr drei den ganzen Spaß habt ..."

Nach längerem Streit gab Gezun wiederum nach. „Ihr Frauen aus Setesch meint, ihr solltet die gleichen Rechte wie die Männer haben!"

„Und warum nicht?" gab Ro zurück.

„Weil es, wenn die Welt eine so verrückte Idee verwirklichen sollte, den völligen Zusammenbruch der Zivilisation bedeuten würde!"


3

Die Trompete blies, das Haupttor der Arena öffnete sich. Zur Musik der königlichen Militärkapelle zogen die Stierkämpfer ein und paradierten in Reih und Glied über den Sand. Die Zuschauer, die meisten von ihnen Euskerier in schwarzen Mänteln, brachen in Beifallsrufe aus.

Zuerst kamen die Lanzenkämpfer, zu Fuß und zu Pferde; sie töteten die Stiere. Dann kamen die Pfeilwerfer, zu Fuß und zu Pferde; sie reizten die Stiere, indem sie ihnen Pfeile in den Buckel stießen. Zum Schluß kamen zwanzig Chulos, die Helfer der Stierkämpfer, deren Aufgabe es war, die Stiere mit ihren Possen abzulenken und zu ermüden.

Der erste Lanzenkämpfer hielt sein Pferd an der Seite der Arena an, die dem Tor gegenüberlag. Gezun kniff die Augen gegen die blendende Sonne zusammen und erkannte die königliche Loge, in der ein großer, fetter Mann in einem Prachtgewand und mit einer Krone auf dem Kopf saß. Die Kapelle verstummte, und die Marschierer machten halt.

Es folgte ein nur halb verständlicher Dialog zwischen dem ersten Lanzenkämpfer und dem sitzenden Mann, und dabei gab es viele Verbeugungen und höfliche Gesten. „Wer ist das?" fragte Zhanes.

„Das ist König Norskezhek", antwortete Gezun. „Der Ober-Stierkämpfer muß seine Erlaubnis erbitten, mit dem Abschlachten der Stiere beginnen zu dürfen – obwohl in all den Jahrhunderten, die Torrutseisch besteht, der König oder sein Stellvertreter die Erlaubnis noch nie verweigert hat."

Als der erste Lanzenkämpfer besagte Erlaubnis erhalten hatte, führte er seine Truppe um den Ring, und die Kapelle begann wieder zu spielen. Einzelne Stierkämpfer winkten ihren Bekannten in der Menge oder riefen ihnen zu. Dann marschierten alle wieder zum Haupttor hinaus. Ein paar Minuten später öffnete sich das Tor von neuem, und der erste Stier galoppierte in die Arena.

Es war ein drei Jahre alter Auerochse, groß, schwarz und wütend. Das Tier raste mit hocherhobenem Kopf und bebenden Nüstern um den Ring und jagte die Chulos durch die Lücken in der inneren Barriere, die breit genug für sie, aber zu schmal für den Stier waren.

„Warum ist er so böse?" fragte Ugaph.

„Siehst du das Paar rot und weißer Bänder, die von seinem Schulterbuckel flattern?" sagte Gezun. „Bevor er losgelassen wird, treibt man ihm eine Bronzenadel mit diesen Bändern in das Fleisch. Das mißfällt ihm natürlich."

Die Chulos machten sich an die Arbeit. Sie schlüpften aus dem Gang, der sich ringförmig zwischen innerer und äußerer Barriere hinzog, und reizten den Stier durch Schwenken ihrer scharlachfarbenen Mäntel, was ihn zu fruchtlosen Angriffen veranlaßte. Zhanes fragte:

„Warum greift der Stier immer den Mantel an und nicht den Mann? Das kommt mir doch zu dumm vor."

„Stiere sind nicht sehr klug", antwortete Gezun.

Dann wurde der Stier langsamer. Er hielt den Kopf nicht mehr so hoch. Der erste Pfeilwerfer betrat mit den Pfeilen in der Hand den Ring. Nachdem er und der Stier sich ein paar Minuten lang wachsam umkreist hatten, sprang der Pfeilwerfer gerade in dem Augenblick, als der Stier zum Angriff ansetzte, mit einem Tanzschritt vor. Er glitt geschickt auf die Seite und stieß seine Pfeile in den Buckel des Tiers. Der Stier, von hinten angegriffen, hielt sofort im Vorwärtspreschen inne und drehte sich, um die Ursache seines Schmerzes zu finden. Noch dreimal wurde der Vorgang wiederholt, bis der Stier von acht Pfeilen in fröhlichen Farben – einer allerdings fiel heraus und blieb im Sand liegen – durchbohrt worden war.

Endlich trabte ein Lanzenkämpfer in den Ring. Er hielt eine Lanze mit einer ungewöhnlich langen, schmalen, spitz zulaufenden Bronzespitze in der Hand. Der Stier, jetzt außer Atem und erschöpft, stolperte auf das Pferd zu. Der Reiter wich diesem Angriff und einem zweiten aus. Dann, als der Stier mit hängendem Kopf dastand, umkreiste der Lanzenkämpfer ihn und stieß ihm die Lanze von der linken Seite gleich hinter der Schulter in den Körper. Der Stier brach zusammen. Die Zuschauer brüllten und jubelten. Der Reiter lenkte sein Pferd um den Ring und dankte mit Verbeugen und Winken für den tosenden Applaus.

„Das ist Klasse, Papa!" riefen die Jungen. Aber Mnera meinte: „Das finde ich gar nicht. Es ist grausam, wie Papa gesagt hat."

„Du bist ja auch nur ein Mädchen, pah!" höhnte Ugaph, und Bruder und Schwester knufften und schubsten sich, bis sie mit Gewalt getrennt wurden.

Der zweite Stier wurde von einem berittenen Pfeilwerfer angegriffen. Der Stier erwischte das Pferd mit einer plötzlichen Attacke und warf es um. Er riß ihm den Bauch auf, so daß die Eingeweide hervorquollen und sich mit den schlagenden Beinen verwickelten. Da der Reiter unter seinem kämpfenden Tier eingeklemmt war, eilten die Chulos herbei, um den Stier abzulenken, bevor er den hilflosen Mann angreifen konnte. Andere zogen den Reiter hervor und halfen ihm aus dem Ring. Das sterbende Pferd wurde von einem Maultier-Gespann weggeschleift.

Ein neuer berittener Pfeilwerfer nahm die Stelle des ersten ein. Als er alle seine Wurfgeschosse versandt hatte und der Kopf des Bullen von den Verletzungen der Hals- und Rückenmuskeln herabhing, tötete ihn ein Lanzenkämpfer zu Fuß.

Der dritte Stier warf zwei Chulos zu Boden, die durch die flatternden Mäntel ihrer Kameraden gerettet wurden. Dann sprang er über die innere Barriere, und die Zuschauer gaben ihrer Mißbilligung dieses unsportlichen Verhaltens durch Pfeifen und Zischen Ausdruck. Der Stier donnerte den ringförmigen Gang zwischen den Barrieren entlang, während die Männer, die dort gestanden hatten – Soldaten, Stierkämpfer, Eigentümer der Stiere, Stallburschen und Angestellte der Arena – wie die Wahnsinnigen vor ihm herflohen. Bald jedoch wurde ein drehbares Stück der inneren Barriere wie ein Tor nach außen geklappt und der Stier so wieder in die Arena gelenkt.

Dieser Stier erwies sich als zäh. Selbst als er schon drei Lanzenstöße in die Herzgegend erhalten hatte, weigerte er sich noch zu sterben. Blut tropfte ihm aus Maul und Nase, und so entfernte er sich langsam von seinen Quälern, bis er zusammenbrach.

Zhanes fragte: „Wann wird denn einer von den Stierkämpfern getötet?"

„Das kann man nicht vorhersagen", meinte Gezun. „es kommt schon vor, aber nicht sehr oft – vielleicht einmal im Jahr."

Mnera erklärte: „Dann sehe ich nicht ein, warum sie sich selbst für so große Helden halten. Grund dazu hätten sie doch nur, wenn ebenso viele Männer wie Stiere umkämen."

„Ich habe genug Stiere sterben gesehen. Jetzt möchte ich sehen, wie es einen Mann erwischt", verlangte Ugaph.

„Blutdurstiger kleiner Teufel!" entrüstete sich Gezun.

„Du hast dich dazu beschwatzen lassen, die Kinder herzuführen", stellte Ro fest. „Wenn sie zu Mödern heranwachsen ..."

„Bist du hier, oder bist du zu Hause geblieben, damit der Anblick euch nicht verdirbt?" fragte Gezun. Gerade jetzt warf der vierte Stier einen Lanzenkämpfer zu Fuß um und verletzte ihn. Der Stier wurde von den Chulos schnell weggelockt, und den Mann trugen seine Kameraden hinaus. Es stellte sich jedoch heraus, daß seine Verletzung nur in einem Riß über den Rippen bestand. Notdürftig verbunden war er bald wieder im Ring und tötete seinen Stier, der mittlerweile von den Chulos so herumgehetzt worden war, daß er kaum noch etwas anderes tun konnte, als stehenzubleiben und sein Schicksal zu erwarten. Unter frenetischem Jubel stolzierte der Lanzenkämpfer um den Ring. Sein nackter brauner Arsch zeigte sich durch die Risse in dem aufgeschlitzten, blutigen Kostüm.

„Ich habe genug", sagte Ro.

„Ich auch", stimmte Mnera ein.

Die Jungen protestierten, weil sie noch dableiben wollten, aber nach einem weiteren Stier erklärten auch sie sich damit einverstanden, nach Hause zu gehen. Zhanes sagte:

„Papa, ich habe nachgedacht. Diese Leute drehen es so, daß es furchtbar gefährlich aussieht. Aber in Wirklichkeit haben sie dafür gesorgt, daß nur ein kleines bißchen Gefahr besteht – viel weniger als für einen Soldaten in einer der alten Schlachten."

„Sie besorgen sich nur ihre Steaks auf etwas mühsame Weise", setzte Ugaph hinzu.

„Ich freue mich, daß ihr es so seht", sagte Gezun. „Aber sagt das zu keinem Tartesser. Es würde ihn in Wut bringen. Sie behaupten, der Stierkampf enthalte ein sogenanntes ‚Mysterium'. Er drücke den verwegenen Mut des ganzen Volkes aus oder irgend so ein Unsinn."

„Aber", sagte Mnera, „die Leute, die zum Zusehen herkommen, gehen überhaupt kein Risiko ein. Wo bleibt da ihr verwegener Mut? Der Stier kann nicht über die äußere Barriere springen –"

„Ja, ja, ich weiß", antwortete Gezun, „aber jetzt müssen wir unsere Sachen einsammeln und gehen. Hast du den Picknick-Korb, Ro?"


4


Auf einem Thron aus Ebenholz, eingelegt mit Gold und Mammut-Elfenbein, saß Norskezhek der Dritte (auch, aber nicht öffentlich, Norskezhek der Dicke genannt), König der Vereinigten euskerischen Länder Tartessia, Turdetania und Turdulia. Die Könige von Aremoria, Hesperia und Phaiaxia zahlten ihm Tribut. Zwei Wachen in bronzenen Schuppenhemden, die Zaghmals oder Schlacht-Piken über der Schulter und doppelt geschwungene tartessische Schwerter an der Seite, standen links und rechts von ihm.

Der Türsteher rief: „Der ehrenwerte Meister Gezun, reisender Zauberer!" Gezun schritt vor, ließ sich auf beide Knie fallen und verbeugte sich, bis seine Stirn den Boden berührte. Er richtete sich wieder auf und fragte den Türsteher:

„Habe ich Seiner Majestät Erlaubnis zu sprechen?"

„Ihr habt sie", sagte der fette Mann auf dem Thron. „Steht auf."

„Ich grüße Eure Majestät und demütige mich ..."

Der König hob seine Patschhand. „Wir wollen den Rest als gesagt betrachten, guter Meister Gezun. Wir haben ein paar Fragen. Erstens: Ihr seht wie ein Pusâdier aus mit Eurem Wuchs und Eurem lockigen Haar, aber Ihr seid aus dem Osten nach Torrutseisch gekommen. Wie ist das?"

„Ich bin ein Lorska von Geburt", antwortete Gezun, „aber ich habe mich auf meinen Wanderungen weit von meinem Heimatland entfernt. Ungern verbreite ich mich über persönliche Angelegenheiten, denn Euer Majestät könnte meine Geschichte ermüdend finden ..."

„Macht schon und verbreitet Euch", sagte der König. „Wir hören gern von anderen Gegenden. Also, Ihr wurdet im windigen Lorsk geboren?"

„Jawohl, Sire, an der Bucht von Kort, an der Westküste des von Büffeln wimmelnden Lorsk, in dem meerumschlungenen Land Pusâd. Ich war Döpueng Schysch, der Sohn eines Landjunkers, wurde aber von aremorischen Piraten geraubt, als ich noch ein Junge war."

Gezun turg auf einer Hand das Brandmal eines Sklaven, schwach, aber immer noch sichtbar. Deshalb hatte er es aufgegeben, die Tatsache zu verschleiern, daß er einmal ein Sklave gewesen war, obwohl er wußte, daß in den Augen vieler Menschen davon ein unauslöschliches Stigma der Minderwertigkeit zurückblieb. Er fuhr fort:

„Jahrelang diente ich Sancheth Sar, einem Zauberer in Gadaira, als Lehrling. Da er nicht fähig war, meinen wirklichen Namen auszusprechen, nannte er mich ‚Gezun', ein üblicher Sklavenname in jener Gegend, und deshalb nenne ich mich jetzt manchmal auch Gezun von Gadaira.

Als Sancheth schließlich starb, nachdem er mich zu seinem Erben gemacht hatte, begab ich mich auf Wanderschaft –"

„Seid Ihr schon einmal in Torrutseisch gewesen?"

„Jawohl, Sire, vor achtzehn Jahren, unter der Regierung von König Ikusiven, in dessen Menagerie ich eine Zeit lang als Hilfstierpfleger diente –"

„Und woher kommt Ihr diesmal? Von Phaiaxia?"

„Nein, Sire. Ich bin auf der weiter nördlich gelegenen Route gekommen, durch Ausonia."

„Erzählt uns von Ausonia." Der König kratzte sich einen Flohbiß. „Haben sie dort immer noch diese merkwürdige Form der Regierung, die sie eine Republik nennen?"

„Jawohl. Sie haben einen Senat und ein Repräsentantenhaus, aber die Reichen, aus denen sich der Senat zusammensetzt, kontrollieren die Staatsgeschäfte ..."

Eine Stunde lang beantwortete Gezun die Fragen des Königs. Dieser König, dachte er, schien zumindest mehr Verstand zu haben als einige der königlichen Nullen und Schwachköpfe, die er schon kennengelernt hatte. Endlich gelang es ihm, in den Fluß von geographischen Fragen und Antworten einzuflechten:

„Wenn es Euer Majestät gefällig ist, würde ich Euch gern einen Vorschlag zur Mehrung des Reichtums Eures Landes und Eurer königlichen Schatzkammer unterbreiten..."

Nun hielt Gezun seine vorbereitete Ansprache. Er berichtete von dem Khazi-Teppich und seinen wunderbaren Fähigkeiten, ging aber über die Art hinweg, wie er ihn erworben hatte. Er legte seinen Plan zur Gründung einer Fabrik in Torrutseisch dar, die Duplikate dieses Teppichs herstellen solle.

„Halt!" unterbrach der König. „Wir sind uns nicht sicher, ob Euer Vorschlag dem Königreich zum Vorteil gereichen würde, Meister Gezun. Habt ihr an die militärischen Anwendungsmöglichkeiten dieser Entdeckung gedacht?"

„Nun – äh – um die Wahrheit zu sagen, Sire, das habe ich nicht. Ich bin ein friedliebender Bursche."

„Dann macht jetzt Pause und denkt nach. Ein einziger Mann, auf einem Eurer fliegenden Teppiche sitzend, wäre als Kundschafter eine ganze Reiterpatrouille wert. Von solchen Teppichen aus könnten Bogenschützen aus buchstäblich unangreifbarer Position ihre Pfeile auf die Feinde niederregnen lassen. Sie brauchten nur über der Höhe zu bleiben, in der sie von einem nach oben abgeschossenen Pfeil noch zu erreichen wären.

Kurz, Meister Gezun, wir betrachten Euer Projekt als ein solches, das insgeheim, innerhalb der Mauern unseres Palastes und unter Beachtung jeder Vorsichtsmaßnahme durchgeführt werden muß, damit die Methode der Zauberverleihung nicht nach außen dringt. So könnte unser Reich gegen alle Feinde gesichert werden. Ha! Ich sehe schon die nächste Horde von galathischen Wilden, wie sie unsere Grenzen überschreiten, um unsere friedlichen Grafschaften zu berauben, und dann vor einer Schwadron Eurer fliegenden Teppiche davonlaufen."

„Wenn es Euer Majestät recht ist, glaube ich, daß wir trotzdem auch Teppiche für friedliche Zwecke verkaufen könnten. Die Käufer würden unterrichtet, wie die Teppiche zu kontrollieren sind, ohne jedoch den Zauber zu erfahren, mit dem ich den Dämon gefangensetze."

„Hm, hm." Der König spielte mit seinem Bart. „Vielleicht habt Ihr recht. Wir werden sehen. Macht Euch auf keinen Fall Sorgen über diese Abänderung Eures Plans. Wenn die Sache klappt, werdet Ihr angemessen belohnt werden.

Doch ehe wir uns auf ein solches Unternehmen einlassen, müssen wir Genaueres wissen. Wo befindet sich der Wunderteppich jetzt?"

„Ich habe ihn in den Palast mitgebracht, Sire. Er ist draußen bei meinem Sohn."

„Dann wollen wir ihn uns ansehen."

Im Hof ließ Zhanes den aufgerollten Teppich von der Schulter fallen und breitete ihn auf dem Kopfsteinpflaster aus. Schnaufend kam König Norskezhek zwischen den Säulen hervor, die den Portikus seiner Audienzhalle trugen. Mit einigen Schwierigkeiten – denn sein Umfang machte es ihm schwer, sich zu bücken – prüfte er den Teppich. Er fragte:

„Wo ist der Dämon, der in das Material eingewoben sein soll?"

Gezun zeigte. „Diese Flecken sind seine Augen, dies Blätterwerk ist sein Kopf, diese Muster stellen seine Arme dar, und so weiter."

Der König blinzelte durch halbgeschlossene Lider. „Jetzt sehen wir es. Wenn man den Teppich auf bestimmte Weise betrachtet, nimmt das Muster eine Form wie die einer menschlichen Gestalt an. Kann der Teppich sofort fliegen?"

„Jawohl, Sire. Möchtet Ihr eine Vorführung sehen?"

„Gewiß, wenn es ohne Gefahr geschehen kann. Ich möchte nicht, daß Ihr aus Übereifer Euer Gehirn verspritzt."

Gezun ließ sich mit gekreuzten Beinen in der Mitte des Teppichs nieder und rief in der Geheimsprache der Zauberer von Setesch: *„Ehara, Yiqqal! Alluba!"*

Der Teppich erschauerte; seine Fransen begannen zu wogen. Fuß für Fuß erhob er sich von dem Pflaster, bis er sich über den Köpfen der im Hof stehenden Menschen befand. Der Teppich stieg weiter, bis er über dem Dach des Palastes schwebte. Die unten brachen in Rufe des Erstaunens aus. Gezun befahl:

*„Yiqqal! Adoranto, ken duspathwé!"*

Der Teppich bewegte sich langsam vorwärts, bis er sich gute zehn Fuß von dem Portikus entfernt hatte.

*„Biorbo a ra doloja!"*

Der Teppich kurvte nach rechts und flog über die Mauer um die königliche Residenz und über einige Straßen von Torrutseisch. Gezun kehrte um und hatte die Mauer beinahe schon wieder erreicht, als ein Kind ihn sah und schrie. Für einen Augenblick entstand Unruhe unter dem gemeinen Volk in jenem Viertel. Dann war der Teppich innerhalb der Schloßanlage, und die Mauer verbarg ihn vor den Leuten auf den Straßen. Gezun schwebte wieder über dem Palasthof.

„*Abahé!*"

Der Teppich ließ sich weich auf dem Kopfsteinpflaster nieder. Der König ergriff Gezuns Hand und zog ihn auf die Füße.

„Das war großartig!" König Norskezhek strahlte durch sein Fett. „Ich hätte es nie geglaubt, könnt Ihr mich auf einen Flug mitnehmen?"

Gezun war sich nicht sicher, wieviel Gewicht der Dämon Yiqqal tragen konnte, aber er fürchtete, den König, der gerade in so begeisterter Stimmung war, zu enttäuschen. Er sagte:

„Selbstverständlich, Euer Majestät. Wenn Ihr hinter der Stelle Platz nehmen wollt, die ich eben eingenommen habe, setze ich mich nach vorn –"

„Euer Majestät!" rief der Türsteher. „Es wäre eine Verletzung aller Gesetze der einem König gebührenden Höflichkeit, wenn dieser niedrigkastige Ausländer vor Euch sitzen würde!"

„Oh?" sagte der König.

„Jawohl, Sire. Gesetz und Brauch von Tartessia verlangen, daß Ihr den Vordersitz eines jeden Fahrzeugs einnehmt."

Der König sah Gezun an und spreizte in einer Geste der Hilflosigkeit die Hände. „Es tut mir leid, mein Freund, aber wir haben nun einmal bestimmte Regeln, und ich muß mit gutem Beispiel vorangehen."

Als der König sich vorn auf den Teppich gesetzt hatte, stellte Gezun fest, daß er hinter dem korpulenten Monarchen nicht sehen konnte, wohin er flog. Er rückte ein bißchen nach links.

„Nun, Meister?" fragte der König.

„Ich fürchte, so ist der Teppich nicht richtig ausbalanciert", sagte Gezun. „Da Euer Majestät außerdem – äh – ein wenig schwerer als ich ..."

„Bitte keine Bemerkungen über meinen Umfang, Meister Gezun. Aber ich verstehe Euren Standpunkt. Wie ich annehme, hält man dies Ding ungefähr so im Gleichgewicht wie ein kleines Boot?"

„Jawohl, Sire."

„Nun dann – ho, Meister Bokarri! Ihr seid genau der Mann, den wir brauchen. Setzt Euch auf die rechte hintere Ecke des Teppichs, um Meister Gezuns Gewicht auszubalancieren."

Ein krampfhaftes Zucken des Entsetzens ging über Bokarris Gesicht, aber er näherte sich vorsichtig dem Teppich. „Hier, Euer M-majestät?"

„Ja, so müßte es gehen. Gestiefelt, gesattelt, zu Pferd und davon, Meister Gezun!"

„*Alluba!*" rief Gezun.

Wie ein lebendes Wesen buckelte der Teppich sich und kroch unter dem Gewicht der drei Männer dahin. Endlich begann er aufzusteigen, aber so langsam, daß die Bewegung kaum wahrzunehmen war. Außerdem hing er, da König Norskezhek mehr wog als Gezun und Bokarri zusammen, ziemlich schief, vorn niedriger als hinten. Als sie in der Höhe des Ziergiebels über den Kolonnaden angekommen waren, flog der Teppich vorwärts, ohne von Genzun den Befehl dazu erhalten zu haben. Doch Gezun konnte sich denken, was los war. Yiqqal befand sich in der Lage eines Menschen, der ein ungleichmäßig beladenes Tablett trägt und sich in dem verzweifelten Bemühen, nichts hinunterrutschen zu lassen, in der Richtung bewegt, in die es kippt.

Bokarri schrie, als die Ornamente über dem Ziergiebel auf sie niederzustürzen schienen. Es gab einen leichten Ruck, als der Teppich den Kopf der königlichen Steineule berührte, die oben auf dem First saß. Wild schwankend segelte der Teppich weiter. Bokarri warf sich auf das Gesicht nieder und umklammerte den Rand des Teppichs.

- „Hinlegen, König! Hinlegen!" brüllte Gezun.

Bleich unter seinem schwärzlichen Teint warf König Norskezhek einen Blick zurück auf Gezun und gehorchte.

Da die Last nun gleichmäßiger verteilt war, beruhigte der Teppich sich. Gezun befahl einen Schwenk nach rechts und brachte das Fahrzeug wieder über den Hof. Dann, noch bevor Gezun das Kommando zum Niedersenken geben konnte, kippte der Teppich von neuem und begann, sich rundherum im Kreis zu drehen.

„Anhalten!" rief Gezun, als der Teppich immer schneller wirbelte und sich dabei allmählich wie ein fallendes Herbstblatt niedersenkte.

Die Fassaden, die den Hof umgaben, flogen verwischt an Gezuns Augen vorbei. Er schrie: *„Pala! Pala! Dohaso! Afwanthaso!"* Aber der Teppich kreiselte weiter, bis er mit einem Bums und einem Weiterschlittern auf den Kopfsteinen zur Ruhe kam.

Taumelnd vor Schwindelgefühl wuchtete der König sich in die Höhe. Obwohl er immer noch blaß war, bewahrte er seine königliche Würde.

„Guter Meister Gezun", sprach er, „mich dünkt, Ihr braucht ein bißchen mehr Übung im Reiten Eures fliegenden Pferdes, bevor Ihr Passagiere mit in die Höhe nehmen könnt. Wie geht es Meister Bokarri?"

Bokarri war ohnmächtig geworden. Ein bißchen Wasser ins Gesicht und ein Schluck Wein brachten ihn wieder zu sich.

„Zehntausendmal Pardon, Euer Majestät!" flehte Gezun. „Es war äußerste Dummheit meinerseits, meinen armen Dämon so zu überladen. Das nächste Mal ..."

„Was mich betrifft, wird es kein nächstes Mal geben", sagte der König. „Einmal war mehr als genug."

„Aber, Sire! Bedenkt doch die Möglichkeiten! Ihr wollt doch dem tartessischen Reich nicht diese Erfindung vorenthalten, nur weil ich einen Fehler begangen habe, nicht wahr?"

König Norskezhek betrachtete Gezun schweigend. Dann erwiderte er: „Daran mag etwas sein, mein guter Mann. Bringt Euren magischen Teppich weg, studiert die Wissenschaft, weitere seiner Art herzustellen, übt Euch, diese Dinge in der Luft zu kontrollieren, und fragt bei meinem Sekretär nach einer neuen Audienz nach – sagen wir – in einem Mond ab heute. Das war ein denkwürdiges Abenteuer, wenn auch im Rückblick amüsanter als im Erleben. Auf Wiedersehen!"

Der König, gefolgt von der Schar seiner Diener und Höflinge, wackelte zurück in seinen Palast. So standen Gezun, Bokarri und Zhanes allein im Hof, abgesehen von den Wachen.

Gezun rollte den Teppich auf, legte ihn sich über die Schulter und machte sich auf den Weg zum Vorhof. Bokarri kam ihm nach und brummte:

„Du Idiot, wie konntest du den König mit in die Luft nehmen, obwohl du den Teppich selbst noch nicht beherrschtest! Würdest du einen Reitschüler auf einen wilden Kriegshengst setzen?"

„Daran lag es nicht. Der König wollte unbedingt mitfliegen, und ich fand keine Möglichkeit, es ihm abzuschlagen. Er ist empfindlich wegen seiner Beleibtheit, und ich überschätzte Yiqqals Fähigkeiten. Vielleicht hätte der Dämon den König allein tragen können, aber wir drei zusammen waren zu viel für ihn. Andererseits mußte ich mit, um Yiqqal die Befehle zu geben."

„Was willst du jetzt tun?"

Sie passierten das Haupttor der Palastanlage. Gezun antwortete:

„Den Befehl des Königs befolgen, denke ich. Aber ich muß eine gutbezahlte Beschäftigung finden. Mein Handelsmetall wird in dieser kostspieligen Stadt keinen Monat mehr reichen."

„Laß dir nicht einfallen, mich anzupumpen!" ereiferte sich Bokarri. „Wenn es dir an Mitteln fehlt, verkaufe deine Pferde und dein Gepäck."

„Wer hat von Anpumpen gesprochen? Alles, was ich von Euch erbitte, ist doch nur, daß Ihr mir hin und wieder einen kleinen magischen Auftrag zuschanzt – Horoskope, prophetische Trancen, einfache Zaubereien und dergleichen. Als Präsident der Gilde könnt Ihr das tun."

„Dann mußt du unserer Gilde beitreten, und da du Ausländer bist, wirst du feststellen, daß das Zeit braucht. Natürlich, würdest du unserer Brüderschaft ein großzügiges Geschenk machen, könnte die Angelegenheit beschleunigt werden ..."

„Großzügige Geschenke habe ich keine, ausgenommen diesen Teppich auf meiner Schulter. Wenn ich den der Gilde gebe, wird der Gewinn unter allen Mitgliedern geteilt. Wie viele sind es?"

„Sechsundvierzig Meister, dazu über hundert Lehrlinge, die nicht stimmberechtigt sind und bei einer solchen Verteilung nicht berücksichtigt würden."

„Also gut! Was zieht Ihr vor: Ein Drittel des Profits oder ein Sechsundvierzigstel?"

„Darüber muß ich erst nachdenken", murmelte Bokarri. „Ich bin mir sehr im Zweifel, ob ich mein Geschick mit einem solchen Wirrkopf verbinden soll."

„Bin ich der einzige Zauberer, dem je etwas schiefgegangen ist?" fragte Gezun. „Ich glaube, Ihr habt in Eurer Zeit ebenfalls Rückschläge hinnehmen müssen."

Bokarri grunzte.

„Dann denkt nach", fuhr Gezun fort. „Legt mir keine Hindernisse bei meinen Bemühungen um einen Lebensunterhalt in den Weg, und in einem Monat suchen wir den König wieder auf."


5

In einem verschlossenen Raum des Gildenhauses wandte sich der Präsident der Fuhrmannsgilde an die Vorsitzenden der Pferdehändler-, Träger-, Jäger-, Reitknecht-, Abdecker-, Sänftenträger-, Hufschmiede-, Maultiertreiber-, Eseltreiber-, Wagenbauer-, Kutscher-, Bootsleute- und Boten-Zünfte, die, Gläser mit Gerstenbier und Birnenschnaps vor sich, um einen langen Tisch saßen. Er sagte:
„Ihr alle habt sicher Gerüchte über den fliegenden Teppich Meister Gezuns von Lorsk gehört, von denen die Stadt in den letzten zwei Tagen summt."
„Ich habe kaum etwas anderes gehört", stellte der Vorsitzende der Abdecker fest, der Sättel und Zaumzeug herstellte. „Aber ich glaube nicht daran. Der Mob regt sich ständig über blutende Statuen, sprechende Ochsen oder das Erscheinen irgendeines Gottes auf der Erde auf. Mir kommen diese Gerüchte wie ein Geschwätz der gleichen Preislage vor."
„Meister Naskanin", fragte der Fuhrmann, „würdet Ihr mich für einen leichtgläubigen Mann halten?"
„Nein, guter Meister Ezvelar", antwortete der Abdecker. „Ihr habt Euch wahrlich stets als ein Mann von gesundem Menschenverstand gezeigt."
„Würdet Ihr sagen, ich neigte zu Halluzinationen oder wilden Phantasien?"
„Auch das nicht."
„Nun denn, ich habe diesen schwebenden Teppich mit meinen eigenen Augen gesehen, und für jemanden von meinen reifen Jahren habe ich gute Augen."
„Ist es die Möglichkeit!" rief der Abdecker aus.
„Jawohl! Ich kam mit meinem Wagen über die König-Asizhen-Straße zu der Ecke, wo sie an die Palastmauer stößt, als ich ein Kind schreien hörte und deshalb die Zügel anzog. Das kleine

Mädchen zeigte zum Himmel. Mein Blick folgte der gewiesenen Richtung, und da sah ich den Teppich mit einem einzelnen Mann darauf über die Palastmauer verschwinden.

Auch andere hatten ihn gesehen, und eine Zeit lang gab es ein Rennen und Hasten und Schwatzen wie bei Ameisen, wenn ihr Nest beschädigt worden ist. Gerade trat halbwegs wieder Ruhe ein und die Leute wandten sich ihren eigenen Angelegenheiten zu, als das Ding wieder über die Mauer gefegt kam. Diesmal trug es zwei oder drei Personen. Es war schlecht zu erkennen, weil sie sich auf dem Teppich hingelegt hatten. Er flog mühsam und wackelte, als sei die Kraft, die ihn trug, zu schwach für die Aufgabe. Ich dachte schon, er würde auf seinem Flug gegen die Mauer krachen, aber er kam um Haaresbreite an dem Hindernis vorbei und verschwand von neuem.

Erst war ich zu erstaunt, um etwas anderes zu tun als hinzustarren. Aber dann dachte ich an die Pflichten, die ich gegenüber meiner Gilde habe. Meine Nachforschungen führten mich schließlich zu einem unserer Mitglieder namens Barik, der den Dungkarren für den Palast fährt. Auf mein Verlangen hin hörte sich Barik unter den Palastbediensteten um und sammelte genug Geschichten, um sich ein gutes Bild von den Ereignissen machen zu können.

Dieser Gezun von Lorsk erschien vor einem halben Mond aus dem Osten und brachte den zauberkräftigen Teppich mit. Er ging eine Partnerschaft mit Bokarri, dem Präsidenten der Zauberer-Gilde, zur gemeinsamen Auswertung der Erfindung ein. Es heißt, die heutige Vorführung verlief nicht allzu gut, sei es wegen des Umfangs unsers edlen Königs oder der Ungeschicklichkeit des Piloten dieses seltsamen Fahrzeugs."

„Das habe ich auch gehört", fiel der oberste Maultiertreiber ein. „Der König in seinem Zorn soll die sofortige Exekution Meister Gezuns befohlen haben. Einige sagen, durch Köpfen, andere, durch Verbrennen, wieder andere, durch Pfählen. Aber ich zweifele nicht daran, daß die Hinrichtung inzwischen vollzogen ist."

„Zu meinem Bedauern muß ich feststellen, daß Eure Quellen nicht viel taugen", sagte der Fuhrmann. „Gezun sitzt heil und gesund in seiner Wohnung. Er verkauft Liebestränke, findet verlorene Armreifen wieder und beschwört die Geister lieber

Verstorbener. Aber innerhalb des nächsten Monds wird er an den Hof zurückkehren und den König mit Geschichten über die Vorzüge seiner Erfindung beschwatzen. Man hat gehört, daß der König selbst ihn einlud."

„Na und?" fragte der Vorsitzende der Boten. „Wenn Meister Gezun seinen Hals auf diesem Apparat riskieren möchte, ist das seine Sache. Warum habt Ihr uns zusammengerufen, um darüber zu diskutieren?"

„Es geht hier um viel mehr als ein einfaches Riskieren von Hälsen. Gezun plant, das Ding zu vervielfältigen und an alle und jeden zu verkaufen."

„Und?" fragte der Bote.

„Versteht Ihr denn nicht, Meister Tiausch? Wird der Teppich vervielfältigt, was soll dann aus Eurem und meinem Geschäft werden? Wir werden ruiniert, darum geht es! Und ebenso Ihr und Ihr und Ihr ..." Er zeigte rings um den Tisch auf jeden Gildenpräsidenten, bis er am Ende angelangt war.

Die Zunftoberhäupter sahen einander mit erwachendem Unbehagen an. Der Präsident der Sänftenträger sagte: „Bei Aphradexas Brüsten, mir geht ein Licht auf! Welcher reiche Mann würde noch ein Paar kräftige Sänftenträger anheuern, um seinen Tragsessel durch die Stadt zu befördern, wenn er sich bloß auf einen Teppich zu setzen und ‚Hokuspokus' zu sagen braucht und nach dreimaligem Blinzeln an seinem Ziel ist!"

„Und wer", fiel der Pferdehändler ein, „wird sich von einem Pferd durchschütteln und vielleicht abwerfen und treten und beißen lassen, wenn er durch die Luft wie mit einem Boot über das Wasser gleiten kann?"

„Und wenn es keine Pferde mehr gibt, braucht man auch niemanden mehr, der sie beschlägt", sagte der Hufschmied.

„Und die Kaufleute werden ihre Waren auf fliegenden Teppichen statt auf den Rücken von Maultieren und Eseln befördern lassen", sagte der Eseltreiber.

„Mit anderen Worten", faßte der Lastträger zusammen, „dieser dreckige Ausländer und seine teuflische Erfindung bedrohen uns alle mit dem Hungertod. Aber was ist zu tun? Sollen wir einen Bravo dingen, der ihn ermordet?"

„Diese Möglichkeit habe ich bereits durchleuchtet", erklärte der Fuhrmann. „Einige meiner Bekannten gehören nicht zur respektabelsten Sorte, und durch sie habe ich eine diskrete Anfrage an die Unterwelt gerichtet. Die Antwort ist: Um nichts in der Welt. Einigen würde es nichts ausmachen, eine Kehle durchzuschneiden, aber nicht die Kehle eines Mannes, der beim König in Gunst steht."

„Auf so festen Füßen steht die Gunst nicht", meinte der Hufschmied. „Er hätte den König ja beinahe umgebracht."

„Nichtsdestotrotz", widersprach der Fuhrmann, „hat der König beschlossen, ihm eine neue Chance zu geben, und Norskezhek der Dicke ist nicht der Mann, der es sich gefallen läßt, daß man einen Gast seines Hofes ermordet. Er würde ganz Torrutseisch auf den Kopf stellen, um den Übeltäter zu finden."

„Was dann?" fragte der Lastträger. „Sollen wir eine Hexe beauftragen, ihn durch einen Todeszauber mit einem Wachsbild und Nadeln aus der Welt zu schaffen?"

„Nein, die Hexen gehören alle zu Bokarris Zunft, und der sitzt mit Gezun auf einem Stuhl."

„Wartet mal", rief der Sänftenträger. „Mir fällt gerade eine Geschichte von vor fast zwanzig Jahren ein, die sich um die Meister Gezun und Bokarri dreht. Es gab da einen Streit über ein hesperisches Mädchen und irgendein magisches Schmuckstück. Mir wurde das Los zuteil, Herrn Noish auf seiner Bahre in den Turm von Zyc dem Hercynier zu tragen, wo er seinen Tod erwarten wollte. Auf dieser Reise wurden wir von einer Räuberbande überfallen, die dieser selbe Gezun anführte. Sie wurden zurückgeschlagen, aber später in dieser Nacht, so hörte ich, geriet Gezun mit Bokarri – der auch zu der Bande gehörte – über diesen magischen Tinnef in Streit. Gezun schlug Bokarri mit einem mächtigen Hieb nieder und floh mit dem Ding, während Bokarri ihm ewige Rache schwor."

„Jetzt sieht es aber gar nicht nach ewiger Rache aus", wandte der Bote ein.

„Ich kenne Bokarri seit vielen Jahren", erklärte der Fuhrmann. „Glaubt mir, er ist kein Mann, der einen Groll vergißt. Wenn es jetzt so aussieht, als arbeite er mit Gezun zusammen, dann liegt das entweder daran, daß er seine Zeit abwartet, um Gezun eine Falle zu stellen, oder daß seine Habgier – eine Eigenschaft, die bei ihm ebenso gut entwickelt ist wie seine Bosheit – größer ist als sein Rachedurst."

Der Bootsmann, der bisher geschwiegen hatte, ergriff das Wort. „Wenn nun Bosheit und Habgier in Bokarris Brust nach entgegengesetzten Richtungen ziehen, müssen wir eben dafür sorgen, daß sie in eine Richtung ziehen können. Die Wirkung wird dadurch um so größer werden, ebenso wie der westliche Ozean zu höherer Flut aufläuft, wenn Sonne und Mond gemeinsam ziehen, als wenn sie im Geviertschein sind."

„Was meint Ihr, Meister Vennok?"

„Ich glaube, in den Schatzkammern unserer respektiven Gilden befindet sich genug, um Bokarri eine größere Summe dafür anzubieten, daß er Gezun den Garaus macht, als er möglicherweise durch Gezuns phantastische Pläne gewinnen kann. Wenn das irgendwer fertigbringt, ohne eine Spur zu – oder, noch besser, indem er Spuren hinterläßt, die in falsche Richtungen zeigen –, dann ist das dieser alte Hexer!"

Ein Präsident nach dem anderen sprach nun seine Billigung dieser Empfehlung des Bootsmanns aus.

„Dann stimmen wir also überein", sagte Ezvelar der Fuhrmann. „Seid aber vorsichtig und sagt niemandem etwas, bis die Tat vollbracht ist, damit die Weber-Gilde nicht Wind davon kriegt. Da sie denken, von Gezuns Plan zu profitieren, könnten sie uns entgegenarbeiten.

Jetzt kommt der schwierige Teil. Es ist leicht, dem Vorschlag zuzujubeln, aber nicht so leicht, festzusetzen, welchen Betrag jede Gilde beisteuern soll. Bestellt nochmal Birnenschnaps und Bier, Jutenas. Das wird eine lange Sitzung werden."

Als sich das Fest Dzerevans, des Königs der Götter, näherte, schloß sich Bokarri der Zauberer in seinem Kabinett ein und befahl seinen Lehrlingen streng, ihn allein zu lassen, da er ein großes magisches Werk zu vollbringen habe. Auf seiner Arbeitsbank legte er seine magischen Paraphernalien und zwei kleine Objekte aus. Eins war ein Stück ungegerbter Tierhaut, einen Quadratzoll groß, bedeckt mit grobem schwarzem Haar. Das andere war ein Büschel menschlichen Haars, glänzend schwarz mit nur wenigen grauen Fäden. Genauer gesagt, waren es Haare Gezuns von Lorsk, mittels Bestechung von dem Barbier besorgt, der Gezun kürzlich die Haare geschnitten hatte.

Gezuns zweite Audienz bei König Norskezhek war auf den Mittag des Dzerevan-Festes festgelegt worden. Für gewöhnlich erteilte der König an diesem Tag keine Audienzen. Der Tag sollte den religiösen Ritualen, dem letzten Stierkampf der Saison und am Abend einem großen Festschmaus mit Lustbarkeiten gewidmet sein.

In letzter Zeit hatten sich die königlichen Geschäfte jedoch gedrängt: Piraten der Gorgon-Inseln bedrohten den Hafen Gadaira an der Mündung des Baitis, es gab Unstimmigkeiten mit dem König von Aremoria und Streitereien mit den galathischen Stämmen im Nordosten. Deshalb mußte Gezuns Audienz zwischen die Riten zu Ehren Dzerevans am Vormittag und dem Stierkampf am Nachmittag eingeschoben werden.

Am Tag zuvor hatten Zhanes und Ugaph den Wunsch ausgedrückt, den Stierkampf zu besuchen. Gezun lehnte ab.

„Wenn eure Mutter euch vielleicht hinführen möchte –"

„Das möchte sie nicht", sagte Ro.

„Dann müßt ihr darauf verzichten. Ich kann unmöglich dem König den Teppich vorführen und dann nach Hause stürzen, um mit euch zu diesem blutigen Spektakel zu gehen. Ich will euch was sagen: Ich verspreche euch, daß wir bald auf dem Baitis zum Angeln gehen."

Der Zeitpunkt für die Audienz war gekommen, aber man ließ Gezun warten. Dann erschien der König, schnaufend und schwitzend und an einem Hühnerbein nagend. Er schnitt Gezuns Höflichkeiten kurz ab.

„Schon gut", sagte er, „zeigt uns Eure Pilotenkünste. Macht nicht zu lange, sonst kommen wir zum Stierkampf zu spät."

Gezun setzte sich auf den Khazi-Teppich und befehligte Yiqqal. Die Demonstration verlief ohne die geringste Panne. Gezun sauste durch die Lüfte und vollführte enge Kreise, bevor er sich wieder auf dem Kopfsteinpflaster niederließ.

„Gut!" lobte der König. „Wir haben uns entschlossen, Euer Projekt zu unterstützen. Der Türsteher wird Euch einen Kreditbrief über fünfhundert Nasses Gold auf den königlichen Schatz geben. Damit werdet Ihr Eure Fabrik in Gang setzen können. Verzichtet aber auf unnötige Extravaganzen und laßt keine neuen

Gebäude errichten; in Torrutseisch gibt es eine Menge passender Räume zu mieten. Macht mit unserm Sekretär einen neuen Termin zur Besprechung der Einzelheiten aus. Und jetzt müßt Ihr uns entschuldigen; wir müssen uns beeilen, weil wir beim Stierkampf den Vorsitz haben. Auf Wiedersehen!"

Gezun begann: „Ich danke Euer Majestät ...", als etwas Seltsames geschah. Er starrte wild um sich, taumelte und fiel auf alle viere nieder. Er öffnete den Mund, um zu sprechen, aber nur ein unartikulierter Schrei wie das Muhen einer Kuh kam heraus.

„Gute Götter!" rief der König aus. „Der arme Bursche ist verrückt geworden. Ihr Männer, haltet ihn, ehe er sich selbst verletzt. Findet heraus, wo er wohnt, tragt ihn dorthin und übergebt ihn seiner Familie zur Pflege. Jetzt müssen wir aber wirklich gehen."

Als sein Kopf wieder klar wurde, stellte Gezun fest, daß er sich in einer Art Box befand und daß etwas Merkwürdiges mit seinem Sehvermögen geschehen war. Dann erst fiel ihm auf, daß er auf allen vieren stand. Er versuchte, sich aufzurichten, aber das erwies sich als überraschend schwierig, als seien entweder seine Beine schwach geworden oder als habe sein Gewicht zugenommen. Er öffnete den Mund, um zu rufen: „Was bei den neun Höllen ist das?"

Aber nur ein Brüllen kam heraus. Er schwang den Kopf hin und her, um besser zu sehen, und etwas, das an seinem Kopf festgemacht war, kam in kratzender Berührung mit einer Holzwand. Er blickte auf seine Hände hinunter und sah ein Paar mit schwarzem Fell bedeckter Beine, die in gespaltenen Hufen endeten.

Jetzt wußte Gezun, was geschehen war. Seine Seele war durch Magie in den Körper eines Stiers übertragen worden. Vermutlich steckte die Seele des Stiers in seinem eigenen Körper.

Vorsichtig erkundete er sein Gefängnis. An dem Ende, dem er das Gesicht zuwandte, lag ein Haufen Heu, und ein Seil um seine Hörner beschränkte seine Bewegungen.

Er nahm alle Kraft zusammen, richtete sich auf und setzte seine Vorderhufe auf die Oberkante der Zwischenwand. Er sah eine Reihe ähnlicher Boxen. Aus jeder dieser Boxen ragten die Spitzen der Hörner weiterer Auerochsen hervor. Am Ende des

Ganges, dem diese Boxen zugekehrt waren, flutete die helle Mittagssonne durch die Öffnung. Dahinter flimmerte der Sand der Arena.

Mit den Augen eines Stiers gesehen, wirkte die Welt auf eigenartige Weise anders. Es war eine farblose Welt aus Schwarz-, Weiß- und Grautönen. Zudem war es, da seine Augen sich nicht mehr auf ein und dasselbe Objekt fokussierten, eine flache Welt ohne Tiefe. Andererseits war es eine Welt mit viel deutlicheren Gerüchen.

Auf seinem Rücken war eine Stelle wie von einer kleinen, oberflächlichen Wunde, die noch nicht vollständig verheilt war. Fliegen umsummten sie, was Gezun lästig war.

Offenbar, dachte Gezun, war er im Körper eines der Stiere, die beim letzten Stierkampf der Saison abgeschlachtet werden sollten. Die Boxen befanden sich unter den Zuschauerbänken. Daß sein Platz dem offenen Ende des Ganges am nächsten lag, ließ ihn argwöhnen, man werde ihn als ersten in den Ring schicken.

Wer, grübelte er, hatte ihm das angetan, und warum? Mit wem hatte er in Torrutseisch zu tun gehabt? Natürlich mit dem König, aber es war ein absurder Gedanke, daß der König sich seiner auf so ausgeklügelte Art entledigen würde, wo er doch bloß zu sagen brauchte: „Kopf ab!"

Außerdem wußte Gezun, daß nur ein sehr mächtiger Zauber einen solchen Seelenaustausch bewirken konnte. Er erforderte lange, kostspielige Vorbereitungen. Man mußte ein Muster organischer Materie von beiden zu manipulierenden Lebewesen besorgen. (War das der Grund für die Wunde auf seinem Rücken?) Nach dem Transfer war der Thaumaturg tagelang erschöpft. Und, wie die meisten Zaubereien, die den natürlichen Status der Dinge ändern, war die Wirkung vorübergehend.

Wenn Gezun für ein paar weitere Stunden oder Tage am Leben bleiben konnte, würde seine Seele in ihren richtigen Körper zurückkehren – falls dieser Körper in der Zwischenzeit nicht zerstört worden war. Ebenso würde die Seele des Stiers in ihren eigenen Körper zurückkehren, falls dieser Körper nicht in der Arena getötet worden war. Wenn der Körper des Stiers erschlagen wurde, während Gezuns Seele in bewohnte, würde Gezun sterben.

Wer hatte die magischen Kenntnisse für diesen Streich? Bokarri war der auf der Hand liegende Verdächtige. Nachdem er Gezun wie versprochen am Hof eingeführt hatte, war er nicht mehr an den Eid gebunden, den er bei seinen magischen Kräften geschworen hatte. Damals, vor achtzehn Jahren, war Bokarri kein besonders tüchtiger Zauberer gewesen, aber er mochte sich inzwischen verbessert haben.

Doch warum sollte Bokarri wünschen, daß Gezun umgebracht wurde? Da war der alte Groll darüber, daß Gezun ihm den Ring abgenommen hatte. Aber anscheinend hatte Bokarri Gezuns Angebot, das wiedergutzumachen, indem er Bokarri an dem Geschäft mit den fliegenden Teppichen beteiligte, doch akzeptiert!

Hatte Bokarri ihm die ganze Zeit etwas vorgemacht und nur auf eine Gelegenheit zur Rache gewartet? Hätte er Gezun aber von Anfang an vernichten wollen, dann hätte es bestimmt schnellere und leichtere Methoden gegeben. Er hätte zum Beispiel ein paar Freunde aus der Magier-Gilde zusammenholen und mit ihnen zusammen einen Todeszauber durchführen können. Das Opfer konnte vielleicht einem einzigen derartigen Angriff widerstehen, aber bestimmt nicht dem Angriff mehrerer Feinde.

Nein, dahinter steckte mehr, als für das Auge sichtbar war. Es mußte einen anderen Faktor geben, der einen mächtigen Magier – vielleicht Bokarri, vielleicht einen anderen – dazu gebracht hatte, gegen ihn vorzugehen.

Die Zeit mochte dies Geheimnis lösen. Inzwischen war es Gezuns Aufgabe, am Leben zu bleiben, bis die Wirkung der Seelenübertragung sich verlor. Geistesabwesend kaute er Heu, während er rekapitulierte, was er über tartessische Stierkämpfe und die Einstellung der Tartessier dazu wußte.

Im Lauf der nächsten Stunde nahm das Gemurmel der Menge zu, als die Zuschauer in die Arena strömten und ihre Sitze einnahmen. Gezun aß Heu (das seiner Stierzunge überraschend gut schmeckte) und plante seine zukünftigen Maßnahmen.

Endlich blies die Trompete, und die Musikkapelle fing an zu spielen. Über die Wand seiner Box erhaschte Gezun einen Blick auf bunt kostümierte Stierkämpfer. Sie drängten sich aus einem Seitengang in den Korridor, auf den die Stierpferche hinausgingen, und marschierten in die Arena.

Dann hörte und roch er andere Männer, die sich um seinen Stall bewegten. Ein scharfer Schmerz in seinem Rücken ließ ihn zusammenzucken und um sich schlagen, bis er merkte, daß einer der Männer über die Trennwand gelangt und ihm die Bronzenadel mit den farbigen Bändern ins Fleisch getrieben hatte.

Einen Augenblick lang gewann der Stieranteil Gezuns die Oberhand. Die Wut verdrängte jeden Gedanken außer dem, welch ein Vergnügen es sein würde, einen dieser zweibeinigen Affen zu erwischen und ihn zu einem blutigen Matsch zu zerfetzen und zertrampeln. Dann, als das Tor vor ihm aufschwang, erkämpfte sich seine menschliche Intelligenz von neuem die Kontrolle.

Er trat in den Gang hinaus. Das offene Tor blockierte den Weg nach draußen und ließ ihm nur den Weg in die Arena frei. Er galoppierte hinaus in den Sand und den Sonnenglast, wie er es andere Stiere hatte tun sehen. Seine Bewegungen waren anfangs unbeholfen, wurden aber geschmeidiger, als er herausbekam, wie er mit seinem Rinderkörper umgehen mußte.

Vier Chulos standen um den Ring und hielten die Mäntel bereit, um ihn zu fruchtlosen, erschöpfenden Angriffen zu verleiten. Gezun ignorierte die Chulos, trottete quer durch die Arena und blieb vor der königlichen Loge stehen. Höflich beugte er den Kopf vor dem König und ließ sich auf ein Knie nieder.

Überraschtes Gemurmel lief durch die Menge, die jeden Sitz in der Arena füllte. Gezun erhob sich wieder auf alle vier Füße. Zwei Chulos näherten sich ihm und schwenkten ihre Mäntel. Statt sie anzugreifen, legte er sich hin, rollte sich auf den Rücken und strampelte mit den Hufen in der Luft herum. Er rollte sich mehrmals hintereinander, bevor er wieder aufstand.

Die Zuschauer begannen zu lärmen. Einige lachten, andere stießen Rufe der Entrüstung aus. Gezun konnte sich denken, daß unter denen, die den nationalen Stierkampf ernst nahmen, viele sein würden, die über sein Verhalten außer sich waren.

Jetzt lief er auf einen Chulo los. Doch statt gegen den Mantel anzurennen, schwenkte er im letzten Augenblick ab, als wolle er den Chulo aufspießen. Gezun gab gut acht, daß die Hörner an beiden Seiten des Mannes vorbeistießen, so daß er ihn nicht durchbohrte, sondern nur in den Sand warf. Zwei andere Chulos rannten mantelschwingend herbei, um Gezun abzulenken. Er schenkte ihnen keine Beachtung und beobachtete den am Boden liegenden Mann. Als dieser aufstand, stürzte Gezun wieder vor und warf ihn ein zweites Mal hin.

Nach dem dritten Mal rappelte der Mann sich hoch und lief unter Zurücklassung seines Mantels davon. Gezun nahm den Mantel mit der Spitze eines Horns auf, ging zur Loge des Königs und legte den Mantel feierlich vor ihm in den Sand nieder.

Der Lärm unter den Zuschauern wurde lauter. Gezun konnte nur gelegentlich ein Wort auffangen, aber es schien eine Menge lautstarken Streits zwischen denen zu geben, die über Gezuns Possen lachten, und denen, die sich darüber ereiferten.

Gezun wandte sich dem nächsten Chulo zu, der dastand und nervös mit seinem Mantel wedelte. Er warf den Mann um, setzte ihm einen Huf auf den Magen und leckte sein Gesicht mit einer großen roten Zunge.

Das Gebrüll hatte sich nun auch unter dem Personal der Stierkampf-Arena ausgebreitet, das sich auf dem Gang zwischen der inneren und der äußeren Barriere befand.

Gezun rollte den Mann, den er mit dem Huf festhielt, herum, steckte die Spitze eines Horns unter den Rücken der Jacke und riß ihm das Kleidungsstück mit einem Ruck vom Körper. Mit den Überresten der Jacke, die ihm vom Horn baumelten, ging er wieder zur königlichen Loge und legte die Fetzen auf den Mantel.

Ein Blick nach oben zeigte Gezun, daß unter den Zuschauern Faustkämpfe ausgebrochen waren. Einige riefen: „Hurra für den Stier! Laßt ihn leben!" während andere kreischten: „Weg mit ihm! Er ist von einem Dämon besessen! Erschlagt ihn, damit er unsern edlen Sport nicht für alle Zeiten entehrt!"

Gezun machte einen Scheinangriff auf die nächsten Chulos, die durch die Öffnungen in der inneren Barriere entflohen. Niemand schien darauf zu brennen, es mit einem so unberechenbaren Tier aufzunehmen.

Statt dessen kam ein Pfeilwerfer zu Fuß aus dem Tor und lief mit hocherhobenen Pfeilen auf Gezun zu. Gezun hatte gut aufgepaßt, auf welche Weise die Pfeilwerfer sich dem Stier näherten: In dem Augenblick, wo der Stier zum Angriff ansetzte, machten sie einen Tanzschritt zur Seite. Programmgemäß setzte Gezun zum Angriff an. Dann, gerade als der Pfeilwerfer ihm die Pfeile in den Buckel stoßen wollte, wirbelte Gezun herum, zeigte dem Mann sein Hinterteil und schlug mit beiden Hinterfüßen aus. Die Hufe trafen den Stierkämpfer in der Mitte und schleuderten ihn mehrere Schritte weit fort.

Gezun drehte sich um und sprang dahin, wo sein Opfer lag. Ohne die verzweifelten Bemühungen der Chulos, ihn abzulenken, zu beachten, untersuchte er den Mann. Der Pfeilwerfer hustete und rang nach Atem. Gezun hakte ein Horn unter den Gürtel, der die Hosen des Mannes hielt. Er trug ihn an die Barriere und warf ihn mit einem Ruck seines Kopfes auf die andere Seite. Dann drehte er sich um und lief wieder zur Loge des Königs hinüber, und unterwegs führte er ein paar Tanzschritte auf.

Aufruhr und Kampf hatte alle Sitzreihen ergriffen. König Norskezhek war aufgestanden und brüllte Befehle. Eine buntscheckige Gruppe Bewaffneter kam durch das Haupttor. Einige waren königliche Leibwachen, andere reguläre Soldaten und wieder andere Stierkämpfer mit ihren Lanzen. Ein Offizier befahl ihnen, sich aufzustellen. Zwei Schleuderer aus seiner Truppe verschossen ihre Bleikugeln auf Gezun. Die eine ging fehl, die andere prallte von seinem ledrigen Fell ab.

Zwei Tartesser, im Kampf miteinander verschlungen, rollten eine Treppe hinunter und über die äußere Barriere. Ein Mann mit einem Messer jagte einen anderen Mann, Schimpfwörter brüllend, eine der oberen Sitzbänke entlang. Mitglieder der Bürgerwehr schlugen mit ihren Stöcken auf Aufrührer ein.

Zögernd näherten die Bewaffneten in der Arena sich Gezun. Da sie sich zwischen ihm und dem einzigen Fluchtweg befanden, brüllte er plötzlich auf und griff sie an. Sie zerstreuten sich, und er brach durch die Reihen. Ein Stich in der Seite sagte ihm, daß einer ihrer Speere ihn verwundet hatte. Dann erkannte er, daß das Tor geschlossen war.

Er stieß mit einem Horn an das Tor, aber es ging nicht auf. Dann sah er, warum nicht. Es war mit einem einfachen Riegel geschlossen. Dieser Riegel hatte zwei Griffe, einen auf der Außenseite und einen, der durch einen Schlitz im Holz geschoben war, auf der inneren Seite, wo Gezun stand. Er setzte die Spitze des Horns an den Handgriff und zog den Riegel zurück.

Noch ein Stich, diesmal in den Rumpf, warnte ihn, daß seine Feinde dicht hinter ihm waren. Er fuhr herum. Sie standen in einem Halbkreis, und einer hatte ihn mit einer Lanze gestochen. Hinter ihnen erblickte Gezun König Norskezhek. Der König war, als ihm klar wurde, daß sein Offizier mit der Situation nicht fertig wurde, in die Arena hinabgestiegen, um den Befehl selbst zu übernehmen.

Mit seinem lautesten Brüllen drang Gezun wieder gegen die Reihe der Kämpfer vor. Ein Mann sprang ihm aus dem Weg, und Gezun lief geradenwegs auf den König zu. Norskezhek machte kehrt, um davonzulaufen, trat aber auf sein Prachtgewand und fiel der Länge nach hin. Seine Krone rollte über den Sand wie ein kleiner goldener Reifen.

Gezun sprang über den umfangreichen Körper des Königs hinweg und nahm die Krone mit einem Horn auf. Er rannte zurück zum Tor, und die Männer wichen ihm schleunigst aus. Am Tor angelangt, stellte er fest, daß der Riegel noch zurückgeschoben war. Er hakte ein Horn in die Einfassung, zog das Tor auf und galoppierte hindurch.

Minuten später wunderten sich die Wachen am östlichen Stadttor von Torrutseisch, als ein großer schwarzer Auerochse, eine goldene Krone auf ein Horn gespießt, an das Tor herandonnerte und hindurchlief. In seinem Schreck fing einer der Posten mit seiner Formel an: „Halt! Gebt Euren Namen, Euer Land und die Art Eurer Geschäfte an ..." aber der Stier war fort, ehe er mit der Hälfte fertig war.


7


Gezun kam an seinem Haus an und versuchte einzutreten, hatte jedoch vergessen, daß er dazu viel zu groß war. Es gelang ihm, seine Schnauze in die Vordertür zu schieben. Während seine Frau und seine Kinder vor dieser Erscheinung zurückwichen, rief er: „Ro, Liebling!"

Aber es kam nur als ein Brüllen heraus. Dann erfaßte ihn ein Schwindelgefühl. Er stolperte – und fand sich wieder in seiner menschlichen Gestalt, aber an Händen und Füßen gebunden und unter einer dunklen Substanz, die sich auf ihn niederpreßte. Es war dumpf und staubig hier.

„Ho!" rief er. „Wo bin ich?"

Ro und die Kinder liefen in das Schlafzimmer und zogen Gezun unter dem Bett hervor. Ro fragte:

„Bist du wirklich und wahrhaftig wieder du selbst?"

„Natürlich bin ich ich selbst! Was hast du denn gedacht, wer ich bin?"

„Wie ist dein Name?"

„Gezun von Lorsk, geboren als Döpueng Schysch. Bokarri hat meine Seele mit der eines Auerochsen ausgetauscht, der dazu bestimmt war, heute in der Stierkampf-Arena getötet zu werden, aber jetzt hat sich der Zauber verflüchtigt."

„Warst du es, der eben seinen großen schwarzen Kopf durch die Tür gesteckt und uns zu Tode erschreckt hat?" Ro arbeitete an den Knoten der Stricke, die ihn banden.

„Ja. Was ist aus dem Tier geworden?"

„Es ist die Straße hinuntergelaufen. Dann hörte ich dich rufen –"

„Was ist hier vorgegangen, solange Bokarris Zauber wirksam war? Ich war im Palast und sollte ein Dokument von dem König erhalten, als ich mich im Körper des Stiers wiederfand."

„Ein paar Männer vom Palast haben dich, an Händen und Füßen gebunden, hergebracht. Da du zweifellos nicht bei klarem Verstand warst, legte ich dich ins Bett, löste die Fesseln aber nicht. Dann stürmte eine Bande wüst aussehender Männer mit Keulen herein. Sie verlangten den Khazi-Teppich und dich –"

„Du hast ihnen den Teppich doch nicht gegeben?" rief Gezun.

„Was sollte ich denn sonst tun? Er lag da, für alle sichtbar. Ich stellte mich, als verstehe ich kein Euskerisch, und sagte den Kindern in meiner eigenen Sprache, sie sollten dich verstecken, während ich bei diesen Eindringlingen Zeit zu gewinnen suchte."

„Hast du eine Ahnung, wer sie waren?"

„Ich habe einen erkannt. Es war der Lastträger, der uns geholfen hat, unsere neuen Möbel ins Haus zu bringen, und ich glaube, ein anderer war ein Knecht aus dem Stall, wo wir unsern Wagen untergestellt haben."

„Wie habt ihr mich versteckt?"

„Du warst für die Kinder zu schwer, als daß sie dich vom Bett hätten heben können. Deshalb rollten sie dich über den Rand und zogen das Bett über dich."

„Und was hat die Bande unternommen?"

„Da sie dich unter dem Bett nicht sahen, zogen sie mit dem Teppich ab. Einer sagte – soweit ich sein Euskerisch verstehen konnte – etwas wie: ‚Unser Geschäft ruinieren und uns verhungern lassen, das will er, was?' Und ein anderer brummte: ‚Der Schurke hat sich davongemacht, aber wenigstens können wir seinen verdammten Teppich vernichten.' Und noch ein anderer: ‚Der alte Hexer hat uns im Stich gelassen, aber die Götter helfen denen, die sich selbst helfen.' Das Nächste, was geschah, war, daß der Stier den Kopf durch die Tür steckte."

„Aha!" sagte Gezun. „Also die Gilden waren hinter mir her, damit ich ihnen keine Aufträge wegnehmen würde! Schlag mich, daran hätte ich denken sollen! Und zweifellos haben sie den alten Bokarri dazu angestellt, den Seelenaustausch durchzuführen. Liebling, wenn die Knechte aus unserm Stall mit bei der Verschwörung sind, ist es vielleicht klüger, wenn ich mein Gesicht dort nicht zeige. Könntest du ihnen den Befehl geben, die Pferde anzuspannen, und dann bis vor unsere Tür fahren, während ich unsere Sachen packe?"

Gezuns Wagen schoß unter dem im letzten Viertel stehenden Mond dahin. Ein Löwe brüllte in der Ferne. Ro fragte:
„Wohin fahren wir?"
„Nach Kerys, der Hauptstadt von Aremoria", antwortete Gezun.
„Hast du dort irgendwelche alten Feinde?"
„Ich bin noch nie in Kerys gewesen, deshalb ist es unwahrscheinlich, daß ich dort Feinde haben soll."
„Vielleicht hast du keine, aber bei deinem Talent, dir welche zu schaffen –"
„Außerdem schulden die Aremorier mir etwas, weil mich dort aremorische Piraten als Jungen entführt und versklavt haben."
„Wie willst du unsern Lebensunterhalt verdienen?" fragte Ro.
„Das Geheimnis der fliegenden Teppiche kenne ich immer noch. Hätte Bokarris Bande mich erschlagen, dann hätte es westlich von Kheru keinen Menschen mehr mit diesem Wissen gegeben. So aber brauche ich den Teppich selbst nicht; ich kann mir selbst einen machen."
„Willst du den König von Aremoria beschwatzen, dich zu unterstützen, wie du es bei Norskezhek getan hast?"

„Das erfordert gründliches Nachdenken. Es wäre wohl ratsam, sich ihm diesmal auf Umwegen zu nähern."

„Und während du planst und manövrierst, was sollen die Kinder und ich essen?"

Gezun lachte vor sich hin. „Ugaph, gib mir mal das Bündel, das auf der Zedernholztruhe liegt. Nein, das andere."

Gezun nahm die Zügel in eine Hand, wickelte mit der anderen das Bündel aus und hielt König Norskezheks Krone in die Höhe. „Als ich aus der Arena floh, hing mir das Ding noch an einem Horn. In der Nähe unseres Hauses angekommen, habe ich es unter einen Abfallhaufen in einer Seitengasse geschoben. Dann gewann ich meine wirkliche Gestalt zurück, du gingst, um den Wagen zu holen, und ich lief hinaus und holte die Krone; kein Vorübergehender hat etwas gemerkt.

Sie wird uns geraume Zeit ein bequemes Leben ermöglichen, wenn ich vorsichtig beim Verkauf bin. Ob ich die Edelsteine herausbreche und das Gold einschmelze? Das wäre sicherer, würde aber geringeren Erlös bringen. Andererseits hat das Ding einen gefühlsmäßigen Wert für die Tartesser, die für seine Rückgabe mehr als den nominellen Wert bezahlen würden. Aber dabei könnten sie mich auch erwischen ..."

Ro seufzte. „Lieber, dummer Gezun! Du bist vielleicht nicht der beste Mann der Welt, aber wenigstens wird das Leben mit dir ganz bestimmt niemals langweilig."

Mnera sagte: „Was Mama wirklich meint, ist, daß sie allmählich zu alt wird, um einen anderen Mann einfangen zu können, und deshalb muß sie aus dem, den sie hat, das Beste machen."

„Still, Mädchen!" befahl Gezun. „Ein so weltlicher Zynismus schickt sich nicht für jemanden, der noch so jung ist. Küßt mich, ihr alle, und dann auf nach Kerys!"

## *Drei Ellen Drachenhaut*

Junker Eudoric Dambertsohn ritt von seiner Werbung um Lusina, Tochter des Zauberers Baldonius, mit einem Gesicht so lang wie die Nase eines Olifanten nach Hause. Herr Dambert, Eudorics Vater, fragte:

„Nun, wie ist es dir ergangen, Junge? Schlecht, wie?"

„Ich ..." begann Eudoric.

„Ich habe dir gleich gesagt, es sei ein eselhafter Einfall, und hatte ich nicht recht? Wo doch Baron Emmerhard mehr Töchter hat, als er zählen kann, und jede von ihnen ein hübsches Stück Land mitbekommen wird! Warum antwortest du nicht?"

„Ich ..." sagte Eudoric.

„Los, Junge, sprich frank und frei!"

„Wie kann er das, wenn Ihr die ganze Zeit redet?" wandte Frau Aniset, Eudorics Mutter, ein.

„Oh", sagte Herr Dambert. „Pardon, mein Sohn. Außerdem und weiterhin, wie ich dir gesagt habe, wenn du Emmerhards Schwiegersohn wärst, würde er seinen Einfluß geltend machen, daß du dir deine Sporen verdienen kannst. Hier stehst du, ein kräftiger junger Mann von dreiundzwanzig, und noch nicht zum Ritter geschlagen. Es ist eine Schande für unsere Familie."

„Es gibt im Augenblick keine Kriege, die Gelegenheit zu ritterlichen Taten böten", sagte Eudoric.

„Ja, das ist wahr. Gewiß, wir alle preisen die Segnungen des Friedens, den uns die weise Regierung unseres Souveräns und Kaisers in den letzten dreizehn Jahren beschert hat. Und doch – wenn unsere jungen Männer eine ritterliche Tat vollbringen wollen, sind sie gezwungen, Banditen aufzulauern, Aufständische zu zerstreuen und andere derartige unstandesgemäße Leistungen zu vollbringen."

Da Herr Dambert eine Pause machte, warf Eudoric ein: „Herr Vater, dies Problem scheint jetzt einer Lösung nahe zu sein."

„Wie meinst du das?"

„Wenn Ihr mich doch bloß anhören wolltet, Herr Vater! Doktor Baldonius verlangt, daß ich, bevor er mir Lusina anverlobt, eine Aufgabe erfülle, die mir nach jeder Rechtsauslegung die Ritterschaft eintragen muß."

„Und das wäre?"

„Er möchte drei Quadratellen Drachenhaut haben. Wie er sagt, braucht er sie für seinen magischen Mummenschanz."

„Aber in dieser Gegend hat es seit einem Jahrhundert oder noch länger keine Drachen mehr gegeben!"

„Sicher, aber laut Baldonius gibt es die Reptilienungeheuer noch weit im Osten, in den Ländern von Pathenia und Pantorozia. Denkt doch, er hat mir ein Einführungsschreiben an seinen Kollegen Doktor Raspiudus in Pathenia gegeben."

„Was?" rief Frau Aniset. „Du sollst auf eine jahrelange Reise in unbekannte Länder gehen, wo, wie es heißt, die Menschen auf einem einzigen Bein hüpfen oder die Gesichter auf dem Bauch tragen? Das will ich nicht haben! Außerdem mag Baldonius ja der Privatzauberer Baron Emmerhards sein, aber es läßt sich nicht leugnen, daß er nicht von edlem Blut ist."

„Und wer", fragte Eudoric, „war von edlem Blut, als das göttliche Paar die Welt erschuf?"

„Unsere Vorfahren waren es, davon bin ich überzeugt, wie es auch um die des gelehrten Doktors Baldonius bestellt gewesen sein mag. Ihr jungen Leute seid immer voller idealistischer Ideen. Vielleicht wirst du sogar von häretischen Einbildungen angesteckt werden, denn ich habe gehört, daß die Ostlinge nicht der wahren Religion anhängen. Fälschlicherweise glauben sie, Gott sei einer, statt zwei, wie wir es wissen."

„Wandern wir nicht in die Irrgärten der Theologie", meinte Herr Dambert, das Kinn in die Hand gestützt. „Es steht fest, daß die Heiden im Süden glauben, Gott sei drei, eine noch verderblichere Vorstellung als die der Ostlinge."

„Wenn ich Gott auf meinen Reisen treffe, werde ich ihn nach der Wahrheit fragen", sagte Eudoric.

„Sprich kein Sakrileg aus, du impertinenter Welpe! Immerhin und nichtsdestotrotz wäre es nicht schlecht, einen einflußreichen Mann wie Doktor Baldonius in der Familie zu haben, sei seine Herkunft auch bescheiden. Mich dünkt, ich könnte ihn bewegen, durch Zauberkünste meine Felder, mein Rindvieh und meine Leibeigenen gedeihen zu lassen, meine Feinde dagegen mit Pokken und Maul- und Klauenseuche zu schlagen. Wie war das mit den schlechten Sommern, die wir hatten? Der Gott und die Göttin wissen, daß wir alle übernatürliche Hilfe brauchen, die wir bekommen können, um uns vor Mangel zu bewahren. Andernfalls mögen wir eines schönen Tages erwachen, um festzustellen, daß wir unsern Besitz an einen schmierigen Handelsmann mit gekauftem Titel verloren haben, einen, der statt der Lanze die Feder und statt des Schildes das Zahlbrett führt."

„Dann habe ich Eure Erlaubnis, Herr Vater?" rief Eudoric, und ein breites Grinsen überzog sein kantiges, sonnengebräuntes junges Gesicht.

Frau Aniset hatte immer noch Einwände, und der Streit tobte eine volle Stunde weiter. Eudoric wies darauf hin, er sei doch nicht das einzige Kind, da er noch zwei jüngere Brüder und eine Schwester habe. Am Ende gaben Herr Dambert und Frau Aniset Eudorics Verlangen nach, vorausgesetzt, daß er rechtzeitig zurückkomme, um bei der Ernte zu helfen, und daß er einen von ihnen ausgewählten Diener mitnehme.

„An wen denkt Ihr dabei?" fragte Eudoric.

„Ich bin für Jillo den Stallmeister", sagte Herr Dambert.

Eudoric stöhnte. „Dieser alte Reaktionär, der mir andauernd Predigten über die Pflichten und die Würde meines Standes hält?"

„Er ist nur ein Jahrzehnt älter als du", erwiderte Herr Dambert. „Überdies und außerdem brauchst du einen älteren Mann mit Sinn für Ordnung und Schicklichkeit, der dich auf dem rechten Weg für einen Edelmann hält. Klassenloyalität geht über alles, mein Sohn! Junge Männer neigen dazu, jede neue Idee, die vorüberfliegt, hinunterzuschlucken, wie ein Frosch nach Fliegen schnappt. Bald stellen sie dann fest, daß sie zu ihrem Schmerz und Schaden eine Wespe verschlungen haben."

„Er ist ein schrecklicher Tölpel, Vater, und mit nicht allzu viel Verstand gesegnet."

„Ja, aber er ist ehrlich und treu, keine geringen Tugenden in unsern degenerierten Tagen. Zu Zeiten meines Vaters gab es noch nichts von höflichem ‚Ihr' und ‚Euer' selbst zu den Knechten und Küchenjungen. Da hieß es nur ‚du' und ‚dein'."

„Ihr schweift ab, lieber Dambert", sagte Frau Aniset.

„Ja, ich rede zuviel. Das ist der Fluch des Alters. Eudoric, der treue Jillo kennt sich mit Pferden aus und wird eure Tiere in bestem Zustand halten." Herr Dambert lächelte. „Ganz zu schweigen und abgesehen davon, daß er, wie ich Jillo Godmarsohn kenne, nur zu gern für eine Weile von seiner keifenden Frau wegkommen wird."

So verließen Eudoric und Jillo Arduen, den Besitz des Ritters, in der Baronie Zurgau, in der Grafschaft Treveria im Königreich Locania im Neu-Neapolitanischen Kaiserreich und wandten sich nach Osten. Eudoric – von mittlerer Größe, kräftig gebaut, dunkel, mit kantigem Kinn, sonst aber unauffälligen Gesichtszügen – ritt sein Reisepferd und führte sein starkes Streitroß Morgrim am Zügel. Der dünne Jillo saß auf einem zweiten Reisepferd und führte ein Maultier. Morgrim war Eudorics komplette Rüstung, sorgfältig zu einem kompakten Bündel zusammengeschnürt und mit einem Segeltuch-Überzug versehen, aufgepackt worden. Das Maultier trug den Rest ihres Gepäcks.

Vierzehn Tage lang zogen sie durch die Herzogtümer und Grafschaften des Reichs, ohne daß sich etwas Besonderes ereignete. Als sie Länder erreichten, wo sie die lokalen Dialekte nicht mehr verstehen konnten, wechselten sie zum Helladischen über, der Sprache des Alt-Neapolitanischen Kaiserreichs, die gebildete Männer überall beherrschten.

Sie kehrten in Gasthöfen ein, wo es Gasthöfe gab. In diesen ersten vierzehn Tagen beschäftigten Eudoric die Träume von seiner geliebten Lusina zu sehr, als daß er die Schenkmädchen bemerkt hätte. Danach begann er vor Verlangen zu fiebern, und in Zerbstat ging er zu beiderseitigen Zufriedenheit mit einer ins Bett. Danach versagte er sich jedoch dergleichen, nicht aus Gründen der Moral, sondern aus Sparsamkeit.

Wenn die Nacht sie noch auf der Straße antraf, schliefen sie unter den Sternen – oder, wie es ihnen in den Sümpfen von Avaria geschah, unter einem tropfenden Wolkendach. Als sie sich auf dem nassen Boden zur Ruhe legten, fragte Eudoric seinen Gefährten:

„Jillo, warum hast du mich nicht daran erinnert, ein Zelt mitzunehmen?"

Jillo nieste. „Weil ich, Herr, niemals auf den Gedanken gekommen wäre, ein gesunder Springinsfeld wie Ihr würde jemals, ob es nun regnet oder schneit, eins brauchen. Die Helden in den Rittergedichten reisen nie mit Zelten, sondern, übernachten immer im Freien."

„Zur tiefsten Hölle mit den Helden der Rittergedichte! Tausend Strophen lang rasseln sie auf ihren Streitrössern dahin. Das Wetter ist immer gut. Essen, Unterkunft und Kleidung zum Wechseln erscheinen wie durch Magie, wann immer gewünscht. Ihre Rüstungen rosten nie. Sie erkälten sich weder die Atemwege noch die Blase. Sie fangen sich in den Gasthöfen keine Flöhe und Läuse. Sie werden niemals von Kaufleuten beschwindelt, denn keiner von ihnen tut etwas so Vulgäres wie Kaufen und Verkaufen."

„Verzeiht mir, Herr", sagte Jillo, „aber so spricht ein Ritter nicht. Es schickt sich nicht für Euren Stand, solche Worte in den Mund zu nehmen."

„Gleichfalls zur tiefsten Hölle mit meinem Stand! Wohin diese Paladine auch gehen, sie finden Jungfrauen in Not, die sie retten können, oder erleben andere angenehme, spannende und reinliche Abenteuer. Was für Abenteuer haben wir gehabt? Einmal sind wir im Turonischen Wald vor Räubern geflohen. Einmal habe ich dich halb ertrunken aus dem Albis gefischt. Einmal ging uns in den Asciburgi-Bergen das Essen aus, und wir mußten drei Tage lang mit leerem Magen über diese haarsträubenden Gipfel klettern."

„Das göttliche Paar prüft nur, aus welchem Stoff ein wackerer Ritter-Anwärter besteht, Herr. Ihr solltet diese kleinen Unannehmlichkeiten als eine Gelegenheit willkommen heißen, Eure Mannheit zu beweisen."

Eudoric machte ein unanständiges Geräusch mit seinem Mund. „Soviel für meine Mannheit! Im Augenblick hätte ich lieber ein festes Dach über dem Kopf, ein wärmendes Feuer vor mir und eine heiße Mahlzeit in meinem Bauch. Und ehe ich noch einmal auf eine so törichte Reise gehe, werde ich einen dieser Verseschmiede suchen – vielleicht diesen Troubadour Landwin von Kromnitch, der uns voriges Jahr besuchte – und ihn mitschleppen, damit er sieht, wie wenig die wirklichen Abenteuer denen aus seinen Rittergedichten gleichen. Und wenn er in den Albis fällt, kann er von mir aus ertrinken. Wäre es nicht meiner angebeteten Lusina wegen –"

Eudoric versank in düsteres Schweigen, unterbrochen nur von seinem Niesen.

Sie ritten weiter, bis sie in das Dorf Liptai an der Grenze von Pathenia kamen. Nachdem die Grenzwachen sie befragt und passieren lassen hatten, ritten sie im Schritt durch den tiefen Schlamm der Hauptstraße. Die meisten der schlampigen Häuser bestanden aus Baumstämmen oder roh behauenen Planken, die nichts von Farbe wußten.

„Himmel!" rief Jillo. „Seht Euch das an, Herr!"

„Das" war ein gigantisches Schneckenhaus, aus dem ein kleines Wohnhaus gemacht worden war.

„Hast du nichts von den Riesenschnecken Pathenias gewußt?" fragte Eudoric. „Ich habe von ihnen in Doktor Baldonius' Enzyklopädie gelesen. Voll ausgewachsen werden sie – oder vielmehr ihre Häuser – hierzulande oft als Wohnungen benutzt."

Jillo schüttelte den Kopf. „Es wäre besser gewesen, Ihr hättet mehr Zeit mit Euren ritterlichen Übungen und weniger mit Lesen verbracht. Euer Vater hat niemals schreiben gelernt, und doch weiß er seine Pflichten zu erfüllen."

„Die Zeiten ändern sich, Jillo. Ich kann vielleicht nicht so gut Reime schmieden wie Doktor Baldonius oder dieser Esel Landwin von Kromnitch, aber heutzutage bewirkt ein Federstrich oft mehr als ein Schwertstreich. Hier ist eine Herberge. Steige ab und frage drinnen, was sie für die Übernachtung berechnen."

„Warum, Herr?"

„Weil ich es wissen möchte, bevor wir unsern Hals in die Schlinge stecken! Mach schon! Wenn ich hineingehe, werden sie bei meinem Anblick die Preise verdoppeln."

Als Jillo herauskam und die Preise nannte, sagte Eudoric: „Zu teuer. Wir versuchen es in der anderen Herberge."

„Aber, Herr! Wollt Ihr uns in einer Flohbude unterbringen wie die, in der wir in Bitava gelitten haben?"

„Jawohl! Hast du mir nicht gepredigt, es sei gut, wenn ritterlicher Stoff durch Unannehmlichkeiten gestählt werde?"

„Darum geht es nicht, Herr."

„Um was dann?"

„Nun, wenn ein besseres Quartier zu haben ist, wäre es eine Beleidigung für Euren Rang und Stand, sich mit dem schlechteren zu begnügen. Kein Edelmann –"

„Da ist sie", sagte Eudoric. „Und angemessen schmutzig ist sie auch. Siehst du, guter Jillo, erst vorgestern habe ich unser Geld gezählt, und ach! mehr als die Hälfte ist dahin, und unsere Reise haben wir noch nicht zur Hälfte vollendet."

„Aber, edler Herr, kein Mann aus ritterlichem Stoff würde sich herablassen, sein Silber zu zählen wie irgendein niedriggeborener Krämer –"

„Dann muß es mir wohl am richtigen ritterlichen Stoff mangeln. Wir sind da."

Ein Dutzend Meilen hinter Liptai begann der große, dichte Motolische Wald. Jenseits des Waldes lag die Provinzhauptstadt Velitchovo. Hinter Velitchovo lichtete sich der Wald allmählich zu den weiten, grasbewachsenen Ebenen von Pathenia. Hinter Pathenia, so war Eudoric erzählt worden, erstreckten sich die grenzenlosen Wüsten von Pantorozia, durch die ein Mann monatelang reiten konnte, ohne eine Stadt zu sehen.

Ja, versicherte der Wirt ihm, es gab viele Drachen im Motolischen Wald. „Aber Ihr braucht Euch nicht zu fürchten", sagte Kasmar in gebrochenem Helladisch. „Vom Gejagtwerden sind sie wachsam und sogar scheu geworden. Wenn Ihr auf der Straße bleibt und Euch nirgendwo aufhaltet, werden sie Euch nicht belästigen, es sei denn, Ihr erschreckt sie oder treibt sie in die Enge."

„Haben Drachen in letzter Zeit schöne Jungfrauen verschlungen?" fragte Eudoric.

Kasmar lachte. „Nein, guter Herr. Wie kämen schöne Jungfrauen auch dazu, im Wald herumzulaufen und die Tierchen aufzuscheuchen? Laßt sie in Ruhe, sage ich Euch, und sie werden Euch ebenfalls in Ruhe lassen."

Ein vorsichtiger Instinkt warnte Eudoric, nicht von seinem Vorhaben zu sprechen. Nachdem er und Jillo sich ausgeruht und ihre Ausrüstung vervollständigt hatten, ritten sie, es war zwei Tage später, in den Motolischen Wald. Für eine Meile folgten sie der Velitchovo-Straße. Dann führte Eudoric, in voller Rüstung auf Morgrim sitzend, seinen Gefährten vom Weg ab und in südliche Richtung. Sie schlugen einen weiten Bogen, indem sie sich durch schmale Zwischenräume der Bäume zwängten und sich unter Ästen duckten. Eudoric richtete sich nach der Sonne und brachte sie nahe Liptai auf die Straße zurück.

Am nächsten Tag machten sie es ebenso, nur daß sie in nördlicher Richtung von der Straße abwichen.

Nach drei weiteren der Erkundung gewidmeten Tagen wurde Jillo unruhig. „Guter Herr, warum schlagen wir völlig ziellos einen Kreis nach dem anderen? Die Drachen leben ja, wie man sagt, weiter östlich, wo keine Menschen sind."

„Ich habe mich einmal im Wald verirrt", entgegnete Eudoric, „und möchte das nicht noch einmal erleben. Deshalb erkunden wir das Feld unserer Aktionen, wie ein General ein zukünftiges Schlachtfeld erkundet."

„Es ist ein sinnloses Unterfangen", meinte Jillo mit einem Schulterzucken. „Aber schließlich seid Ihr immer einer von denen gewesen, die sich mit der auf der Hand liegenden Lösung nicht zufriedengeben können."

Endlich, als sie sich die Schleichwege der nähergelegenen Waldgebiete gut eingeprägt hatten, führte Eudoric seinen Begleiter weiter nach Osten. Dort stießen sie nach einigem Hin und Her auch tatsächlich auf die unverwechselbaren Spuren eines Drachens. Das Tier war durch das Unterholz gebrochen und hatte dadurch einen Pfad geschaffen, auf dem sie beinahe ebenso bequem reiten konnten wie auf der Straße. Sie folgten dieser Fährte mehr als eine Stunde lang, und dann stieg Eudoric ein starker Moschusgeruch in die Nase.

„Meine Lanze, Jillo!" Eudoric bemühte sich, seine Stimme nicht vor Nervosität in die Höhe steigen zu lassen.

An der nächsten Biegung des Pfades hatten sie den Drachen in seiner vollen Größe von dreißig Fuß vor sich. Er drehte ihnen das Gesicht zu.

„Ha!" sagte Eudoric. „Mir kommt er nicht anders als ein Basilisk vor, wenn er auch einen längeren Hals und längere Beine hat als die Tiere, die in den Flüssen von Agisymba leben – wenn die Bilder in Doktor Baldonius' Buch nicht lügen. Gib acht, ruchloser Wurm!"

Eudoric fällte seine Lanze und gab Morgrim die Sporen. Das Streitroß trabte an.

Der Drache hob den Kopf und spähte hierhin und dahin, als könne er nicht gut sehen. Als die Hufschläge näherkamen, öffnete er seine Kiefer und stieß ein lautes, heiseres, stöhnendes Brüllen aus.

Daraufhin bremste Morgrim mit steifen Vorderbeinen seinen Lauf, drehte sich schwerfällig auf der Hinterhand und lief auf dem Pfad zurück. Jillos Reisepferd ging ebenfalls durch, aber in eine andere Richtung. Der Drache machte sich in einem wackelnden Trab hinter Eudoric her.

Eudoric war noch keine achtzig Ellen weit gekommen, als Morgrim dicht an einer großen alten Eiche vorbeilief, die ihnen einen dicken Ast in den Weg streckte. Das Pferd lief darunter hindurch. Der Ast traf Eudoric vor die Brustplatte, schleuderte ihn rückwärts über den hohen Rand seines Sattels und warf ihn unter großem Geklapper auf die Erde.

Halb betäubt sah Eudoric den Drachen näher und näher herantrotten – und dann watschelte er, kaum weiter als eine Armeslänge von ihm entfernt, an ihm vorbei und verschwand auf der Spur des fliehenden Pferdes. Das nächste, was Eudoric zum Bewußtsein kam, war, daß Jillo sich über ihn beugte und jammerte:

„O weh, mein armer, heroischer Herr! Habt Ihr irgendwelche Knochen gebrochen?"

„Sämtliche, glaube ich", ächzte Eudoric. „Was ist aus Morgrim geworden?"

„Das weiß ich nicht. Und seht Euch diese schreckliche Delle in Eurem schönen Küraß an!"

„Hilf mir aus dem Ding. Die Delle sticht mir höchst schmerzhaft in die Rippen. Diese Strapazen, die ich für meine liebe Lusina auf mich nehmen muß!"

„Wir müssen Eure Brustplatte zu einem Schmied bringen, der sie aushämmert und wieder glattfeilt."

„Zu den Dämonen mit allen Schmieden! Sie würden mir den halben Preis einer neuen Brustplatte berechnen. Ich repariere sie selbst, wenn ich einen flachen Stein finde, auf den ich sie legen, und einen großen Stein, mit dem ich daraufhauen kann."

„Nun ja, Herr", meinte Jillo, „Ihr seid schon immer geschickt mit den Händen gewesen. Aber man wird sehen, wo die Beule war, und das wäre nicht passend für einen Mann von Eurer Stellung."

„Stopf dir meine Stellung in den Hals!" schrie Eudoric. „Kannst du von nichts anderem sprechen? Hilf mir auf, bitte." Er kam langsam auf die Füße, zuckte zusammen und hinkte ein paar Schritte.

„Wenigstens scheint nichts gebrochen zu sein", sagte er. „Aber ich weiß nicht, ob ich zu Fuß bis nach Liptai zurückgehen kann."

„Oh, Herr, daran ist überhaupt kein Gedanke! Ich soll es zulassen, daß Ihr zu Fuß geht, während ich reite?" Jillo band sein Reisepferd von dem Baum los, an dem er es festgemacht hatte, und führte es zu Eudoric.

„Ich nehme deine Höflichkeit nur an, guter Jillo, weil ich muß. Den Weg zu Fuß zu laufen, wäre nichts als eine angemessene Strafe für jemanden wie mich, der seinen Auftrag so vermasselt hat. Hilf mir hinauf, ja?" Eudoric grunzte, als Jillo ihm in den Sattel half.

„Sagt mir doch, Herr, warum ist das Tier an Euch vorbeigetrampelt, ohne haltzumachen, um Euch, der Ihr hilflos dalagt, zu verschlingen?" fragte Jillo. „Lag es daran, daß ihm Morgrim als eine bessere Mahlzeit erschien? Oder daß das Ungeheuer fürchtete, Eure Rüstung werde ihm Verdauungsstörungen bereiten?"

„Meiner Meinung nach war es keins von beidem. Hast du bemerkt, wie grau und milchig seine Augen waren? Laut Doktor Baldonius' Buch werfen Drachen ebenso wie die Schlangen von Zeit zu Zeit ihre Häute ab. Dieser Drache stand kurz vor dem Hautwechsel, und so war die Haut über seinen Augen dick und undurchsichtig wie Glas geringer Qualität geworden. Deshalb konnte er ein stilliegendes Objekt nicht deutlich sehen und verfolgte nur jenes, das sich bewegte."

Sie trafen nach Dunkelwerden in Liptai ein. Beide konnten sich kaum noch auf den Füßen halten, Eudoric von seinen Verstauchungen und blauen Flecken, Jillo von seinen wunden Füßen nach dem ungewohnten Drei-Meilen-Marsch.

Zwei Tage später, als sie sich erholt hatten, machten sie sich mit den beiden Reisepferden auf die Suche nach Morgrim. „Denn", sagte Eudoric, „dies Pferd ist in solidem Geld mehr wert als alle meine übrigen Besitztümer zusammen."

Eudoric ritt ungerüstet bis auf ein leichtes Kettenhemd, denn das Reisepferd konnte bei einem flotten Ritt das zusätzliche

Gewicht des Eisens nicht tragen. Er nahm jedoch seine Lanze und sein Schwert mit, nur für den Fall, daß sie wieder einem Drachen begegnen sollten.

Sie fanden den Ort des ersten Treffens, aber weder den Drachen noch das Streitroß. Eudoric und Jillo folgten den Hufabdrücken des Pferdes im weichen Boden ein paar Bogenschüsse weit, aber dann verlor sich die Fährte auf härterem Grund.

„Trotzdem bezweifele ich, daß Morgrim dem Untier zur Beute gefallen ist", meinte Eudoric. „Er war schneller als manch ein leichter gebautes Pferd, und so, wie er aussah, war der Drache kein Renner."

Nach Stunden vergeblichen Suchens, Pfeifens und Rufens kehrten sie nach Liptai zurück. Gegen eine geringe Gebühr wurde Eudoric erlaubt, am Nachrichtenbrett der Stadt eine Notiz in helladischer Sprache anzubringen, in der er eine Belohnung für die Zurückgabe seines Pferdes versprach.

Es verlautete jedoch kein Wort darüber, daß irgendwer Morgrim gesehen habe. Soviel Eudoric wußte, konnte das Streitroß ebenso gut geradenwegs nach Velitchovo gelaufen sein.

„Du hast sonst immer einen Rat bereit, guter Jillo", sagte Eudoric. „Nun löse mir dies Rätsel. Wie wir festgestellt haben, gehen unsere Pferde durch, sobald sie einen Drachen sehen und riechen, weswegen ich sie nur wenig tadle. Hätten wir alle Zeit der Welt, könnten wir sie zweifellos schulen, den Ungeheuern entgegenzutreten, angefangen mit einem ausgestopften Drachen und dann, wenn es sich machen ließe, mit einem, der in irgendeines Monarchen Menagerie im Käfig gehalten wird. Aber unser Geld schmilzt dahin wie Schnee im Frühling. Was ist da zu tun?"

„Nun, wenn die Pferde nicht stehen wollen, bleibt uns nichts übrig, als die Würmer zu Fuß anzugreifen", antwortete Jillo.

„Das kommt mir vor, als sollten wir unser Leben für nichts und wieder nichts wegwerfen, denn diese großen Eidechsen können uns überholen und ausmanövrieren und sind zudem noch gepanzert. Hat man nicht ganz unverschämtes Glück und erlegt so ein Untier gleich zu Beginn mit einem Speerstoß – sagen wir, ins Auge oder den Schlund hinunter –, dann könnte der Bursche, dem wir begegnet sind, mit einem Haps meine Lanze und mit dem zweiten mich schlucken."

„Euer ritterlicher Mut gäbe Euch eine ausreichende Verteidigung, Herr. Das göttliche Paar würde bestimmt dem Gerechten den Sieg gewähren."

„Nach allem, was ich über Schlachten und Fehden gelesen habe", wandte Eudoric ein, „habe ich den Eindruck, als sei die Aufmerksamkeit des heiligen Paars oft abgelenkt, gerade wenn es den Ausgang irgendeines weltlichen Kampfes entscheiden sollte."

„Das ist das Schlimme am Lesen, es unterminiert den Glauben an die wahre Religion. Aber zumindest wäret Ihr in Eurer Plattenrüstung ebenso gut gepanzert wie der Drache."

„Ja, aber dann könnte die arme Daisy das ganze Gewicht nicht bis an den Ort des Kampfes tragen – oder zumindest könnte sie es nicht hintragen und dann noch genug Atem für einen Angriff haben. Wir müssen auf das Wohlergehen unserer Tiere ebenso bedacht sein wie auf unser eigenes, denn ohne sie ist es ein langer Weg zurück nach Treveria. Ebensowenig halte ich davon, daß wir den Rest unseres Lebens in Liptai verbringen."

„Dann, Herr, könnten wir die Rüstung dem Maultier aufladen, und Ihr legt sie erst im Drachenland an."

„Das gefällt mir nicht", sagte Eudoric. „Zu Fuß bin ich in der schweren Rüstung nicht beweglicher als eine Schildkröte. Mir wäre es nur ein geringer Trost, daß der Drache Bauchweh bekommt, wenn er mich frißt."

Jillo seufzte. „Das ist nicht die rechte ritterliche Einstellung, Herr, wenn Ihr mir verzeiht, daß ich es sage."

„Sag, was du willst, aber ich werde den Weg einschlagen, den mir der gesunde Menschenverstand rät. Was wir brauchen, sind zwei von diesen schweren, stählernen Armbrüsten für Belagerungen. Auf kurze Entfernung durchschlagen sie eine Brustplatte, als sei sie ein Blatt Papyrus."

„Es dauert zu lange, sie aufzuwinden", sagte Jillo. „Bis Ihr bereit zu Eurem zweiten Schuß seid, ist die Schlacht schon vorüber."

„Oh, wir müßten eben gleich beim ersten Schuß treffen. Aber immer noch besser ein Schuß, der die Schuppen des Ungeheuers durchdringt, als zwanzig, die abprallen. Doch wie dem auch sei, wir haben diese wirksamen kleinen Handkatapulte nicht, und in diesem barbarischen Land werden sie auch nicht hergestellt."

Ein paar Tage später hörte Eudoric, der sich immer noch darüber aufregte, daß es ihm an Mitteln, sein Ziel zu erlangen, fehlte, plötzlich ein Geräusch, als habe es einmal ganz nahe gedonnert. Als er und Jillo aus Kasmars Gasthof eilten, sahen sie eine Menge Pathenier um die Baracken der Grenzwachen herumstehen.

Auf dem Exerzierplatz waren die Soldaten angetreten, um der Vorführung einer Waffe zuzusehen. Eudoric, dessen paar Wörter Pathenisch für eine Unterhaltung nicht ausreichten, fragte unter den Leuten nach jemandem, der Helladisch spreche. Als er einen gefunden hatte, erfuhr er von diesem, der Mann, der die Waffe erläuterte, sei ein Pantorozier. Es war ein untersetzter, stubsnasiger Bursche mit einer runden Pelzmütze, einer Jacke aus grober, ungefärbter Wolle und beuteligen Hosen, die in weichen Stiefeln steckten.

„Er sagt, das Gerät sei von den Sericanern erfunden worden", berichtete der Dorfbewohner. „Sie leben eine halbe Welt von uns entfernt, jenseits der pantorozischen Wüsten. Er streut etwas Pulver in das Ding, berührt es mit einer Flamme, und *bum!* spuckt es eine Bleikugel so sauber, wie man es sich nur wünschen kann, durch das Ziel."

Der Pantorozier machte es noch einmal vor. Er goß aus dem dünnen Ende eines Horns Pulver in seinen Messinglauf. Er legte einen Lumpen über die Öffnung des Rohrs, eine Bleikugel darauf und schob Kugel und Lumpen mit einem Stock das Rohr hinab. Er streute eine Prise Pulver in ein Loch an der oberen Seite des Rohrs nahe dem hinteren geschlossenen Ende.

Nun stellte er eine gegabelte Stütze vor sich auf den Boden, placierte das Rohr in die Gabel und ergriff eine kleine Fackel, die ein Grenzwächter ihm reichte. Er drückte den hölzernen Stock des Geräts gegen seine Schulter, sah an dem Rohr entlang und führte mit seiner freien Hand die Fackel an das Loch. Ffft, *bum!* Eine Rauchwolke, und in dem Ziel erschien ein weiteres Loch.

Der Pantorozier sprach mit dem Hauptmann der Grenzwache, aber sie waren zu weit entfernt, als das Eudoric sie hätte verstehen können, selbst wenn er ihr Pathenisch beherrscht hätte. Nach einiger Zeit ergriff der Pantorozier Rohr und Gabelstütze, warf sich den Pulverbeutel über die Schulter und ging niedergeschlagen zu einem Karren, der unter einem schattigen Baum stand.

Eudoric näherte sich dem Mann, der gerade in seinen Karren

kletterte. „Guten Abend, werter Herr", begann Eudoric, aber der Pantorozier spreizte die Hände und gab durch sein Lächeln zu verstehen, daß er nicht verstand.

„Kasmar!" rief Eudoric, denn er hatte den Gastwirt in der Menschenmenge entdeckt. „Wollt Ihr die Güte haben, für mich und diesen Mann zu dolmetschen?"

„Er sagt", übersetzte Kasmar, „er habe anfangs eine Wagenladung von diesen Geräten gehabt und sie jetzt alle bis auf eins verkauft. Er hoffte, das letzte in Liptai loszuwerden, aber unser tapferer Hauptmann Boriswaf will nichts damit zu tun haben."

„Warum nicht?" fragte Eudoric. „Ich habe den Eindruck, es sei in geübten Händen eine wirksame Waffe."

„Das ist ja gerade das Problem, wie Meister Vlek sagt. Boriswaf sagt, sollte eine so teuflische Waffe in Gebrauch kommen, werde es den Untergang der edlen Kriegskunst bedeuten, denn alle Männer würden die Waffen niederlegen und sich weigern, gegen diese grauenhafte Erfindung zu kämpfen. Und wie sollte er als Berufssoldat dann sein Brot verdienen? Betteln gehen?"

„Fragt Meister Vlek, wo er die Nacht zu verbringen gedenkt."

„Ich habe ihn bereits überredet, bei uns zu wohnen, Junker Eudoric."

„Gut, denn ich würde mich gern weiter mit ihm unterhalten."

Beim Abendessen fragte Eudoric den Pantorozier über den Preis aus, den er für sein Gerät verlange. Kasmar, der wieder dolmetschte, sagte: „Wenn ihr handelseinig werdet, bekomme ich zehn Prozent als Vermittlungsgebühr, denn ohne mich wäret ihr hilflos."

Eudoric erhielt das Gewehr zusammen mit dreißig Pfund Pulver und einem Beutel voll Bleikugeln und Lappen für weniger als die Hälfte dessen, was Vlek von Hauptmann Boriswaf verlangt hatte. Wie Vlek erklärte, hatte er auf seiner Handelsreise nicht schlecht verdient und wollte jetzt gern schnell nach Hause zu seinen Frauen und Kindern.

„Nur denkt daran", ließ er Eudoric durch Kasmar sagen, „überladet das Gewehr nicht, damit es nicht explodiert und Euch den Kopf abreißt. Drückt den Stock fest gegen Eure Schulter, damit es Euch nicht wie ein ausschlagendes Maultier auf den Hintern wirft. Und haltet Feuer von dem Pulvervorrat fern, damit er nicht mit einem Mal hochgeht und Euch in Stücke zerfetzt."

Später sagte Eudoric zu Jillo: „Dieser Kauf hat unsere Mittel beinahe völlig erschöpft."

„Trotz der eines Krämers würdigen Art, mit der Ihr diesen Barbaren heruntergehandelt habt?"

„Ja. Hoffen wir, daß das Ding funktioniert, oder wir haben bald die Wahl zwischen dem Verhungern und der Suche nach einer Beschäftigung als Müllsammler oder Grabenausheber. Vorausgesetzt natürlich, daß man sich an diesem stinkigen Ort überhaupt die Mühe macht, Müll zu sammeln."

„Junker Eudoric!" entrüstete sich Jillo. „Ihr wollt Euch doch nicht wirklich erniedrigen, Knechtsarbeiten gegen Bezahlung auszuführen?"

„Immer noch lieber als verhungern. Wie Helvolius der Philosoph sagt, kein Reiter trägt schärfere Sporen als die Not."

„Aber wenn es zu Hause bekannt würde, hackte man Euch die vergoldeten Sporen ab, zerbräche Euer Schwert über Eurem Kopf und degradierte Euch zum Knappen!"

„Aber bisher habe ich noch keine Rittersporen, die man abhakken könnte, nur die einfachen versilberten eines Junkers. Ansonsten verlasse ich mich auf dich, daß es niemand herausfindet. Geh jetzt schlafen und hör auf zu brummen."

Der nächste Tag fand Eudoric und Jillo tief im Motolischen Wald. In der Mittagspause zündete Jillo ein Feuer an. Eudoric stellte eine kleine Fackel aus einem Stock her, dessen Ende mit einem in Schinkenfett getränkten Lappen umwickelt war. Dann lud er das Gerät, wie Meister Vlek es ihm gezeigt hatte, und schoß drei Kugeln auf eine Markierung an einem Baum ab. Das dritte Mal traf er sein Ziel genau. Allerdings reagierten die Reisepferde auf den Lärm mit Zerren und Aufbäumen.

Eudoric und Jillo stiegen wieder auf und ritten dahin, wo sie den Drachen getroffen hatten. Jillo zündete die Fackel wieder an, und sie suchten vorwärts und rückwärts auf der Spur des Tiers. Zwei Stunden lang sahen sie kein Wildleben außer einer fliehenden Sau mit ihren Frischlingen und mehreren Riesenschnecken mit Häusern wie Felsbrocken.

Dann wurden die Pferde widerspenstig. „Ich glaube, sie riechen unsere Beute", meinte Eudoric.

Als der Geruch den Reitern selbst in die Nase stieg und die

Pferde fast nicht mehr zu zügeln waren, stiegen Eudoric und Jillo ab.

„Binde die Pferde fest an", sagte Eudoric. „Wir ständen dumm da, wenn wir das Untier erschlügen und dann feststellten, daß die Pferde weg sind, so daß wir diesen Land-Basilisken zu Fuß nach Hause schleifen müßten."

Wie als Antwort ertönte weiter vorn ein tiefes Grunzen. Während Jillo die Pferde anband, legte sich Eudoric seine neue Ausrüstung zurecht und lud methodisch das Rohr.

„Da kommt er", sagte Eudoric. „Halte die Fackel bereit. Bringe sie nicht an das Pulver, bevor ich es dir sage!"

Der Drache kam in Sicht. Er trampelte über den Pfad und schwang seinen Kopf von einer Seite zur anderen. Da er gerade seine alte Haut abgeworfen hatte, schimmerte er in einem netzförmigen Muster aus Grün und Schwarz, als sei er frisch angestrichen. Seine großen goldenen Augen mit den Schlitz-Pupillen waren jetzt klar.

Die Pferde schrien, und der Drache wurde aufmerksam und beschleunigte den Schritt.

„Fertig?" Eudoric legte das Rohr in die Gabel.

„Jawohl, Herr. Und los geht's!" Ohne einen weiteren Befehl abzuwarten, hielt Jillo die Fackel an das Zündloch.

Mit einem lauten Knall und einer Rauchwolke entlud die Waffe sich und schleuderte Eudoric einen Schritt zurück. Als der Rauch sich verzog, eilte der Drache immer noch unverletzt auf sie zu.

„Du Idiot!" schrie Eudoric. „Ich habe dir doch gesagt, du sollst erst Feuer geben, wenn ich es befehle! Du bist schuld, daß ich den Drachen nicht getroffen habe!"

„Es tut – tut mir leid, Herr, ich war gelähmt vor Furcht. Was machen wir jetzt?"

„Weglaufen, Dummkopf!" Eudoric ließ das Gerät fallen, drehte sich um und floh.

Jillo rannte ebenfalls. Eudoric stolperte über eine Wurzel und fiel der Länge nach hin. Jillo hielt an, um seinen gefallenen Herrn zu beschützen, und drehte sich zu dem Drachen um. Während Eudoric sich hochrappelte, schleuderte Jillo die Fackel auf das offene Maul des Drachens zu.

Sie fiel kurz vor ihrem Ziel zu Boden. Zufällig schritt der Drache aber gerade über den Beutel mit Schwarzpulver. Die

Fackel senkte sich auf ihrer Bahn auf diesen Sack unter dem Kopf des Ungeheuers nieder.

BUMM!

Als die Drachenjäger zurückkehrten, wand sich der Drache im Todeskampf. Die Explosion hatte seine ganze Unterseite aufgerissen. Blut und Eingeweide drangen hervor.

Eudoric holte tief Atem. „Dies ritterliche Abenteuer reicht mir für viele Jahre. Los, wir müssen das Tier abhäuten. Vielleicht können wir den Teil der Haut, den wir nicht mit nach Hause nehmen, verkaufen."

„Was schlagt Ihr vor, wie wir den Drachen nach Liptai befördern? Die Haut allein muß Hunderte von Pfund wiegen."

„Wir spannen unsere Pferde vor den Schwanz des Drachens und führen sie und lassen den Drachen hinterherschleifen. Das wird eine mühselige Arbeit, aber wir müssen soviel retten wie möglich, um unsere Verluste wettzumachen."

Eine Stunde später kämpften sie, von Kopf bis Fuß mit Blut bespritzt, immer noch mit der Masse. Dann kam ein Mann in Försterkleidung mit einem großen vergoldeten Medaillon auf der Brust angeritten und stieg ab. Er war ein großer, wettergegerbter Mann mit einem Mund wie eine Rattenfalle.

„Wer hat dies Tier getötet, gute Herren?" fragte er.

Jillo ergriff das Wort: „Mein edler Herr, der Junker Eudoric Dambertsohn. Er ist der Held, der das Ungeheuer erlegt hat."

„Stimmt das?" wandte der Mann sich an Eudoric.

„Nun – äh – ich darf mich nicht rühmen, viel dazu beigetragen zu haben."

„Aber getötet habt ihr ihn, ja? Dann, Herr, steht Ihr unter Arrest."

„Was? Aber aus welchem Grund?"

„Das werdet Ihr erfahren." Aus einer Tasche holte der Fremde ein Stück Schnur hervor, das in bestimmten Abständen mit Knoten versehen war. Damit maß er den Drachen von der Nase bis zum Schwanz. Dann stand er wieder auf.

„Um Eure Frage zu beantworten, aus drei Gründen: *imprimis* für das Töten eines Drachens außerhalb der Jagdzeit, *secundus* für das Töten eines Drachens, der die erlaubte Mindestgröße nicht erreicht, und *tertius* für das Töten eines weiblichen Drachens, der das ganze Jahr geschützt ist."

„Ihr sagt, dies sei ein weiblicher Drache?"

„Ja, das ist so deutlich zu sehen wie die Nase in Eurem Gesicht."

„Woran sieht man das bei einem Drachen?"

„Wisset, Bube, daß ein männlicher Drache kleine Hörner hinter den Augen hat, die diesem Exemplar fehlen."

„Wer seid Ihr überhaupt?" verlangte Eudoric zu wissen.

„Oberförster Voytsik von Prath, zu Euren Diensten. Meine Dienstmarke." Der Mann berührte sein Medaillon. „Jetzt zeigt mit bitte Eure Scheine!"

„Scheine?" wiederholte Eudoric verständnislos.

„Eure Jagdscheine, Einfaltspinsel!"

„Niemand hat uns gesagt, daß wir Jagdscheine haben müßten, Herr", erklärte Jillo.

„Unkenntnis des Gesetzes ist keine Entschuldigung; Ihr hättet Euch erkundigen müssen. Das ist die vierte Gesetzesübertretung."

Eudoric stotterte: „Aber warum – warum im Namen des Gottes und der Göttin –"

„Ich bitte Euch, schwört nicht bei Euren falschen Ketzer-Gottheiten."

„Aber warum", begann Eudoric von neuem, „wollt Ihr Pathenier diese Reptilienungeheuer erhalten?"

*Imprimis*, weil ihre Häute und andere Teile einen kommerziellen Wert haben, den wir, würde die ganze Rasse ausgelöscht, verlören. *Secundus*, weil sie helfen, das Gleichgewicht in der Natur zu bewahren, indem sie die Riesenschnecken verschlingen, die andernfalls des Nachts in solchen Scharen aus dem Wald kommen würden, daß sie unsere Felder, Obstbäume und Gärten leerfräßen und unser Volk dem Hunger überantworteten. Und *tertius*, weil sie der Landschaft ein malerisches Element hinzufügen, was Ausländer dazu veranlaßt, unser Land zu besuchen und ihr Gold darin auszugeben. Befriedigt diese Erklärung Euch?"

Eudoric schoß es durch den Kopf, ob er sich auf den Fremden stürzen und ihn entweder töten oder kampfunfähig machen solle, während er und Jillo ihre Beute retteten. Doch während er noch überlegte, ritten drei weitere zäh aussehende Männer, wie Voytsik gekleidet und mit Armbrüsten bewaffnet, unter den Bäumen hervor und hielten hinter ihrem Anführer an.

„Jetzt kommt mit, ihr zwei", sagte Voytsik.
„Wohin?" fragte Eudoric.
„Zurück nach Liptai. Morgen früh nehmen wir die Postkutsche nach Velitchovo, wo Euer Fall untersucht werden wird."
„Verzeihung, Herr – was nehmen wir?"
„Die Postkutsche."
„Was ist das, mein guter Herr?"
„Bei dem einzigen Gott, Ihr müßt wirklich aus einem barbarischen Land kommen! Ich werdet schon sehen. Nun kommt, damit uns die Nacht nicht mehr im Wald antrifft."

Die Postkutsche fuhr regelmäßig dreimal pro Woche zwischen Liptai und Velitchovo hin und her. Jillo legte die Reise in düsterem Brüten zurück. Eudoric betrachtete interessiert die vorüberfliegende Landschaft und stellte, wenn sich ihm die Gelegenheit bot, dem Kutscher Fragen über seine Beschäftigung: Bezahlung, Arbeitsstunden, Fahrgeld, Kosten des Wagens und so weiter. Als die Gefangenen ihren Bestimmungsort erreichten, stanken sie beide fürchterlich, weil man ihnen keine Möglichkeit gegeben hatte, das Drachenblut aus ihren besudelten Kleider zu waschen.

Sie näherten sich der Hauptstadt, und der Kutscher peitschte seine Pferde zum Galopp an. Sie rasselten die Straße neben dem schlammigen Fluß Pschora entlang, bis der Fluß abbog. Dann donnerten sie über die Planken einer Brücke.

Velitchovo war eine richtige Großstadt mit einer holperig gepflasterten Hauptstraße und einer farbenfreudigen, mit einer Zwiebelkuppel versehenen Kathedrale des Einen Gottes. In einem solide aus Holz erbauten Stadtpalast fragte ein schnurrbärtiger Beamter: „Wer von Euch beiden Fremden hat das Tier nun in Wahrheit getötet?"

„Der jüngere – Eudoric heißt er", antwortete Voytsik.
„Nein, Euer Ehren, ich war es!" rief Jillo.
„Als wir sie auf frischer Tat bei dem Verbrechen ertappten, hat er anders ausgesagt", erklärte Voytsik. „Dieser hagere Bursche stellte es als Tatsache hin, daß sein Gefährte die Tat verübt habe, und der andere leugnete es nicht."
„Das kann ich erklären", fiel Jillo ein. „Ich bin der Diener des verehrungswürdigen Junkers Eudoric Dambertsohn von Arduen.

Wir zogen aus, das Geschöpf zu erschlagen, weil wir das für eine edle und heroische Tat hielten, die zu unserm Ruhm auf Erden und zu unserm Guthaben im Himmel beitragen werde. Beteiligt waren wir beide, aber den Todesstreich vollführte Euer demütiger Diener hier. Da ich jedoch als guter Diener wünschte, aller Ruhm solle meinem Herrn zufallen, schrieb ich ihm das Gelingen zu, ohne zu wissen, daß man es ihm zum Vorwurf machen werde."

„Was habt Ihr dazu zu sagen, Junker Eudoric?" fragte der Richter.

„Jillos Bericht entspricht im wesentlichen der Wahrheit", antwortete Eudoric. „Ich muß jedoch gestehen: Es ist einem unglücklichen Zufall und nicht meiner Absicht zuzuschreiben, daß ich das Untier nicht erschlagen habe."

„Ich habe den Eindruck, sie bringen lauter Lügen vor, um das Gericht zu verwirren", sagte Voytsik. „Ich habe Euer Ehren über die Umstände ihrer Festnahme berichtet, und danach mögt Ihr urteilen, wie die Dinge stehen."

Der Richter legte die Fingerspitzen aneinander. „Junker Eudoric", sagte er, „Ihr könnt Euch als unschuldig, als allein schuldig oder als gemeinsam mit Eurem Diener schuldig erklären. Ich glaube nicht, daß Ihr Euch von jeder Schuld lossagen könnt, da Meister Jillo als Euer Diener auf Euren Befehl hin gehandelt hat. Ihr seid daher für seine Taten verantwortlich und habt den Drachenmord zumindest begünstigt."

„Was geschieht, wenn ich mich für unschuldig erkläre?" erkundigte sich Eudoric.

„Nun, in diesem Fall – und wenn Ihr einen Rechtsanwalt finden könnt – werdet Ihr einen ordentlichen Prozeß bekommen. Eine Kaution wird ausländischen Reisenden, die dem Gesetz so leicht durch die Finger schlüpfen können, natürlich nicht zugestanden."

„Mit anderen Worten, ich muß im Gefängnis bleiben, bis mein Fall zur Verhandlung kommt. Wie lange wird das dauern?"

„Da unser Terminkalender voll besetzt ist, mindestens ein Jahr und ein halbes. Wohingegen, wenn Ihr Euch für schuldig erklärt, alles im Handumdrehen erledigt ist."

„Dann erkläre ich mich für allein schuldig", sagte Eudoric.

„Aber, lieber Junker –" jammerte Jillo.

„Halt den Mund, Jillo. Ich weiß, was ich tue."

Der Richter lachte vor sich hin. „Ich sehe, ein alter Kopf auf jungen Schultern. Nun, Junker Eudoric, ich finde Euch schuldig in allen vier Anklagepunkten und verurteile Euch zu der üblichen Strafe von hundert Mark pro Punkt."

„Vierhundert Mark!" rief Eudoric aus. „Unser gesamtes gemeinsames Vermögen beträgt im Augenblick vierzehn Mark und siebenunddreißig Pfennig sowie einige Besitztümer, die noch bei Meister Kasmar in Liptai liegen."

„Dann müßt Ihr die entsprechende Gefängnisstrafe absitzen, die mit einer Mark pro Tag angerechnet wird – falls Ihr nicht jemanden findet, der den Rest der Strafe für Euch bezahlt. Gefängniswärter, bringt ihn weg."

„Aber, Euer Ehren!" rief Jillo, „was soll ich ohne meinen edlen Herrn anfangen? Wann werde ich ihn wiedersehen?"

„Ihr dürft ihn jeden Tag während der regulären Besuchsstunden sehen. Es wäre gut, wenn Ihr ihm etwas zu essen mitbrächtet, denn unsere Gefängniskost ist nicht die appetitlichste."

Als Jillo bei seinem ersten Besuch flehte, Eudoric möge ihm erlauben, die Haft mit ihm zu teilen, sagte Eudoric: „Führ dich nicht dümmer auf als du bist! Ich habe die Alleinschuld auf mich genommen, damit du in Freiheit bleibst und für mich Botengänge tun kannst. Hätte ich dich jedoch zum Mitschuldigen erklärt, wären wir jetzt beide eingelocht. Hier, trage diesen Brief zu Doktor Raspiudus; sprich mit ihm persönlich und mache ihm klar, in welcher Klemme wir sitzen. Wenn er wirklich ein guter Freund unseres eigenen Doktors Baldonius ist, wird er sicher zu unserer Rettung herbeieilen."

Doktor Raspiudus war klein und fett. Ein buschiger weißer Bart hing ihm bis zum Gürtel. „Ah, der liebe Baldonius!" rief er in gutem Helladisch. „Wie bringt mir das die Erinnerung an die Zeiten zurück, als wir beide an der Mystik-Fakultät der Universität zu Saalingen studierten? Schmiedet er immer noch Verse?"

„Ja, das tut er", antwortete Eudoric.

„Und nun, junger Mann, bin ich sicher, daß Euer sehnlichster Wunsch ist, aus diesem stinkenden Loch herauszukommen, nicht wahr?"

„Erstens das und zweitens, unsere drei übriggebliebenen Reittiere und anderen Besitztümer, die wir in Liptai zurückgelassen haben, abzuholen, und drittens, mit den drei Quadratellen Drachenhaut, die ich Doktor Baldonius versprochen habe, und genug Geld für den Heimweg abzureisen."

„Mich dünkt, all das läßt sich leicht arrangieren, junger Herr. Ich brauche nur Eure Vollmacht, damit ich nach Liptai gehen und die fraglichen Objekte abholen kann. Dann komme ich hierher zurück, um Eure Strafe zu bezahlen und Euch zu befreien. Eure Feuerwaffe ist, wie ich fürchte, verloren, da sie vom Gesetz beschlagnahmt wurde."

„Sie wäre auch ohne einen neuen Vorrat des magischen Pulvers von geringem Wert", meinte Eudoric. „Euer Plan hört sich großartig an. Aber, Herr, was springt für Euch dabei heraus?"

Der Zauberer rieb sich die Hände. „Nun, das Vergnügen, einem alten Freund einen Gefallen zu tun – und auch die Möglichkeit, für meine eigenen Zwecke eine vollständige Drachenhaut zu erwerben. Ich weiß ein wenig über Baldonius' Experimente. Und wenn er dieses und jenes mit drei Ellen Drachenhaut tun kann, gelingt mir bestimmt mehr mit einer ganzen."

„Wie wollt Ihr diese Drachenhaut an Euch bringen?"

„Inzwischen werden die Förster das Tier abgehäutet und die anderen Teile, die Geldeswert besitzen, in Sicherheit gebracht haben. Alles wird zugunsten des Königreichs versteigert werden. Und ich werde bieten." Raspiudus lachte. „Wenn die anderen Interessenten erfahren, gegen wen sie bieten, glaube ich nicht, daß sie den Preis sehr weit in die Höhe treiben."

„Warum könnt Ihr mich nicht gleich herausholen und dann nach Liptai gehen?"

Von neuem lachte der Zauberer. „Mein Junge, zuerst muß ich feststellen, ob in Liptai alles so ist, wie Ihr sagt. Schließlich habe ich nur Euer Wort, daß Ihr der Eudoric Dambertsohn seid, von dem Baldonius schreibt. Deshalb übt Euch noch ein paar Tage in Geduld. Ich werde dafür sorgen, daß Euch ein besseres Essen geschickt wird als der Fraß, der hier ausgeteilt wird. Und nun, bitte, Eure Vollmacht. Hier sind Feder und Tinte."

Um nicht zu verhungern, nahm Jillo Arbeit als Helfer eines Pflasterers an und machte während seiner Mittagspause hastige Besuche im Gefängnis. Als vierzehn Tage ohne eine Nachricht von Doktor Raspiudus vergangen waren, wies Eudoric seinen Diener an, zum Haus des Zauberers zu gehen und nach einer Erklärung zu forschen.

„Sie haben mich an der Tür weggeschickt", meldete Jillo. „Sie sagten zu mir, der gelehrte Doktor habe nie von uns gehört."

Als Eudoric die Bedeutung dieser Nachricht aufging, schlug er fluchend gegen die Wand. „Dieser dreckige, verräterische Hexer! Er bringt mich dazu, diese Vollmacht zu unterschreiben, und dann, wenn er mein Eigentum in seinen schmutzigen Pfoten hat, ist es ihm genehm, uns zu vergessen! Bei dem Gott der Göttin, wenn ich ihn jemals zu fassen bekomme –"

„Was soll denn dieser Lärm?" fragte der Gefängniswärter. „Ihr stört die anderen Gefangenen."

Als Jillo den Grund für seines Herrn Ausbruch erklärt hatte, lachte der Gefängniswärter. „Es weiß doch jeder, daß Raspiudus der schlimmste Geizhals und Verräter in Velitchovo ist. Hättet Ihr mich gefragt, dann hätte ich Euch gewarnt."

„Warum hat ihn noch keiner seiner Opfer umgebracht?" erkundigte sich Eudoric.

„Wir sind ein gesetzestreues Volk, mein Herr. Wir erlauben Privatpersonen nicht, die Rache in die eigenen Hände zu nehmen, und wir haben *sehr* einfallsreiche Strafen für Tötungsdelikte."

„Wollt Ihr damit sagen", fragte Jillo, „daß unter Euch Pathenieriern ein Edelmann eine Beleidigung nicht mit der Waffe rächen darf?"

„Natürlich nicht! Wir sind schließlich keine blutdurstigen Barbaren."

„Ihr meint, es sind keine echten Edelleute unter euch." Jillo rümpfte die Nase.

„Also dann, Meister Tiolkhof –" mit aller Willenskraft beruhigte Eudoric sich „– sitze ich hier für ein Jahr und länger fest?"

„Ja, aber vielleicht bekommt Ihr gegen Ende dieser Zeit Strafnachlaß wegen guter Führung – drei oder vier Tage sicher."

Als der Gefängniswärter gegangen war, sagte Jillo: „Wenn wir hier herauskommen, Herr, müßt Ihr Eurer Ehre wegen diesen Renegaten unbedingt auf ein Duell bis zum Tod fordern."

Eudoric schüttelte den Kopf. „Hast du nicht gehört, was Tiolkhof sagte: Sie halten das Duellieren für barbarisch und kochen die

Duellanten in Öl oder tun etwas ähnliches Unterhaltendes mit ihnen. Und Raspiudus könnte die Forderung seines hohen Alters wegen sowieso ablehnen. Statt dessen müssen wir das an Verstand benutzen, was das heilige Paar uns gegeben hat. Ich wünschte jetzt, ich hätte dich nach Liptai geschickt, unsere Sachen zu holen, und mich nie mit diesem feisten Zauberer eingelassen."

„Nur zu wahr, aber wie konntet Ihr das wissen, lieber Herr? Ich mit meiner Unkenntnis der Sprache und all dem hätte wahrscheinlich sowieso alles falsch gemacht."

Nach weiteren vierzehn Tagen starb König Vladmor von Pathenia. Als sein Sohn Yogor den Thron bestieg, erließ er eine Generalamnestie für alle geringeren Verbrechen als Mord. So fand sich Eudoric wieder draußen auf der Straße, aber ohne Pferd, Rüstung, Waffen und Geld, von ein paar Mark abgesehen.

„Jillo", sagte er an jenem Abend in ihrem dürftigen Kämmerchen, „wir müssen irgendwie in Raspiudus' Haus gelangen. Wie wir heute nachmittag gesehen haben, ist es ein großes Gebäude mit einer hohen, festen Mauer ringsherum."

„Wenn Ihr einen Beutel von diesem schwarzen Pulver hättet, könnten wir eine Bresche in die Mauer sprengen."

„Aber da wir das Zeug nicht haben und auch kein Geld, es zu kaufen, müßten wir schon die königliche Waffenkammer überfallen, und ich glaube nicht, daß wir das können."

„Wie wäre es dann, wenn wir auf einen Baum nahe der Mauer kletterten und uns von einem passenden Ast auf die Innenseite abseilten?"

„Ein vielversprechender Plan, *wenn* es dort einen überhängenden Baum gäbe. Aber es ist keiner da, wie du selbst gesehen hast, als wir den Ort auskundschafteten. Laß mich nachdenken. Raspiudus muß sich von Zeit zu Zeit Vorräte in seine Festung liefern lassen. Ich bezweifle, ob seine Zauberkraft groß genug ist, daß er Nahrungsmittel aus der Luft beschwören kann."

„Meint Ihr, wir sollten uns als, sagen wir, Hühnerfarmer, die Eier verkaufen wollen, Einlaß verschaffen?"

„Genau. Aber nein, es geht doch nicht. Raspiudus ist kein Dummkopf. Er weiß, daß ich durch die Amnestie freigekommen bin, und wird auf einen derartigen Trick schon warten. Wenigstens würde ich das an seiner Stelle tun, und ich schreibe ihm nicht weniger Verstand zu als mir selbst ... Ich habe es! Wer würde ihn jetzt besuchen? Wen hat er viele Jahre lang nicht mehr gesehen? Wen wird er sofort willkommen heißen?"

„Das weiß ich nicht, Herr."

„Wer wird sich Gedanken machen, was aus uns geworden ist, und uns, nachdem er unserer Schwierigkeiten in seinem Kristall entdeckt hat, mit Hilfe magischer Mittel folgen?"

„Oh, Ihr denkt an Doktor Baldonius?"

„Jawohl. Mein Bart ist, seit ich mich das letzte Mal rasiert habe, fast so lang geworden wie seiner. Und wir sind ungefähr von der gleichen Größe."

„Aber ich habe nie gehört, daß Euer alter Lehrer auf einem verzauberten Besenstiel fliegen könnte, wie es die mächtigen Magier tun sollen."

„Wahrscheinlich kann er es nicht, aber das weiß Doktor Raspiudus ja nicht."

„Wollt Ihr den Doktor Baldonius spielen?" fragte Jillo. „Oder mir befehlen, ihn zu spielen? Letzteres würde nie gutgehen."

„Das weiß ich, mein guter Jillo. Du beherrschst die gelehrte Ausdrucksweise der Zauberer und anderer Philosophen nicht."

„Würde Raspiudus Euch nicht erkennen, Herr? Wie Ihr sagt, ist er ein geriebener alter Halunke."

„Er hat mich nur einmal gesehen, in dieser dunklen, muffigen Zelle, und das nur für eine Viertelstunde. Dich hat er überhaupt noch nicht gesehen. Ich glaube, ich kann mich gut genug verkleiden, daß ich ihn in die Irre führe – falls dir nicht etwas Besseres einfällt."

„O weh, mit fällt gar nichts ein! Aber welche Rolle soll ich dabei spielen?"

„Ich wollte allein gehen."

„Nein, Herr, gebt diesen Gedanken auf! Ich soll es zulassen, daß mein Herr seinen sterblichen Leib und seine unsterbliche Seele in der Höhle eines Zauberers riskiert, ohne daß ich dabei bin und ihm helfen kann?"

„Wenn du mir so hilfst, wie du es getan hast, als du die Feuerwaffe losgehen ließest, obwohl der Drache noch außer Schußweite war –"

„Ja, aber wer hat die Fackel geworfen und uns letzten Endes gerettet? Welche Verkleidung soll ich tragen?"

„Da Raspiudus dich nicht erkennt, brauchst du keine. Du wirst Baldonius' Diener sein, wie du meiner bist."

„Ihr vergeßt, Herr, daß mich zwar Raspiudus nicht kennt, seine Türhüter aber wohl. Sie werden sich sogar bestimmt an mich erinnern nach dem Lärm, den ich veranstaltet habe, als sie mich nicht ins Haus ließen."

„Hm. Du bist zu alt für einen Pagen, zu dünn für einen Leibwächter und zu ungebildet für den Famulus eines Zauberers. Ich habe es! Du gehst als meine Konkubine!"

„O Himmel, Herr, nicht das! Ich bin ein normaler Mann! Das würde ich nicht überleben!"

Eudoric, eine Klappe über einem Auge und den seit einem Monat gewachsenen Bart weiß gefärbt, erschien an dem massiven Tor vor Raspiudus' Haus. Unter seinem Hut lockte sich eine weiße Perücke. Er überreichte dem Türhüter einen Brief, der in einer glaubwürdigen Nachahmung von Baldonius' Handschrift geschrieben war:

Doktor Baldonius von Treveria übermittelt seinem alten Freund und Kollegen Doktor Raspiudus von Velitchovo seine Komplimente und bittet um die Gunst einer Audienz, um mit ihm über das Verschwinden zweier jungen Protegés von ihm zu sprechen.

Einen Schritt hinter ihm, gebückt, um seine Länge zu verbergen, stand ein geschminkter und gepuderter Jillo in Frauenkleidern. Wenn Jillo schon als Mann nicht besonders ansehnlich war, so war er als Frau fürchterlich, zumindest soweit man sein Gesicht unter dem Schleier sehen konnte. Auch trug das Kleid nichts zu seiner Schönheit bei, das Eudoric aus billigem Stoff zusammengepfünt hatte. Das Ding sah genauso aus wie das, was es war: Die Arbeit eines blutigen Laien im Schneidern.

„Mein Herr bittet Euch einzutreten", sagte der Türhüter.

„Sieh da, lieber alter Baldonius!" rief Raspiudus und rieb sich die Hände. „Du hast dich kein bißchen verändert seit jenen fröhlichen, verrückten Tagen in Saalingen! Schmiedest du immer noch Verse?"

„Du hast den Verheerungen der Zeit selbst sehr gut widerstanden, Raspiudus", erwiderte Eudoric, indem er Baldonius!

Stimme nachahmte. „‚Die Jahre fliegen dahin wie nach Norden der Wildgänse Schar; die Gänse kehren zurück, doch ach, nicht ein einziges Jahr!'"

Raspiudus brüllte vor Lachen und klopfte sich den Bauch. „Immer noch der alte Baldonius! Hast du das gedichtet?"

Eudoric machte eine bescheiden abwehrende Handbewegung. „Ich bin nur ein Verseschmied, aber wer weiß, hätte nicht die höhere Weisheit mein ganzes Streben in Anspruch genommen, wäre aus mir vielleicht ein echter Poet geworden."

„Was ist mit deinem armen Auge geschehen?"

„Meine eigene Unvorsichtigkeit – ich habe eine Ecke eines Pentagramms offengelassen. Der Dämon konnte mit seinen Klauen nach mir schlagen, ehe es mir gelang, ihn zu bannen. Aber jetzt, guter Raspiudus, möchte ich die Angelegenheit mit dir besprechen, die ich in meiner Note erwähnte."

„Ja, ja, dazu ist noch Zeit genug. Bist du müde von der Reise? Möchtest du baden? Etwas zu essen? Zu trinken?"

„Nicht gleich, alter Freund. Im Augenblick kommen wir aus Velitchovos bestem Hotel."

„Dann laß mich dir mein Haus und mein Grundstück zeigen. Deine Dame ...?"

„Sie bleibt bei mir. Sie spricht nur Treverisch und fürchtet sich, unter lauten Fremden von mir getrennt zu werden. Sie ist bloß die Tochter eines Schweinehirten, aber ein treues Geschöpf. In meinem Alter hat das mehr Gewicht als ein hübsches Gesicht."

Bald darauf erblickte Eudoric in Raspiudus' Ställen sein und Jillos Reisepferd und das Pack-Maultier. Er machte ein paar zögernde Ansätze, als sei er Baldonius auf der Suche nach seinen jungen Freunden, sich nach ihrem Verschwinden zu erkundigen. Jedes Mal wich Raspiudus geschickt aus und versprach eine spätere Aufklärung.

Eine Stunde später zeigte Raspiudus ihnen sein magisches Sanktuarium. Mit offensichtlichem Interesse betrachtete Eudoric mehrere Qudratellen Drachenhaut, die auf einer Arbeitsbank lagen. Er fragte:

„Ist das die Decke eines dieser pathenischen Drachen, von denen ich gehört habe?"

„Gewiß, guter Baldonius. Sind sie in eurem Teil der Welt ausgestorben?"

„Ja. Aus diesem Grund habe ich ja meinen jungen Freund und früheren Schüler, von dem ich dir immerfort erzählen will, nach dem Osten geschickt. Er sollte mir für meine Arbeit etwas Drachenhaut beschaffen. Wie gerbt man sie denn?"

„Mit Salz und – *uff!*"

Raspiudus brach zusammen. Eudoric hatte einen kurzen Knüppel aus seinen voluminösen Ärmeln gezogen und ihm damit auf den Kopf geschlagen.

„Binde und knebele ihn und rolle ihn hinter die Bank!" befahl Eudoric.

„Wäre es nicht besser, ihm die Kehle durchzuschneiden, Herr?" fragte Jillo.

„Nein. Der Gefängniswärter hat uns doch erzählt, daß man hier einfallsreiche Strafen für Mord hat, und ich habe keine Lust, sie durch Erfahrung kennenzulernen."

Während Jillo den bewußtlosen Raspiudus fesselte, nahm sich Eudoric drei Stücke Drachenhaut, jedes ungefähr eine Quadratelle groß. Er rollte sie zu einem Bündel und band sie mit einer Kordel aus einer Innentasche seiner Robe zusammen. Dann fiel ihm noch etwas ein, und er bediente sich mit dem Inhalt von Raspiudus' Börse. Mit der Rolle über der Schulter verließ er das Laboratorium und rief den nächsten Stalljungen an:

„Doktor Raspiudus läßt sagen, du sollst uns diese beiden Pferde satteln." Er zeigte darauf. „Aber mit guten Sätteln, denke daran! Sind die Hufeisen der Tiere in Ordnung?"

„Beeilt Euch, Herr", murmelte Jillo. „Jeder Augenblick, den wir uns hier aufhalten –"

„Sei ruhig! Wenn wir Eile verraten, ist das die sicherste Methode, Argwohn zu erregen." Eudoric erhob die Stimme. „Zieh den Gurt fester an, Bursche! Ich möchte mir meine alten Knochen nicht brechen, indem ich vom Pferd falle."

Jillo flüsterte: „Können wir nicht auch das Maultier und Eure Rüstung mitnehmen?"

Eudoric schüttelte den Kopf. „Zu gefährlich", gab er ebenso leise zurück. „Sei froh, wenn wir mit heiler Haut von hier wegkommen."

Als die Pferde zu seiner Zufriedenheit gesattelt worden waren, sagte er: „Leih mir etwas von deiner Kraft beim Aufsteigen, junger Mann." Er ächzte, als er sich unbeholfen in den Sattel schwang. „Die Pest über deinen Herrn, daß er uns einen so albernen Auftrag gibt – mir, der ich seit Jahren nicht mehr auf einem Pferde gesessen habe! Reiche mir die verdammte Hautrolle herauf. Ich danke dir, Junge; Hier hast du eine Kleinigkeit für deine Mühe. Lauf voraus und sage dem Türhüter, er soll das Tor weit öffnen. Ich fürchte, wenn dies Tier plötzlich losrennt, werde ich über seinen Kopf fliegen!"

Ein paar Minuten später, als sie um die Ecke gebogen und von Raspiudus' Haus nicht mehr gesehen werden konnte, sagte Eudoric: „Und jetzt im Trab!"

„Wenn ich bloß dies verdammte Kleid ausziehen könnte", brummte Jillo. „Ich kann darin nicht ruhig reiten."

„Warte, bis wir das Stadttor hinter uns haben."

Als Jillo das ihn beleidigende Kleidungstück abgelegt hatte, sagte Eudoric: „Nun reite, Mann, wie nie zuvor in deinem Leben!"

Sie sprengten auf der Straße nach Liptai dahin. Jillo blickte zurück und schrie auf. „Etwas fliegt hinter uns her! Es sieht aus wie eine riesige Fledermaus!"

„Einer von Raspiudus' Sendlingen", stellte Eudoric fest. „Ich habe doch gewußt, daß er loskommen würde. Gib dem Pferd die Sporen! Wenn wir nur die Brücke gewinnen können ..."

Sie flohen in einem wahnsinnigen Galopp. Der Sendling kam näher und näher, bis Eudoric meinte, den von seinen Schwingen erzeugten Luftzug zu spüren.

Dann donnerten die Pferdehufe über die Pschora-Brücke.

„Diese Dinge überqueren laufendes Wasser nicht." Eudoric sah sich um. „Langsam, Jillo. Die Pferde müssen uns viele Meilen tragen, und wir dürfen sie nicht gleich am Anfang erschöpfen."

„... und da sind wir", sagte Eudoric zu Doktor Baldonius.

„Hast du deine Familie schon gesehen, Junge?"

„Gewiß. Es geht allen gut, Dank sei dem göttlichen Paar. Wo ist Lusina?"

„Nun – äh – ahem – Tatsache ist, sie ist nicht hier."

„Oh? Wo ist sie dann?"

„Du bringst mich in Verlegenheit, Eudoric. Ich habe dir ihre Hand als Belohnung für diese drei Ellen Drachenhaut versprochen. Nun, du hast mir die Haut gebracht, und das mit nicht geringer Mühe und Gefahr, aber ich kann meinen Teil des Handels nicht erfüllen."

„Warum nicht?"

„O weh! Meine pflichtvergessene Tochter ist diesen Sommer, als du auf der Drachenjagd warst, mit einem umherziehenden Schauspieler durchgebrannt – vielleicht war es auch anders herum. Es tut mir aufrichtig leid ..."

Einen Augenblick lang runzelte Eudoric schweigend die Stirn. Dann sagte er: „Regt Euch nicht auf, geschätzter Doktor. Ich werde mich von der Wunde erholen – vorausgesetzt natürlich, daß Ihr mir eine Salbe auflegt, indem Ihr mich für meine Verluste auf materiellere Art entschädigt."

Baldonius hob die buschigen grauen Augenbrauen. „So? Du scheinst mir vom Kummer nicht so überwältigt zu sein, wie ich nach den verliebten Seufzern und Tränen geschlossen hätte, mit denen du dich im Frühling von der Dirne verabschiedet hast. Und jetzt willst du an ihrer Statt Geld annehmen?"

„Jawohl, Herr. Ich gebe zu, daß meine Leidenschaft sich während unserer langen Trennung etwas abgekühlt hat. Ist es ihr gleichermaßen ergangen? Was sagte sie von mir?"

„Ja, ihre Gefühle hatten sich in der Tat verändert. Sie sagte, du seist zu sehr Opportunist, um ihr gefallen zu können. Ich möchte deine Gefühle nicht verletzen ..."

Eudoric winkte ab. „Fahrt fort, bitte. Die Monate in der rauhen Welt haben mich abgehärtet, und es interessiert mich."

„Nun, ich sagte ihr, sie sei töricht, denn du seist ein aufgeweckter Junge, der es, sofern er die Drachenjagd überlebe, noch weit bringen könne. Aber ihre Worte waren: ‚Das ist es ja gerade, Herr Vater. Er ist zu aufgeweckt, um sehr liebenswert zu sein.'"

„Hmpf", grunzte Eudoric. „Wie man konjugieren könnte: Ich bin ein Mann voller Tatkraft, du bist ein Opportunist, er ist ein skrupelloser Schurke. Es ist alles eine Sache des Standpunkts. Wenn sie nun die Narren dieser Welt vorzieht, wünsche ich ihr viel Freude mit ihnen. Als Mann von Ehre hätte ich Lusina geheiratet, wäre das ihr Wunsch gewesen. Aber wie die Dinge stehen, bleibt uns allen viel Ärger erspart."

„Dir vielleicht, denn ich bin überzeugt, meine eigensinnige Tochter wird feststellen, daß das Leben einer Schauspielersfrau kein Bett von Rosen ist:

> *‚Wer aus Laune gefreit,*
>   *wird bald nur noch sinnen*
> *Voll Reue und Leid,*
>   *Wie dem Joch zu entrinnen.*
> *Suchst du ein Gemahl,*
>   *gedenke der Lehre:*
> *Eine mißliche Wahl*
>   *bringt dir nichts als Misere.'*

Aber genug davon. An welche Summe hättest du gedacht?"

„Genug als Ersatz für mein gutes Streitroß Morgrim und meine Rüstung mit Lanze und Schwert plus anderer Kleinigkeiten und der Reisekosten. Fünfzehnhundert Mark sollten reichen."

„Fünf-zehn-*hundert!* Puh! Das kann ich mir nicht leisten – und außerdem sind diese verschimmelten Stücke Drachenhaut nicht einen Bruchteil dieser Summe wert."

Eudoric seufzte und stand auf. „Ihr müßt wissen, was Ihr Euch leisten könnt, mein guter Weiser." Er ergriff die Rolle der Drachenhaut. „Euer Kollege Doktor Calporio, Zauberer des Grafen von Treveria, hat großes Interesse an diesem Material ausgedrückt. Tatsächlich bot er mir mehr an, als ich von Euch erbat, aber ich hielt es einfach für ehrenhaft, Euch die erste Chance zu geben."

„Was!" schrie Baldonius. „Dieser Quacksalber, dieser Scharlatan, dieser Fälscher? Soll er falschen Gebrauch von der Haut machen und nicht ein Zehntel der magischen Wirkungen damit erzielen, wie ich es könnte? Setz dich, Eudoric; wir wollen darüber diskutieren."

Nach einer Stunde des Feilschens erhielt Eudoric seine fünfzehnhundert Mark. Baldonius sagte: „Gelobt sei das göttliche Paar, daß das erledigt ist. Und was hast du nun für Pläne, geliebter Schüler?"

„Würdet Ihr es glauben, Doktor Baldonius", mischte sich Jillo ein, „daß mein armer, verblendeter Herr vorhat, seine Familie zu entehren und seine Klasse zu verraten, indem er ein niedriges kommerzielles Unternehmen gründet?"

„Wirklich, Jillo, Was für eins?"

„Er meint die von mir geplante Postkutschen-Verbindung", erklärte Eudoric.

„Gütiger Himmel, was ist das?"

„Ich will nach einem wöchentlichen Fahrplan einen Wagen zwischen Zurgau und Kromnitch verkehren lassen, der alle Personen mitnimmt, die das Fahrgeld bezahlen können, wie man es in Pathenia macht. Wir dürfen nicht zulassen, daß die heidnischen Ostlinge fortschrittlicher sind als wir."

„Was für eine ausgefallene Idee! Brauchst du einen Partner?"

„Danke, nein. Baron Emmerhard hat sich bereits mit mir zusammengetan. Er hat mir meine Ritterschaft als Lohn für seine Beteiligung versprochen."

„Es gibt keinen Adel mehr", stellte Jillo fest.

Eudoric grinste. „Emmerhard drückte sich so ähnlich aus, aber ich überzeugte ihn, daß alles, was mit Pferden zu tun hat, eine für einen Edelmann passende Beschäftigung ist. Jillo, du kannst mich beim Fahren der Kutsche ablösen, was auch dich zu einem Edelmann machen wird."

Jillo seufzte. „O weh! Der wahre Geist der Ritterschaft stirbt in diesem degenerierten Zeitalter. Wie betrübt es mich, daß ich ihr Ende miterleben muß! Wieviel wollt Ihr mir bezahlen, Herr?"

## *Nichts als Schlangen*

Ich dachte nicht an Schlangen. Ich dachte an den Kredit, den wir – das heißt der Harrison Trust – der wackeligen Gliozzi-Baugesellschaft gegeben hatten, als Malcolm McGill, unser Kassierer, hereinkam.

„Willy", sagte er, „du kennst doch die alte Mrs. Dalton?"
„Klar. Was ist mit ihr?"
„Sie will ihr Konto auflösen und alles verschenken."
„Ich nehme an, das ist ihr gutes Recht. Aber warum?"
„Du solltest lieber selbst mit ihr sprechen."
„O Herr! Sie wird mir das Ohr abreden", stöhnte ich. „Aber es ist wohl besser."

McGill brachte Mrs. Dalton in mein Büro. Sie gehörte zu einer Reihe von reichen alten Herrschaften, die uns die Verwaltung ihres Geldes übertragen hatten.

Ich zog einen Sessel für sie heran. „Wie ich höre, Mrs. Dalton, wollen Sie uns verlassen."

Sie lächelte reizend. „Oh, nicht eigentlich *verlassen*, Mr. Newbury. Nicht im Geiste, heißt das. Aber ich habe eine bessere Verwendung für das materielle Zeug, das sie Geld nennen, gefunden, als es einfach auf der Bank liegenzulassen."

„Ja?" Ich hob eine Augenbraue. „Bitte, erzählen Sie es mir. Wir versuchen, Ihre Interessen zu schützen."

„Das Geld wird dem Meister übergeben, damit er sein großes Werk fortführen kann."

„Dem *Meister*?"

„Sie wissen schon. Bestimmt haben Sie doch von der wundervollen Arbeit gehört, die Mr. Bergius tut?"

„Oh. Ich habe etwas gehört, aber erzählen Sie mir doch mehr darüber."

„Die Organisation des Meisters wird Hagnophilia genannt, das heißt ‚Reinheitsliebe'. Sie müssen wissen, er ist der irdische

Vertreter des interstellaren regierenden Rates. Sie haben ihn seiner Reinheit und seiner Sehergabe wegen ausgewählt und ihn in einer fliegenden Untertasse zum Planeten Zikkarf mitgenommen, wo der Rat zusammentrifft. Dort prüften sie ihn und entschieden, er sei würdig, vorläufiges Mitglied zu werden. Indem wir sein großes Werk fördern, helfen wir ihm, zum Vollmitglied aufzurücken. Das bedeutet, daß die Erde dann bei interstellaren Angelegenheiten stimmberechtigt ist."

„Was Sie nicht sagen. Und was haben Sie davon, Mrs. Dalton?"

„Oh, er lehrt uns, volle Gesundheit und Kraft zu behalten, bis die Zeit für uns gekommen ist. Und dann gehen wir ohne diese widerwärtige Sache mit dem Sterben sofort in unsern nächsten Körper über. Und wir werden, sagt er, die volle Erinnerung an unser früheres Leben behalten, so daß wir aus dem, was wir gelernt haben, unsern Nutzen ziehen können. Wie es heutzutage geschieht, vergessen wir unsere vorhergehende Existenz, so daß wir alles, was wir schon gewußt haben, noch einmal von vorn lernen müssen."

„Sehr interessant. Welche Erfahrungen mit Mr. Bergius' Methode liegen denn schon vor?"

„Noch keine, denn er unterrichtet ja noch nicht lange. Aber als der alte Mr. White verschied, tat er es mit einem so friedlichen Lächeln auf dem Gesicht. Das beweist, daß er direkt in seine nächste Inkarnation übergegangen ist, ganz wie es der Meister versprochen hat."

„Nun, Mrs. Dalton, Ihr Meister hat da ein paar ziemlich kühne Behauptungen aufgestellt. Sollten Sie nicht besser ein Weilchen warten, damit Sie sehen, ob auch alles stimmt? Er wäre nicht der erste, der große Erwartungen erweckt und sie dann nicht erfüllen kann."

Ihr Mund wurde fest. „Nein, Mr. Newbury, ich habe meinen Entschluß gefaßt, und nun werde ich ihn ausführen. Wollen Sie mir bitte die Papiere ausstellen?"

Später verließ Mrs. Dalton die Bank mit einem großen Kartonumschlag unter dem Arm, der alle ihre Wertpapiere und einen Scheck über das Bargeld-Guthaben enthielt. Ihr Chauffeur half ihr in ihren Wagen, und weg waren sie. McGill sah ihnen mit düsterem Gesicht nach.

„Was hat das alles zu bedeuten, Willy?"
Ich erzählte es ihm. Er meinte: „Hagnophilia hört sich an wie eine Blutkrankheit. Was heißt das?"
„Reinheitsliebe. Griechisch."

Im Laufe des nächsten Monats wurden zwei weitere Treuhandkonten auf diese Weise aufgelöst. Esau Drexel, mein Chef, rief mich in sein Präsidentenbüro, um mich danach zu fragen.
„Es wäre mehr nötig als der Verlust von ein paar Treuhandkonten, um uns zu erschüttern, auch wenn wir nur eine kleine Bank sind", sagte er, „aber es schafft gefährliche Präzedenzfälle. Wenn diese Leute ruiniert sind, wird man uns den Vorwurf machen, wir hätten es zugelassen, daß sie ihr Vermögen diesem Scharlatan in den Rachen werfen."
„Das ist richtig", erwiderte ich, „aber die Welt ist voll von Dummköpfen. Das war schon immer so. Wenn wir keinen rivalisierenden Kult aufziehen, wüßte ich nicht, was wir tun können."
„Einen Pluto-Kult für den Gott des Reichtums", sagte Drexel. „Verdammt, heutzutage kann man überhaupt nichts mehr tun, ohne einen gottverdammten Kult zu gründen. Habe ich Ihnen erzählt, daß mein Enkel das College verlassen hat, um sich einer Sekte anzuschließen?"
„Nein. Wieso? Das tut mir aber leid."
„Irgendein Kerl namens der Ehrwürdige Sung – Chinese oder so ähnlich – hat da etwas, das er wissenschaftliche Zauberei nennt, und er hat dem armen George den Kopf mit diesem Unsinn angefüllt. Er hat den Jungen davon überzeugt, alle seine Familienangehörigen seien von bösen Geistern besessen. Deshalb will George nichts mehr mit uns zu tun haben. Wenn die Hälfte von dem, was George sagt, wahr ist, können sie Dinge tun, die einem die Haare zu Berge stehen lassen."
„Können Sie nicht gerichtlich gegen diesen Ehrwürdigen Sung vorgehen?"
„Nein. Wir haben es versucht, aber er ist durch den ersten Verfassungszusatz geschützt. Mein Rechtsanwalt meint, wenn wir gegen George Gewalt anwendeten, würden wir wegen Kidnapping im Gefängnis enden."
Dann entschloß sich der alte John Sturdevant, sein Konto aufzulösen und das Geld dem Meister zu geben. Bei seinem

Konto handelte es sich jedoch um eine Stiftung, die wir nicht hätten auflösen können, auch wenn wir es gewollt hätten.

Sturdevant war ein widerwärtiger alter Mann. Von wenigen Leuten kann in Wahrheit gesagt werden, daß sie ihre Worte knurren, aber Sturdevant knurrte seine.

„Junger Mann", sagte er (ich gehe auf die Fünfzig zu), „ich habe lange genug gelebt, um eine gute Sache zu erkennen, wenn ich sie sehe. Sie stehen dem Fortschritt und der Erleuchtung im Weg, verdammt nochmal. Sie verdammen mich zu einem langsamen, schmerzhaften Tod aus der einen oder anderen Ursache. Ich leide jetzt unter sechzehn verschiedenen Krankheiten, und mit Hilfe des Meisters könnte ich mir neue Zähne wachsen lassen, meine Prostata wieder auf normale Größe zurückführen und alles andere heilen. Dann könnte ich *sst* ohne Unterbrechung in meinen nächsten Körper überwechseln. Außerdem könnte der Meister mit diesem Geld alle Kriege beenden, die Bevölkerungsexplosion unter Kontrolle bekommen und den Reichtum der Welt gleichmäßig verteilen. Sie sind ein Schlächter, ein Sadist, ein Hitler. Guten Tag, Sir!"

Er stampfte hinaus und knallte bei jedem Schritt seinen Spazierstock auf den Boden.

Der nächste Tumult entstand, als Bascom Goetz das gesamte Geld abheben wollte, das zu dem Treuhandvermögen seines zwölfjährigen Neffen und Mündels gehörte, um den Jungen in eine von Bergius' Bildungsanstalten zu stecken. Diese entlegenen Schulen versprachen, ihre Schüler in Übermenschen zu verwandeln, die beinahe bis zum auf dem Wasser Wandeln alles tun konnten. Die Bestimmungen sahen ein bestimmtes Kapital vor, das für die Erziehung und den Unterhalt des Jungen verwendet werden durfte, aber wir waren nicht der Meinung, die Schulen des Meisters seien hier oder da einzureihen. Da Goetz unser Einverständnis brauchte, um das Geld abheben zu können, hatten wir einen lautstarken Streit mit ihm. Er stürzte davon, um seinen Rechtsanwalt zu Rate zu ziehen.

Das nächste Mal kam ich mit der Hagnophilia in Kontakt, als unser Sohn Stephen für ein Wochenende einen Freund mit nach Hause brachte. Chet Carpenter, der Freund, trug Blue jeans, ließ sein Haar bis zur Hälfte des Rückens herunterhängen – eine Frisur, die mich bei einem Mann immer zusammenzucken läßt.

Während des Dinners sagte Carpenter, er plane, das College zu verlassen und sein Leben der Hagnophilia zu weihen. Er brauchte nur ein bißchen Anfeuerung, um uns eine Rede über die Sekte zu halten:

„Sehen Sie, Mr. Newbury, es geht alles darum, daß Sie Ihr *puruscha* zur vollen Akromatik bringen. Ihr Puruscha ist der immaterielle Nexus der Energieumwandlung zwischen den sieben Existenzebenen. Es manifestiert sich für Milliarden von Jahren, bis seine psychionische Ladung erschöpft ist. Der interstellare Rat arbeitet an einem Projekt, erschöpfte Puruschas wieder aufzuladen, damit wir nicht nach einer bloßen Trillion Jahre oder so einfach verlöschen.

Nun, sehen Sie, wenn die eine Umhüllung sich auflöst, schwebt das Puruscha im Raum, bis eine neue für es da ist. Aber diese Wartezeit ist außerhalb des Zeitstroms, und deshalb wird die Erinnerung an die früheren Informationen ausgelöscht.

Da die menschliche Bevölkerung nun so ungeheuer angestiegen ist, sind mehr Umhüllungen da als Puruschas, die sie füllen können. Deshalb sind die Puruschas von niedrigeren Organismen – von Affen, Tigern, sogar Tausendfüßlern – auf die leeren Stellen nachgerückt. Das ist der Grund, warum viele Menschen sich so tierisch benehmen. Ihre Puruschas sind nicht in Übereinstimmung mit dem Plan des Aschak gereift, sondern haben die Zwischenstufen übersprungen. Und so sind sie für den menschlichen Somatismus noch nicht qualifiziert.

Die Hindus und die Druiden hatten schon eine Ahnung davon, wissen Sie, aber der interstellare Rat hat entschieden, es sei an der Zeit, die Religion auf eine wissenschaftliche Basis zu stellen. Folglich haben sie den Meister mit der wahren Lehre nach Zamarath – ihr Leute sagt Erde dazu – zurückgeschickt. Verstehen Sie, bis heute war das menschliche Soma mit all seinen Beschränkungen die ätherische Umhüllung, die ein Puruscha besetzen konnte. Aber mit unserer Wissenschaft sind wir bereit für die nächste Stufe, und dann können wir unsere Umhüllungen ebenso leicht formen, wie Sie Ton formen können. Vermögen Sie mir zu folgen?"

„Ich fürchte, nein", antwortete ich. „Um ehrlich zu sein, mir kommt es wie lauter Unsinn vor."

„Das liegt daran, daß ich zu Ihnen von der fortgeschrittenen

Doktrin gesprochen habe, ohne Ihnen die elementare Einführung zu geben. Schließlich würde sich auch ein Buch über Atomphysik wie lauter Unsinn lesen, wenn Sie keinerlei Fachkenntnisse hätten. Ich könnte Sie für unsern Grundkurs anmelden –"

„Leider habe ich schon mehr als genug zu tun. Ich soll vor dem Bankfachverband einen Vortrag über die Trugschlüsse der Keynesschen Theorien halten, und dafür muß ich noch Verschiedenes nachlesen. Aber sagen Sie mir: Wie kommt Ihr Kult –"

„Bitte, Mr. Newbury! Wir mögen das Wort ‚Kult' nicht. Bei uns handelt es sich um eine religionswissenschaftliche Vereinigung, und steuerrechtlich gelten wir als Kirche. Was wollten Sie sagen?"

„Ich hätte gern gewußt, wie Ihre – äh – religionswissenschaftliche Vereinigung mit den anderen – mit den Kulten auskommt, zum Beispiel mit dem des Ehrwürdigen Sung."

Carpenter lüpfte vor Aufregung das Hinterteil im Sessel. „Er ist furchtbar! Die meisten Kulte, wie Sie sie nennen, geben sich Irrtümern hin, sind jedoch harmlos. Einige wenige haben sogar einen Blick auf die Wahrheit erhascht. Aber die Sungiten sind eine böse, gefährliche Bande und verschwören sich gegen die menschliche Welt.

Sehen Sie, es treibt eine Menge abnormaler Puruschas durchs All. Sie sind von den Kräften der letzten zehn Milliarden Jahre so verzerrt worden, daß sie in keinerlei Umhüllung mehr passen. Deshalb lauern sie auf eine Gelegenheit, ein menschliches Soma zu besetzen, wenn sein eigenes Puruscha nicht aufpaßt, und laufen damit weg."

„So, als ob man ein Auto stiehlt?" Insgeheim dachte ich, daß jemand, der von den Hagnophilisten dermaßen gehaßt wurde, nicht ganz schlecht sein könne.

„Genauso ist es. Sehen Sie, diese heimatlosen Puruschas sind das, was man ‚Dämonen' oder ‚Teufel' zu nennen pflegte. Sung behauptet, er könne sie kontrollieren, aber in Wirklichkeit kontrollieren sie ihn und alle seine Anhänger. Sie hoffen, Zamarath auf diese Weise früher oder später übernehmen zu können. Der Meister wird dies Komplott das nächste Mal, wenn er nach Zikkarf versetzt wird, enthüllen. In der Zwischenzeit müssen wir die Sungiten im Auge behalten und uns bemühen, die Durchführung ihrer bösen Pläne zu verhindern."

„Zikkarf", wiederholte ich. „Wie schreibt man das?"

Carpenter buchstabierte das Wort. Ich sagte: „Gleich beim ersten Mal, als ich das Wort hörte, kam mir eine nebelhafte Erinnerung. Jetzt weiß ich es wieder. In den dreißiger Jahren gab es einen Autor, dessen Erzählungen über das Leben auf einem imaginären Planeten dieses Namens in Heftform erschienen. Er schrieb ihn aber anders."

„Er muß eine Ahnung der Wahrheit gehabt haben", meinte Carpenter.

„Hat Ihr Meister Vorschläge, was man mit all diesen armen verlorenen Seelen tun soll?"

Carpenter berichtete mir über das Programm des Kults, diese irrenden Spuks einzufangen und sie durch eine Art Geisterpsychoanalyse wieder in ihre normale Form zu kneten. Jedenfalls gewann ich diesen Eindruck, obwohl seine Erklärungen mit soviel kultischem Fachjargon verbrämt waren, daß es schwierig war, ihn richtig zu verstehen. Ich fragte:

„Haben Sie auch Gottesdienste – ich meine Versammlungen, bei der jedermann Zutritt hat?"

„Oh ja. Wir sind in keiner Weise eine Geheimorganisation." Carpenters Augen leuchteten vor Eifer. „Zufällig haben wir in zwei Wochen eine Versammlung ganz hier in der Nähe. Der Meister selbst wird anwesend sein. Möchten Sie nicht hinkommen?"

„Ja", sagte ich. Wenn ich irgend etwas gegen die Bande unternehmen wollte, die meinen alten Bankkunden das Geld wegschmarotzte, mußte ich wissen, wie der Feind aussah.

Als Theatervorstellung war die Versammlung, die in einem Vortragssaal ein paar Meilen von meiner Wohnung entfernt stattfand, große Klasse. Sie benutzten Kerzen und Weihrauch. Der Anblick der Gefolgsleute des Meisters – stämmige Burschen in weißen Uniformen, die Hosen in glänzende schwarze Stiefel gesteckt – erfüllte mich mit Unbehagen. Einige wiesen den Besuchern Plätze an, während andere Wache standen. Ihre verbissenen Gesichter schienen zu sagen: Untersteht euch, hier zu stören! Einige sammelten am Eingang „freiwillige Spenden" in Körben.

Es begann mit Liedern und Bekanntmachungen und der Verlesung eines Glaubensbekenntnisses oder Manifests. Dann schmetterten Fanfaren, und der Meister erschien, in einer weißen Robe, verfolgt von Punktscheinwerfern.

Ludwig Bergius war ein großer, magerer, blonder, blauäugiger Mann, der sein Haar schulterlang trug. Das Haar war so messingfarben, daß ich argwöhnte, es sei entweder gefärbt oder eine Perücke. Er hatte eine überraschende Ähnlichkeit mit jenen Selbstporträts Albrecht Dürers, die er als Bilder von Jesus Christus malte. Bergius hatte eine herrliche Stimme, tief und volltönend, die den Saal auch ohne Lautsprecheranlage mühelos hätte füllen können.

Er sprach eine Stunde lang. Dabei machte er großartige, wenn auch nebulöse Versprechungen und prangerte zahllose Feinde an. Insbesondere belegte er den Kult des Ehrwürdigen Sung mit der Bezeichnung „Mafia von Dämonen in menschlicher Verkleidung". Seine Stimme hatte eine hypnotische Eindringlichkeit, die die Zuhörer in eine Art passiver Benommenheit einlullte. Zum Schluß behielt man den Eindruck zurück, man habe eine wundervolle Offenbarung gehabt, ohne sich jedoch an vieles zu erinnern, was der Meister tatsächlich gesagt hatte. Einige seiner Versicherungen schienen mir dem zu widersprechen, was ich von anderen über seine Doktrin gehört hatte, aber ich sagte mir, er werde alle ein oder zwei Monate eine neue Doktrin herausbringen, um seine Anhänger so zu verwirren, daß sie nicht mehr denken konnten.

Als Bergius seine Ansprache beendet hatte, stürzten sich seine weißgekleideten Sturmtruppen mit Klingelbeuteln an langen Stangen in die Gänge, um weitere Spenden entgegenzunehmen. Wieder gab es Lieder, Bekanntmachungen und die sonstige Routine religiöser Zusammenkünfte, und die Schau war vorbei. Beim Hinausgehen wurden die Sturmtruppen wieder aktiv, indem sie am Ausgang noch einmal sammelten. Sie taten es mit einer gewissen höflichen Aggressivität. Ich spendete, denn ich hatte keine Lust, mich mit einer ganzen Bande von Schlägertypen anzulegen, die halb so alt waren wie ich.

Zu unsern Bankkunden gehört auch der Tempel Beth-El. Als Rabbi Harris das nächste Mal in die Bank kam, erwähnte ich die Hagnophilisten. Er seufzte und meinte:

„Ja, wir haben mehrere Mitglieder unserer Kongregation an diese Ganifs verloren. Natürlich treten wir entschiedener als alle anderen für Religionsfreiheit ein, aber trotzdem – Mr. Newbury, Sie haben voriges Jahr doch einen Vortrag über organisierten Betrug gehalten, nicht wahr?"

„Ja, im Verein christlicher junger Männer."

„Warum halten Sie nicht mal einen mit besonderer Berücksichtigung dieser Kulte im Verein hebräischer junger Männer? Es wäre nur gerecht, wenn wir auch einmal drankommen."

So kam es zu meinem berühmten Vortrag vor dem Verein hebräischer junger Männer. Ich führte als abschreckende Beispiele die Fälle einiger leichtgläubiger alter Leute an, die ihr gesamtes Hab und Gut der Hagnophilia übertragen hatten, durch die „Behandlungen" zu Nervenwracks geworden und dann in geistige Umnachtung versunken waren. Ich schloß:

„... natürlich steht es jedem von Ihnen frei, sich mit diesen Formen des höheren Blödsinns zu beschäftigen, wenn es ihm gefällt, möge man es Homosphie, Hagnophilia, Kosmenetik oder sonstwie nennen. Wir leben immer noch in einem freien Land. Ich persönlich möchte lieber eine Klapperschlange mit bloßen Händen aufheben und mich darauf verlassen, daß sie mich nicht beißen wird. Ich danke Ihnen."

Aus geschäftlichen Gründen mußte ich die Stadt für ein paar Tage verlassen. Als ich zurückkam, fand ich ein neues Möbelstück im Wohnzimmer vor. Es war ein kleines Terrarium mit Kieselsteinen, Moos und einem Wasserbecken. Zusammengerollt an seinem einen Ende lag eine Strumpfband-Natter.

„Denise!" rief ich. „Was ist denn das?"

„Ein Junge hat die Schlange gebracht", erklärte sie. „Er sagte, du hättest nach Schlangen annonciert, einen Dollar pro Schlange. Warum hast du das getan, *mon cher?*"

„Ha? Ich habe nichts dergleichen getan. Irgendwer hat einen Fehler gemacht. Und nun?" Ich langte in das Terrarium und fuhr mit einem Finger über die Schuppen der Strumpfband-Natter, die sich beunruhigt wegschlängelte. Sie hatte sich an die Gefangenschaft noch nicht gewöhnt. „Aber ich mag Schlangen."

„Priscille hat sich immer ein Tier gewünscht, seit unser alter Hund gestorben ist. Deshalb hat sie sich diesen Glaskasten von einer ihrer Freundinnen besorgt und ihn hergerichtet."

„Womit füttert ihr sie?"

„Priscille kauft kleine Goldfische und setzt sie in den Teich. Wenn Damballah hungrig wird, fängt und verschluckt er sie."
„Hm. Was kosten diese Fische?"
„Vierzig Cents pro Stück im Tierladen."
„Das geht doch nicht, zumal wir einen großen Garten voller Würmer haben."

An diesem Abend gingen unsere jüngere Tochter und ich mit einer Taschenlampe auf die Regenwürmerjagd. Der Trick dabei ist, so erklärte ich ihr, sie zu fassen, wenn sie ihre vordere Hälfte aus dem Loch stecken, um auf der Oberfläche zu weiden. Dann darf man aber nicht an ihnen zerren, sonst brechen sie entzwei. Statt dessen muß man warten, bis sie sich entspannen und daranmachen, in ihr Loch zurückzukriechen, und dann kann man sie leicht herausholen.

Priscille gefiel der Gedanke nicht, einen Wurm mit ihren bloßen Händen anzufassen. Deshalb nahm sie Papiertaschentücher. Wir hatten schon mehrere Würmer gefangen, als ein junger Mann mit einer Schachtel im Arm auf unserer Zufahrt erschien.

„Mr. Newbury?" fragte er. „Ich habe hier eine Schlange. Sie haben doch eine Anzeige nach Schlangen aufgegeben."

„Wer sagt das?" verlangte ich zu wissen.

„Es stand doch aber am Brett. Das Brett in der U-Bahn."

Ich erfuhr, daß auf dem Nachrichtenbrett der U-Bahn-Station eine Notiz verkündet hatte: SCHLANGEN FÜR WISSENSCHAFTLICHE ZWECKE GESUCHT. ZAHLE EINEN DOLLAR PRO STÜCK, ALLE ARTEN, gefolgt von meinem Namen und meiner Anschrift.

„Das ist ein dummer Streich", sagte ich zu dem jungen Mann. „Die Notiz stammt nicht von mir, und die eine Schlange, die wir haben, ist schon reichlich."

Während der nächsten Woche wurden uns sechs Strumpfband-Nattern, zwei Bullen-Nattern, eine braune Schlange mit einem farbigen Ring um den Hals und eine schwarze Schlange angeboten. Wir lehnten alle ab.

Weiterhin erfuhr ich, daß der uns übelgesonnene Unbekannte zwanzig oder dreißig dieser Plakate in den Schaufenstern der Läden in der Nachbarschaft untergebracht hatte. Ich besuchte einige der Geschäftsleute, die die Schilder nur zu gern fortnahmen. Ich bat um Beschreibungen des Witzboldes, erhielt jedoch widersprüchliche Angaben. Deshalb nahm ich an, es seien mehrere Personen daran beteiligt. Ich bat den Präsidenten der hiesigen Handelskammer darum, bekanntzugeben, daß es sich um einen Jux handle, und nach weiteren Plakaten Ausschau zu halten.

Als nächstes erhielt ich Briefe, die ungefähr wie folgt lauteten: „Sehr geehrter Mr. Newbury, ich entnehme Ihrer Anzeige im Juli-Heft der *Zeitschrift für Naturgeschichte*, daß Sie für Schlangen bezahlen. Wollen Sie sie lebend oder tot, und wieviel bieten Sie? Hochachtungsvoll ..."

Ich rief die Zeitschrift an. Ja, jemand hatte die Anzeige unter der entsprechenden Rubrik aufgegeben. Sie wußten nicht wer, aber der Scheck war mit meinem Namen unterschrieben gewesen und eingelöst worden. Folglich schrieb ich eine Zeit lang eifrig Postkarten, auf denen ich mitteilte: Danke, keine Schlangen.

Bis dahin war diese Belästigung nur ein geringfügiges Ärgernis gewesen. Wir bedauerten eher die Leute, die auf den Jux hereingefallen waren, als uns selbst.

„Ich glaube", sagte ich zu Denise, „die Hagnophilisten stecken dahinter. Jemand hat ihnen berichtet, was ich in dem Vortrag über das Anfassen einer Klapperschlange mit bloßen Händen gesagt habe. Sie haben voreilig den Schluß gezogen, ich hätte eine krankhafte Furcht vor Schlangen, und versuchen nun, mich das Gruseln zu lehren."

„Mein armer Willy! Wenn die wüßten, daß du im Herzen ein heimlicher Schlangenliebhaber bist!"

Dann wandelte sich der Jux zur Gemeinheit. Ein Nachbar erzählte mir, er habe einen anonymen Brief erhalten, in dem gegen mich Gift verspritzt wurde. Er hatte ihn der Polizei übergeben. Andere Nachbarn hätten ebenfalls Briefe erhalten.

„Um Gottes willen!" sagte ich. „Warum haben Sie mir nicht gleich Bescheid gesagt?"

Er scharrte mit den Füßen. „Es war mir zu peinlich. Wir wissen, Sie und Denise sind in Ordnung – die besten Nachbarn, die es geben kann –, und wir wollten Sie nicht aufregen. Auf keinen Fall konnten wir uns vorstellen, daß damit ein seriöser, konventioneller Mensch wie Sie gemeint sei."

Ich machte ein paar von den anderen ausfindig, die Briefe erhalten hatten, aber keiner hatte sie aufgehoben. Einige hatten sie der Polizei gegeben, andere hatten sie weggeworfen.

Ich ging aufs Polizeirevier, wo Sergeant Day die Briefe aus ihrem Aktenordner ausgrub. Sie lauteten alle:

Lieber Nachbar,
vor kurzem sprengte mein kleiner Sohn im Garten den Rasen, als ein Mann aus seinem Wagen sprang und über den Jungen herfiel. Er ergriff den Schlauch, hackte mit einem Beil darauf ein und schrie: „Schlange! Schlange! Verdammte Schlange! Ich will dich lehren, mir Schlangen zu schicken, die mich quälen!" Er beschimpfte meinen Sohn, der völlig verstört ins Haus kam.
Aus offenkundigen Gründen möchte ich bei der Behandlung dieser Angelegenheit anonym bleiben. Kein Vater will, daß seine Kinder von Wahnsinnigen wie diesem hier, der wahrscheinlich immer noch in der Nachbarschaft ist, in Angst versetzt werden.
Ich verteile diesen Brief in der Hoffnung, daß irgendwer von einem Mann weiß, der eine Schlangen betreffende Psychose hat, und es den zuständigen Behörden meldet, damit das Opfer dieser Einbildungen behandelt werden kann, bevor es jemanden verletzt. Er wird als ein Mann Ende Vierzig beschrieben, groß und kräftig, mit kurzgeschnittenem ergrauendem Haar und kleinem Schnurrbart. Er fährt einen grünen ausländischen Sportwagen.
Sergeant Day sagte: „Wir haben die Jungs wochenlang vergeblich nach diesem Kerl Ausschau halten lassen. Wenn einer Sie hat vorübergehen sehen, hat er bestimmt nur gedacht: ‚Oh, das ist Mr. Newbury, der Bankier. *Er* kann das ja nicht sein.' Die Briefe hat natürlich ein Verrückter geschrieben."

„Jedenfalls hat dieser Verrückte eine schmeichelhafte Beschreibung von mir gegeben. Können Sie den Verfasser dieses Briefs aufspüren?"

Day schüttelte den Kopf. „Die Umschläge wurden auf dem Hauptpostamt der Stadt abgestempelt. Wenn Sie selbst komische Briefe bekommen haben, könnten Sie die Maschinenschrift von diesem Brief damit vergleichen. Er wurde auf einer mechanischen Maschine mit Standard-Elite-Typen getippt. Sehen Sie, das große *W* ist beschädigt, das kleine *a* hat seinen Schwanz verloren, und die *p*s stehen oberhalb der Zeile. Aber wir können nicht jede Schreibmaschine im County überprüfen."

Day machte eine Fotokopie von dem Brief. Zu Hause verglich ich meine gesamte Korrespondenz damit, aber kein Brief, den ich im vergangenen Jahr erhalten hatte, war auf der Maschine des Unruhestifters geschrieben worden.

Während mir das alles bis zu einem bestimmten Grad lästig war, trieb es Denise in den Wahnsinn. Sie sagte:

„Als wir heirateten, lieber Willy, hättest du nach Frankreich ziehen statt mich nach Amerika mitnehmen sollen. Wir Franzosen sind logischer, wir machen keine solchen *bêtises*."

In den folgenden Wochen lieferte der Paketdienst einen Karton ab, der mit schweren Krampen und Klebeband fest verschlossen, aber mit mehreren kleinen Löchern versehen war. Denise erkannte, daß es schwere Arbeit sein würde, ihn zu öffnen, und ließ ihn für mich stehen. Als ich nach Hause kam, holte ich mir einen Schraubenzieher, ein Messer und eine Zange aus dem Werkzeugkasten, stellte den Karton auf die Haushaltsleiter und machte mich daran. Ein paar Minuten später hob ich den Deckel des Kartons ab.

Ein mausfarbener Schlangenkopf schoß heraus, und eine gespaltene Zunge streckte sich mir entgegen. Während ich noch dumm dastand, spreizten sich die beweglichen Rippen an den Seiten des Halses, und zum Vorschein kam die Haube einer Kobra.

Ich sprang zurück und schrie: „Denise! Lauf weg, schnell!"

„Warum, Willy ist irgend etwas los?"

Die Kobra ergoß sich aus dem Karton auf den Fußboden. Sie schien gar kein Ende zu nehmen. Ich schätzte sie auf mindestens zehn Fuß. (Es waren zwölf.) Es war nicht einmal eine gewöhnliche indische Kobra, sondern die Hamadryade oder Königskobra, die größte und gefährlichste von allen.

„Frag nicht lange!" schrie ich. „Lauf! Es ist eine Kobra!"

Die Kobra richtete sich auf, bis das erste Yard ihres Körpers senkrecht stand und sich auf mich stürzte. Glücklicherweise bewegt sich eine Kobra langsamer als die amerikanischen Grubenottern wie zum Beispiel die Klapperschlange. Ich sprang zurück, so daß sie mich verfehlte.

Dann versuchte die Schlange, mir nachzukriechen, doch auf dem glatten Vinyl-Boden kam sie nicht gut vorwärts. Sie peitschte von einer Seite zur anderen und flatterte wie eine Fahne im Wind, kam aber kaum von der Stelle.

Auf meinem Rückzug kam ich am Besenschrank vorbei. Ich öffnete die Tür in der Hoffnung, eine Waffe zu finden. Da waren ein Besen und ein Schrubber, aber ihre Stiele waren für den beschränkten Raum zu lang. Dann entdeckte ich den Tauchkolben mit seinem robusten, dreißigzölligen hölzernen Handgriff.

Die Kobra schlitterte mühsam auf mich zu. Ich packte den Tauchkolben am unteren Ende. Als die Schlange von neuem begann, sich aufzurichten, trat ich vor und führte wie beim Golf einen beidhändigen Schlag gegen ihren Hals. Der Holzstiel traf krachend auf und schleuderte die Kobra zur Seite.

Die Kreatur fiel in Zuckungen. Sie krümmte und wand sich, verschlang sich zu Knoten und löste sie. Ich schlug immer und immer wieder auf den Kopf ein, aber wirklich notwendig war das nicht mehr. Mein erster Schlag hatte der Schlange den Hals gebrochen. Ihre Haut ziert jetzt mein Arbeitszimmer.

Esau Drexel sagte: „Willy, wir müssen etwas unternehmen. Eines Tages gehe ich in Pension, und der Harrison Trust braucht dann wenigstens einen Mann, dessen Kopf richtig angeschraubt ist."

„Das ist nur zu wahr", antwortete ich, „aber was sollen wir tun? Die Anschrift, die als Absender auf dem Paket stand, gibt es gar nicht. Die Kobra war aus dem Zoo gestohlen worden – von einem sehr mutigen Dieb, muß ich sagen. Die Polizisten meinen, sie seien in eine Sackgasse geraten. Dieser Privatdetektiv hat nichts anderes getan, als mir eine Rechnung zu schicken."

„Wenn Sie die Geschichte an die Zeitungen weitergäben, würde es die Hagnophilisten vielleicht aus der Deckung treiben."

„Das würde mir nichts weiter eintragen als einen Prozeß. Ich habe nichts als Schlußfolgerungen, die sie mit diesen Schlangensendungen verbinden. Mein Rechtsanwalt hat mich gewarnt, diese Typen seien sowohl verrückt als auch gefährlich. Wenn irgendwer etwas schreibt, das ihnen nicht gefällt, verklagen sie ihn auf zehn Riesen. Es kommt nie zu einer Gerichtsverhandlung, aber die Drohung und die Belästigung veranlassen die meisten ihrer Kritiker, sich ruhig zu verhalten."

„Nun", entschied Drexel, „wenn alle natürlichen Mittel erschöpft worden sind, müssen wir es mit den unnatürlichen versuchen. Ich erzählte Ihnen doch von meinem Enkel George und den wissenschaftlichen Zauberern, nicht wahr?"

„Ja. Wir sollen einen Dieb dazu anstellen, einen Dieb zu fangen, sozusagen?"

„Was haben wir zu verlieren?"

„Wird mich das weiteres Geld kosten?"

„Die Bank kommt dafür auf. Wir verbuchen es unter ‚Sicherheitsmaßnahmen', was ja nicht einmal gelogen ist."

„‚Public Relations' könnte besser sein. Jedenfalls ist es besser, wenn die Aktionäre und die Jungen vom Federal Reserve System nichts davon erfahren."

„Das werden sie nicht. Aber ich werde mich in Verbindung mit dem Kult des Ehrwürdigen Sung setzen."

Der Ehrwürdige Sung Li-pei, aus Taiwan stammend, war ein kleiner, rundgesichtiger Mann, der den Eindruck äußerster Aufrichtigkeit hervorrief. Ich nahm nicht an, daß dieser Eindruck den inneren Sung wahrheitsgemäß widerspiegelte. Ich hatte schon viele Betrüger kennengelernt und dabei festgestellt, daß sie alle Ehrlichkeit und Aufrichtigkeit ausstrahlen. Wie könnten sie sich auch sonst auf krumme Weise ihren Lebensunterhalt verdienen?

Sung begann: „Mr. Newbury, Sie haben den Wunsch, daß dieser Verfolgung durch die Jünger Mr. Bergius' ein Ende gesetzt wird, ist das lichtig?"

„Das ist lichtig – ich meine, richtig."

„Das sage ich ja, lichtig. Nun ist der Zauber des Loten Dlachens sehr kostspielig, da das Lesultat oft tödlich ist ..."

„Ich will den Kerl ja nicht umbringen", fiel ich ein.

Sung legte die Fingerspitzen aneinander und dachte nach. „In diesem Fall ist der Zauber des Glünen – äh – Grünen Dlachens passender. Einige der Wesenheiten, die ich kontrollieren kann, werden unsern Mr. Bergius so unschädlich machen wie ein frischgeschlüpftes Küken, haha." Er lächelte ein wenig gezwungen.

„Sie werden ihm keinen körperlichen Schaden zufügen?"

„Nein, nichts dergleichen. Sie werden dem Sabbat beiwohnen. Er wird heute abend in meinem Haus abgehalten, Beginn 11 Uhr. Darf ich jetzt um Ihren Scheck über eintausend Dollar bitten?"

„Ich ziehe es vor, bar zu bezahlen." Damit reichte ich ihm einen Umschlag, der zehn Hunderter enthielt.

Er zählte die Scheine, hielt sie gegen das Licht und grunzte endlich zufrieden. „Dann guten Tag, Mr. Newbury. Ich sehe Sie."

Sung residierte nicht in irgendeinem verfallenen alten Spukhaus, sondern in einem sauberen, prosaischen, modernen Haus in einer von meinem eigenen Haus ein paar Meilen entfernten Vorstadt. Die Lampen auf der Vorderterrasse brannten, um die Hausnummer zu zeigen. Drinnen glitten zwei weißgekleidete Burschen mit Turbanen, offenbar Sungs Diener, umher.

„Ah, gerade lechtzeitig, Mr. Newbury." Der Ehrwürdige Sung schüttelte mir die Hand. „Hier entlang, bitte ... Sie werden Verständnis dafür haben, daß Sie den anderen Mitgliedern des Zirkels nicht vorgestellt werden. Es könnte mißliche Vorurteile gegen sie wachrufen, wenn ihre wissenschaftlichen Bestrebungen bekannt würden. Hier ist die Garderobe. Bitte legen Sie Ihre Wertsachen in diesen Kasten, verschließen Sie ihn und hängen Sie sich den Schlüssel um den Hals."

„Warum?"

„Weil Sie als nächstes alle Ihre Kleider ausziehen und in diesem Raum lassen werden. Der Kasten soll dafür sorgen, daß nachher nichts vermißt wird, haha."

„Sie meinen, ich muß mich völlig ausziehen?"

„Ja. Das ist für den Zauber notwendig."

Ich seufzte. „Meine Frau und ich sind in Frankreich zwar schon an einem FKK-Strand gewesen, aber in diesem Land ist das für mich das erste Mal."

Ich fing an, Knöpfe und Reißverschlüsse zu öffnen und wünschte, ich hätte nicht diese leichte Ausbuchtung unter dem Äquator, die mit dem mittleren Alter kommt. Es ist gar nichts verglichen mit der Wampe, die Drexel hat, aber trotz Sport und Kalorienzählen ist mein Bauch nicht mehr so flach wie in meiner Jugend.

Sung legte eine schwarze Robe an. Er führte mich die Kellerstufen hinunter. Ich kam mir sehr nackt vor, und trotz der sommerlichen Wärme fröstelte ich.

Der Keller wurde von schwarzen Kerzen erleuchtet, die mit einem grünlichen Licht brannten. Auf dem Betonboden war ein Pentagramm oder magisches Diagramm gemalt. Darum saßen zwölf nackte Männer und Frauen.

„Sie nehmen den noch freien Platz, Mr. Newbury."

Ich ließ mich zwischen zweien der Frauen nieder. Der Beton fühlte sich kalt an meinem Hinterteil an. Ich warf kurze Blicke zu meinen Nachbarinnen hinüber.

Die links von mir war ältlich und nicht gut erhalten; bei ihr sackte und wölbte es sich überall an den falschen Stellen. Dagegen war die rechts von mir jung und gutgebaut. Ihr Gesicht war nicht hübsch, wenigstens in diesem dämmerigen Licht nicht, aber anderswo machte sie das mehr als wett. Sie flüsterte:

„Hallo – wie?"

„Nennen Sie mich einfach Bill", flüsterte ich zurück. Es schien mir so die beste Art zu sein, die Situation zu meistern. „Guten Abend – wie?"

„Marcella."

„Guten Abend, Marcella."

Irgendwer hieß uns schweigen, und der Ehrwürdige Sung trat in das Diagramm. Er hob seine Arme und sagte etwas auf Chinesisch, dann wandte er sich an den Zirkel:

„Heute abend, Fleunde, werden wir den Zauber des Grünen Drachens beschwören, um unsern Freund hier vor ungerechten Verfolgungen zu schützen, die er durch diese Bande von Pseudo-Wissenschaftlern und Pseudo-Magiern, von deren Abscheulichkeiten wir alle wissen, erlitten hat. Wir beginnen mit dem Singen des *Li Piao Erh*. Sind Sie bereit?"

Die Gruppe stimmte einen chinesischen Gesang an. Ich habe gehört, daß man chinesische Musik – ähnlich wie die von Dudelsäcken – ebenso genießen kann wie Beethoven oder Tschaikowski, wenn man dazu erzogen worden ist. Leider war mir diese Gelegenheit aber nie geboten worden. Deshalb hört sich chinesische Musik für mich immer noch wie ein Kampf zwischen Katern an.

Als das Lied beendet war, trat Sung aus dem Kreis heraus und sagte: „Nun faßt euch an den Händen, bitte."

Ich reichte den beiden Frauen die Hände. Es folgten endlose Gesänge, Anrufungen und Responsorien, teils von Sung und teils von dem Zirkel vorgetragen. Es ging weiter und weiter so. Da das meiste Chinesisch war, hatte es für mich keine Bedeutung.

Allmählich ermüdete mich dies Gebrabbel. Meine Gedanken wanderten zu meiner Gefährtin zur Rechten. Nun bin ich kein Playboy, aber trotzdem erweckt der Anblick wohlgestalteten weiblichen Fleisches meine männlichen Reaktionen.

Tatsächlich erweckte es sie auf allzu sichtbare Weise. Mein Gott, dachte ich, was soll ich dagegen tun? Ich bin sicher, es steht nicht im Programm. Was werden sie mit mir machen, wenn sie mich hier mit diesem aus meinem Schoß herausragenden Totempfahle sehen?

Indem ich meine Beine überkreuzte, gelang es mir, das anstößige Organ zu verbergen. Ich versuchte, im Geist das Einmaleins aufzusagen. Aber der Teufel wollte sich nicht niederlegen.

Dann vertrieb etwas alle wollüstigen Gedanken aus meinem Kopf. Im Mittelpunkt nahm ein schwaches Leuchten Gestalt an. Es sah wie ein leuchtender Nebel aus und glühte in einem schwachen, weichen Grün. Es wurde heller und stofflicher, gewann aber keine endgültige Form.

Sung schrie in schrillem Chinesisch. Der Zirkel wiederholte seine Worte im Chor. Sungs Stimme erhob sich zum Kreischen. Das grüne Licht verblaßte. Sung taumelte und brach zusammen.

Zwei der Sitzenden fingen ihn auf und ließen ihn behutsam auf den Boden gleiten. Irgendein anderer drehte das Licht an. Das Licht zeigte dreizehn nackte Menschen, mich eingeschlossen, von denen einige saßen, einige standen und einige sich ungraziös auf die Füße mühten. Sie gehörten allen Altersklassen an und stellten die unterschiedlichsten Büschel Schamhaar zur Schau.

Während ich mich noch fragte, ob man einen Krankenwagen rufen solle, klang Sungs Stimme schwach aus der Gruppe: „Ich bin ganz in Ordnung, bitte. Laßt mir nur eine Minute Zeit."

Dann stand er auf, und es schien ihm nichts zu fehlen. „Dieser Vorfall zeigt, daß die schlechten Kultisten eine starke magische Verteidigung haben. Hoffen wir, daß die Einflüsse, die wir ausgesandt haben, um ihren bösartigen Plänen entgegenzuwirken, nicht auf uns oder Mr. Newbury zurückfallen werden. Das ist alles, was wir im Augenblick tun können. Deshalb wollen wir uns oben versammeln."

Ich kletterte mit den übrigen die Kellertreppe hinauf und gesellte mich in der Garderobe zu ihnen. In diesem engen Raum mußte ich mir Mühe geben, meine Sachen anzuziehen, ohne jemandem ins Auge zu stoßen.

Ich holte meine Brieftasche aus dem verschlossenen Kasten und folgte den anderen in das Wohnzimmer. Sungs Diener hatten den Tisch mit Eis, Kuchen und Kaffee gedeckt. Jetzt sah es bei dem Zirkel ebenso aus wie bei irgendeiner Zusammenkunft der amerikanischen Vorstadt-Bourgeoisie.

Sie plauderten miteinander. Zumeist war die Rede von Leuten, die ich nicht kannte.

Marcella trat zu mir, eine Kaffeetasse in der einen und ein Stück Kuchen in der anderen Hand. „Bill", sagte sie, „war das nicht spannend? Es ist mein erster Grüner Drache. Wir sollten uns einmal wiedersehen, weil Sie in jeder Beziehung ein so aufrechter Mann sind." Sie kicherte.

Ich gestehe, daß ich dies eine Mal in meinem ansonsten glücklichen Eheleben in Versuchung geriet, aber nur für einen Augenblick. Abgesehen von meinen Gefühlen für meine Familie muß ich mein Image als Bankier wahren, also seriös und gesetzt bis zur Langweiligkeit sein. In Wirklichkeit bin ich nicht so spießig (ich habe sogar schon einmal demokratisch gewählt), aber es ist gut für das Geschäft. Ich sagte:

„Ja, das glaube ich auch, aber jetzt muß ich laufen."

Am nächsten Tag versuchte ich mich auf meine Arbeit zu konzentrieren, aber meine Gedanken wanderten immer wieder zu der unheilverkündenden Bemerkung des Ehrwürdigen Sung, der Zauber könne auf mich zurückfallen. Natürlich glaubte ich nicht wirklich daran, aber immerhin ...

Am Tag danach verließ ich mittags den Harrison Trust, um zum Lunch nach Hause zu fahren. Ich sah einen Menschenauflauf auf der Straße und ging darauf zu. War da ein Unfall geschehen?

Es war der Meister in seiner weißen Robe, der umherspazierte und redete und dabei Geldscheine von einem Stapel nahm und den ihm nächsten Zuhörer reichte. Seine tiefe Stimme intonierte:

„... wer an mich glaubt, wird nicht sterben, sondern das ewige Leben haben. Denn ich bin nicht mehr Ludwig Bergius, ich bin der wahre Sohn Gottes, dessen Geist von dem Körper dieses mißleiteten sterblichen Bergius Besitz ergriffen hat. Das sage ich euch, ich bin er. Arbeitet nicht für die Nahrung, die verdirbt, sondern für Nahrung, die ewiges Leben gibt. Ich bin das Licht der Welt, wer mir folgt, wird nicht in Finsternis wandeln ..."

Die Polizei kämpfte mit der Menge, aber der Anblick von Geld, das verschenkt wurde, machte die Leute verrückt. Sie drängelten und schubsten. Sie begannen zu schreien und um sich zu schlagen, um in die Nähe des Meisters zu gelangen.

Eine Sirene heulte leise und versuchsweise auf, und ein Krankenwagen schob sich langsam in den Menschenhaufen. Drei Männer in weißen Kitteln sprangen heraus und bahnten sich mit Hilfe der Polizisten ihren Weg zu Bergius. Sie faßten ihn bei den Armen, sprachen beruhigend auf ihn ein und führten ihn, der keinen Widerstand leistete, zum Krankenwagen.

Jemand zupfte mich am Ärmel. Es war McGill, der Kassierer. „Willy! Ich habe nach dir gesucht. Weißt du, was passiert ist? Mrs. Dalton und alle übrigen waren da und haben ihre Konten neu eröffnet. Sie sagen, der Meister habe ihnen ihr Geld zurückgegeben. Was hältst du davon?"

„Darüber muß ich erst nachdenken", antwortete ich. „Im Augenblick konzentrieren sich meine Gedanken auf den Lunch."

„Später sagte Esau Drexel: „Also, Willy, ich glaube, Ihr Schamane aus Taiwan hat sich seine tausend Dollar verdient. Sind keine Schlangen mehr angekommen?"

„Nein."

„Ein Glück, daß wir in diesem County eine gute Nervenheilanstalt haben. Vielleicht kann man dort sogar diesen sogenannten Meister kurieren."

„Wünschen Sie sich das?" fragte ich.

„Oh, ich verstehe. Sie meinen, er könnte wieder einen Kult aufziehen." Er seufzte. „Ich weiß es nicht. Wir können davon ausgehen, daß Sung wie alle übrigen ein Schwindler ist. In diesem Fall ist er unter der Anstrengung, den Messias spielen zu müssen, zusammengebrochen und hat jetzt Wahnvorstellungen von seiner Göttlichkeit, ohne daß Sungs Zauber etwas damit zu tun hat.

Oder wir können davon ausgehen, daß tatsächlich Sungs Behandlung den Wandel in diesem Mann hervorgerufen hat. War Bergius in diesem Fall ein echter Vertreter irgendeines interstellaren Rates, bevor der Zauber ihm den Verstand raubte? Oder war er vorher ein Schwindler und – und –"

„Und nachher eine echte Inkarnation Jesu Christi, wollten Sie sagen?"

„Himmel! So weit hatte ich nicht gedacht. Nun, man hat ja schon gesagt, wenn Jesus wiederkäme, würde er als Wahnsinniger eingesperrt werden." Drexel erschauerte leicht. „Ich möchte lieber nicht darüber nachdenken. Nehmen wir etwas Leichtes in Angriff, zum Beispiel den Zusammenhang zwischen dem Rediskontsatz und der Inflationsrate."